U0116074

全国计算机等级考试

新大纲

National Computer Rank Examination

2009 年版

考点分析·分类精解·全真模拟

二级 Visual FoxPro 数据库程序设计

全国计算机等级考试命题研究组　组编

机械工业出版社

CHINA MACHINE PRESS

本书是全国计算机等级考试二级 Visual FoxPro 数据库程序设计的考前辅导用书，主要内容有：考点概览、重点考点和复习建议；考点分类精解；典型题的细致讲解；大量"强化训练"题；模拟考卷及精辟解析；应考策略；物超所值的配套光盘，提供了全真模拟考试环境，可练习大量全真试题。

本书适用于备战全国计算机等级考试二级 Visual FoxPro 数据库程序设计的考生以及各类考点培训班的学员。

图书在版编目（CIP）数据

全国计算机等级考试考点分析·分类精解·全真模拟：2009 年版. 二级 Visual Foxpro 数据库程序设计/全国计算机等级考试命题研究组组编. —2 版. —北京：机械工业出版社，2009.1

ISBN 978-7-111-23225-4

Ⅰ．全… Ⅱ．全… Ⅲ．①电子计算机－水平考试－自学参考资料 ②关系数据库－数据库管理系统，Visual FoxPro－水平考试－自学参考资料 Ⅳ．TP3

中国版本图书馆 CIP 数据核字（2008）第 212322 号

机械工业出版社（北京市百万庄大街 22 号　邮政编码 100037）
策　　划：孙　业
责任编辑：孙　业
责任印制：杨　曦

三河市国英印务有限公司印刷

2009 年 1 月·第 2 版第 1 次印刷
184mm×260mm·14 印张·417 千字
5001－9500 册
标准书号：ISBN 978-7-111-23225-4
标准盘号：ISBN 978-7-89482-527-8（光盘）
定价：29.80 元（含 1CD）

凡购本书，如有缺页、倒页、脱页，由本社发行部调换
销售服务热线电话：(010) 68326294　68993821
购书热线电话：(010) 88379639　88379641　88379643
编辑热线电话：(010) 88379739
封面无防伪标均为盗版

前　言

全国计算机等级考试是由教育部考试中心主办，面向社会，用于考查应试人员计算机应用知识与能力的全国性计算机水平考试体系。由于计算机的迅速普及和广泛应用，许多单位和部门已把掌握一定的计算机知识和应用技能作为人员录用、职务晋升、职称评定、上岗资格的重要依据之一，而等级考试，就成了一种客观公正的评定标准。

▶▶▶　本书主要特点

1．内容针对性强

本书只针对等级考试的考点，不涉及无关内容。等级考试的考试大纲中，列出的考试内容比较多，但实际考试中并非全部考核，有些内容也是无法或难以考核的。所以，我们的分类精解，是对真正考核的内容进行精解，不考核的内容则不涉及。我们认为，在考试辅导书中，面面俱到并非是一个优势，针对性强才会真正对考生有益。

2．独具特色的知识点建构方式

每个知识点的复习是这样建构的：用"考点讲析"搭建系统框架，"典型题解"重现重点难点，完成从理论到应用的转变，"强化训练"又重现知识点，使读者在关注重点难点的同时又不至于遗漏其他知识，造成考试中的盲点。"模拟试卷"从整体上把握考试题型和解答要点。

3．配套光盘作为强有力的辅助练习

等级考试的上机考试是系统自动判分的，如果不熟悉具体的考试系统，即使知道题目怎样做，能做对，也可能因为操作错误而不能得分。本书配套光盘提供了全真模拟考试环境和大量全真试题，供考生练习。

▶▶▶　本书主要内容

本书根据教育部考试中心制定的 2007 版考试大纲而编写，主要内容有：

① 针对每章内容概括考点分值、重点考点提示和复习建议。

② "分类精解"精要解析考点，考点覆盖全面，重点突出；"典型题解"讲解详细透彻，读者可以举一反三，使相同类型的题目迎刃而解；大量"强化训练"题可使读者加深印象，巩固知识点。

③ 模拟试卷给出大量全真模拟题以及精辟解析，以备战考试。

④ "备考策略"提出考试复习建议，讲解解题技巧，说明上机考试过程。

⑤ 附赠的超值多媒体光盘中，包含题库和考试模拟环境。读者可以在考试之前进行训练和预测。模拟系统按照实际考试系统编写，附有笔试模拟题 10 套和上机模拟题 50 套，能够自动判分，给出答案和分析。另外，还提供上机系统的操作过程录像，并附有全程语音讲解。

参加本书编写的人员有：贺民、陈河南、刘朋、李腾、邓卫、邓凡平、陈磊、李建锋、刘延军、魏宇、赵远峰、樊旭平、程烨尔、唐玮。

由于时间紧，书中难免有疏漏之处，如果您有疑问，或有更好的意见和建议，请与我们联系：jsjfw@mail.machineinfo.gov.cn。

全国计算机等级考试命题研究组

目　　录

第 1 章　公共基础知识

● **考点概览**

公共基础知识在二级的各科笔试考试中占 30 分，其中，选择题的前 10 题占 20 分，填空题前 5 题占 10 分。

● **重点考点**

① 数据结构：算法复杂度的基本概念；栈、队列、线性链表等数据结构的特点；各种查找方法的适用范围；各种排序方法的比较。其中，二叉树的性质和遍历、各种排序方法在最坏情况下的比较次数是难点。

② 程序设计基础知识：程序设计方法与风格；结构化程序设计的特点；内聚和耦合的概念；面向对象方法的基本概念。

③ 软件工程基础：软件工程和软件生命周期的概念；软件工具与软件开发环境；结构化分析和设计方法；软件测试方法，白盒测试与黑盒测试；程序调试。注意测试与调试的区别。

④ 数据库设计基础：数据库、数据库管理系统、数据库系统的概念与关系；数据模型，实体联系模型及 E-R 图；关系代数运算；数据库设计方法和步骤。注意各种关系运算的特点。

● **复习建议**

① 公共基础知识的考核，基本上都是概念性的纯记忆性知识，题目比较简单，本章考查的知识点较多，应全面系统地阅读教材，牢固掌握基本概念。

② 在理解基础知识的基础上，要特别注意有关二叉树的知识，比如给出某个条件要求计算二叉树的结点数或叶子结点数，需要理解和掌握二叉树的性质。另外，二叉树的前序、中序和后序遍历方法，应当通过做题真正掌握。

1.1　数据结构与算法

▶▶▶ **考点 1　算法**

1. 算法的基本概念

算法一般应具有以下几个基本特征：可行性、确定性、有穷性、拥有足够的情报。

算法是对解题方案的准确而完整的描述，是一组严谨地定义运算顺序的规则，并且每一个规则都是有效和明确的，此顺序将在有限的次数下终止。

2. 算法的基本要素

① 算法中对数据的运算和操作。通常有 4 类：算术运算、逻辑运算、关系运算和数据传输。

② 算法的控制结构。算法的功能不仅取决于所选择的操作，还与操作之间的执行顺序及算法的控制结构有关。

3. 算法设计基本方法

算法设计的基本方法有列举法、归纳法和递推法、递归法和减半递推技术。

4. 算法复杂度

算法的复杂度主要包括时间复杂度和空间复杂度。

（1）算法的时间复杂度

算法的时间复杂度是指执行算法所需要的计算工作量。算法的工作量用算法所执行的基本运算次数来度量，而算法所执行的基本运算次数是问题规模的函数。

在同一问题规模下，如果算法执行所需的基本运算次数取决于某一特定输入时，可以用两种方法来分析算法的工作量：平均性态分析和最坏情况分析。

（2）算法的空间复杂度

算法的空间复杂度，一般是指执行这个算法所需要的内存空间。一个算法所占用的存储空间包括算法程序所占的空间、输入的初始数据所占的存储空间以及算法执行过程中所需要的额外空间。

典型题解

【例 1-1】下列叙述中正确的是（　　）。

A）算法的效率只与问题的规模有关，而与数据的存储结构无关

B）算法的时间复杂度是指执行算法所需要的计算工作量

C）数据的逻辑结构与存储结构是一一对应的

D）算法的时间复杂度与空间复杂度一定相关

【解析】数据的结构，直接影响算法的选择和效率。而数据结构包括两方面，即数据的逻辑结构和数据的存储结构。因此，数据的逻辑结构和存储结构都影响算法的效率。选项A的说法是错误的。

算法的时间复杂度是指算法在计算机内执行时所需时间的度量；与时间复杂度类似，空间复杂度是指算法在计算机内执行时所需存储空间的度量。因此，选项B的说法是正确的。

数据之间的相互关系称为逻辑结构。通常分为4类基本逻辑结构，即集合、线性结构、树形结构、图状结构或网状结构。存储结构是逻辑结构在存储器中的映像，它包含数据元素的映像和关系的映像。存储结构在计算机中有两种，即顺序存储结构和链式存储结构。可见，逻辑结构和存储结构不是一一对应的。因此，选项C的说法是错误的。

有时人们为了提高算法的时间复杂度，而以牺牲空间复杂度为代价。但是，这两者之间没有必然的联系。因此，选项D的说法是错误的。综上所述，本题的正确答案为选项B。

强化训练

（1）以下内容不属于算法程序所占的存储空间的是（　　）。

A）算法程序所占的空间　　　　　　　　　B）输入的初始数据所占的存储空间

C）算法程序执行过程中所需要的额外空间　　D）算法执行过程中所需要的存储空间

（2）以下特点不属于算法的基本特征的是（　　）。

A）可行性　　　　　B）确定性　　　　　C）无穷性　　　　　D）拥有足够的情报

（3）下面叙述正确的是（　　）。

A）算法的执行效率与数据的存储结构无关

B）算法的空间复杂度是指算法程序中指令（或语句）的条数

C）算法的有穷性是指算法必须能在执行有限个步骤之后终止

D）以上3种描述都不对

（4）下列叙述中正确的是（ ）。

A）一个算法的空间复杂度大，则其时间复杂度也必定大

B）一个算法的空间复杂度大，则其时间复杂度必定小

C）一个算法的时间复杂度大，则其空间复杂度必定小

D）上述3种说法都不对

【答案】

（1）D （2）C （3）C （4）D

▶▶▶ **考点2 数据结构基本概念**

数据结构是指反映数据元素之间关系的数据元素集合的表示。

所谓数据的逻辑结构，是指反映数据元素之间逻辑关系的数据结构。数据的逻辑结构有两个要素：一是数据元素的集合；二是数据元素之间的关系。

各数据元素在计算机存储空间中的位置关系与它们的逻辑关系不一定是相同的。数据的逻辑结构在计算机存储空间中的存放形式称为数据的存储结构（也称数据的物理结构）。

典型题解

【例1-2】数据的逻辑结构在计算机存储空间中的存放形式称为数据的____。

【解析】数据的逻辑结构在计算机存储空间中的存放形式称为数据的存储结构。此处填写存储结构或物理结构。

▶▶▶ **考点3 线性表和线性链表**

1. 线性结构与非线性结构

根据数据结构中各数据元素之间前后件关系的复杂程度，一般将数据结构分为两大类型：线性结构与非线性结构。如果一个非空的数据结构满足下列两个条件：

① 有且只有一个根结点。

② 每一个结点最多有一个前件，也最多有一个后件。

则称该数据结构为线性结构。线性结构又称线性表。

如果一个数据结构不是线性结构，则称之为非线性结构。

2. 线性表的基本概念

线性表是由 n（n≥0）个数据元素 a_1，a_2，…，a_n 组成的一个有限序列，表中的每一个数据元素，除了第一个外，有且只有一个前件，除了最后一个外，有且只有一个后件。

3. 线性表的顺序存储结构

线性表的顺序存储结构具有以下两个基本特点：线性表中所有元素所占的存储空间是连续的。线性表中各数据元素在存储空间中是按逻辑顺序依次存放的。

在线性表的顺序存储结构中，其前后件两个元素在存储空间中是紧邻的，且前件元素一定存储在后件元素的前面。

在顺序存储结构中，线性表中每一个数据元素在计算机存储空间中的存储地址由该元素在线性表中的位置序号惟一确定。

4. 线性链表

大的线性表，特别是元素变动频繁的大线性表不宜采用顺序存储结构，而应采用链式存储结构。

在链式存储结构中，要求每个结点由两部分组成：一部分用于存放数据元素值，称为数据域；另一部分用于存放指针，称为指针域。其中指针用于指向该结点的前一个或后一个结点。

在链式存储结构中，存储数据结构的存储空间可以不连续，各数据结点的存储顺序与数据元素之间的逻辑关系可以不一致，而数据元素之间的逻辑关系是由指针域来确定的。

线性表的链式存储结构称为线性链表。一般来说，在线性表的链式存储结构中，各数据结点的存储序号是不连续的，并且各结点在存储空间中的位置关系与逻辑关系也不一致。栈和队列也是线性表，也可以采用链式存储结构。

5. 线性链表的基本运算

线性链表的基本运算有：在非空线性链表中寻找包含指定元素值 x 的前一个结点 P，线性链表的插入，线性链表的删除。

6. 循环链表及其基本运算

循环链表的结构与一般的单链表相比，具有以下两个特点：

① 在循环链表中增加了一个表头结点，其数据域为任意或者根据需要来设置，指针域指向线性表的第一个元素的结点。循环链表的头指针指向表头结点。

② 循环链表中最后一个结点的指针域不是空，而是指向表头结点。

典型题解

【例 1-3】下列对于线性链表的描述中正确的是（　　）。

A）存储空间不一定是连续，且各元素的存储顺序是任意的

B）存储空间不一定是连续，且前件与元素一定存储在后件元素的前面

C）存储空间必须连续，且前件元素一定存储在后件元素的前面

D）存储空间必须连续，且各元素的存储顺序是任意的

【解析】在链式存储结构中，存储数据的存储空间可以不连续，各数据结点的存储顺序与数据元素之间的逻辑关系可以不一致，数据元素之间的逻辑关系，是由指针域来确定的。由此可见，选项 A 的描述正确。因此，本题的正确答案为 A。

强化训练

（1）下列关于链式存储的叙述中正确的是（　　）。

A）链式存储结构的空间不可以是不连续的

B）数据结点的存储顺序与数据元素之间的逻辑关系必须一致

C）链式存储方式只可用于线性结构

D）链式存储也可用于非线性结构

（2）下列关于线性表叙述中不正确的是（　　）。

A）可以有几个结点没有前件

B）只有一个终端结点，它无后件

C）除根结点和终端结点，其他结点都有且只有一个前件，也有且只有一个后件

D）线性表可以没有数据元素

（3）下列叙述中正确的是（　　）。

　　A）线性表是线性结构　　　　　　　　　　B）栈与队列是非线性结构

　　C）线性链表是非线性结构　　　　　　　　D）二叉树是线性结构

（4）数据结构分为逻辑结构与存储结构，带链的栈属于＿＿＿＿＿＿＿。

（5）在一个容量为 15 的循环队列中，若头指针 front＝6，尾指针 rear＝14，则该循环队列中共有＿＿＿个元素。

【答案】

　　（1）D　（2）A　（3）A　（4）存储结构　（5）8

▶▶▶ 考点 4　栈和队列

　　栈是限定在一端进行插入与删除的线性表。栈是按照"先进后出"或"后进先出"的原则组织数据的。栈的运算有入栈运算、退栈运算、读栈顶元素。

　　队列是指允许在一端进行插入，而在另一端进行删除的线性表。队列又称为"先进先出"或"后进后出"的线性表，它体现了"先来先服务"的原则。

　　所谓循环队列，就是将队列存储空间的最后一个位置绕到第一个位置，形成逻辑上的环状空间，供队列循环使用。循环队列的初始状态为空，即 rear＝front＝m。

　　循环队列主要有两种基本运算：入队运算与退队运算。

典型题解

　　【例 1-4】 设栈 S 初始状态为空。元素 a、b、c、d、e、f 依次通过栈 S，若出栈的顺序为 c、f、e、d、b、a，则栈 S 的容量至少应该为（　　）。

　　A）6　　　　　　　　　B）5　　　　　　　　　C）4　　　　　　　　　D）3

　　【解析】 根据题中给定的条件，可做如下模拟操作：①元素 a、b、c 进栈，栈中有 3 个元素，分别为 a、b、c；②元素 c 出栈后，元素 d、e、f 进栈，栈中有 5 个元素，分别为 a、b、d、e、f；③元素 f、e、d、b、a 出栈，栈为空。可以看出，进栈的顺序为 a、b、c、d、e、f，出栈的顺序为 c、f、e、d、b、a，满足题中所提出的要求。在第二次进栈操作后，栈中元素达到最多，因此，为了顺利完成这些操作，栈的容量应至少为 5。本题答案为 B。

强化训练

（1）下列关于栈的叙述中正确的是（　　）。

　　A）在栈中只能插入数据　　　　　　　　　B）在栈中只能删除数据

　　C）栈是先进先出的线性表　　　　　　　　D）栈是先进后出的线性表

（2）一个栈的进栈顺序是 1，2，3，4，则出栈顺序为（　　）。

　　A）4，3，2，1　　　　B）2，4，3，1　　　　C）1，2，3，4　　　　D）3，2，1，4

（3）设栈 S 的初始状态为空。元素 a，b，c，d，e，f 依次通过栈 S，若出栈的顺序为 b，d，c，f，e，a，则栈 S 的容量至少应为（　　）。

　　A）3　　　　　　　　　B）4　　　　　　　　　C）5　　　　　　　　　D）6

（4）下列关于栈的描述正确的是（　　）。

　　A）在栈中只能插入元素而不能删除元素

　　B）在栈中只能删除元素而不能插入元素

　　C）栈是特殊的线性表，只能在一端插入或删除元素

D）栈是特殊的线性表，只能在一端插入元素，而在另一端删除元素

（5）下列数据结构中具有记忆功能的是（　　）。

A）队列　　　　　　B）循环队列　　　　　C）栈　　　　　　D）顺序表

（6）下列对队列的叙述正确的是（　　）。

A）队列属于非线性表　　　　　　　　　　B）队列按"先进后出"原则组织数据

C）队列在队尾删除数据　　　　　　　　　D）队列按"先进先出"原则组织数据

【答案】

（1）D　（2）A　（3）A　（4）C　（5）C　（6）D

►►► 考点5　树与二叉树

1. 树的基本概念

树是一种简单的非线性结构。树结构中，每一个结点只有一个前件，称为父结点。在树中，没有前件的结点只有一个，称为树的根结点，简称为树的根。在树结构中，每一个结点可以有多个后件，它们都称为该结点的子结点。没有后件的结点称为叶子结点。

在树结构中，一个结点所拥有的后件个数称为该结点的度。

树结构具有明显的层次关系，树是一种层次结构。根结点在第 1 层。同一层上所有结点的所有子结点在下一层。树的最大层次称为树的深度。

在树中，以某结点的一个子结点为根构成的树称为该结点的一棵子树。在树中，叶子结点没有子树。

2. 二叉树的特点

① 非空二叉树只有一个根结点；每一个结点最多有两棵子树，且分别称为该结点的左子树与右子树。

② 在二叉树中，每一个结点的度最大为 2，即所有子树（左子树或右子树）也均为二叉树。而树结构中的每一个结点的度可以是任意的。另外，二叉树中的每一个结点的子树被明显地分为左子树与右子树。在二叉树中，一个结点可以只有左子树而没有右子树，也可以只有右子树而没有左子树。当一个结点既没有左子树也没有右子树时，该结点即是叶子结点。

3. 二叉树的性质

① 在二叉树的第 k 层上，最多有 $2^{k-1}(k \geq 1)$ 个结点。

② 深度为 m 的二叉树最多有 $2^m - 1$ 个结点。

③ 在任意一棵二叉树中，度为 0 的结点（即叶子结点）总是比度为 2 的结点多一个。

④ 具有 n 个结点的二叉树，其深度至少为 $[\log_2 n]+1$，其中 $[\log_2 n]$ 表示取 $\log_2 n$ 的整数部分。

4. 满二叉树与完全二叉树

① 满二叉树。除最后一层外，每一层上的所有结点都有两个子结点。这就是说，在满二叉树中，每一层上的结点数都达到最大值，即在满二叉树的第 k 层上有 2^{k-1} 个结点，且深度为 m 的满二叉树有 $2^m - 1$ 个结点。

② 完全二叉树。除最后一层外，每一层上的结点数均达到最大值；在最后一层上只缺少右边的若干结点。

对于完全二叉树来说，叶子结点只可能在层次最大的两层上出现；对于任何一个结点，若其右分支下的子孙结点的最大层次为 p，则其左分支下的子孙结点的最大层次或为 p，或为

p+1。

满二叉树也是完全二叉树，而完全二叉树一般不是满二叉树。

具有 n 个结点的完全二叉树的深度为[log₂n]+1。

5. 二叉树的存储结构

二叉树通常采用链式存储结构。与线性链表类似，用于存储二叉树中各元素的存储结点也由两部分组成：数据域与指针域。

6. 二叉树的遍历

二叉树的遍历是指不重复地访问二叉树中的所有结点。在遍历二叉树的过程中，一般先遍历左子树，然后再遍历右子树。在先左后右的原则下，根据访问根结点的次序，二叉树的遍历可以分为 3 种：前序遍历、中序遍历和后序遍历。

① 前序遍历（DLR）。所谓前序遍历是首先访问根结点，然后遍历左子树，最后遍历右子树；并且，在遍历左、右子树时，仍然先访问根结点，然后遍历左子树，最后遍历右子树。因此，前序遍历二叉树的过程是一个递归的过程。

② 中序遍历（LDR）。所谓中序遍历是首先遍历左子树，然后访问根结点，最后遍历右子树；并且，在遍历左、右子树时，仍然先遍历左子树，然后访问根结点，最后遍历右子树。因此，中序遍历二叉树的过程也是一个递归的过程。

③ 后序遍历（LRD）。所谓后序遍历是首先遍历左子树，然后遍历右子树，最后访问根结点，并且，在遍历左、右子树时，仍然先遍历左子树，然后遍历右子树，最后访问根结点。因此，后序遍历二叉树的过程也是一个递归的过程。

典型题解

【例 1-5】某二叉树中度为 2 的结点有 18 个，则该二叉树中有____个叶子结点。

【解析】二叉树具有如下性质：在任意一棵二叉树中，度为 0 的结点（即叶子结点）总是比度为 2 的结点多一个。根据题意，度为 2 的结点是 18 个，那么，叶子结点就应当是 19 个。因此，本题的正确答案为 19。

【例 1-6】设一棵二叉树的中序遍历结果为 ABCDEFG，前序遍历结果为 DBACFEG，则后序遍历结果为____。

【解析】本题比较难，如果掌握了本题，有关二叉树遍历的问题基本上都会迎刃而解。基本思路如下：①确定根结点。在前序遍历中，首先访问根结点，因此可以确定前序序列 DBACFEG 中的第一个结点 D 为二叉树的根结点。②划分左子树和右子树。在中序遍历中，访问根结点的次序为居中，首先访问左子树上的结点，最后访问右子树上的结点，可知，在中序序列 ABCDEFG 中，以根结点 D 为分界线，子序列 ABC 在左子树中，子序列 EFG 在右子树中，如图 1-1 所示。③确定左子树的结构。对于左子树 ABC，位于前序序列最前面的一个结点为子的根结点，根据前序遍历结果，B 为该子的根结点，中序序列中位于该根结点前面的结点构成左子树上的结点子序列，位于该根结点后面的结点构成右子树上的结点子序列，所以 A 为该左子树的左结点，C 为右结点。现在可确定左子树的结构如图 1-2 所示。④确定右子树的结构。同理，可知右子树的结构。

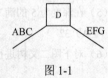

图 1-1

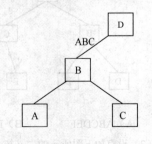

图 1-2

本二叉树恢复的结果如图 1-3 所示。

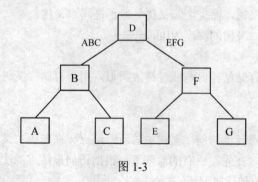

图 1-3

根据后序遍历的原则，该二叉树后序遍历的结果为 ACBEGFD。

强化训练

（1）在一颗二叉树上第 4 层的结点数最多是（   ）。

　　A）6　　　　　　　B）8　　　　　　　C）16　　　　　　　D）7

（2）设一棵二叉树中有 3 个叶子结点，有 8 个度为 1 的结点，则该二叉树中总的结点数为（   ）。

　　A）12　　　　　　　B）13　　　　　　　C）14　　　　　　　D）15

（3）如下图所示的 4 棵二叉树中，不是完全二叉树的是（   ）。

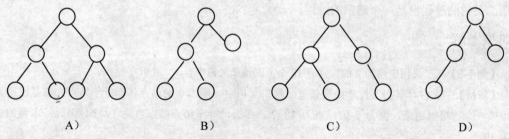

A）　　　　　　　　B）　　　　　　　　C）　　　　　　　　D）

（4）一棵含 18 个结点的二叉树的高度至少为（   ）。

　　A）3　　　　　　　B）4　　　　　　　C）5　　　　　　　D）6

（5）在深度为 5 的满二叉树中，叶子结点的个数为（   ）。

　　A）32　　　　　　　B）31　　　　　　　C）16　　　　　　　D）15

（6）对下图二叉树进行后序遍历的结果为（   ）。

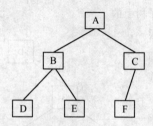

　　A）ABCDEF　　　　B）DBEAFC　　　　C）ABDECF　　　　D）DEBFCA

（7）设有如下图所示的二叉树：

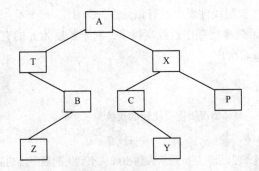

对此二叉树前序遍历的结果为（　　）。

A）ZBTYCPXA　　　B）ATBZXCYP　　　C）ZBTACYXP　　　D）ATBZXCPY

（8）设有如下图所示的二叉树：

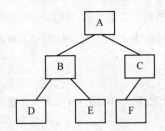

对此二叉树中序遍历的结果为（　　）。

A）ABCDEF　　　B）DBEAFC　　　C）ABDECF　　　D）DEBFCA

（9）以下数据结构中不属于线性数据结构的是（　　）。

A）队列　　　　　B）线性表　　　　C）二叉树　　　　D）栈

（10）在深度为 5 的完全二叉树中，度为 2 的结点数最多为____。

（11）一棵二叉树中共有 90 个叶子结点与 10 个度为 1 的结点，则该二叉树中的总结点数为____。

（12）若按层次顺序将一棵有 n 个结点的完全二叉树的所有结点从 1 到 n 编号，那么当 i 为偶数且小于 n 时，结点 i 的右兄弟是结点____，否则结点 i 没有右兄弟。

【答案】

（1）B　（2）B　（3）C　（4）C　（5）C　（6）D　（7）B　（8）B　（9）C　（10）15　（11）189　（12）i+1

▶▶▶ 考点 6　查找技术

1. 顺序查找

顺序查找又称顺序搜索。顺序查找一般是指在线性表中查找指定的元素。

如果线性表中的第一个元素就是被查找的元素，则只需做一次比较就查找成功，最坏的情况是被查元素是线性表中的最后一个元素，或者被查元素在线性表中根本不存在，则为了查找这个元素需要与线性表中所有的元素进行比较。平均情况下，利用顺序查找法在线性表中查找一个元素，大约要与线性表中一半的元素进行比较。

2. 二分法查找

二分法查找只适用于顺序存储的有序表。

设有序线性表的长度为 n，被查元素为 x，则对分查找的方法为：将 x 与线性表的中间项进行比较，如果中间项的值等于 x，则说明查到，查找结束；如果 x 小于中间项的值，则在线性表的前半部分以相同的方法进行查找；如果大于中间项的值，则在线性表的后半部分以相同的方法进行查找。这个过程一直进行到查找成功或子表长度为 0（说明线性表中没有该元素）为止。

当有序线性表为顺序存储时才能采用二分查找，效率比顺序查找高得多。对于长度为 n 的有序线性表，在最坏的情况下，二分查找只需要比较 $\log_2 n$ 次。

典型题解

【例1-7】在长度为64的有序线性表中进行顺序查找，最坏情况下需要比较的次数为（　）。

A）63　　　　　　B）64　　　　　　C）6　　　　　　D）7

【解析】在长度为 64 的有序线性表中，其中的 64 个数据元素是按照从大到小或从小到大的顺序排列的。在这样的线性表中进行顺序查找，最坏的情况就是查找的数据元素不在线性表中或位于线性表的最后。按照线性表的顺序查找算法，首先用被查找的数据和线性表的第一个数据元素进行比较，若相等，则查找成功；否则，继续进行比较，即和线性表的第二个数据元素进行比较。同样，若相等，则查找成功；否则，继续进行比较。依此类推，直到在线性表中查找到该数据或查找到线性表的最后一个元素，算法才结束。因此，在长度为 64 的有序线性表中进行顺序查找，最坏的情况下需要比较 64 次。答案为选项 B。

强化训练

（1）在顺序表（3,6,8,10,12,15,16,18,21,25,30）中，用二分法查找关键码值 11，所需的关键码比较次数为（　）。

A）2　　　　　　B）3　　　　　　C）4　　　　　　D）5

（2）在长度为 n 的有序线性表中进行二分查找，需要的比较次数为（　）。

A）$\log_2 n$　　　　B）$n\log_2 n$　　　　C）n/2　　　　D）(n+1)/2

（3）下列数据结构中，能用二分法进行查找的是（　）。

A）顺序存储的有序线性表　　　　　　B）线性链表

C）二叉链表　　　　　　　　　　　　D）有序线性链表

（4）在长度为 n 的线性表中查找一个表中不存在的元素，需要的比较次数为_____。

【答案】

（1）C　（2）A　（3）A　（4）n

▶▶▶ 考点7　排序技术

排序是指将一个无序序列整理成按值非递减顺序排列的有序序列。

1. 交换类排序法

交换类排序法是指借助数据元素之间的互相交换进行排序的一种方法。冒泡排序法和快速排序法都属于交换类的排序方法。

① 冒泡排序。假设线性表的长度为 n，则在最坏情况下，冒泡排序需要经过 n/2 遍的从前往后的扫描和 n/2 遍的从后往前的扫描，需要的比较次数为 n(n−1)/2。

② 快速排序。快速排序法的基本思想为：从线性表中选取一个元素，设为 T，将线性表后面小于 T 的元素移到前面，而前面大于 T 的元素移到后面，结果就将线性表分成了两部分，T 插入到分界线的位置处，这个过程称为线性表的分隔。如果对分割后的各子表再按上述原则进行分割，并且，这种分割过程可以一直做下去，直到所有子表为空为止，则此时的线性表就变成了有序表。

2. 插入排序法

所谓插入排序，是指将无序序列中的各元素依次插入到已经有序的线性表中。

① 简单插入排序法。在简单插入排序中，每一次比较后最多移掉一个逆序，因此，这种排序

方法的效率与冒泡排序法相同。在最坏情况下，简单插入排序需要 n(n−1)/2 次比较。

② 希尔排序法。希尔排序的效率与所选取的增量序列有关。如果选取增量序列，则在最坏情况下，希尔排序所需要的比较次数为 $O(n^{1.5})$。

3．选择类排序

① 简单选择排序。简单选择排序在最坏情况下需要比较 n(n−1)/2 次。

② 堆排序。在最坏情况下，堆排序需要比较的次数为 $O(nlog_2n)$。

典型题解

【例 1-8】在最坏情况下，下列排序方法中时间复杂度最小的是（　）。

A）冒泡排序　　　　B）快速排序　　　　C）插入排序　　　　D）堆排序

【解析】在最坏情况下：冒泡排序、快速排序和插入排序需要的比较次数均为 n(n−1)/2，堆排序需要比较的次数为 $O(nlog_2n)$。可知，在最坏情况下，堆排序的时间复杂度最小，本题的正确答案为选项 D。

强化训练

（1）对于长度为 10 的线性表，在最坏情况下，下列各排序法所对应的比较次数中正确的是（　）。

A）冒泡排序为 5　　　B）冒泡排序为 10　　　C）快速排序为 10　　　D）快速排序为 45

（2）对长度为 10 的线性表进行冒泡排序，最坏情况下需要比较的次数为____。

（3）对输入的 N 个数进行快速排序的平均时间复杂度是_____。

【答案】

（1）D　（2）45　（3）$O(Nlog_2N)$

1.2　程序设计基础

▶▶▶ 考点 1　程序设计方法与风格

就程序设计方法和技术的发展而言，程序设计主要经过了结构化程序设计和面向对象的程序设计阶段。要形成良好的程序设计风格，主要应注意和考虑下述一些因素。

1．源程序文档化

① 符号的命名：符号名应具有一定的实际含义，以便于对程序功能的理解。

② 程序注释：正确的注释能够帮助读者理解程序。注释一般分为序言性注释和功能性注释。

③ 视觉组织：为使程序的结构一目了然，可以在程序中利用空格、空行、缩进等技巧使程序层次清晰。

2．数据说明的方法

数据说明的风格一般应注意：数据说明的次序规范化；说明语句中变量安排有序化；使用注释来说明复杂数据的结构。

3．语言结构

程序应简单易懂，语句构造应简单直接。

4．输入和输出

输入输出的方式和格式应尽可能方便用户的使用。

典型题解

【例 1-9】对建立良好的程序设计风格，下面描述正确的是（   ）。

A）程序应简单、清晰、可读性好 　　　　　B）符号名的命名只需符合语法

C）充分考虑程序的执行效率 　　　　　　 D）程序的注释可有可无

【解析】良好的程序设计风格主要包括设计的风格、语言运用的风格、程序文本的风格和输入输出的风格。设计的风格主要体现在 3 个方面：结构要清晰；思路要清晰；在设计程序时应遵循"简短朴实"的原则，切忌卖弄所谓的"技巧"。语言运用的风格主要体现在两个方面：选择合适的程序设计语言以及不要滥用语言中的某些特色。特别要注意，尽量不用灵活性大、不易理解的语句成分。程序文本的风格主要体现在 4 个方面：注意程序文本的易读性；符号要规范化；在程序中加必要的注释；在程序中要合理地使用分隔符等。输入输出的风格主要体现在 3 个方面：对输出的数据应该加上必要的说明；在需要输入数据时，应该给出必要的提示；以适当的方式对输入数据进行检验，以确认其有效性。总而言之，程序设计的风格应该强调简单和清晰，程序必须是可以理解的，强调"清晰第一，效率第二"。

综上所述，符号名的命名不仅要符合语法，而且符号名的命名应具有一定的实际含义，以便于对程序功能的理解。因此，选项 B 中的说法是错误的。由于程序设计的风格强调的是"清晰第一，效率第二"，而不是效率第一。因此，选项 C 中的说法也是错误的。程序中的注释部分虽然不是程序的功能，计算机在执行程序时也不会执行它，但不能错误地认为注释是可有可无的部分。在程序中加入正确的注释能够帮助读者理解程序，注释是提高程序可读性的重要手段。因此，选项 D 中的说法也是错误的。

因此，本题的正确答案为 A。

强化训练

源程序文档化要求程序应加注释。注释一般分为序言性注释和＿＿＿＿。

【答案】

功能性注释

▶▶▶ 考点 2　结构化程序设计

1. 结构化程序设计的原则

结构化程序设计方法的主要原则为自顶向下，逐步求精，模块化，限制使用 goto 语句。

① 自顶向下：程序设计时，应先考虑总体，后考虑细节；先考虑全局目标，后考虑局部目标；先从最上层总目标开始设计，逐步使问题具体化。

② 逐步求精：对复杂问题，应设计一些子目标作为过渡，逐步细化。

③ 模块化：一个复杂问题，是由若干个简单问题构成的。模块化是把程序要解决的总目标分解为分目标，再进一步分解为具体的小目标，把每个小目标称为一个模块。

④ 限制使用 goto 语句：滥用 goto 语句有害，应尽量避免。

2. 结构化程序的基本结构和特点

采用结构化程序设计方法编写程序，可使程序结构良好、易读、易理解、易维护。程序设计语言仅用顺序、选择、重复 3 种基本控制结构就可以表达出各种其他形式结构的程序设计方法。

① 顺序结构：顺序结构是顺序执行结构，所谓顺序执行，就是按照程序语句行的自然顺序，一条语句一条语句地执行程序。

② 选择结构：又称为分支结构，它包括简单选择和多分支选择结构。这种结构根据设定的条

件，判断应该选择哪一条分支来执行相应的语句。

③ 重复结构：又称循环结构，它根据给定的条件，判断是否需要重复执行某一相同的或类似的程序段，利用重复结构可简化大量的程序行。重复结构有两类循环语句，先判断后执行循环体的称为当型循环结构，先执行循环体后判断的称为直到型循环结构。

遵循结构化程序的设计原则，按结构化程序设计方法设计出的程序具有的优点为：其一，程序易于理解、使用和维护；其二，提高了编程工作的效率，降低了软件开发成本。

3. 结构化程序的设计原则和方法的应用

在结构化程序设计的具体实施中，要注意把握如下因素：

① 使用程序设计语言的顺序、选择、循环等有限的控制结构表示程序的控制逻辑。

② 选用的控制结构只准许有一个入口和一个出口。

③ 程序语句组成容易识别的块，每块只有一个入口和一个出口。

④ 复杂结构应该应用嵌套的基本控制结构进行组合嵌套来实现。

⑤ 语言中所没有的控制结构，应该采用前后一致的方法来模拟。

⑥ 严格控制 goto 语句的使用。

典型题解

【例 1-10】下面描述中，符合结构化程序设计风格的是（　　）。

A）使用顺序、选择和重复（循环）3 种基本控制结构表示程序的控制逻辑

B）模块只有一个入口，可以有多个出口

C）注重提高程序的执行效率

D）不使用 goto 语句

【解析】应该选择只有一个入口和一个出口的模块，故 B 选项错误；首先要保证程序正确，然后才要求提高效率，故 C 选项错误；严格控制使用 goto 语句，必要时可以使用，故 D 选项错误。因此，本题的正确答案为 A。

强化训练

（1）结构化程序设计主要强调的是（　　）。

　　A）程序的规模　　　　B）程序的易读性　　　　C）程序的执行效率　　　　D）程序的可移植性

（2）符合结构化原则的 3 种基本控制结构为：顺序结构，选择结构和＿＿＿。

（3）＿＿＿是按照程序语句行的自然顺序，依次执行语句。

【答案】

（1）B　（2）重复结构 或 循环结构　（3）顺序结构

▶▶▶ 考点 3　面向对象的程序设计

1. 面向对象方法的主要优点

面向对象方法的主要优点为：与人类习惯的思维方式一致；稳定性好；可重用性好；易于开发大型软件产品；可维护性好。

2. 面向对象技术的基本概念

① 对象。面向对象的程序设计方法中涉及的对象是系统中用来描述客观事物的一个实体，是构成系统的一个基本单位，它由一组表示其静态特征的属性和它可执行的一组操作组成。

② 类和实例。类是具有共同属性、共同方法的对象的集合。类是对象的抽象，它描述了属于

该对象类型的所有对象的性质，而一个对象是其对应类的一个实例。类同对象一样，也包括一组数据属性和在数据上的一组合法操作。

③ 消息。消息是一个实例与另一个实例之间传递的信息，它请求对象执行某一处理或回答某一要求的信息，它统一了数据流和控制流。消息的使用类似于函数调用，消息中指定了某一个实例，一个操作和一个参数表。

④ 继承。继承是使用已有的类定义作为基础建立新类的定义技术。在面向对象技术中，把类组成为具有层次结构的系统：一个类的上层可以有父类，下层可以有子类；一个类直接继承其父类的描述（数据和操作）或特性，子类自动地共享基类中定义的数据和方法。

⑤ 多态性。对象根据所接受的信息而做出动作，同样的消息被不同的对象接受时可导致完全不同的行动，该现象称为多态性。

典型题解

【例 1-11】在面向对象方法中，类的实例称为____ 。

【解析】类描述的是具有相似性质的一组对象。例如，每本具体的书是一个对象，而这些具体的书都有共同的性质，它们都属于更一般的概念"书"这一类对象。一个具体对象称为类的实例。因此，本题的正确答案为对象。

强化训练

（1）下面对对象概念描述错误的是（   ）。

    A）任何对象都必须有继承性   B）对象是属性和方法的封装体

    C）对象间的通信靠消息传递   D）操作是对象的动态属性

（2）在面向对象方法中，如果"人"是一类对象，"男人"、"女人"等都继承了"人"类的性质，因而是"人"的（   ）？

    A）对象   B）实例   C）子类   D）父类

（3）在面向对象方法中，一个对象请求另一对象为其服务的方式是通过发送（   ）。

    A）调用语句   B）命令   C）口令   D）消息

（4）下面概念中，不属于面向对象方法的是（   ）。

    A）对象   B）继承   C）类   D）过程调用

（5）类是一个支持集成的抽象数据类型，而对象是类的____ 。

（6）在面向对象的程序设计中，类描述的是具有相似性质的一组____ 。

（7）在面向对象方法中，属性与操作相似的一组对象称为____ 。

（8）在面向对象的程序设计中，用来请求对象执行某一处理或回答某些信息的要求称为____ 。

【答案】

（1）A （2）C （3）D （4）D （5）实例 （6）对象 （7）类 （8）消息

1.3 软件工程基础

▶▶▶ 考点 1 软件工程基本概念

1. 软件及软件工程的定义

软件是计算机系统中与硬件相互依存的另一部分，是包括程序、数据及相关文档的完整集合。

程序是软件开发人员根据用户需求开发的、用程序设计语言描述的、适合计算机执行的指令序列。数据是使程序能正常操纵信息的数据结构。文档是与程序开发、维护和使用有关的图文资料。

软件工程学是用工程、科学和数学的原理与方法研制、维护计算机软件的有关技术及管理方法的一门工程学科。软件工程是应用于计算机软件的定义、开发和维护的一整套方法、工具、文档、实践标准和工序。

软件工程包括3个要素，即方法、工具和过程。方法是完成软件工程项目的技术手段；工具支持软件的开发、管理、文档生成；过程支持软件开发的各个环节的控制、管理。

2. 软件生命周期

软件产品从提出、实现、使用维护到停止使用退役的过程称为软件生命周期。一般包括可行性研究与需求分析、设计、实现、测试、交付使用以及维护等活动。还可将软件生命周期分为软件定义、软件开发及软件运行维护3个阶段。软件生命周期的主要活动阶段是：可行性研究与计划指定、需求分析、软件设计、软件实现、软件测试、运行和维护。

3. 软件开发工具与软件开发环境

软件开发工具与软件开发环境的使用提高了软件的开发效率、维护效率和软件质量。

典型题解

【例1-12】下面不属于软件工程3个要素的是（ ）。

A）工具　　　　B）过程　　　　C）方法　　　　D）环境

【解析】软件工程包括 3 个要素，即方法、工具和过程。方法是完成软件工程项目的技术手段；工具是指支持软件的开发、管理、文档生成；过程是支持软件开发的各个环节的控制、管理。由此可知，环境不属于软件工程的 3 个要素之一。因此，本题的正确答案为 D。

强化训练

（1）下面内容不属于使用软件开发工具好处的是（ ）。

A）减少编程工作量

B）保证软件开发的质量和进度

C）节约软件开发人员的时间和精力

D）使软件开发人员将时间和精力花费在程序的编制和调试上

（2）在软件开发中，下面任务不属于设计阶段的是（ ）。

A）数据结构设计　　　　B）给出系统模块结构

C）定义模块算法　　　　D）定义需求并建立系统模型

（3）软件是程序、数据和相关____的集合。

（4）软件工程研究的内容主要包括：____技术和软件工程管理。

（5）软件开发环境是全面支持软件开发全过程的____集合。

【答案】

（1）D　（2）D　（3）文档　（4）软件开发　（5）软件工具

▶▶▶ 考点2　结构化分析方法

1. 需求分析与需求分析方法

软件需求是指用户对目标软件系统在功能、行为、性能、设计约束等方面的期望。需求分析的任务是发现需求、求精、建模和定义需求的过程。

需求分析阶段的工作，可概括为以下几方面：需求获取、需求分析、编写需求规格说明书、需求评审。

常见的需求分析方法有结构化分析方法和面向对象的分析方法。

2. 结构化分析方法

结构化分析方法是结构化程序设计理论在软件需求分析阶段的运用。结构化分析方法是着眼于数据流，自顶向下，逐层分解，建立系统的处理流程，以数据流图和数据字典为主要工具，建立系统的逻辑模型。

结构化分析的常用工具有数据流图、数字字典、判断树、判断表。

① 数据流图（DFD）。数据流图是描述数据处理过程的工具，是需求理解的逻辑模型的图形表示，它直接支持系统的功能建模。数据流图从数据传递和加工的角度，来刻画数据流从输入到输出的移动变换过程。数据流图中的主要图形元素如图 1-4 所示。

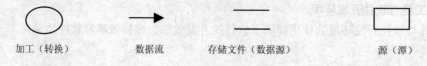

加工（转换）　　　　数据流　　　存储文件（数据源）　　　源（潭）

图 1-4

建立数据流图的步骤：由外向里，自顶向下，逐层分解。

② 数据字典（DD）。数据字典是结构化分析方法的核心。数据字典是对所有与系统相关的数据元素的一个有组织的列表。数据字典的作用是对数据流图中出现的被命名的图形元素的确切解释。数据字典包含的信息有名称、别名、何处使用/如何使用、内容描述、补充信息等。

3. 软件需求规格说明书

软件需求规格说明书把在软件计划中确定的软件范围加以展开，制定出完整的信息描述、详细的功能说明、恰当的检验标准以及其他与要求有关的数据。

典型题解

【例 1-13】在结构化方法中，用数据流程图（DFD）作为描述工具的软件开发阶段是（　　）。

A）可行性分析　　　B）需求分析　　　C）详细设计　　　D）程序编码

【解析】结构化分析方法是结构化程序设计理论在软件需求分析阶段的运用。而结构化分析就是使用数据流图（DFD）、数据字典（DD）、结构化英语、判定表和判定树等工具，来建立一种新的、称为结构化规格说明的目标文档。所以数据流图是在需求分析阶段使用的。因此，本题的正确答案为 B。

强化训练

（1）需求分析的最终结果是产生（　　）。

　A）项目开发计划　　B）需求规格说明书　　　C）设计说明书　　　D）可行性分析报告

（2）数据流图用于描述一个软件的逻辑模型，数据流图由一些特定的图符构成。下列图符名称标识的图符不属于数据流图合法图符的是（　　）。

　A）控制流　　　　B）加工　　　　　C）数据存储　　　　D）源和潭

（3）数据流图的类型有____和事务型。

（4）数据流图仅反映系统必须完成的逻辑功能，所以它是一种____模型。

【答案】

（1）B　（2）A　（3）变换型　（4）功能

 考点 3　结构化设计方法

1. 软件设计的基本概念

从技术观点来看，软件设计包括结构设计、数据设计、接口设计、过程设计。从工程管理角度来看，软件设计分两步完成，即概要设计和详细设计。

2. 软件设计的基本原理

衡量软件的模块独立性，使用耦合性和内聚性两个定性的度量标准。耦合性是模块间互相联结的紧密程度的度量。内聚性是一个模块内部各个元素间彼此结合的紧密程度的度量。一般较优秀的软件设计，应尽量做到高内聚、低耦合。

3. 概要设计

概要设计也称总体设计。软件概要设计的任务是：设计软件系统结构、数据结构及数据库设计、编写概要设计文档、概要设计文档评审。

常用的软件设计工具为程序结构图。

典型的数据流类型有两种：变换型和事务型。

设计准则：提高模块独立性；模块规模适中；深度、宽度、扇入和扇出适当；使模块的作用域在该模块的控制域内；应减少模块的接口和界面的复杂性；设计成单入口、单出口的模块；设计功能可预测的模块。

4. 详细设计

详细设计为软件结构图中的每一个模块确定实现算法和局部数据结构，用某种选定的表达工具表示算法和数据结构的细节。

设计工具：图形工具（程序流程图、N-S、PAD、HIPO）、表格工具（判定表）、语言工具（伪码）。

典型题解

【例 1-14】为了使模块尽可能独立，要求（　　）。

A）模块的内聚程度要尽量高，且各模块间的耦合程度要尽量强

B）模块的内聚程度要尽量高，且各模块间的耦合程度要尽量弱

C）模块的内聚程度要尽量低，且各模块间的耦合程度要尽量弱

D）模块的内聚程度要尽量低，且各模块间的耦合程度要尽量强

【解析】系统设计的质量主要反映在模块的独立性上。评价模块独立性的主要标准有两个：一是模块之间的耦合，它表明两个模块之间互相独立的程度；二是模块内部之间的关系是否紧密，称为内聚。一般来说，要求模块之间的耦合程度尽可能弱，即模块尽可能独立，而要求模块的内聚程度尽量高。综上所述，选项 B 的答案正确。

强化训练

（1）概要设计是软件系统结构的总体设计，以下选项中不属于概要设计的是（　　）。

A）把软件划分成模块　　　　　　　　B）确定模块之间的调用关系

C）确定各个模块的功能　　　　　　　D）设计每个模块的伪代码

（2）程序流程图中的箭头代表的是（　）。

    A）数据流　　　　　　B）控制流　　　　　　C）调用关系　　　　　　D）组成关系

（3）在结构化方法中，用表达工具表示算法和数据结构的细节属于下列软件开发中的阶段是（　）。

    A）详细设计　　　　　B）需求分析　　　　　C）概要设计　　　　　D）编程调试

（4）软件详细设计的主要任务是确定每个模块的（　）。

    A）算法和使用的数据结构　　　　　　　B）外部接口

    C）功能　　　　　　　　　　　　　　　D）编程

（5）在数据流图（DFD）中，带有名字的箭头表示（　）。

    A）模块之间的调用关系　　　　　　　　B）程序的组成成分

    C）控制程序的执行顺序　　　　　　　　D）数据的流向

（6）在结构化方法中，软件功能分解属于下列软件开发中的阶段是（　）。

    A）概要设计　　　　　B）需求分析　　　　　C）详细设计　　　　　D）编程调试

（7）模块的独立性一般用两个准则来度量，即模块间的＿＿＿和模块的内聚性。

【答案】

（1）D　（2）B　（3）A　（4）A　（5）D　（6）A　（7）耦合性

▶▶▶ 考点4　软件测试

1. 软件测试方法和技术

软件测试是为了发现错误而执行程序的过程，其主要过程涵盖了整个软件生命期的过程。

若从是否需要执行被测软件的角度划分，软件测试方法和技术可以分为静态测试和动态测试方法。若按照功能划分，可以分为黑盒测试和白盒测试。

（1）白盒测试

白盒测试方法也称结构测试或逻辑驱动测试。白盒测试把测试对象看做一个打开的盒子，允许测试人员利用程序内部的逻辑结构及有关信息来设计或选择测试用例，对程序所有的逻辑路径进行测试。白盒测试在程序内部进行，主要用于完成软件内部操作的验证。

白盒测试的基本原则是：保证所测模块中每一独立路径至少执行一次；保证所测模块所有判断的每一分支至少执行一次；保证所测模块每一循环都在边界条件和一般条件下至少各执行一次；验证所有内部数据结构的有效性。

白盒测试的主要方法有逻辑覆盖、基本路径测试等。

（2）黑盒测试方法

黑盒测试方法也称功能测试或数据驱动测试。黑盒测试完全不考虑程序内部的逻辑结构和内部特性，只依据程序的需求和功能规格说明，检查程序的功能是否符合它的功能说明。黑盒测试在软件接口处进行。

黑盒测试主要诊断功能不对或遗漏、界面错误、数据结构或外部数据库访问错误、性能错误、初始化和终止条件错误。

黑盒测试的主要诊断方法有等价类划分法、边界值分析法、错误推测法、因果图法等，主要用于软件确认测试。

2. 软件测试的实施

软件测试一般按 4 个步骤进行，即单元测试、集成测试、确认测试和系统测试。通过这些步骤的实施来验证软件是否合格，能否交付用户使用。

典型题解

【例 1-15】下列对于软件测试的描述中正确的是（　　）。

A）软件测试的目的是证明程序是否正确

B）软件测试的目的是使程序运行结果正确

C）软件测试的目的是尽可能多地发现程序中的错误

D）软件测试的目的是使程序符合结构化原则

【解析】软件测试的目标是在精心控制的环境下执行程序，以发现程序中的错误，给出程序可靠性的鉴定。测试不是为了证明程序是正确的，而是在设想程序有错误的前提下进行的，其目的是设法暴露程序中的错误和缺陷。可见选项 C 的说法正确。

强化训练

（1）软件测试方法中的（　　）属于静态测试方法。

    A）黑盒法　　　　　　B）路径覆盖　　　　　　C）错误推测　　　　　　D）人工检测

（2）用黑盒技术设计测试用例的方法之一为（　　）。

    A）因果图　　　　　　B）逻辑覆盖　　　　　　C）循环覆盖　　　　　　D）基本路径测试

（3）在进行单元测试时，常用的方法是（　　）。

    A）采用白盒测试，辅之以黑盒测试　　　　　　B）采用黑盒测试，辅之以白盒测试

    C）只使用白盒测试　　　　　　　　　　　　　D）只使用黑盒测试

（4）检查软件产品是否符合需求定义的过程称为（　　）。

    A）确认测试　　　　　　B）集成测试　　　　　　C）验证测试　　　　　　D）验收测试

（5）若按功能划分，软件测试的方法通常分为白盒测试方法和____测试方法。

（6）软件测试的目的是尽可能发现软件中的错误，通常____是在代码编写阶段可进行的测试，它是整个测试工作的基础。

【答案】

（1）D　（2）A　（3）A　（4）A　（5）黑盒　（6）单元测试

▶▶▶ **考点 5　程序的调试**

程序进行了成功的测试之后进入调试阶段，程序调试是诊断和改正程序中潜在的错误。调试主要在开发阶段。

程序的调试活动由两部分组成，一是根据错误的迹象确定程序中错误的确切性质、原因和位置。二是对程序进行修改，排除错误。

程序调试的基本步骤为：错误定位，修改设计和代码，进行回归测试。

软件调试的方法从是否跟踪和执行程序的角度，可分为静态调试和动态调试。静态调试主要指通过人的思维来分析源程序代码和排错，是主要的调试手段，而动态调试是辅助静态调试的。

主要的调试方法为：强行排错法，回溯法，原因排除法。

典型题解

【例 1-16】下列叙述中正确的是（　　）。

A）测试工作必须由程序编制者自己完成

B）测试用例和调试用例必须一致

C）一个程序经调试改正错误后，一般不必再进行测试

D）上述 3 种说法都不对

【解析】测试不是为了证明程序是正确的，而是在设想程序有错误的前提下进行的，其目的是设法暴露程序中的错误和缺陷，一般应当避免由开发者测试自己的程序，因此，选项 A 错误；测试是为了发现程序错误，不能证明程序的正确性，调试主要是推断错误的原因，从而进一步改正错误，调试用例与测试用例可以一致，也可以不一致，选项 B 错误；测试发现错误后，可进行调试并改正错误；经过调试后的程序还需进行回归测试，以检查调试的效果，同时也可防止在调试过程中引进新的错误，选项 C 错误。综上所述，选项 D 为正确答案。

 强化训练

（1）软件调试的目的是（   ）。

    A）发现错误　　　　B）改正错误　　　　C）改善软件的性能　　　D）挖掘软件的潜能

（2）下面几种调试方法中不适合调试大规模程序的是（   ）。

    A）强行排错法　　　B）回溯法　　　　　C）原因排除法　　　　D）静态调试

【答案】

（1）B　（2）B

1.4　数据库设计基础

▶▶▶ 考点1　数据库系统的基本概念

1. 数据、数据库、数据库管理系统

① 数据。数据是描述事物的符号记录。

② 数据库。数据库是数据的集合，它具有统一的结构形式并存放于统一的存储介质内，是多种应用数据的集成，并可被各个应用程序所共享。

③ 数据库管理系统。数据库管理系统（Database Management System，DBMS）是位于用户与操作系统之间的一个数据管理软件。负责数据库中的数据组织、数据操纵、数据维护、控制及保护和数据服务等。

④ 数据库管理员。由于数据库的共享性，因此对数据库的规划、设计、维护、监视等需要有专人管理，称他们为数据库管理员。主要工作有数据库设计、数据库维护、改善系统性能和提高系统效率等。

⑤ 数据库系统。数据库系统（Database System，DBS）由数据库（数据）、数据库管理系统（软件）、数据库管理员（人员）、硬件平台（系统平台之一）和软件平台（系统平台之一）5 部分组成。在数据库系统中，硬件平台包括：计算机和网络，软件平台包括：操作系统、数据库系统开发工具和接口软件。

2. 数据库系统的发展

数据管理的发展经历了 3 个阶段：

（1）人工管理阶段

人工管理阶段主要用于科学计算，硬件没有磁盘，数据被直接存取，软件没有操作系统。

（2）文件系统阶段

文件系统阶段具有简单的数据共享和数据管理能力，无法提供统一的、完整的管理和数据共享能力。

（3）数据库系统阶段

数据库系统阶段具有以下特点：

① 数据的集成性：采用统一的数据结构方式；按照多个应用的需要组织全局的统一的数据结构；每个应用的数据是全局结构中的一部分。

② 数据的高共享性与低冗余性：数据共享可减少数据冗余及存储空间，避免数据的不一致。

③ 数据独立性：这是数据与程序间的互不依赖性，即数据库中数据独立于应用程序而不依赖于应用程序。也就是说，数据的逻辑结构、存储结构与存取方式的改变不会影响应用程序。数据独立性分为物理独立性和逻辑独立性。

④ 数据统一管理与控制：主要包含 3 个方面，即数据的完整性检查、数据的安全性保护和并发控制。

3. 数据库系统的内部结构体系

数据库系统的三级模式：概念模式、外模式、内模式。

数据库系统的二级映射：概念模式到内模式的映射，外模式到概念模式的映射。

典型题解

【例1-17】下列模式中，能够给出数据库物理存储结构与物理存取方法的是（ ）。

A）内模式　　　　　B）外模式　　　　　C）概念模式　　　　　D）逻辑模式

【解析】能够给出数据库物理存储结构与物理存取方法的是内模式。外模式是用户的数据视图，也就是用户所见到的数据模式。概念模式是数据库系统中全局数据逻辑结构的描述，是全体用户的公共数据视图。没有逻辑模式这一说法。因此，本题的正确答案为A。

强化训练

（1）下述关于数据库系统的叙述中正确的是（ ）。

　　A）数据库系统减少了数据冗余

　　B）数据库系统避免了一切冗余

　　C）数据库系统中数据的一致性是指数据类型一致

　　D）数据库系统比文件系统能管理更多的数据

（2）支持数据库各种操作的软件系统叫做（ ）。

　　A）数据库管理系统　　　　B）文件系统　　　　C）数据库系统　　　　D）操作系统

（3）数据独立性是数据库技术的重要特点之一。所谓数据独立性是指（ ）。

　　A）数据与程序独立存放　　　　　　　　B）不同的数据被存放在不同的文件中

　　C）不同的数据只能被对应的应用程序所使用　　　D）以上三种说法都不对

（4）数据库是指按照一定的规则存储在计算机中的____的集合，它能被各种用户共享。

（5）数据独立性分为物理独立性和逻辑独立性。当数据的存储结构改变时，其逻辑结构可以不变，因此，基于逻辑结构的应用程序不必修改，称为____。

【答案】

　　（1）A　（2）A　（3）D　（4）数据　（5）物理独立性

考点 2　数据模型

1. 数据模型的基本概念

数据是现实世界符号的抽象，而数据模型是数据特征的抽象。数据模型所描述的内容有 3 个部分：数据结构、数据操作和数据约束。数据模型按不同的应用层次分成 3 种类型，分别是概念数据模型、逻辑数据模型和物理数据模型。

概念数据模型与具体的数据库管理系统无关，与具体的计算机平台无关。较为有名的概念模型有 E-R 模型、扩充的 E-R 模型、面向对象模型及谓词模型等。

逻辑数据模型又称数据模型，是一种面向数据库系统的模型。概念模型只有在转换成数据模型后才能在数据库中得以表示。大量使用过的逻辑数据模型有层次模型、网状模型、关系模型和面向对象模型等。

物理数据模型又称物理模型，它是一种面向计算机物理表示的模型，此模型给出了数据模型在计算机上物理结构的表示。

2. E-R 模型

（1）E-R 模型的基本概念

现实世界中的事物可以抽象成为实体，实体是概念世界中的基本单位，它们是客观存在的且又能相互区别的事物。凡是有共性的实体可组成一个集合，称为实体集。

属性刻画了实体的特征。一个实体可以有若干个属性。每个属性可以有值，一个属性的取值范围称为该属性的值域或值集。

现实世界中事物间的关联称为联系。

（2）实体间的联系

实体集间的联系可以归结为 3 类：

① 一对一的联系，简记为 1:1。

② 一对多的联系，简记为 M:1（m:1）或 1:M（1:m）。

③ 多对多的联系，简记为 M:N 或 m:n。

（3）E-R 模型的图示法

E-R 模型可以用一种直观图的形式来表示，这种图称为 E-R 图。

3. 层次模型

层次模型的基本结构是树形结构，自顶向下，层次分明。由于层次模型形成早，受文件系统影响大，模型受限制多，物理成分复杂，操作与使用均不理想，且不适用于表示非层次性的联系。

4. 网状模型

网状模型是不加任何条件限制的无向图。网状模型在数据表示和数据操纵方面比层次模型更高效、更成熟。但网状模型在使用时涉及系统内部的物理因素较多，用户使用操作并不方便，其数据模式与系统实现也不甚理想。

5. 关系模型

（1）关系的数据结构

关系模型采用二维表来表示，简称表。二维表由表框架和表的元组组成。表框架由 n 个命名的属性组成，每个属性有一个取值范围称为值域。在框架中按行可以存放数据，每行数据称为元组。

在二维表中能唯一标识元组的最小属性集称为该表的键或码。二维表中可能有若干个键，它们称为该表的候选码或候选键。从二维表的所有候选键中选取一个作为用户使用的键称为主键或主码。表 A 中的某属性集是某表 B 的键，则称该属性集为 A 的外键或外码。

表中一定要有键，如果表中所有属性的子集均不是键，则表中属性的全集必为键。在关系元组的分量中允许出现空值表示信息的空缺。主键中不允许出现空值。

关系框架与关系元组构成一个关系。一个语义相关的关系集合构成一个关系数据库。关系的框架称为关系模式，而语义相关的关系模式集合构成了关系数据库模式。

关系模式支持子模式，关系子模式是关系数据库模式中用户所见到的那部分数据模式的描述。关系子模式也是二维表结构，关系子模式对应的用户数据库称为视图。

（2）关系的操纵

关系模型的数据操纵，即是建立在关系上的数据操纵，一般有查询、增加、删除及修改 4 种。

（3）关系中的数据约束

关系模型允许定义 3 类数据约束，它们是实体完整性约束、参照完整性约束和用户完整性约束。

典型题解

【例 1-18】如果一个工人可管理多台设备，而一台设备只被一个工人管理，则实体"工人"与实体"设备"之间存在____关系。

【解析】实体之间的联系可以归结为 3 类：一对一的联系，一对多的联系，多对多的联系。设有两个实体集 E1 和 E2，如果 E2 中的每一个实体与 E1 中的任意个实体（包括零个）有联系，而 E1 中的每一个实体最多与 E2 中的一个实体有联系，则称这样的联系为"从 E2 到 E1 的一对多的联系"，通常表示为"1:n 的联系"。由此可见，工人和设备之间是一对多关系。

强化训练

（1）设计数据库前，常常先建立概念数据模型，用（　　）来表示实体类型及实体间的联系。

    A）数据流图　　　　　　B）E-R 图　　　　　　C）模块图　　　　　　D）程序框图

（2）在关系数据库中，用来表示实体之间联系的是（　　）。

    A）树形结构　　　　　　B）网状结构　　　　　　C）线形表　　　　　　D）二维表

（3）一个学生关系模式为（学号，姓名，班级号，……），其中学号为关键字；一个班级关系模式为（班级号，专业，教室，……），其中班级号为关键字；则学生关系模式中的外关键字为____。

（4）关系模型的完整性规则是对关系的某种约束条件，包括实体完整性、____和自定义完整性。

（5）关系中的属性或属性组合，其值能够唯一地标识一个元组，该属性或属性组合可选作____。

（6）在关系数据库中，把数据表示成二维表，每一个二维表称为____。

【答案】

（1）B　（2）D　（3）班级号　（4）参照完整性　（5）键 或 码　（6）关系 或 关系表

▶▶▶ 考点3　关系代数

关系数据库系统建立在数学理论的基础之上，使用关系代数可以表示关系模型的数据操作。由于操作是对关系的运算，而关系是有序组的集合，因此，可以将操作看成是集合的运算。

1. 关系模型的基本运算

（1）插入

设有关系 R 需插入若干元组，要插入的元组组成关系 R′，则插入可用集合并运算表示为 R ∪ R′。

（2）删除

设有关系 R 需删除若干元组，要删除的元组组成关系 R′，则删除可用集合差运算表示为 R–R′。

（3）修改

修改关系 R 内的元组内容可以用下面的方法实现：设需修改的元组构成关系 R′，则先作删除得 R–R′。设修改后的元组构成关系 R″，此时将其插入即得到结果：(R–R′)∪R″。

（4）查询

① 投影运算：投影运算是在给定关系的某些域上进行的运算。经过投影运算后，会取消某些列，而且有可能出现一些重复元组。

② 选择运算：关系 R 通过选择运算后，由 R 中满足逻辑条件的元组组成。

③ 笛卡儿积运算：对于两个关系的合并操作可以用笛卡儿积表示。设有 n 元关系 R 及 m 元关系 S，它们分别有 p、q 个元组，则关系 R 与 S 经笛卡儿积记为 R×S，该关系是一个 n+m 元关系，元组个数是 p×q，由 R 与 S 的有序组组合而成。

2. 关系代数中的扩充运算

① 交运算。关系 R 与 S 经交运算后所得到的关系是由那些既在 R 内又在 S 内的有序组所组成，记为 R∩S。

② 除运算。当关系 T=R×S 时，则可将除运算写为 T÷R=S 或 T/R=S。设有关系 T、R，T 能被 R 除的充分必要条件是：T 中的域包含 R 中的所有属性；T 中有一些域不出现在 R 中。在除运算中 S 的域由 T 中那些不出现在 R 中的域所组成。

③ 连接与自然连接运算。连接运算又可称为 θ 连接运算，通过它可以将两个关系合并成一个大关系。

典型题解

【例 1-19】下列关系运算中，能使经运算后得到的新关系中属性个数多于原来关系中属性个数的是（   ）。

A）选择　　　　　　　B）连接　　　　　　　C）投影　　　　　　　D）并

【解析】选择运算是在指定的关系中选取所有满足给定条件的元组，构成一个新的关系，而这个新的关系是原关系的一个子集。因此，关系经选择运算后得到的新关系中属性个数不会多于原来关系中属性个数。所以选项 A 错误。连接运算是对两个关系进行的运算，其意义是从两个关系的笛卡儿积中选出满足给定属性间一定条件的那些元组。而两个关系的笛卡儿积中的属性个数是两个原关系中的属性个数之和，即两个关系经连接运算后得到的新关系中的属性个数多于原来关系中的属性个数。因此，本题的正确答案是 B。投影运算是在给定关系的某些域上进行的运算。通过投影运算可以从一个关系中选择出所需要的属性成分，并且按要求排列成一个新的关系，而新关系的各个属性值来自原关系中相应的属性值。因此，经过投影运算后，会取消某些列，即关系经投影运算后得到的新关系中属性个数要少于原来关系中的属性个数。所以选项 C 错误。属性值取自同一个域的两个 n 元关系经并运算后仍然是一个 n 元关系，它由属于关系 R 或属于关系 S 的元组组成。因此，两个关系经并运算后得到的新关系中的属性个数不会多于原来关系中的属性个数。所以选项 D 错误。

强化训练

（1）关系数据库管理系统能实现的专门关系运算包括（   ）。

　　A）排序、索引、统计　　　　　　　　　B）选择、投影、连接

　　C）关联、更新、排序　　　　　　　　　D）显示、打印、制表

（2）设有关系 R 及关系 S，它们分别有 p、q 个元组，则关系 R 与 S 经笛卡儿积后所得新关系的元组个数是（ ）。

A）p B）q C）p+q D）p×q

（3）如果对一个关系实施了一种关系运算后得到了一个新的关系，而且新关系中的属性个数少于原来关系中的属性个数，这说明所实施的运算关系是（ ）。

A）选择 B）投影 C）连接 D）并

（4）按条件 f 对关系 R 进行选择，其关系代数表达是（ ）。

A）R⋈R B）R⋈f C）$\sigma_f(R)$ D）$\pi_f(R)$

（5）设有 n 元关系 R 及 m 元关系 S，则关系 R 与 S 经笛卡儿积后所得的新关系是一个（ ）元关系

A）m B）n C）m+n D）m*n

（6）下列关于关系运算的叙述中正确的是（ ）。

A）投影、选择、连接是从二维表的行的方向来进行运算

B）并、交、差是从二维表的列的方向来进行运算

C）投影、选择、连接是从二维表的列的方向来进行运算

D）以上3种说法都不对

（7）在关系运算中，＿＿＿运算是在给定关系的某些域上进行的运算。

（8）在关系运算中，＿＿＿运算是在指定的关系中选取所有满足给定条件的元组，构成一个新的关系，而这个新的关系是原关系的一个子集。

【答案】

（1）B （2）D （3）A （4）C （5）C （6）C （7）投影 （8）选择

▶▶▶ 考点4 数据库设计与管理

数据库设计目前一般采用生命周期法，即将整个数据库应用系统的开发分解成目标独立的若干阶段。它们是：需求分析阶段、概念设计阶段、逻辑设计阶段、物理设计阶段、编码阶段、测试阶段、运行阶段、进一步修改阶段。

1. 数据库设计的需求分析

需求分析阶段的任务是通过详细调查现实世界要处理的对象，充分了解原系统的工作概况，明确用户的各种需求，然后在此基础上确定新系统的功能。

分析和表达用户的需求，经常采用的方法有结构化分析方法和面向对象的方法。结构化分析方法用自顶向下、逐层分解的方式分析系统。数据流图表达了数据和处理过程的关系，数据字典对系统中数据的详尽描述是各类数据属性的清单。数据字典是进行详细的数据收集和数据分析所获得的主要结果。

数据字典是各类数据描述的集合，它包含 5 个部分，即数据项、数据结构、数据流、数据存储和处理过程。数据字典是在需求分析阶段建立的，在数据库设计过程中不断修改、充实、完善。

2. 数据库的概念设计

（1）数据库概念设计

数据库概念设计的目的是分析数据间内在的语义关联，在此基础上建立一个数据的抽象模型。数据库概念设计的方法有两种：集中式模式设计法；视图集成设计法。

（2）数据库概念设计的过程

使用 E-R 模型与视图集成法进行设计时，需要按以下步骤进行：首先选择局部应用，再进行

局部视图设计，最后通过对局部视图进行集成得到概念模式。

3. 数据库的逻辑设计

（1）从 E-R 图向关系模式转换

将 E-R 图转换为关系模型的转换方法如下：

① 一个实体型转换为一个关系模式。

② 一个 1:1 联系可以转换为一个独立的关系模式，也可以与任意一端（一般为全部参与方）对应的关系模式合并。

③ 一个 1:n 联系可以转换为一个独立的关系模式，也可以与 n 端对应的关系模式合并。

④ 一个 m:n 联系转换为一个关系模式。

3 个或 3 个以上实体间的多元联系转换为一个关系模式。

具有相同码的关系模式可合并。

（2）逻辑模式规范化

在关系数据库设计中经常存在的问题有：数据冗余、插入异常、删除异常和更新异常。

数据库规范化的目的在于消除数据冗余和插入/删除/更新异常。规范化理论有 4 个范式，从第一范式到第四范式的规范化程度逐渐升高。

（3）关系视图设计

关系视图设计又称为外模式设计。关系视图是在关系模式基础上所设计的直接面向操作用户的视图，它可以根据用户需求随时创建。

4. 数据库的物理设计

数据库物理设计的主要目标是对数据库内部物理结构作调整并选择合理的存取路径，以提高数据库访问速度及有效利用存储空间。

5. 数据库管理

数据库管理包括数据库的建立、调整、重组、安全性与完整性控制、故障恢复和监控。

典型题解

【例 1-20】下列叙述中正确的是（　　）。

A）数据库系统是一个独立的系统，不需要操作系统的支持

B）数据库设计是指设计数据库管理系统

C）数据库技术的根本目标是要解决数据共享的问题

D）数据库系统中，数据的物理结构必须与逻辑结构一致

【解析】对于 A 选项，数据库系统需要操作系统的支持，必不可少，故其叙述不正确。B 选项错误，因为数据库设计是指设计一个能满足用户要求，性能良好的数据库。D 选项也不对，因为数据库应该具有物理独立性和逻辑独立性，改变其一而不影响另一个。正确答案为 C。

强化训练

（1）E-R 模型可以转换成关系模型。当两个实体间的联系是 m:n 联系时，它通常可转换成（　　）个关系模式。

　　A）2　　　　　　　B）3　　　　　　　C）m+n　　　　　　D）m*n

（2）规范化理论中分解（　　）主要是消除其中多余的数据相关性。

　　A）关系运算　　　B）内模式　　　　C）外模式　　　　D）视图

（3）在数据库设计的 4 个阶段中，为关系模式选择存取方法（建立存取路径）应该是在（　　）阶段。

A）需求分析　　　　B）概念设计　　　　　C）逻辑设计　　　　　D）物理设计

（4）数据库的设计通常可以分为这样 4 个步骤：＿＿＿、概念设计、逻辑设计和物理设计。

（5）在数据库逻辑结构的设计中，将 E-R 模型转换为关系模型应遵循相关原则。对于 3 个不同实体集和它们之间的多对多联系 m:n:p，最少可转换为＿＿＿个关系模式。

（6）数据库的建立包括数据模式的建立和数据＿＿＿。

【答案】

（1）B （2）A （3）D （4）需求分析 （5）4 （6）加载

第 2 章 Visual FoxPro 数据库基础

⬤ **考点概览**

本章内容在笔试考试中所占比例很小，分析历次考试中所占的比例，每次考试平均 1～2 道题。

⬤ **重点考点**

① 数据模型及实体间的联系。
② 关系模型及关系运算。

⬤ **复习建议**

① 本章内容在笔试题目中出现不多，但在上机考试中的"基本操作"和"简单应用"部分，经常会出现使用向导创建报表和表单的内容，并且，创建项目及项目管理器的操作也是重点。
② 通过实际上机，熟悉 Visual FoxPro 的各种向导、设计器的界面、功能及操作方法。

2.1 数据库基础知识

▶▶▶ **考点 1 数据处理**

1. 数据与数据处理

数据是指存储在某一种媒体上能够识别的物理符号。不仅包括数字、字母、文字和其他特殊字符组成的文本形式的数据，还包括图像、图形、动画、声音、影像等多媒体数据。

数据处理是指将数据转化成信息的过程，信息是一种被加工成特殊形式的数据。通过数据处理，能够从大量的原始数据中提取有价值的信息，并以此作为行为和决策的依据。

2. 计算机数据管理

计算机数据管理是指对数据的组织、分类、编码、存储、检索和维护提供操作手段。计算机数据管理经历了人工管理、文件系统、数据库系统、分布式数据库系统和面向对象数据库系统等几个阶段。

典型题解

【例 2-1】 在数据库管理技术的发展过程中，经历了人工管理阶段、文件系统阶段和数据库系统阶段。其中数据独立性最高的阶段是（ ）。

A）数据库系统阶段　　　　　　　　　　B）文件系统阶段

C）人工管理阶段　　　　　　　　　　　D）数据项管理

【解析】文件系统是数据库系统的初级阶段，提供了简单的数据共享与数据管理能力，附属于操作系统而不成为独立的软件，只能看作是数据库系统的雏形阶段。人工管理阶段主要用于科学计算，对于硬件来说无硬盘，对于软件来说没有操作系统。数据库管理系统是从这两个阶段发展而来的，其数据独立性必然更高。因此答案为选项 A。

▶▶▶ 考点 2　数据库系统

1．数据库系统的概念

数据库系统的概念包括：数据库（DataBase，DB）、数据库应用系统（DataBase Application System，DBAS）、数据库管理系统（DataBase Management System，DBMS）、数据库系统（DataBase System，DBS）及数据库管理员（DataBase Administrator，DBA）。

2．数据库系统的特点：

① 实现数据共享，减少数据冗余。

② 采用特定的数据模型。

③ 具有较高的数据独立性。

④ 有统一的数据控制功能。

典型题解

【例 2-2】　数据库系统中对数据库进行管理的核心软件是（　　）。

A）DBMS　　　　　　　B）DB　　　　　　　C）OS　　　　　　　D）DBS

【解析】本题是对数据库系统中几个基本概念的考查。DBMS 是 Database Management System 的缩写，表示数据库管理系统，数据库管理系统是数据库系统的核心。其余选项中，数据库系统缩写是 DBS（Database System），数据库系统包括数据库、数据库管理系统。操作系统的缩写是 OS（Operate System），数据库的缩写是 DB（Database），数据库（Database）是存储在计算机存储设备上，结构化的相关数据集合。故选项 A 为正确答案。

强化训练

（1）与文件管理系统相比，下列（　　）个选项不是数据库系统的特点。

A）数据结构化　　　B）访问速度快　　　C）数据独立性　　　D）冗余度可控

（2）在数据管理技术的发展过程中，可实现数据完全共享的阶段是（　　）。

A）人工管理阶段　　B）文件系统阶段　　C）数据库阶段　　　D）系统管理阶段

【答案】

（1）B　　（2）C

▶▶▶ 考点 3　数据模型

1．实体

客观存在并且可以相互区别的事物称为实体。描述实体的特性称为属性。

在 Visual FoxPro 中，用"表"来存放同一类实体。一个"表"包含若干个字段，"表"中所包含的"字段"就是实体的属性。字段值的集合组成表中的一条记录，代表一个具体的实体，即每一条记录表示一个实体。

2．实体间联系及联系的种类

实体之间的对应关系称为联系，两个实体间的联系可以归结为 3 种类型：

① 一对一联系（one – to – one relationship）。在 Visual FoxPro 中，一对一的联系表现为主表中的每一条记录只与相关表中的一条记录相关联。

② 一对多联系（one – to many relationship）。在 Visual FoxPro 中，一对多联系表现为主表中的每一条记录与相关表中的多条记录相关联。

③ 多对多联系（many – to many relationship）。在 Visual FoxPro 中，多对多联系表现为一个表中的多个记录在相关表中同样有多个记录与其匹配。

3. 数据模型的概念和种类

为了反映事物本身及事物之间的各种联系，数据库中的数据必须有一定的结构，这种结构用数据模型来表示。数据模型是数据库管理系统用来表示实体及实体间联系的方法。一个具体的数据模型应当正确地反映数据之间存在的整体逻辑关系。

任何一个数据库管理系统都是基于某种数据模型的。数据库管理系统所支持的数据模型分为 3 种：层次模型、网状模型、关系模型。

（1）层次数据模型

用树形结构表示实体及其之间联系的模型称为层次模型。层次模型实际上是由若干个代表实体之间一对多联系的基本层次联系组成的一棵树，树的每一个结点代表一个实体类型。该模型的实际存储数据由链接指针来体现联系。支持层次数据模型的 DBMS 称为层次数据库管理系统，在这种系统中建立的数据库是层次数据库。层次数据模型不能直接表示出多对多的联系。

（2）网状模型

用网状结构表示实体及其之间联系的模型称为网状模型。网中的每一个结点代表一个实体类型。支持网状数据模型的 DBMS 称为网状数据库管理系统，在这种系统中建立的数据库是网状数据库。从物理上看，每一个结点都是一个存储记录，用链接指针来实现记录之间的联系。这种用指针将所有数据记录都"捆绑"在一起的特点，使得层次模型和网状模型存在难以实现系统的修改与扩充等缺陷。

（3）关系模型

用二维表结构来表示实体以及实体之间联系的模型称为关系模型。在关系型数据库中，每一个关系都是一个二维表，无论实体本身还是实体间的联系均用称为"关系"的二维表来表示，使得描述实体的数据本身能够自然地反映它们之间的联系。

典型题解

【例 2-3】如果一个班只能有一个班长，而且这个班长不能同时担任其他班的班长，班级和班长两个实体之间的关系属于（　）。

A）一对一关系　　　B）一对二关系　　　　C）多对多关系　　　　D）一对多关系

【解析】实体之间的关系共分为 3 种：一对一关系、一对多关系、多对多关系。要区分实体之间的关系是属于哪种，最关键的方法就是从实体之间的关系出发，分析清楚两个实体之间的对应关系，从而得出结论。本题中的两个实体分别为班长和班级，其之间的关系已由题干中明确说明，一个班长只能属于一个班级，同时一个班级也只能有一个班长，这恰好符合实体之间的一对一关系的定义，因此可以得出答案为 A。

【例 2-4】Visual FoxPro 支持的数据模型是（　）。

A）层次数据模型　　B）关系数据模型　　　　C）网状数据模型　　　　D）树状数据模型

【解析】所谓数据模型，就是指存储数据的数据结构。常用的数据模型有 3 种：层次模型、网状模型和关系模型。Visual FoxPro 系统数据库中采用的数据模型是关系模型。故正确答案为 B。

强化训练

（1）在 Visual FoxPro 中"表"是指（　　）。

    A）报表　　　　　　B）关系　　　　　　C）表格　　　　　　D）表单

（2）Visual FoxPro DBMS 基于的数据模型是（　　）。

    A）层次型　　　　　B）关系型　　　　　C）网状型　　　　　D）混合型

（3）实体-联系模型中，实体与实体之间的联系不可以是（　　）。

    A）一对一关系　　　B）多对多关系　　　C）一对多关系　　　D）一对零关系

（4）　二维表中的列称为关系的（　　）；二维表的行称为关系的（　　）。

    A）元组，属性　　　B）列，行　　　　　C）行，列　　　　　D）属性，元组

（5）在奥运会游泳比赛中，一个游泳运动员可以参加多项比赛，一个游泳比赛项目可以有多个运动员参加，游泳运动员与游泳比赛项目两个实体之间的联系是_____联系。

（6）如果一个工人可管理多个设备，而一个设备只被一个工人管理，则实体"工人"与实体"设备"之间存在____关系。

【答案】

    （1）B　　（2）B　　（3）D　　（4）D　　（5）多对多或 m:n　　（6）一对多（或 1 对多、1:M、1:N）

2.2　关系数据库

 ### 考点1　关系模型及关系术语

1．关系模型

关系模型为当今最流行的数据库模型。用二维表结构来表示实体以及实体之间联系的模型称为关系模型。在关系型数据库中，每一个关系都是一个二维表，无论实体本身还是实体间的联系均用称为"关系"的二维表来表示，而传统的层次和网状模型数据库是使用链接指针来存储和体现联系的。

2．关系术语

（1）关系

一个关系就是一张二维表，每个关系有一个关系名。在 Visual FoxPro 中，一个关系存储为一个文件，文件扩展名为.dbf，称为"表"。

对关系的描述称为关系模式，一个关系模式对应一个关系的结构。其格式为：

关系名(属性名 1，属性名 2，…，属性名 n)

在 Visual FoxPro 中表示为表结构：

表名(字段名 1，字段名 2，…，字段名 n)

（2）元组

在一个二维表(一个具体关系)中，每一行是一个元组。元组对应存储文件中的一个具体记录。

（3）属性

二维表中每一列有一个属性名，与前面讲的实体属性相同，在 Visual FoxPro 中表示为字段名。每个字段的数据类型、宽度等在创建表的结构时规定。

（4）域

属性的取值范围，即不同元组对同一个属性的取值所限定的范围。

（5）关键字

属性或属性的组合，其值能够唯一地标识一个元组。在 Visual FoxPro 中表示为字段或字段的组合，例如，职工表中的职工号可以作为标识一条记录的关键字。在 Visual FoxPro 中，主关键字和候选关键字就起唯一标识一个元组的作用。

（6）外部关键字

如果表中的一个字段不是本表的主关键字或候选关键字，而是另外一个表的主关键字或候选关键字，那么这个字段（属性）就称为外部关键字。

从集合论的观点来定义关系，可以将关系定义为元组的集合。关系模式是命名的属性集合。元组是属性值的集合。一个具体的关系模型是若干个有联系的关系模式的集合。

3. 关系的特点

关系模型看起来简单，但是并不能把日常手工管理所用的各种表格，按照一张表一个关系直接存放到数据库系统中。在关系模型中对关系有一定的要求，关系必须具有以下特点：

① 关系必须规范化。所谓规范化是指关系模型中的每一个关系模式都必须满足一定的要求。最基本的要求是每个属性必须是不可分割的数据单元，即表中不能再包含表。

② 在同一个关系中不能出现相同的属性名，Visual FoxPro 不允许同一个表中有相同的字段名。

③ 关系中不允许有完全相同的元组，即冗余。

④ 在一个关系中元组的次序无关紧要。

⑤ 在一个关系中列的次序无关紧要。任意交换两列的位置也不影响数据的实际含义。

典型题解

【例 2-5】Visual FoxPro 是一种关系型数据库管理系统，这里关系通常是指（　　）。

A）数据库文件（DBC 文件）　　　　B）一个数据库中两个表之间有一定的关系

C）表文件（DBF 文件）　　　　　　D）一个表文件中两条记录之间有一定的关系

【解析】一个关系就是一张二维表，Visual FoxPro 中表示为表文件，从而得出正确答案为选项 C。

【例 2-6】　对于"关系"的描述，正确的是（　　）。

A）同一个关系中允许有完全相同的元组

B）在一个关系中元组必须按关键字升序存放

C）在一个关系中必须将关键字作为该关系的第一个属性

D）同一个关系中不能出现相同的属性名

【解析】选项 A、B、C 都是错误的，同一个关系中，不允许有完全相同的元组，其元组的顺序是任意的。另外，关系的属性次序与是否为关键字无关。因此可以得出答案为选项 D。

强化训练

（1）以下关于关系的说法正确的是（　　）。

　A）列的次序非常重要　　　　B）当需要索引时列的次序非常重要

　C）列的次序无关紧要　　　　D）关键字必须指定为第一列

（2）在一个关系中，不能有完全相同的（　　）。

　A）元组　　　B）属性　　　C）域　　　D）分量

（3）下列关于候选关键字的说明中错误的是（　　）。

A）候选关键字是惟一标识实体的属性集

B）候选关键字能惟一决定一个元组

C）能惟一决定一个元组的属性集是候选关键字

D）候选关键字中的属性均为主属性

（4）用二维表数据来表示实体之间联系的数据模型称为（　）。

【答案】

（1）C　　（2）A　　（3）A　　（4）关系模型（或关系）

▶▶▶ 考点 2　关系运算

1. 传统的集合运算

进行并、差、交集合运算的两个关系必须具有相同的关系模式，即相同结构。

（1）并

两个相同结构关系的并是由属于这两个关系的元组组成的集合。

（2）差

设有两个相同结构的关系 R 和 S，R 差 S 的结果是由属于 R 但不属于 S 的元组组成的集合，即差运算的结果是从 R 中去掉 S 中也有的元组。

（3）交

两个具有相同结构的关系 R 和 S，它们的交是由既属于 R 又属于 S 的元组组成的集合。交运算的结果是 R 和 S 的共同元组。

在 Visual FoxPro 中没有直接提供传统的集合运算，可以通过其他操作或编写程序来实现。

2. 专门的关系运算

在 Visual FoxPro 中专门的关系运算有下面 3 种：

（1）选择

从关系中找出满足给定条件的元组的操作，称为选择。选择是从行的角度进行的运算，即从水平方向抽取记录。

（2）投影

从关系模式中指定若干个属性组成新的关系，称为投影。投影是从列的角度进行的运算，相当于对关系进行垂直分解。

（3）联接

联接是关系的横向结合。联接过程是通过联接条件来控制的，联接条件中将出现两个表中的公共属性名，或者具有相同语义、可比的属性。联接结果是满足条件的所有记录，相当于 Visual FoxPro 中的"内部联接"。

选择和投影运算的操作对象只是一个表，相当于对一个二维表进行切割。联接运算需要两个表作为操作对象。如果需要联接两个以上的表，应当两两进行联接。

典型题解

【例 2-7】对关系 S 和关系 R 进行集合运算，结果中既包含 S 中的元组也包含 R 中的元组，这种集合运算称为（　）。

A）并运算　　　　B）交运算　　　　C）差运算　　　　D）积运算

【解析】本题考查集合运算。在关系数据库理论中，两个关系的并是由属于这两个关系的元组组成的集合，故选项 A 正确。两个关系的交是由既属于一个关系，又属于另一个关系的元素组成的集合，两个集合的差运算是由从一个集合中去掉另一个集合中的元素后组成的集合。两个集合的交运算是由既属于前一个集合，又属于后一个集合的元素组成的集合。

强化训练

（1）关系数据库管理系统能实现的专门关系运算包括选择、联接和____。

（2）在联接运算中，____联接是去掉重复属性的等值联接。

【答案】

（1）投影　　（2）自然

2.3　Visual FoxPro 概述

1．Visual FoxPro 启动和退出

Windows 中启动 Visual FoxPro 6.0 的方法与启动任何其他应用程序相同。单击 Windows 的"开始"按钮，依次选择"程序"→"Microsoft Visual FoxPro 6.0"→"Microsoft Visual FoxPro 6.0"菜单项即可。

有 4 种方法可以退出 Visual FoxPro 6.0 返回 Windows：

① 用鼠标左键单击 Visual FoxPro 6.0 标题栏最右面的"关闭窗口"按钮。

② 从"文件"下拉菜单中选择"退出"选项。

③ 单击主窗口左上方的"狐狸"图标，从窗口下拉菜单中选择"关闭"，或者按<Alt+F4>键。

④ 在命令窗口中键入 QUIT 命令，单击<Enter>键。

2．Visual FoxPro 的工作方式

Visual FoxPro 有 3 种工作方式：利用菜单系统或工具栏按钮执行命令；在命令窗口直接输入命令进行交互式操作；利用各种生成器自动产生程序，或者编写 FoxPro 程序（命令文件），然后执行它。前两种方法属于交互式工作方式。执行命令文件为自动化工作方式。

3．数据类型

在 Visual FoxPro 6.0 的数据类型主要分为 6 大类：数值型、货币型、字符型、日期型、日期时间型和逻辑型。

4．主要文件类型

在 Visual FoxPro 6.0 中，文件大体上可以分为 3 大类：数据库文件、文档文件和程序文件。

（1）数据库文件

数据库文件是用来存储数据库数据的文件。主要有数据库容器文件、表文件、索引文件等。

数据库容器文件的扩展名为 DBC、DCT 和 DCX。其中，DBC 为数据库容器的主文件扩展名，DCT 为数据库容器的备注文件扩展名，而 DCX 为数据库容器的索引文件扩展名。

表是关系数据库中用来存储数据的主体，表文件的扩展名为 DBF 和 FPT。其中，DBF 为表的主文件扩展名，主文件用于存储固定长度的数据；FPT 为表的备注文件扩展名，备注文件用于存放可变长度的数据。

索引的主要作用是加快检索数据的速度。Visual FoxPro 6.0 中主要有两种与表有关的索引：复合索引和单一索引。复合索引文件的扩展名为 CDX，而单一索引文件的扩展名为 IDX。

（2）文档文件

文档文件主要包括表单文件、报表文件、菜单文件，以及项目文件。其中，表单文件的扩展名为 SCX 和 SCT。其中，SCX 为表单的主文件，而 SCT 为表单的备注文件。报表文件的扩展名为 FRX 和 FRT。菜单文件的扩展名为 MNX 和 MNT。

PJX 为项目主文件，而 PJT 为项目备注文件。

（3）程序文件

程序是由命令所构成的语句序列。 Visual FoxPro 6.0 中默认的源程序文件扩展名为 PRG，但 Visual FoxPro 6.0 为了使众多的程序文件相互区别，又增加了以 MPR 和 QPR 为扩展名的源程序文件。

MPR 是菜单程序的扩展名，菜单程序可由菜单设计器生成。

QPR 是查询程序的扩展名，查询程序可由查询设计器生成。

如果要使用以 MPR 和 QPR 为扩展名的程序文件，在执行程序时必须加上扩展名，否则会出现找不到文件的错误。

典型题解

【例 2-7】 在 Visual FoxPro 中可以用 DO 命令执行的文件不包括（　　）。

A）PRG 文件　　　　B）MPR 文件　　　　C）FRX 文件　　　　D）QPR 文件

【解析】 此题考查考生对 Visual FoxPro 中各种文件的执行方法。PRG 文件为程序文件，而 MPR 为生成的菜单源程序文件，FRX 为报表文件，QPR 则为生成的查询程序文件，在这 4 种文件中，程序文件、菜单源程序文件及查询程序文件均可以使用 DO 命令来执行，而报表文件 FRX 则需要使用如下语句来执行：REPORT FORM<报表文件名>，所以，选项 C 正确。

2.4　项目管理器

在项目管理器中，可以将应用系统编译成一个扩展名为 APP 的应用文件或 EXE 的可执行文件。项目管理器将一个应用程序的所有文件集合成一个有机的整体，形成一个扩展名为 PJX 的项目文件。

"项目管理器"窗口共有 6 个选项卡，其中"数据"、"文档"、"类"、"代码"、"其他" 5 个选项卡用于分类显示各种文件，"全部"选项卡用于集中显示该项目中的所有文件。

① "数据"选项卡：包含了一个项目中的所有数据——数据库、自由表、查询和视图。

② "文档"选项卡：包含了输入和查看数据所用的表单、打印表和查询结果所用的报表及标签。

③ "类"选项卡：使用 Visual FoxPro 的基类就可以创建一个可靠的面向对象的事件驱动程序。如果自己创建了实现特殊功能的类，可以在项目管理器中修改。

④ "代码"选项卡：包括扩展名为 PRG 的程序文件、函数库 API Libraries 和应用程序 APP 文件。

⑤ "其他"选项卡：包括文本文件、菜单文件和其他文件。

⑥ "全部"选项卡：以上各类文件的集中显示窗口。

在项目管理器中可以进行新建文件、添加文件、修改文件、删除文件等操作。

典型题解

【例 2-8】 向项目中添加表单，应该使用项目管理器的（　　）。

A）"代码"选项卡　　B）"类"选项卡　　　　C）"数据"选项卡　　　　D）"文档"选项卡

【解析】 本题考查对 Visual FoxPro 中项目管理器的掌握。向项目中添加表单，应该使用项目管理器的"文档"选项卡，因此选项 D 为正确答案。

【例 2-9】 项目管理器的＿＿＿＿＿选项卡用于显示和管理数据库、自由表和查询等。

【解析】 本题考查对 Visual FoxPro 项目管理器的掌握。在 Visual FoxPro 项目管理器中，"数据"选项卡中包含了用户建立的数据库文件、数据库表、自由表和查询。

强化训练

（1）在 Visual FoxPro 的项目管理器中不包括的选项卡是（　　）。

A）数据　　　　　　　B）文档　　　　　　　　C）类　　　　　　　　　D）表单

（2）项目管理器中的"全部"选项卡用于显示和管理（　　）。

A）Visual FoxPro 包含的各类文件，包括数据、文档、类库、代码、其他

B）数据库、自由表、查询

C）菜单、报表、标签

D）菜单、文本文件、其他文件

（3）下列关于从项目管理器中移去文件的说法正确的是（　　）。

A）移去文件是将文件从项目文件中移去

B）移去文件是将文件从磁盘上彻底删除

C）移去文件后再也不能恢复

D）移去文件与删除文件相同

（4）项目管理器中的"数据"选项卡用于显示和管理（　　）。

A）数据库、自由表和查询　　　　　　　　B）数据库、报表和向导

C）数据库、表单和查询　　　　　　　　　D）数据库、自由表、视图和查询

（5）通过项目管理器中的按钮不可以完成的操作是（　　）。

A）新建文件　　　　　B）删除文件　　　　　C）为文件重命名　　　　D）添加文件

（6）对项目管理器不能进行的操作是（　　）。

A）移动其位置　　　　　　　　　　　　　　B）对各选项名称进行修改

C）改变其大小　　　　　　　　　　　　　　D）将其折叠起来只显示选项

【答案】

（1）D　（2）A　（3）C　（4）A　（5）C　（6）B

2.5　设计器和向导

Visual FoxPro 的设计器是创建和修改应用系统各种组件的可视化工具。利用各种设计器，使得创建表、表单、数据库、查询和报表以及管理数据变得轻而易举，为初学者提供了方便的工具。表 2-1 中列出了 Visual FoxPro 中的设计器及简单说明。

表 2-1　Visual FoxPro 的设计器

设计器名称	功　能
表设计器	创建并修改数据库表、自由表、字段和索引。可以实现诸如有效性检查和默认值等高级功能
数据库设计器	管理数据库中包含的全部表、视图和关系。该窗口活动时，显示"数据库"菜单和"数据库设计器"工具栏
报表设计器	创建和修改打印数据的报表，当该设计器窗口活动时，显示"报表"菜单和"报表控件"工具栏
查询设计器	创建和修改在本地表中运行的查询。当该设计器窗口活动时，显示"查询"菜单和"查询设计器"工具栏
视图设计器	在远程数据源上运行查询；创建可更新的查询，即视图。当该设计器窗口活动时，显示"视图设计器"工具栏
表单设计器	创建并修改表单和表单集，当该窗口活动时，显示"表单"菜单、"表单控件"工具栏、"表单设计器"工具栏和"属性"窗口
菜单设计器	创建菜单栏或弹出式子菜单
数据环境设计器	数据环境定义了表单或报表使用的数据源，包括表、视图和关系，可以用数据环境设计器来修改
连接设计器	为远程视图创建并修改命名连接，因为连接是作为数据库的一部分存储的，所以仅在有打开的数据库时才能使用"连接设计器"

　　向导是一种交互式程序，用户在一系列向导屏幕上回答问题或者选择选项，向导会根据回答生成文件或者执行任务，帮助用户快速完成一般性的任务。例如，创建表单、编排报表的格式、建立查询、制作图表、生成数据透视表、生成交叉表报表，以及在 Web 上按 HTML 格式发布等。Visual FoxPro 中带有的向导超过 20 个。

第3章 Visual FoxPro 程序设计基础

考点概览

本章内容是 Visual FoxPro 的基础知识，在笔试考试中所占比例很大，分析历次考试中所占的比例，每次考试平均 10~15 道题，其中考题主要集中在表达式、常用函数、程序结构及变量调用几部分。并且在上机考试中的"综合应用"部分，也会经常出现修改错误程序及编写某个程序来实现某个功能的题目。

重点考点

① 表达式及常用函数的应用，历次考试都有一些题目直接考察考生对这些内容的掌握，并且在涉及到 SQL 语句及程序设计的题目中，也会间接考察表达式及函数的内容。

② 程序的基本结构在考试中经常出现，一般常用的就是 do while 循环结构及 If/else/endif 选择结构，常见题目就是分析程序内容，并填写程序中所缺少的部分，或跟踪程序运行过程，写出程序运行结果等。

③ 模块与参数调用是本章难点。它经常出现在一些比较复杂的程序理解题当中。掌握对于形参与实参的区别、调用模块的返回值等是解决这些题的关键。

复习建议

① 牢记常用函数的格式、功能，最好在 Visual FoxPro 环境下，根据书中所提供的题目，亲自尝试。

② 大量阅读与程序结构相关的代码来进一步理解它们。

③ 掌握程序的基本结构，创建并运行涉及到参数调用的程序代码，并将代码中涉及到调用的参数使用 Wait、"?"命令显示在屏幕上，这样可以更清楚地理解参数在调用过程中的变化。

④ 表达式、变量、程序基本结构等常穿插在其他的一些知识点中。所以，本章是学好 Visual FoxPro 语言的基础之一，否则会直接影响到后面一些知识点的掌握。

3.1 常量与变量

1. 常量

常量用来表示一个具体的、不变的值。

不同类型的常量的定义及书写格式见表 3-1。

表 3-1　常量的类型、定义及书写格式

常 量 类 型	定义及书写格式
数值型	常数，用来表示一个数量的大小，由数字 0~9、小数点和正负号构成
货币型	货币型常量用来表示货币值，与数值型常量类似，但要加上一个前置的符号$，采用 4 位小数
字符型	也称为字符串，用半角单引号、双引号或方括号把字符串括起来。这里的单引号、双引号或方括号称为定界符
日期型	用来表示日期，定界符是一对花括号。花括号内包括年、月、日 3 部分内容，各部分内容之间用分隔符分隔，用 8 个字节表示，取值范围是：{^0001-01-01}~{^9999-12-31}，由命令 SET MARK TO（指定日期分隔符）、SET DATE [TO]（设置日期显示格式）、SET CENTURY（决定如何显示或解释日期数据的年份）及 SET STRICTDATE TO（设置是否对日期数据进行检查）来对日期型数据进行设置
日期时间型	包括日期和时间两部分内容，{<日期>,<时间>}，<日期>部分与日期型常量相似。<时间>部分的格式为：[hh[:mm[:ss]][a l p]]。其中 hh,mm 和 ss 分别代表时、分和秒，默认值分别为 12、0 和 0。AM(或 A)和 PM(或 P)分别代表上午和下午，默认值为 AM。如果指定的时间大于等于 12，则自然为下午的时间
逻辑型	逻辑型数据只有逻辑真和逻辑假两个值

2. 变量

变量值是能够随时更改的。Visual FoxPro 的变量分为字段变量和内存变量两大类。表中的字段名是变量，称为字段变量。内存变量是内存中的一个存储区域，变量值就是存放在这个存储区域里的数据，变量的类型取决于变量值的类型。在 Visual FoxPro 中，变量的类型可以改变，也就是说，可以把不同类型的数据赋给同一个变量。内存变量的数据类型包括字符型(C)、数值型(N)、货币型(Y)、逻辑型(L)、日期型(D)和日期时间型(T)。

3. 数组

数组是内存中连续的一片存储区域，由一系列元素组成，可以通过数据名及相应的下标来放，每个数组元素相当于一个内存变量。

数组在使用之前一般要用 DIMENSION 或 DECLARE 命令显式创建，规定数组是一维数组还是二维数组，数组名和数组大小。数组大小由下标值的上、下限决定，下限规定为 1。

创建数组的命令格式为：

DIMENSION<数组名>(<下标上限 1>[,<下标上限 2>])[,……]

DECLARE<数组名>(<下标上限 1>[, <下标上限 2>])[,……]

以上两种格式的功能完全相同。数组创建后，系统自动给每个数组元素赋以逻辑假.F.。

整个数组的数据类型为 A(Array)，而各个数组元素可以分别存放不同类型的数据。

4. 内存变量常用命令

（1）内存变量的赋值

格式 1：

STORE <表达式> TO <变量名表>

将表达式值赋予一个或多个内存变量。

格式 2：

<内存变量名>=<表达式>

一个变量赋值。

（2）表达式值的显示

格式 1：

?[<表达式表>]

计算表达式表中的各表达式并在当前光标处输出各表达式值，并输出回车符。

格式 2：

　　??<表达式表>

计算表达式表中的各表达式并在当前光标处输出各表达式值。

（3）内存变量的显示

格式 1：

　　LIST MEMORY[LIKE<通配符>][TO PRINTER | TO FILE<文件名>]

格式 2：

　　DISPLAY MEMORY[LIKE<通配符>][TO PRINTER| TO FILE<文件名>]

（4）内存变量的清除

格式 1：

　　CLEAR MEMORY

格式 2：

　　RELEASE<内存变量名表>

典型题解

【例 3-1】关于 Visual FoxPro 的变量，下面说法中正确的是（　　）。

A）使用一个简单变量之前要先声明或定义

B）数组中各数组元素的数据类型可以不同

C）定义数组以后，系统为数组的每个数组元素赋以数值 0

D）数组元素的下标下限是 0

【解析】选项 A 错误，在使用简单变量之前，不需要特别的声明和定义。选项 B 正确，数组是按一定顺序排列的一组内存变量的集合，在 Visual FoxPro 中，一个数组中各个元素的数据类型可以不同，但必须先定义后使用。选项 C 错误，系统在定义数组后不会对数组元素进行赋值。选项 D 数组大小由下标值的上、下限决定，下限规定为 1，而不是 0。综上所述，本题正确答案为选项 B。

【例 3-2】以下日期格式正确的是（　　）。

A）{2003-05-01}　　　B){"2003-05-01"}　　　C){^2003-05-01}　　　D){'2003-05-01'}

【解析】日期型常量用来表示日期，其表示方式是用定界符(一对花括号)将日期括起来，定界符内包括年、月、日 3 部分，各部分之间用分隔符隔开，系统默认的分隔符为斜杠(/)，常用的分隔符还有连字号(-)、句号(.)和空格。日期型常量的格式有传统日期格式和严格日期格式两种。

传统的日期格式为："月/日/年(mm/dd/yy)"，其中月、日为两位数字，年可以为两位数字，也可以为 4 位数字。严格的日期格式为：{^yyyy-mm-dd}，书写严格的日期格式时应注意下面几点：大括号内第一个字符必须是脱字符（^）。年份必须用 4 位表示（例如，2003，不能写成 03）。年月日的次序不能颠倒，且不能缺少。此题中 4 个选项均为严格日期格式，但选项 A 在日期前没有加入脱字符"^"，而选项 B 和 D 均错误地加入了定界符，所以均不正确。

【例3-3】下列赋值语句正确的是（　　）。

A）a=l, b=5　　　　　　　　　　　　　B）a, b=8

C）STORE 5 TO a, b, c　　　　　　　　 D）STORE 5, 6, 7 TO a, b, c

【解析】选项 A 和 B 使用错误格式为两个变量赋值，所以均不正确；选项 C 正确，它表示将 5 赋给 a,b,c3 个变量，符合第一种格式的要求。选项 D 错误，"5,6,7"不是正确的表达式书写格式。

【例 3-4】使用命令 DECLARE ABC(2,3)定义的数组，包含的数组元素（下标变量）的个数为（　　）。

A）2 个　　　　　　　B）4 个　　　　　　　C）5 个　　　　　　　D）6 个

【解析】本题是对创建数组命令 DECLARE 的考查。数组中的元素数量计算方法如下：

1 维数组：元素数量=下标上限

2 维数组：元素数量=下标上限 1×下标上限 2

......

在此题中创建了一个二维数组，数组元素为 2×3=6 个。所以选项 D 是正确的。

【例 3-5】在"命令窗口"中输入下列命令：

```
SET MARK TO [-]
SET CENTURY ON
?{^2003-04-13}
```

屏幕上的显示结果是（   ）。

A）04-13-2003   B）04-13-03   C）04/13/2003   D）04/13/03

【解析】SET MARK TO 命令的功能是设置日期的分隔符，如果在该命令中省略分隔符，表示恢复系统默认的分隔符"/"。SET CENTURY 命令用于设置年份的位数，当取 ON 时为 4 位年份，取 OFF 时为 2 位年份，故选项 A 为正确答案。

【例 3-6】执行如下命令序列后，最后一条命令的显示结果是（   ）。

```
DIMENSION M(2,2)
M(1,1)=10
M(1,2)=20
M(2,1)=30
M(2,2)=40
? M(2)
```

A）变量未定义的提示   B）10

C）20   D）.F.

【解析】在使用数组和数组元素时，应注意如下问题：

① 在一切使用简单内存变量的地方，均可以使用数组元素。

② 在赋值和输入语句中使用数组名时，表示将同一个值同时赋给该数组的全部数组元素。

③ 在同一个运行环境下，数组名不能与简单变量名重复。

④ 在赋值语句中的表达式位置不能出现数组名。

⑤ 可以用一维数组的形式访问二维数组。例如，数组 Y(3,2)中的各元素用一维数组形式可依次表示为：y(1)、y(2)、y(3)、y(4)、y(5)、y(6)，其中 y(4)与 y(2, 1)是同一变量。

在此题中，首先定义了二维数组 M(2,2)，然后分别为该数组中的各个元素赋值，而数组的特性中包括可以使用一维数组的形式来访问二维数组，所以 M(2)也就表示 M(1,2)，则显示 M(2)的值为 20，故选项 C 正确。

强化训练

（1）下列字符型常量的书写格式不正确的是（   ）。

A）"12345"   B）Visual FoxPro   C）'ABCDE'   D）[程序设计器]

（2）下列常量中，（   ）不是合法的数值型常量。

A）-145   B）15.876   C）'123'   D）1453

（3）能释放程序中所有变量(不包括系统内存变量)的命令是（   ）。

A）RELEASE<变量表>   B）RELEASE ALL

C）CLEAR MEMORY   D）CLEAR ALL

（4）在下面的数据类型中默认值为.F. 的是（　　）。

 A）数值型   B）字符型   C）逻辑型   D）日期型

（5）在 Visual FoxPro 中说明数组的命令是（　　）。

 A）DIMENSION 和 ARRAY   B）DECLARE 和 ARRAY

 C）DIMENSION 和 DECLARE   D）只有 DIMENSION

（6）以下描述不正确的是（　　）。

 A）变量可以任意改变其值   B）变量分为内存变量和字段变量

 C）变量可以随时删除   D）变量名必须以字母开头

（7）Visual FoxPro 内存变量的数据类型不包括（　　）。

 A）数值型   B）货币型   C）备注型   D）逻辑型

（8）要想将日期型或日期时间型数据中的年份用 4 位数字显示，应当使用设置命令（　　）。

 A）SET CENTURY ON   B）SET CENTURY OFF

 C）SET CENTURY TO 4   D）SET CENTURY OF 4

（9）当内存变量与字段变量重名时，系统优先处理（　　）。

 A）内存变量   B）字段变量   C）全局变量   D）局部变量

（10）从内存中清除内存变量的命令是（　　）。

 A）Release   B）Delete   C）Erase   D）Destroy

（11）表示"1962 年 10 月 27 日"的日期常量应该写为＿＿＿＿＿＿＿。

（12）常量.n.表示的是＿＿＿＿＿型的数据。

（13）执行命令 A=2005/4/2 之后，内存变量 A 的数据类型是＿＿＿＿型。

【答案】

 （1）B （2）C （3）B （4）C （5）C （6）C （7）C （8）A （9）B （10）A （11）{^1962-10-27}（或{^1962/10/27}、或{^1962.10.27}） （12）逻辑 或 布尔 （13）数值（或 数字 或 N 或 n）

3.2 表达式

  表达式是由常量、变量和函数通过特定的运算符连接起来的式子。在用 Visual FoxPro 编写的程序里，表达式几乎无所不在。表达式可分为数值表达式、字符表达式、日期时间表达式和逻辑表达式。大多数逻辑表达式是带比较运算符的关系表达式。

1. 数值表达式

  数值表达式由算术运算符将数值型数据连接起来形成，其运算结果仍然是数值型数据。

  数值表达式中的算术运算符有些与日常使用的运算符稍有区别，优先级如表 3-2 所示。

表 3-2　算术运算符及其优先级

优 先 级	运 算 符	说 明
1	()	形成表达式内的子表达式
2	**或^	乘方运算
3	*、/、%	乘、除运算、求余运算
4	+、-	加、减运算

2. 字符表达式

  字符表达式由字符串运算符将字符型数据连接起来形成，其运算结果仍然是字符型数据。字符串运算符有以下两个，它们的优先级相同：

+：前后两个字符串首尾连接形成一个新的字符串。

–：连接前后两个字符串，并将前字符串的尾部空格移到合并后的新字符串尾部。

3．日期时间表达式

日期时间表达式中可以使用的运算符也有"+"和"–"两个。

日期和日期时间型数据比较，越早的日期或时间越小，越晚的日期或时间越大。例如，{^2006-01-10} > {^2005-12-28}。

4．关系表达式

关系表达式通常也称为简单逻辑表达式，它由关系运算符将两个运算对象连接起来形成，即：<表达式 1> <关系运算符> <表达式 2>。

关系运算符的作用是比较两个表达式的大小或前后。其运算结果是逻辑型数据。关系运算符及其含义如表 3-3 所示。

表 3-3　关系运算符

运　算　符	说　　明	运　算　符	说　　明
<	小于	<=	小于等于
>	大于	>=	大于等于
=	等于	==	字符串精确比较
<>、#或!=	不等于	$	子串包含测试

运算符"＝＝"和"$"仅适用于字符型数据。其他运算符适用于任何类型的数据，但前后两个运算对象的数据类型要一致。

关系表达式 <前字符型表达式> $ <后字符型表达式> 为子串包含测试，如果前者是后者的一个子字符串，结果为逻辑真(.T.)，否则为逻辑假(.F.)。

当比较两个字符串时，系统对两个字符串的字符自左向右逐个进行比较，一旦发现两个对应字符不同，就根据这两个字符的排序序列决定两个字符串的大小。

5．逻辑表达式

逻辑表达式由逻辑运算符将逻辑型数据连接起来而形成，其运算结果仍然是逻辑型数据。逻辑运算符有 3 个：.NOT.或"!"(逻辑非)、.AND.(逻辑与)以及.OR.(逻辑或)。也可以省略两端的点，写成 NOT、AND、OR。其优先级顺序依次为 NOT、AND、OR。

6．运算符优先级

前面介绍了各种表达式以及它们所使用的运算符。在每一类运算符中，各个运算符有一定的运算优先级。而不同类型的运算符也可能出现在同一个表达式中，这时它们的运算优先级顺序为：先执行算术运算符、字符串运算符和日期时间运算符，其次执行关系运算符，最后执行逻辑运算符。

圆括号作为运算符，可以改变其他运算符的运算次序。圆括号中的内容作为整个表达式的子表达式，在与其他运算对象进行各类运算前，其结果首先要被计算出来，圆括号的优先级最高，其含义就在于此。

典型题解

【例 3-7】　在 Visual FoxPro 中，下面 4 个关于日期或日期时间的表达式中，错误的是（　）。

A）{^2002.09.01 11:10:10AM}-{^2001.09.01 11:10:10AM}

B）{^01/01/2002}+20

C）{^2002.02.01}+{^2001.02.01}

D）{^2002/02/01}-{^2001/02/01}

【解析】{YYYY-MM-DD}是一个标准的日期型数据格式。选项 A 用来求出两个日期相差的秒数；选项 B 表示对给定日期求 20 天后的日期；选项 D 用于求出两个时间日期相差的天数。这些都是合法的日期型表达式，只有选项 C 的书写是不合法的，正确答案为选项 C。

【例3-8】设 X="11"，Y="1122"，下列表达式结果为假的是（　　）。

A）NOT(X==Y)AND (X$Y)

B）NOT(X$Y)OR (X<>Y)

C）NOT(X>=Y)

D）NOT(X$Y)

【解析】选项 A："=="比较符为精确比较符，若"X==Y"表达式结果为假，则"NOT(X==Y)"表达式结果为真；"$"比较符为"包含"，则"(X$Y)"表达式结果为真。所以"NOT(X==Y)AND(X$Y)"表达式结果为真，不符合题意。

选项 B："(X$Y)"表达式结果为真，则"NOT (X$Y)"表达式结果为假；但"<>"比较符为"不等于），所以"(X<>Y)"表达式结果为真。所以，"NOT(X$Y)OR(X<>Y)"表达式结果为真，不符合题意。

选项 C：">="比较符为"大于等于"，对于字符串比较来说，对两个字符串的字符自左向右逐个进行比较，一旦发现两个对应字符不同，就根据这两个字符的排序序列决定两个字符串的大小，排在后面的字符大于排在前面的字符，如字符串"B">字符串"A"，字符串"12345"大于字符串"12344"。按照机内码顺序，西文字符是按照 ASCII 码值排列的：空格在最前面，大写 ABCD 字母序列在小写 abcd 字母序列的前面。因此，大写字母小于小写字母。汉字的机内码与汉字国标码一致。对常用的一级汉字而言，根据它们的拼音顺序决定大小，按照拼音次序排序。对于西文字符而言，空格在最前面，小写 abcd 字母序列在前，大写 ABCD 字母序列在后。

选项 D："(X$Y)"表达式结果为真，则"NOT (X$Y)"表达式结果为假，符合题意，所以正确答案为 D。

【例 3-9】如果一个表达式包含算术运算、关系运算、逻辑运算和字符运算时，运算的先后顺序是（　　）。

A）算术运算→关系运算→逻辑运算→字符运算

B）算术运算→字符运算→关系运算→逻辑运算

C）逻辑运算→关系运算→算术运算→字符运算

D）字符运算→算术运算→逻辑运算→关系运算

【解析】在一个含有各种运算的表达式中，它们运算的优先顺序是：算术运算→字符运算和日期时间运算→关系运算→逻辑运算。故选项 B 为正确答案。

强化训练

（1）若要从学生表中检索出 1980 年 1 月 1 日以后(含 1 月 1 日) 出生的所有学员，可应用如下 SQL 语句

SELECT * FROM student WHERE _____

请给出恰当的表达式以完成该语句。

A）csrq<= {^1980-1-1}　　　　　　　B）csrq < {^1980-1-1}

C）csrq>= {^1980-1-1}　　　　　　　D）csrq> {^1980-1-1}

（2）下列每个表达式中，结果总是逻辑值的是（　　）。

A）数值运算表达式　　　　　　　　B）字符运算表达式

C）关系运算表达式　　　　　　　　D）日期运算表达式

（3）？{^2004-6-30}+29 的运算结果是（　　）。

 A）07/29/04   B）06/30/04   C）07/20/04   D）07/30/02

（4）写出下列数学表达式的值：

 5+6*3^2-7结果为_____。

 10+4%3-(3*8^2)结果为_____。

 {^2004/6/28}-23结果为_____。

 573/7-261*8结果为_____。

【答案】

 （1）C （2）C （3）A （4）52.00，–181.00，06/05/04，–2006.14

3.3　常用函数

 函数用来实现某些特定功能的运算或操作。每一个函数都有特定的数据运算或转换功能，它往往需要若干个自变量，即运算对象，不过只能有一个运算结果，称为函数值或返回值。

 使用函数应注意下列两点：

 ① 所有函数都有自己的函数名，在函数名后必须有一对圆括号，无论函数是否需要参数。

 ② 函数所要求的参数也有一定的数据类型，参数类型不匹配，将会出现语法错误。

 常用函数分为数值函数、字符处理函数、日期类函数、数据类型转换函数、测试函数 5 类。

1．数值函数

 数值函数用于数值运算，其自变量与函数都是数值型数据，具体函数格式及说明见表 3-4。

表 3-4　数值型函数说明

函 数 名 称	格　　式	功　　能
取绝对值函数	ABS(<数值表达式>)	计算数值表达式的值，并返回该值的绝对值
符号函数	SIGN(<数值表达式>)	根据数值表达式>为正、负、零，分别返回1、-1、0
平方根函数	SQRT(<数值表达式>)	求非负数值表达式的平方根
圆周率函数	PI( )	返回常量圆周率 π 的值
取整函数	INT(<数值表达式>)	INT( )计算数值表达式的值，返回该值的整数部分
	CEILING(<数值表达式>)	CEILING( )计算数值表达式的值，返回一个大于或等于该值的最小整数
	FLOOR(<数值表达式>)	FLOOR( )计算数值表达式的值，返回一个小于或等于该值的最大整数
四舍五入函数	ROUND(<数值表达式1>，<数值表达式2>)	返回数值表达式1四舍五入的值，数值表达式2表示保留的小数位数
求余数函数	MOD(<数值表达式1>，<数值表达式2>)	返回两个数值相除后的余数。<数值表达式1>是被除数，<数值表达式2>是除数。余数的正负号与除数相同。如果被除数与除数同号，那么函数值即为两数相除的余数；如果被除数和除数异号，则函数值为两数相除的余数再加上除数的值
最大值函数	MAX(<数值表达式1>，<数值表达式2>[，<数值表达式3>…])	返回数值表达式中的最大值MAX( )
最小值函数	MIN(<数值表达式1>，<数值表达式2>[，<数值表达式3>…])	返回数值表达式中的最小值MIN( )

2．字符处理函数

 字符函数是处理字符型数据的函数。具体函数格式及说明见表 3-5。

表 3-5　字符型函数说明

函数名称	格式	功能
字符串长度函数	LEN(<字符表达式>)	返回字符表达式串的字符数（长度）。函数值为数值型
大小写转换函数	LOWER (<字符表达式>)	将字符表达式串中的大写字母全部变成小写字母，其他字符不变
	UPPER (<字符表达式>)	将字符表达式串中的小写字母全部变成大写字母，其他字符不变
空格函数	SPACE (<数值表达式>)	返回一个包含指定数目的空格的字符串，数值表达式用来指定数目
删除字符串前后空格函数	TRIM(<字符表达式>)	返回删除字符表达式值的尾部空格后形成的字符串
	LTRIM(<字符表达式>)	返回删除字符表达式值的前导空格后形成的字符串
	ALLTRIM(<字符表达式>)	返回删除字符表达式值的前导和尾部空格后形成的字符串
取子串函数	LEFT(<字符表达式>, <长度>)	返回从字符表达式值中第一个字符开始，截取指定长度的子串
	RIGHT(<字符表达式>, <长度>)	返回从字符表达式值的右端取一个指定长度的子串
	SUBSTR (<字符表达式>, <起始位置> [, <长度>])	返回从字符表达式值的起始位置取一个指定长度的子串
计算子串出现次数函数	OCCURS(<字符表达式1>, <字符表达式2>)	返回第一个字符串在第二个字符串中出现的次数，函数值为数值型。若第二个字符串不是第一个字符串的子串，函数值为0
子串位置函数	AT(<字符表达式1>, <字符表达式2>[, <数值表达式>])	返回串字符表达式1在串字符表达式2中的起始位置。函数值为整数。如果串字符表达式2不包含串字符表达式1，函数返回值为零
	ATC(<字符表达式1>, <字符表达式2>[, <数值表达式>])	与AT()功能类似，但在子串比较时不区分字面大小写
子串替换函数	STUFF(<字符表达式1>, <起始位置>, <长度>, <字符表达式2>)	从字符表达式1的指定位置开始，用字符表达式2串替换字符表达式1串中指定长度的字符
字符替换函数	CHRTRAN(<字符表达式1>, <字符表达式2>, <字符表达式3>)	当第一个字符串中的一个或多个字符与第二个字符串中的某个字符相匹配时，就用第三个字符串中的对应字符（相同位置）替换这些字符
字符串匹配函数	LIKE(<字符表达式1>, <字符表达式2>)	比较两个字符串对应位置上的字符，若所有对应字符都相匹配，函数返回逻辑真（.T.），否则返回逻辑假（.F.）

3．日期类函数

日期和时间函数是处理日期型数据或日期时间型数据的函数。其自变量为日期型表达式或日期时间型表达式。具体函数格式及说明见表 3-6。

表 3-6　日期类函数说明

函数名称	格式	功能
系统日期函数	DATE()	返回当前系统日期，此日期由Windows系统设置。函数值为日期型
系统时间函数	TIME( )	返回当前系统时间，时间显示格式为hh:mm:ss。函数值为字符型
日期函数	DAYTIME( )	返回当前系统的日期和时间，函数值为日期时间型
年份函数	YEAR(<日期表达式> | <日期时间表达式>)	从指定的日期表达式或日期时间表达式中返回年份
月份函数	MONTH(<日期表达式> | <日期时间表达式>)	从指定的日期表达式或日期时间表达式中返回月份
天数函数	DAY(<日期表达式> | <日期时间表达式>)	从指定的日期表达式或日期时间表达式中返回月里面的天数
小时函数	HOUR(<日期时间表达式>)	从指定的日期时间表达式中返回小时部分
分钟函数	MINUTE(<日期时间表达式>)	从指定的日期时间表达式中返回分钟部分
秒数函数	SEC(<日期时间表达式>)	从指定的日期时间表达式中返回秒数部分

4. 数据类型转换函数

在数据库应用的过程中，经常要将不同数据类型的数据进行相应转换，满足实际应用的需要。Visual FoxPro 系统提供了若干个转换函数来解决数据类型转换的问题。具体函数格式及说明见表 3-7。

表 3-7 日期类函数说明

函数名称	格式	功能
数值转换成字符串函数	STR(<nExp1>[，< 长度 >[，< 小数位数>]])	将数值表达式的值转换成字符串形式。函数值为字符串型
字符串转换成数值函数	VAL (<字符表达式>)	将字符表达式中的数字转换成对应的数值，函数值为数值型
字符串转换成日期或日期时间函数CTOD( )，CTOT( )	CTOD(<字符表达式>)	将<字符表达式>值转换成日期型数据
	CTOT(<字符表达式>)	将<字符表达式>值转换成日期时间型数据
日期或日期时间转换成字符串函数	DTOC(<日期表达式>|<日期表达式>[, 1])	将日期型数据或日期时间数据的日期部分转换成字符串
	TTOC(<日期表达式>[, 1])	TTOC( )将日期时间数据转换成字符串
宏替换函数&	&<字符型变量>[.]	替换出字符型变量的内容，即&的值是变量中的字符串

5. 测试函数

在数据库应用的操作过程中，用户需要了解数据对象的状态等属性，Visual FoxPro 提供了相关的测试函数，使用户能够准确地获取操作对象的相关属性。具体函数格式及说明见表 3-8。

表 3-8 日期类函数说明

函数名称	格式	功能
值域测试函数	BETWEEN(<表达式T>，<表达式L>，<表达式H>)	判断一个表达式的值是否介于另外两个表达式的值之间
空值(NULL值)测试函数	ISNULL(<表达式>)	判断一个表达式的运算结果是否为NULL值，若是NULL值，返回逻辑真，否则返回逻辑假
"空"值测试函数	TYPE(<表达式>)	根据指定表达式的运算结果是否为"空"值，返回逻辑真或逻辑假
数据类型测试函数	VARTYPE(<表达式>[，<逻辑表达式>])	返回表达式的数据类型，返回一个大写字母，函数值为字符型。返回的字母表示的类型，C: 字符型，D: 日期型，T: 日期时间型，N: 数值型，L: 逻辑型，M: 备注型，G: 通用型，U: 未定义
表文件尾测试函数	EOF([<工作区号>|<表别名>])	测试记录指针是否移到表结束处。如果记录指针指向表中尾记录之后，函数返回真（.T.），否则为假（.F.）
表文件首测试函数	BOF ([<工作区号>|<表别名>])	测试记录指针是否移到表起始处。如果记录指针指向表中首记录前面，函数返回真（.T.），否则为假（.F.）
当前记录号测试函数	RECNO([<工作区号>|<表别名>])	返回指定工作区中表的当前记录的记录号
记录数函数	RECCOUNT ([<工作区号>|<表别名>])	返回指定工作区中表的记录个数。如果工作区中没有打开表则返回0
条件测试函数	IIF(<逻辑表达式>，<表达式1>，<表达式2>)	逻辑表达式值为真(.T.)，返回表达式1的值，否则返回表达式2的值。表达式1和表达式2可以是任意数据类型的表达式
当前记录逻辑删除标志测试函数	DELETED([<表的别名>|<工作区号>])	测试指定工作区中表的当前记录是否被逻辑删除。如果当前记录有逻辑删除标记，函数返回真(.T.)，否则为假(.F.)

典型题解

【例 3-10】SUBSTR("ABCDEF"，3，2)的结果是（ ）。

A）AB   B）CD   C）FE   D）CB

【解析】本题考查字符串函数 SUBSTR()函数。该函数的功能是从指定表达式值的指定起始位置取指定长度的子串作为函数值。因此 SUBSTR("ABCDEF"，3，2)的结果是表示从"ABCDEF"字符串的左边第 3 个字符开始，连续取两个字符。故选项 B 为正确答案。

【例 3-11】设 X=6<5，命令 ? VARTYPE(X)的输出是（　　）。

A）N　　　　　　　B）C　　　　　　　C）L　　　　　　　D）出错

【解析】此题考查 Visual FoxPro 中表达式运算及函数。函数 VARTYPE()的作用为返回一个表达式的数据类型，所返回值与表达式数据类型的对照见表 3-9：

表 3-9　返回值与表达式数据类型对照表

C	字符型或备注型	D	日期型
N	数值型、整型、浮点型或双精度型	T	日期时间型
Y	货币型	X	Null
L	逻辑型	U	未知
O	对象	G	通用型

而表达式"6<5"的结果为逻辑型，所以返回值为"L"，选项 C 正确。

【例 3-12】ROUND(1234.56，-2)和 ROUND(1234.56,1)的正确结果是（　　）。

A）1234 和 1234.5　B）1230 和 1234.6　C）1200 和 1234.5　D）1200 和 1234.6

【解析】ROUND()函数的功能是四舍五入函数，有两个参数，第一个参数指明要进行四舍五入的数值，第二个参数指明要进行四舍五入的位置，因此题目中两个函数的功能是分别对 1234.56 从小数点左边第 2 位和右边第 1 位进行四舍五入，故正确答案为选项 D。

【例 3-13】LEFT("123456789",LEN("数据库"))的计算结果是＿＿＿。

【解析】表达式 LEN("数据库")的功能是返回字符串"数据库"的长度，请注意，每个汉字长度为 2，外层函数 LEFT()的功能则是从字符串"123456789"的左端取前 6 个字符串作为返回结果，因此可以得出正确答案为"123456"。

强化训练

（1）命令"? VARTYPE(TIME())"的结果是（　　）。

A）C　　　　　　　B）D　　　　　　　C）T　　　　　　　D）出错

（2）给出当前记录号的函数是（　　）。

A）RECCOUNT ()　B）RECNO ()　　　C）DELETE ()　　　D）VARTYPE ()

（3）函数 STR(12345.678, 6, 2)的结果是（　　）。

A）12345　　　　　B）12345.　　　　　C）12346　　　　　D）12345.7

（4）在下面的 Visual FoxPro 表达式中，运算结果为逻辑真的是（　　）。

A）EMPTY(.NULL.)　　　　　　　　　B）LIKE('xy?','xyz')

C）AT('xy','abcxyz')　　　　　　　　D）ISNULL(SPACE(0))

（5）下列函数中函数值为字符型的是（　　）。

A）DATE()　　　　　B）TIME()　　　　　C）YEAR()　　　　　D）DATETIME()

（6）依次执行以下命令后的输出结果是（　　）。

```
SET DATE TO YMD
SET CENTURY ON
SET CENTURY TO 19 ROLLOVER 10
SET MARK TO "."
? CTOD("49-05-01")
```

A）49.05.01　　　　B）1949.05.01　　　C）2049.05.01　　　D）出错

（7）SQRT( )函数的功能是（　　）。

A）返回表达式指定位数的四舍五入的结果

B）返回指定表达式的符号

C）返回表达式的算术平方根

D）返回指定表达式的整数部分

(8) SIGN()函数的功能是（　　）。

A）返回表达式的绝对值　　　　　　　　B）返回指定表达式的符号

C）返回表达式的算术平方根　　　　　　D）返回指定表达式的整数部分

(9) 设 X=10，语句 "?VARTYPE("X")" 的输出结果是（　　）。

A）N　　　　　　B）C　　　　　　C）10　　　　　　D）X

(10) 下列 4 个表达式中，返回结果为 0 的是（　　）。

A）INT(1.3455)　　B）INT(-1.3455)　　C）LOG(0)　　D）LOG(1)

(11) 执行 "?MIN(10，-100，1，30)" 的显示结果为（　　）。

A）10　　　　　　B）-100　　　　　　C）1　　　　　　D）30

(12) 如果当前表的记录指针已经到达表尾，则 EOF（　　）的返回值为（　　）。

A）1　　　　　　B）0　　　　　　C）.T.　　　　　　D）.F.

(13) ?AT（"是"，"Visual FoxPro6.0 是程序设计软件"）的返回值是（　　）。

A）是　　　　　　B）Visual FoxPro6.0 是程序设计软件

C）1　　　　　　D）18

(14) MOD（-13，-3）与 MOD（13，-3）的正确结果是（　　）。

A）-1，-2　　　　B）-1，-1　　　　C）-2，-1　　　　D）-2，-2

(15) 下列表达式中，返回结果为.F.的表达式是（　　）。

A）AT("A","BCD")　　　　　　　　B）"[信息]" $ "管理信息系统"

C）ISNULL(.NULL.)　　　　　　　　D）SUBSTR("计算机技术",3,2)

(16) 表达式 LEN(SPACE(0))的运算结果是（　　）。

A）.NULL.　　　B）1　　　　　C）0　　　　　D）""

(17) 查询订购单号首字符是 "P" 的订单信息，应该使用命令（　　）。

A）SELECT * FROM 订单 WHERE HEAD(订购单号,1)="P"

B）SELECT * FROM 订单 WHERE LEFT(订购单号,1)="P"

C）SELECT * FROM 订单 WHERE "P"$订购单号

D）SELECT * FROM 订单 WHERE RIGHT(订购单号,1)="P"

(18) 如果当前记录指针指在表的第一条记录上，则 BOF()的返回值为（　　）。

A）0　　　　　　B）1　　　　　　C）.F.　　　　　　D）.T.

(19)　有如下赋值语句：

　　　a="你好"

　　　b="大家"

结果为 "大家好" 的表达式是（　　）。

A）b+AT(a,1)　　B）b+RIGHT(a,1)　　C）b+LEFT(a,3,4)　　D）b+RIGHT(a,2)

(20) 下列（　　）是 INT（-7.9）、CEILING（-7.9）和 FLOOR（-7.9）的正确计算结果。

A）-8，-7，-8　　B）-7，-7，-7　　C）-7，-7，-8　　D）-7，-8，-8

(21) 下列函数结果为 .T. 的是（　　）。

A）EMPTY（SPACE（5））　　　　　　　B）EMPTY（.NULL.）

C）ISNULL（"）　　　　　　　　　　D）ISNULL（{}）

（22）字符串长度函数 LEN(SPACE (3)-SPACE(2))的值是（　　）。

A）0　　　　　　B）1　　　　　　C）5　　　　　　D）3

（23）执行?SIGN(3-10)命令后的显示结果为＿＿＿＿＿。

（24）?ROUND(1. 8756，2)的结果是＿＿＿＿＿。

（25） ?LIKE("WORLD"，"BIG WORLD")返回逻辑值为＿＿＿＿＿。

（26）执行?DAY({^2003-10-15})命令后显示的结果是＿＿＿＿＿。

（27）?LEFT("HAPPY NEW YEAR"，5)的结果是＿＿＿＿＿。

（28）?UPPER("sunday 星期天")的值是(　　)

（29）表达式 STUFF("GOODBOY",5,3,"GIRL")的运算结果是＿＿＿＿＿＿。

【答案】

（1）A　（2）B　（3）C　（4）B　（5）B　（6）B　（7）C　（8）B　（9）B　（10）D　（11）B

（12）C　（13）D　（14）A　（15）B　（16）C　（17）B　（18）C　（19）D　（20）C　（21）A

（22）C　（23）–1　（24）1.88　（25）逻辑假 或 .F.　（26）15　（27）HAPPY

（28）SUNDAY星期天　（29）GOODGIRL

3.4　程序、程序文件及程序的基本结构

1．建立程序文件

可以通过以下 3 种方式来建立程序文件，所创建的程序文件的扩展名为.prg：

① 选择 Visual FoxPro 的"文件"→"新建"→"程序"单选按钮，单击"新建文件"命令按钮，在文本编辑窗口中输入程序内容，输入完成后，保存程序文件。

② 在项目管理器中，选择"代码"选项卡，选中"程序"选项后，单击"新建"按钮。

③ 在 Visual FoxPro 的命令窗口中，输入 Modify Command <程序文件名>来创建程序文件。

2．执行程序文件

常用的方式有如下两种：

① 菜单方式：单击"程序"菜单中的"运行"命令，打开"运行"对话框。从文件列表中选择要运行的程序文件，单击"运行"命令。

② 使用命令运行程序：DO<文件名>。

当程序文件被执行时，文件包含的命令被依次执行，直到所有的命令被执行完毕，或者执行到以下命令。

① CANCEL：终止程序运行，清除所有的私有变量，返回命令窗口。

② DO：转去执行另外一个程序。

③ RETURN：结束当前程序的执行，返回到调用它的上级程序。

④ QUIT：退出 Visual FoxPro 系统，返回到操作系统。

▶▶▶ **考点1　输入输出命令**

1．INPUT 命令

格式为：INPUT[<字符表达式>]TO<内存变量>，用来暂停执行程序，将键盘输入的数据送入

指定的内存变量后再继续执行。

2. ACCEPT 命令

格式为：ACCEPT[<字符表达式>]TO<内存变量>，用来暂停执行程序，将键盘输入的字符串送入指定内存变量后继续执行。该命令只能接收字符串。

3. WAIT 命令

格式为：WAIT[<字符表达式>][TO<内存变量.>][WINDOW[AT<行>,<列>]]

　　　　[NOWAIT][CLEAR|NOCLEAR][TIMEOUT<数值表达式>]

用来暂时执行程序，直到输入任意键或按下鼠标为止。

典型题解

【例3-14】以下说法哪一个是不正确的（　　）。

A）INPUT命令功能是暂停执行程序，将键盘输入的数据送入指定的内存变量后再继续执行

B）INPUT命令只能接收字符串

C）ACCEPT命令暂停执行程序，将键盘输入的字符串送入指定内存变量后继续执行

D）WAIT命令能暂停执行程序，直到用户按任意键或单击鼠标时继续程序

【解析】INPUT 命令中，输入的数据可以是常量、变量，也可以是一般的表达式，但不能不输入任何内容而直接按回车键，而不是只能接受字符串，所以选项 B 错误。

ACCEPT命令用来暂停执行程序，将键盘输入的字符串送入指定内存变量后继续执行。该命令只能接收字符串，输入字符串时不需要加定界符，否则系统会把定界符作为字符串本身的一部分。

WAIT命令作用是暂停执行程序，直到输入任意键或按下鼠标为止。

强化训练

（1）下列命令中，能够用于输入字符型数据的命令是（　　）。

　　A）ACCEPT　　　　　　B）WAIT　　　　　　　C）INPUT　　　　　　　D）以上 3 个命令都可以

（2）用 WAIT 命令给内存变量输入数据时，内存变量获得的数据为（　　）。

　　A）任意长度的字符串　　　　　　　　　　B）一个字符串和一个回车符

　　C）数值型数据　　　　　　　　　　　　　D）一个字符

【答案】

（1）D　　（2）D

▶▶▶ 考点 2　程序的基本结构

1. 顺序结构

顺序结构是最简单、最基本的结构，用户只需将处理过程的各个步骤详细列出，之后将有关命令按处理的逻辑顺序自上而下排列起来，Visual FoxPro 即可按顺序执行。

2. 选择结构

在 Visual FoxPro 中，支持选择结构的语句有条件语句和分支语句。

（1）条件语句：

　　IF<条件>

　　　　<语句序列 1>

　　[ELSE

　　　　<语句序列 2>]

ENDIF

有 ELSE 子句时，两组可供选择的代码分别是<语句序列 1>和<语句序列 2>。如果<条件>成立，则执行<语句序列 1>；如果不成立，则执行<语句序列 2>，之后执行 ENDIF 后面的语句。

没有 ELSE 支句时，可看作第二组代码不包含任何命令。如果<条件>成立，则执行<语句序列 1>，之后执行 ENDIF 后面的语句；否则直接执行 ENDIF 后面的语句。IF 和 ENDIF 必须成对出现，IF 是本结构入口，ENDIF 是本结构出口。

（2）分支语句：

DO CASE

　　CASE<条件1>

　　<语句序列1>

　　CASE<条件2>

　　…

　　CASE<条件n>

　　<语句序列n>

　　[OTHERWISE

　　　<语句序列>]

ENDCASE

执行语句时，依次判断 CASE 后面的条件是否成立。如果条件成立，就执行 CASE 和下一个 CASE 之间的命令序列，之后执行 ENDCASE 后面的命令；如果条件不成立，则执行 OTHERWISE 与 ENDCASE 后之间的命令序列，之后执行 ENDCASE 后面的语句。DO CASE 和 ENDCASE 必须成对出现，DO CASE 是本结构入口，ENDCASE 是本结构出口。

3. 循环结构

循环结构是指程序执行过程中其中的某段代码被重复执行若干次。该结构在 Visual FoxPro 中也称为重复结构。

Visual FoxPro 支持 3 种循环语句：DO WHILE-ENDDO、FOR-ENDFOR、SCAN-ENDCASE。

（1）DO WHILE-ENDDO 语句

DO WHILE<条件>

　　<语句序列 1>

　　[LOOP]

　　<语句序列 2>

　　[EXIT]

　　<语句序列 3>

ENDDO

执行该语句时，系统先判断 DO WHILE 的循环条件是否成立，如果成立（即条件为真），则执行 DO WHILE 与 END 之间的命令序列。当执行到 ENDDO 时，返回到 DO WHILE，再次判断循环条件是否为真。如果不成立（即条件为假），则结束该循环语句，继续执行 ENDDO 后面的语句。如果循环体包含 LOOP 命令，那么当遇到 LOOP 时，就结束循环体的本次执行，不再执行后面的语句，而是转到 DO WHILE 处重新判断条件。如果循环体包含 EXIT 命令，当遇到 EXIT 时，就结束该语句的执行，接着执行 ENDDO 后面的语句。

（2）FOR 循环

FOR<循环变量>=<初值>TO<终值>[STEP<步长>]

　　<循环体>

ENDFOR|NEXT

　　执行该语句时，系统首先将初值赋给循环变量，然后判断循环条件是否成立，如果成立，则执行循环体，之后变量增加一个步长，并再次判断循环条件是否成立，以确定是否再次执行循环体；如果不成立，则结束该循环语句，执行 ENDFOR 后面的语句。如果步长为正值，循环条件为<循环变量><=<终值>；若步长为负数，循环条件为<循环变量>>=<终值>。

　　（3）SCAN-ENDSCAN 语句

　　　　SCAN[NOOPTIMIZE)[<范围>][OR<条件 1>][WHILE<条件 2>]

　　　　　<循环体>)

　　　　ENDSCAN

　　执行该语句，记录指针将自动按顺序在当前表的指定范围内满足条件的记录上移动，对每一条记录执行循环体内的命令。

典型题解

　　【例 3-15】下列程序段的输出结果是（　　）。

```
ACCEPT TO A
IF A=[123456]
    S=0
ENDIF
S=1
?S
RETURN
```

　　A）0　　　　　　　　　B）1　　　　　　　　　C）由 A 的值决定　　　　　D）程序出错

　　【解析】本题考查对 IF 语句及程序执行过程的掌握和理解。在程序中无论是否执行 IF 语句，最后显示 S 的值之前，都会执行 S=1，因此 S 的值最后总为 1，只有选项 B 是正确的。

　　【例 3-16】　以下程序为输入 50 个学生某门课程的成绩，并求出平均成绩

```
DIMENSION A (50 )
sum = 0
FOR i =l TO 50
    INPUT TO    A(i)
    ————————
END FOR
Aver=sum/50
?"平均成绩为:",Aver
```

程序空白处应填入（　　）。

　　A）sum =A(i)　　　　B）sum =sum +A(i)　　　　C）sum =sum + I　　　　D）sum =i

　　【解析】本题是一个简单的统计程序。题目中使用 Input 命令来接收键盘输入的数据，由于要输入 50 个数据，因此设置了一个循环，其循环次数为 50 次，每循环一次，就输入一个数据到 A(i)数组元素中，同时要将该数据累加到 sum 变量中，即需要执行 sum=sum+A(i)语句，程序中的 sum 变量起到了计数器的作用，故选项 B 为正确答案。

　　【例 3-17】　下面程序计算一个整数的各位数字之和。在下划线处应填写的语句是（　　）。

```
SET TALK OFF
INPUT "x=" TO x
s=0
DO WHILE x!=0
```

```
        s=s+MOD(x,10)
        _____
    ENDDO
    ? s
    SET TALK ON
```

A）x=int(x/10)   B）x=int(x%10)   C）x=x-int(x/10)   D）x=x-int(x%10)

【解析】此程序运行步骤如下：

首先等待用户屏幕输入一个数字，由变量 x 保存该数字；将 0 赋值给变量 s，此变量用于计算各位数字和；使用一个 Do While 循环语句，首先判断 x 是否等于 0，如果等于 0，退出循环；如果不等于零，则使用 MOD()（取余）函数求出 x 除以 10 的余数（数字的个位数），并累加到变量 s 中。接下来，程序应当将变量 x 除以 10 并取整，使之缩小 10 倍，以便将 x 的 10 位数字变为个位数字，所以在此应当选择选项 A。其余选项均为错误选项。

【例3-18】下列程序执行后，内存变量Y的值是（ ）。

```
    x=34567
    y=0
    DO WHILE x>0
        y=x%10+y*10
        x=int(x/10)
    ENDDO
```

A）3456   B）34567   C）7654   D）76543

【解析】在此程序中，首先为将变量 X 和 Y 分别赋值为 34567 和 0，然后进入循环。而%表示取余数，则 34567%10 的结果为 7，并将其赋值给 Y，接下来，将 X 值除 10 取整后的值（3456）赋值给 X，此时 X 值 >0，再次进行循环。此时 Y 值为 7，执行 Y=X%10+Y*10 语句后，Y 值为 76，而 X 值经除 10 取整后，为 345 再次进行循环，以此类推，直至 X 值等于 0 时退出循环，此时 Y 值为 76543，所以选项 D 为正确答案。

【例3-19】 下列的程序段中与上题的程序段对y的计算结果相同的是（ ）。

A）
```
    x=34567
    y=0
    flag=.T.
    DO WHILE flag
        y=x%10+y*10
        x=int(x/10)
        IF x>0
            Flag=.F.
        ENDIF
    ENDDO
```

B）
```
    x=34567
    y=0
    flag=.T.
    DO WHILE flag
        y=x%10+y*10
        x=int(x/10)
        IF x=0
            Flag=.F.
        ENDIF
    ENDDO
```

C）
```
    x=34567
    y=0
    flag=.T.
    DO WHILE !flag
        y=x%10+y*10
        x=int(x/10)
        IF x>0
            Flag=.F.
        ENDIF
    ENDDO
```

D）
```
    x=34567
    y=0
    flag=.T.
    DO WHILE flag
        y=x%10+y*10
        x=int(x/10)
        IF x=0
            Flag=.T.
        ENDIF
    ENDDO
```

【解析】此题要生成与上一题相同的结果，但在程序过程上加入了一个判断变量 flag，用此变量来控制循环是否结束，并且在所有程序的开始，都将 flag 变量赋值为.T.。

在选项A中，循环条件满足，但执行第一次循环之后，所使用IF … ENDIF分支语句的条件为如果X>0（此时X的值为3456），就将flag变量赋值为.F.，循环条件不成立，退出循环，此时Y值等于7，所以该选项错误。

选项C中的循环条件为!flag，也就是不等于flag值时，循环条件成立，此时flag的值为.T.，不满足循环条件，直接退出循环，此时Y值为0，所以该选项错误。

选项D中的循环条件正确，进入循环，并且当X值大于0是，flag的值仍为.T.，但循环内部没有改变flag值的语句，此循环是一个无限循环，执行错误，所以该选项错误。

选项B为正确答案。

强化训练

（1）建立程序文件的命令是（ ）。

A）DO COMMAND<文件名>　　　　　　B）MODIFY COMMAND<文件名>

C）CREATE COMMAND<文件名>　　　　D）USE COMMAND<文件名>

（2）在一个程序中，运行程序文件的命令是（ ）。

A）CREATE<文件名>　　　　　　　　B）DO<文件名>

C）MODIFY<文件名>　　　　　　　　D）USE<文件名>

（3）在用 DO 命令执行文件时，如果没有指定扩展名，系统寻找目标文件的顺序（ ）。

A）.PRG、.APP、.FXP、.EXE　　　　　B）.PRG、.EXE、.APP、.FXP

C）.EXE、.PRG、.APP、.FXP　　　　　D）.EXE、.APP、.FXP、.PRG

（4）Visual FoxPro 中 DO CASE-ENDCASE 属于（ ）结构。

A）顺序结构　　　　B）选择结构　　　　C）循环结构　　　　D）模块结构

（5）程序结构是指程序中命令或语句执行的流程结构。Visual FoxPro 中包含 3 种基本结构，分别为（ ）。

A）顺序结构、选择结构、分支结构　　　B）分支结构、选择结构、循环结构

C）顺序结构、选择结构、循环结构　　　D）顺序结构、分支结构、循环结构

（6）下列语句中，不属于循环结构的是（ ）。

A）IF…ENDIF　　B）DO…ENDDO　　C）FOR…ENDFOR　　D）SCAN…ENDSCAN

（7）Visual FoxPro 中 DO CASE … ENDCASE 属于（ ）。

A）顺序结构　　　　B）选择结构　　　　C）循环结构　　　　D）模块结构

（8）在 DO WHILE…ENDDO 循环结构中，LOOP 命令的作用是（ ）。

A）退出过程，返回程序开始处

B）转移到 DO WHILE 语句行，开始下一个判断和循环

C）终止循环，将控制转移到本循环结构ENDDO后面的第一条语句继续执行

D）终止程序执行

（9）在 DO WHILE … ENDDO 循环结构中，EXIT 命令的作用是（ ）。

A）退出过程，返回程序开始处

B）转移到 DO WHILE 语句行，开始下一个判断和循环

C）终止循环，将控制转移到本循环结构 ENDDO 后面的第一条语句继续执行

D）终止程序执行

（10） 以下程序求 1!+2!+3!+ … +10! 的累加和，请为下面的程序选择正确的答案（ ）。

```
s=0
FOR i=1 TO 10
```

```
      t=1
      FOR j=l TO_____
      t=t*j
      NEXT
      s=s+t
      NEXT
      ? S
```

A）10 　　　　　　　B）j 　　　　　　　C）9 　　　　　　　D）i

（11）运行程序

```
      AA=0
      FOR I=2 TO 100 STEP 2
            AA=AA+I
      ENDFOR
      ?AA
      RETURN
```

该程序得到的结果为（ ）。

A）1 到 100 中奇数的和 　　　　　　　B）1 到 100 中偶数的和

C）1 到 100 中所有数的和 　　　　　　　D）没有意义

（12）有下列程序

```
      SET TALK OFF
      I=1
      S=0
      DO WHILE I<=10
      S=S+I
      I=I+1
      ENDDO
      ? "S=", S
```

该程序的运行结果是（ ）。

A）55 　　　　　　　B）550 　　　　　　　C）1500 　　　　　　　D）5500

（13）在 Visual FoxPro 中，如果希望跳出 SCAN…ENDSCAN 循环体，执行 ENDSCAN 后面的语句，应使用
（ ）。

A）LOOP 语句　　　B）EXIT 语句　　　　C）BREAK 语句　　　D）RETURN 语句

（14）如果在命令窗口输入并执行命令"LIST 名称"后在主窗口中显示：

记录号	名称
1	电视机
2	计算机
3	电话线
4	电冰箱
5	电线

假定名称字段为字符型、宽度为 6，那么下面程序段的输出结果是（ ）。

```
      GO 2
      SCAN   NEXT 4 FOR LEFT(名称,2)="电"
        IF RIGHT(名称,2)="线"
          LOOP
```

```
    ENDIF
      ?? 名称
    ENDSCAN
```

　　A）电话线　　　　　　B）电冰箱　　　　　　C）电冰箱电线　　　　D）电视机电冰箱

（15）假设用户名和口令存储在自由表"口令表"中，当用户输入用户名和口令并单击"登录"按钮时，若用户名输入错误，则提示"用户名错误"；若用户名输入正确，而口令输入错误，则提示"口令错误"。

　　　若命令按钮"登录"的 Click 事件中的代码如下：

```
    USE   口令表
    GO TOP
    flag=0
    DO WHILE.not.EOF()
      IF Alltrim(用户名)==Alltrim(Thisform.Text1.Value)
         IF Alltrim(口令)==Alltrim(Thisform.Text2.Value)
            WAIT"欢迎使用" WINDOW TIMEOUT2
         ELSE
            WAIT"口令错误" WINDOW TIMEOUT2
         ENDIF
         flag=1
         EXIT
      ENDIF
      SKIP
    ENDDO
    IF____
        WAIT"用户名错误" WINDOW TIMEOUT2
    ENDIF
```

　　则在横线处应填写的代码是（　　）。

　　A）flag=-1　　　　　B）flag=0　　　　　　C）flag=1　　　　　　D）flag=2

（16）在横线处添加适当的语句，求 200 内能被 3 整除，但是不能被 7 整除的所有正整数之和。要求：程序正确，并能够提高运行效率。

```
    SET TALK OFF
    CLEAR
    STORE 0 TO S，N
    DO   WHILE   N<=200
        _____
        S=S+N
      ENDIF
      _____
    ENDDO
    ? "S="+STR(S)
    SET TALK ON
```

（17）如下程序段的输出结果是_____。

```
        i=1
        DO WHILE i<10
          i=i+2
        ENDDO
        ?i
```

（18）执行下列程序，显示的结果是＿＿＿

```
one="WORK"
two=""
a=LEN(one)
i=a
DO WHILE i>=1
        two=two+SUBSTR(one,i,1)
        i=i-1
ENDDO
?two
```

（19）写出下列程序的运行结果：

```
SET TALK OFF
DIMENSION A（6）
FOR K=1 TO 6
    A(K)=20-2*K
ENDFOR
K=1
DO WHILE K<6
    A(K)=A(K)-A(K+1)
    K=K+1
ENDDO
?A(1),A(3),A(5)
SET TALK ON
```

运行结果为：＿＿＿

（20）下面程序执行的结果是＿＿＿。

```
CLEAR
X=5
Y=6
Z=7
IF X>Y
  IF Z>8
    X=X+Y
        ELSE
    X=X+Z
ENDIF
?X
```

（21）执行如下程序：

```
SET TALK OFF
STORE 0 TO X,Y
USE  成绩
SCAN
  IF  成绩>60.AND.成绩<90
LOOP
  ENDIF
  IF  成绩<=60
X=X+1
  ELSE
```

```
    Y=Y+1
      ENDIF
ENDSCAN
?X,Y
SET TALK ON
```
该程序执行的功能是统计____和____的学生记录，并将其显示在屏幕上。

（22）求 1+2+…+20 的值，请将程序填写完整。
```
CLEAR
S=0
FOR _____
    S=S+N
ENDFOR
    ?S
RETURN
```

【答案】

（1）B　（2）B　（3）D　（4）B　（5）C　（6）A　（7）B　（8）B　（9）C　（10）D　（11）B

（12）A　（13）B　（14）C　（15）B　（16）IF N/7<>INT(N/7)；N=N+3　（17）11

（18）KROW　（19）2　2　2　（20）5

（21）成绩<=60，成绩>=90　（22）N=1 TO 20

3.5　多模块程序设计

应用程序一般包含多个程序模块。通常，把被其他模块调用的模块称为子模块，把调用其他模块而没有被其他模块调用的模块称为主程序。

1．定义模块及调用模块

模块可以是命令文件也可以是过程。定义过程的格式如下：

```
PROCEDURE|FUNCTION<过程名>
    <命名序列>
    [RETURN[<表达式>]]
    [ENDPROC|ENDFUNC]
```

过程名必须以字母或下划线开头，包含字母、数字和下划线。

ENDPROC|ENDFUNC 命令表示一个过程的结束。

当过程执行到 RETURN，将返回到调用程序，返回表达式的值。如果没有 RETURN 命令，则在过程结束处自动执行一条隐含的 RETURN 命令。如果 RETURN 命令不带<表达式>，则返回逻辑值.T.。

过程文件包含过程，这些过程能够被其他程序调用，在调用前，过程文件必须处于打开状态。打开过程文件的命令格式：

> SET PROCEDURE TO [<过程文件1>[，过程文件2]，…]][ADDITIVE]

不带任何文件名的命令 SET PROCEDURE TO，将会关闭所有过程文件。

关闭个别过程文件，使用命令：

> RELEASE PROCEDURE <过程文件1>[，<过程文件2>，…]

调用模块之前，首先要确保已打开过程文件。调用模块格式有两种方法。

① DO<文件名>|<过程名>：若模块是程序文件的代码，则用<文件名>，否则用<过程名>。

② <文件名>|<过程名>( )：该格式可以作为命令使用，也可以作为函数使用。

2．变量的作用域

变量的作用域是指变量在什么范围内是有效或是能够被访问的。

根据内存变量的作用范围，内存变量又分为公共变量、私有变量和局部变量。

（1）公共变量

它在任何模块中都使用。使用公共变量之前，要先建立，建立公共变量的命令是 PUBLIC。

PUBLIC<内存变量表>

建立公共内存变量，并为它们赋予初值逻辑假（.F.）。公共变量建立之后将一直有效，即使程序结束后也不会消失。执行 RELEASE、CLEAR MEMORY 或 QUIT 命令后，公共变量才会被释放。

（2）私有变量

它是可以在程序中直接使用（没有通过 PUBLIC、LOCAL 命令事先声名的变量）而由系统自动隐含的变量，它的作用域是建立它的模块及其下属的各层模块。私有变量不会一直存在，当建立它的模块运行结束后，私有变量就会消失。

（3）局部变量

它只有在建立它的模块中使用，不能在上层或下层模块中使用。

LOCAL<内存变量>

建立指定的局部内存变量，并为它们赋予初值逻辑假（.F.）。当建立局部变量的程序运行结束时，它会自动释放。

3．参数传递

模块程序可以接收调用程序传递过来的参数，并且可以根据接收到的参数控制程序流程或对接收到的参数进行处理。

接收参数的命令有 PARAMETERS 和 LPARAMETERS，它们的格式如下：

  PARAMETERS<形参变量 1>[, <形参变量 2>，…]

  LPARAMETERS<形参变量 1>[, <形参变量 2>，…]

PARAMETERS 命令声明的形参变量被看作是模块程序中建立的私有变量，LPARAMETERS 命令声明的形参变量是模块程序中建立的局部变量。

调用模块程序的格式：

  DO<文件名>|<过程名>WITH<实参 1>[, <实参 2>，…]

  <文件名>|<过程名>（<实参 1>[, <实参 2>，…]）

实参可以是常量、变量，也可以是一般形式的表达式。调用模块程序时，系统会自动把实参传递给对应的形参。形参的数目不能少于实参的数目。

格式 1，如果实参为常量或一般形式的表达式，为按值传递，传递的是值；如果实参为变量，为按引用传递，传递的是变量的地址。

格式 2，默认情况下按值方式传递参数。如果实参为变量，通过命令 SET UDFPARMS 命令重新设置参数传递的方式，格式如下：

  SET UDFPARMS TO VALUE|REFERENCE

TO VALUE：按值传递。

TO REFERENCE：按引用传递。

典型题解

【例3-20】下列程序段的输出结果是（　）。

```
CLEAR
STORE 10 TO A
STORE 20 TO B
SET UDFPARMS TO REFERENCE
DO SWAP WITH A,(B)
?A,B
PROCEDURE SWAP
PARAMETERS X1,X2
    TEMP=X1
    X1=X2
    X2=TEMP
ENDPROC
```

A）10　20　　　　　B）20　20　　　　　C）20　10　　　　　D）10　10

【解析】本题考查参数传递以及模块的调用。命令 SET UDFPARMS TO REFERENCE 用来设置参数传递方式为按引用传递。也就是说，当形参变量值改变时，实参变量也要随之改变。但是由于本题采用的调用方式是：DO WITH，所以调用方式不受参数 UDFPARMS 的影响。调用过程中变量 A 是按引用传递，变量 B 用括号括起来，因此 B 始终是按值传递。模块 SWAP 的功能是将两个变量交换。程序开始时变量 A 和 B 的值分别为 10 和 20，执行模块 SWAP 之后将 A 和 B 交换，由于变量 A 是按引用传递，因此交换后变量 A 指向 B 的地址，因此返回主程序后 A 的值为 20，变量 B 为按值传递，模块结束后，其值仍为 20，因此返回主程序后，变量 A 和 B 指向同一个地址，其值均为 20。故选项 B 是正确答案。

【例3-21】　有下列程序：

```
SET TALK OFF
STORE 3 TO X,Y,Z
DO FY WITH（X）,Y
?X,Y,Z
*******定义过程*******
PROCEDURE FY
PARAMETER A,B
A=A+2
B=B-2
RETURN
    SET TALK ON
```

程序执行后，正确的结果是（　　）。

A）3，1，1　　　　　B）3，3，3　　　　　C）1，3，1　　　　　D）3，1，3

【解析】本题在调用过程 FY 时传递参数，其中实参 X 是采用传值方式，在过程 FY 结束后实参 X 的值并不变化；实参 Y 是采用引用方式（系统默认为引用方式），在过程 FY 结束后实参 Y 的值发生了变化。实参 Z 并没有被引用，所以不变化。因此应选 D。

【例3-22】　下列程序段执行以后，内存变量A和B的值是（　　）。

```
CLEAR
A=10
B=20
SET UDFPARMS TO REFERENCE
DO SQ WITH (A),B     &&参数 A 是值传送，B 是引用传送
?A,B
PROCEDURE SQ
```

```
PARAMETERS X1,Y1
    X1=X1*X1
    Y1=2*X1
ENDPROC
```

A）10   200   B）100   200   C）100   20   D）10   20

【解析】系统执行 DO 语句时，调用子程序并将参数表中的实参传送给子程序。当执行子程序中第一条语句 PARAMETERS 时，由<内存变量表>中的变量（即形参）接受数据。PARAMETERS 语句必须放在子程序的首行，并且要与 DO 语句配合使用。<参数表>中实参的个数、类型与<内存变量表>中形参的个数、类型要保持一致。实参可以是常量、变量或表达式。如果实参是常量或表达式，则形参值的改变不影响实参值的改变；如果实参是变量，则它与形参的数据传送是通过共用的存储单元来进行的，因此在子程序中改变了形参的值就直接改变了实参的值。子程序中需返回到主程序的数据即实参必须放到 PARAMETERS 语句中对应的变量或全局变量中。

命令SET UDFPARAMS TO REFERENCE用来设置参数传递方式为按引用传递。也就是说，当形参变量值改变时，实参变量也要随之改变。但是由于本题采用的调用方式是：DO WITH，所以调用方式不受参数UDFPARAMS的影响。

在调用过程中，变量A用括号括起来，因此A按值传递，而变量B是按引用传递。模块SQ的功能是传递到该模块内的两个变量分别进行计算。程序开始时变量A和B的值分别为10和20，执行模块SQ后，由于变量A是按值传递，因此模块结束后，变量A的值仍为10，而变量B为按引用传递，因此该变量为在模块SQ计算后的结果200，所以选项A是正确答案。

强化训练

（1）如果要关闭个别过程文件，则可以用命令（   ）。
　　A）RELEASE PROCEDURE　　　　　　　　B）SET PROCEDURE TO
　　C）SET PROCEDURE TO…ADDITIVE　　　　D）MODIFY COMMAND

（2）在 Visual FoxPro 中，如果希望一个内存变量只限于在本过程中使用，说明这种内存变量的命令是（   ）。
　　A）PRIVATE　　　　　B）PUBLIC
　　C）LOCAL　　　　　　D）在程序中直接使用的内存变量（不通过 A，B，C 说明）

（3）在 Visual FoxPro 中，用于调用模块程序的命令是（   ）。
　　A）FUNTION<过程名>　　　　　　　　　B）DO<文件名>|<过程名> WITH <实参>
　　C）PROCEDURE<过程名>　　　　　　　　D）SET PROCEDURE TO<过程文件>

（4）在程序中不需要用 public 等命令明确声明和建立，可直接使用的内存变量是（   ）。
　　A）局部变量　　　　B）公共变量　　　　C）私有变量　　　　D）全局变量

（5）设有如下程序：
```
SET TALK ON
X=10
Y=5
Z=6
DO FY WITH X,Y
DO FY WITH X,Y
SET TALK ON

PROCEDURE FY
```

```
PARAMETER Y, Z
X=Y+10
Y=Y+Z
?X, Y, Z
ENDPROC
RETURN
```

程序执行后，正确的结果是（　　）。

A）15，11，6　　　　B）13，11，6

　　21，17，6　　　　　21，11，6

C）13，11，6　　　　D）13，11，6

　　21，17，6　　　　　15，11，6

（6）将内存变量定义为全局变量的 Visual FoxPro 命令是（　　）。

A）LOCAL　　　　B）PRIVATE　　　　C）PUBLIC　　　　D）GLOBAL

（7）　在 Visual FoxPro 中有如下程序：

```
*程序名:TEST.PRG
*调用方法: DO TEST
SET TALK OFF
CLOSE ALL
CLEAR ALL
mX="Visual FoxPro"
mY="二级"
DO SUB1 WITH mX
?mY+mX
RETURN


*子程序:SUB1.PRG
PROCEDURE SUB1
PARAMETERS mX1
LOCAL mX
mX=" Visual FoxPro DBMS 考试"
mY="计算机等级"+mY
RETURN
```

执行命令DO TEST后，屏幕的显示结果为（　　）。

A）二级 Visual FoxPro

B）计算机等级二级 Visual FoxPro DBMS 考试

C）二级 Visual FoxPro DBMS 考试

D）计算机等级二级 Visual FoxPro

（8）将内存变量定义为公共变量的 Visual FoxPro 命令是（　　）。

A）LOCAL　　　　B）PRIVATE　　　　C）PUBLIC　　　　D）GLOBAL

（9）在 Visual FoxPro 中，关于过程调用的叙述正确的是（　　）。

A）当实参的数量少于形参的数量时，多余的形参初值取逻辑假

B）当实参的数量多于形参的数量时，多余的实参被忽略

C）实参与形参的数量必须相等

D）上面 A 和 B 都正确

（10）在以下关于过程调用的叙述中，正确的是（　　）。

A）实参与形参的个数必须相等

B）当实参的个数多于形参个数时，多余的实参将被忽略

C）在过程调用中，只能按值传送

D）在过程调用中，只能按地址传送

（11）如果有定义LOCAL data，data的初值是（　　）。

A）整数 0　　　　　　B）不定值　　　　　　C）逻辑真　　　　　　D）逻辑假

（12）在Visual FoxPro中，如果希望内存变量只能在本模块（过程）中使用，不能在上层或下层模块中使用。说明该种内存变量的命令是（　　）。

A）PRIVATE　　　　　　　　　　　　B）LOCAL

C）PUBLIC　　　　　　　　　　　　D）不用说明，在程序中直接使用

（13）根据内层变量的作用范围，执行下列程序：

```
CLEAR
PUBLIC X,Y
X=100
    Y=200
DO CX1
? "X=", X, "Y=", Y
K=300
    DO CX2
? "Y=", Y, "K=K"
SET TALK ON
*****定义过程 CX1*******
PROCEDURE CX1
PRIVATE Y
Y=3
DO CX3
X=X*Y
    RETURN
    *****定义过程 CX2*****
PROCEDURE CX2
K=K+Y
DO CX3
K=K+Y
RETURN
    *****定义过程 CX3*******
    PROCEDURE CX3
Y=2
RETURN
```

写出正确结果为：____

（14）如下程序显示的结果是_____。

```
s=1
i=0
do while i<8
    s=s+i
```

```
        i=i+2
    enddo
    ?s
```

（15）在 Visual FoxPro 中，将只能在建立它的模块中使用的内存变量称为_____。

（16）下列程序是参数传递的程序，执行该程序后，程序的运行结果为：___。

```
    CLEAR
    STORE 3 TO A,B
    STORE 2 TO C,D
    DO PP WITH A,B,C,D
    ?B
    STORE 4 TO X,Y
    STORE 1 TO Z,M
    DO PP WITH X,Y,Z,M
    ?M
        DO PP WITH 6,6,3,B
    ?B
    PROCEDURE PP
    PARAMETER A1,B1,C1,D1
        B1=A1*A1-4*A1*C1*D1
    DO CASE
        CASE B1<0
                B1=120
        CASE B>0
                    B1=210
        CASE B1=0
                B1=100
    ENDCASE
    RETURN
```

【答案】

（1）A　（2）C　（3）B　（4）C　（5）A　（6）C　（7）D　（8）C　（9）A

（10）B　（11）D　（12）B　（13）X=200　Y=200　Y=2　K=502　（14）13

（15）局部变量 或 局域变量　　（16）120　1　120

第4章 Visual FoxPro 数据库基础

🔵 **考点概览**

本章内容在考试中所占比例很大。分析历次考试中所占的比例，每次考试平均 8~11 道题，合计 16~22 分。

🔵 **重点考点**

① 索引的基本概念、创建索引的方法及结构复合索引的特点。

② 有关数据完整性的知识要加强掌握。

🔵 **复习建议**

① 本章内容不仅在笔试题目中所占比例很大，而且在上机操作中的"基本操作"和"简单应用"部分也会大量的出现有关创建数据库、创建表、创建表关联、创建索引、数据表的移入（移出）的操作内容，考生应当实际上机进行操作，以便更好地理解本章所讲述的概念。

② 对于本章的概念性知识，应当大量地阅读相关题目，以便正确掌握。

4.1 Visual FoxPro 数据库及其建立

▶▶▶ **考点 1　数据库基础**

数据库是表的集合。在 Visual FoxPro 中，将一个二维表定义为表（.dbf），把若干个关系比较固定的表集中起来放在一个数据库（.dbc）中管理，在表间建立关系，设置属性和数据有效性规则使相关联的表协同工作。数据库文件可以包含一个或多个表、关系、视图和存储过程等。

表分为与数据库相关联的数据库表和与数据库不关联的自由表。相对于自由表来说，数据库表可以具有以下内容：

- 长表名和表中的长字段名。
- 表中字段的标题和注释。
- 默认值、输入掩码和表中字段格式化。
- 表字段的默认控件类。
- 字段级规则和记录级规则。
- 支持参照完整性的主关键字索引和表间关系。
- INSERT、UPDATE 或 DELETE 事件的触发器。

典型题解

【例4-1】 在Visual FoxPro中以下叙述错误的是（ 　 ）。

A）关系也被称作表　　　　　　　　　　B）数据库文件不存储用户数据

C）表文件的扩展名是.DBF　　　　　　　D）多个表存储在一个物理文件中

【解析】 选项 A：在 Visual FoxPro 中，用二维表结构来表示实体以及实体之间联系的模型称为关系模型，在关系模型中，操作的对象和结果都是二维表，这种二维表就是关系，在关系数据库中将关系也称做表。所以选项 A 所叙述内容是正确的。

选项 B：在 Visual FoxPro 中，数据库是一个逻辑上的概念和手段，是通过一组系统文件将相互联系的数据库表及其相关的数据库对象统一组织和管理。在建立 Visual FoxPro 数据库时，相应的数据库名称实际是扩展名为.DBC 的文件名，与之相关的还会自动建立数据库备注(memo)文件和一个数据库索引文件。也即建立数据库后，用户可以在磁盘上看到文件名相同，但扩展名分别为.DBC、.DCT 和.DCX 的 3 个文件，这 3 个文件是供 Visual FoxPro 数据库管理系统管理数据库使用的，用户一般不能直接使用这些文件，所以说，选项 B 所叙述的内容是正确的。

选项C：在Visual FoxPro中，表文件的扩展名为.DBF，所以，此叙述内容正确。

选项D：在选项B解析中提到，数据库文件只是用于管理和组织数据库对象，而一个数据库中的数据就是由表的集合构成的，一个表对应于磁盘上的独立的、扩展名为.DBF的文件，所以，此答案叙述错误，故为正确答案。

强化训练

（1）在 Visual FoxPro 中，可对字段设置默认值的表（ 　 ）。

A）必须是数据库表　　　　　　　　　　B）必须是自由表

C）自由表或数据库表　　　　　　　　　D）不能设置字段的默认值

（2）在 Visual FoxPro 中以下叙述正确的是（ 　 ）。

A）表也被称作表单

B）数据库文件不存储用户数据

C）数据库文件的扩展名是.DBF

D）一个数据库中的所有表文件存储在一个物理文件中

（3）在 Visual FoxPro 中以下叙述正确的是（ 　 ）。

A）关系也被称作表单　　　　　　　　　B）多个表存储在一个物理文件中

C）表文件的扩展名是.DBC　　　　　　　D）数据库文件不存储用户数据

（4）扩展名为.DBC 的文件是（ 　 ）。

A）表单文件　　　　B）数据库表文件　　　　C）数据库文件　　　　D）项目文件

（5）在关系数据库中，把数据表示成二维表，每一个二维表称为＿＿＿＿＿ 。

（6）在 Visual FoxPro 中，不能在表设计器中为字段设置有效性规则的表是＿＿＿＿表。

【答案】

（1）A　（2）B　（3）D　（4）C　（5）关系 或 关系表　（6）自由

▶▶▶ 考点 2　数据库基本操作

1．建立数据库

建立数据库常用方法有：使用命令交互、通过"新建"对话框和在项目管理器中建立数据库。

（1）命令方式

格式为：CREATE DATABASE　[<数据库文件名>|?]

功能：建立一个新的扩展名为.DBC 的数据库文件并打开此数据库。

（2）菜单方式

单击"文件"→"新建"命令；在"新建"对话框中，选择"数据库"→"新建文件"按钮；在"创建"对话框中指定数据库保存位置及数据库名称后，单击"确定"按钮。

（3）利用项目管理器建立数据库

在"数据"选项卡中选择"数据库"→"新建"→"新建数据库"按钮及选项，然后在"创建"对话框中输入数据库的名称。

2．打开数据库

可以使用如下 3 种方法打开数据库：

（1）命令方式

OPEN DATABASE [<数据库文件名>|?]　[EXCLUSIVE|SHARED] [NOUPDATE] [VALIDATE]

（2）菜单方式

单击"文件"→"打开"在"打开"对话框中将文件类型选择为"数据库（.dbc）"，并选所要打开的数据库文件名，单击"确定"按钮。

（3）利用项目管理器打开数据库

打开已建立的项目文件，出现项目管理器窗口，单击"数据"标签，选择要打开的数据库名，然后单击"打开"按钮。

3．修改数据库

在 Visual FoxPro 中修改数据库是在数据库设计器中进行的。数据库设计器显示数据库包含的全部表、视图和联系，用户可以在数据库设计器中完成各种数据库对象的建立、修改和删除等操作。打开数据库设计器有以下 3 种方法：

① 在项目管理器中的"数据"选项卡中，选择要修改的数据库，单击"修改"按钮。

② 在"打开"对话框中打开数据库就直接自动打开数据库设计器。

③ 使用的命令 MODIFY DATEBASE 打开数据库设计器：

　　MODIFY DATABASE [DatabaseName|?][NOWAIT][NOEDIT]

4．数据库的关闭

（1）命令方式

　　CLOSE [ALL|DATABASE]

（2）利用项目管理器关闭数据库

在项目项目管理器窗口中的"数据"选项卡中，选择"数据库"下面需要关闭的数据库名，然后单击"关闭"按钮。

5．删除数据库

（1）命令方式

　　DELETE DATABASE 数据库文件名 |?[DELETETABLES][RECYCLE]

从磁盘上删除一个扩展名为.DBC 的数据库文件。

（2）使用项目管理器

在项目管理器中的"数据"选项卡中，选择要删除的"数据库"，然后单击"移去"按钮。出现"选择"对话框，若选择"移去"仅将数据库从项目中移去，若选择"删除"将从磁盘上删除数据库。被删除的数据库中的表成为自由表。

典型题解

【例 4-2】打开数据库 abc 的正确命令是（　　）。

A）OPEN DATABASE abc

B）USE abc

C）USE DATABASE abc

D）OPEN abc

【解析】本题考查打开数据库的命令。打开数据库命令格式为：

OPEN DATABASE [<数据库文件名> |?][EXCLUSIVE | SHARED] [NOUPDATE] [VALIDATE]

4 个选项中只有选项 A 是正确的书写方法。

【例 4-3】在 Visual FoxPro 中，创建一个名为 SDB.DBC 的数据库文件，使用的命令是（　　）。

A）CREATE

B）CREATE SDB

C）CREATE TABLE SDB

D）CREATE DATABASE SDB

【解析】创建数据库的命令格式是：

CREATE DATABASE[<数据库名>|?]

其中参数<数据库名>给出了要建立的数据库名称，选项 A 是打开表设计器；选项 B 是打开 SDB 表设计器；选项 C 是用 SQL 命令创建 SDB 表。正确答案为 D。

强化训练

（1）下列创建数据库的方法中正确的是（　　）。

　　A）在项目管理器中选定"数据"选项卡，选择"数据库"，单击"新建"按钮

　　B）在"新建"对话框上选择"数据库"，单击"新建文件"按钮

　　C）在命令窗口中输入 CREATE DATABASE<数据库文件名>

　　D）以上都可以

（2）在 Visual FoxPro 中，以只读方式打开数据库文件的命令是（　　）。

　　A）EXCLUSIVE

B）NOUPDATE

　　C）SHARED

D）VALIDATE

（3）利用命令删除数据库文件时，指定 RECYCLE 选项后，将会把数据库文件和表文件（　　）。

　　A）放入回收站中，且不可以还原

B）放入回收站中，需要时可以还原

　　C）彻底删除

D）重命名

（4）在 Visual FoxPro 中，打开一个数据库文件的命令是（　　）。

　　A）OPEN<数据库名>

B）CREATE<数据库名>

　　C）OPEN DATABASE<数据库名>

D）CREATE DATABASE<数据库名>

（5）使用 MODIFY DATABASE 命令打开数据库设计器时，如果指定了 MOEDIT 选项，则表示（　　）。

　　A）只是打开数据库设计器，禁止对数据库进行修改

　　B）打开数据库设计器，并且可以在数据库进行修改

　　C）在数据库设计器打开后程序继续执行

　　D）打开数据库设计器后，应用程序会暂停

【答案】

（1）D　　（2）B　　（3）B　　（4）C　　（5）A

4.2 建立数据库表

1. 数据库中建立表

从数据库设计器窗口中，选择"数据库"→"新建表"命令，然后选择"新建表"按钮，选择存放表的目录，并输入表名后，单击"保存"按钮打开表设计器。

2. 自由表的建立

自由表不属于任何数据库，没有打开数据库所创建的表是自由表。可以将自由表添加到数据库中，使之成为数据库表；也可以将数据库表从数据库中移出，使之成为自由表。

建立自由表的方法有：

① 在项目管理器中，从"数据"选项卡选择"自由表"，然后选择"新建"命令按钮打开"表设计器"建立自由表。

② 确认当前没有打开的数据库，选择"文件"→"新建"，"文件类型"选择"表"。

③ 确认当前没有打开的数据库，使用 CREATE 命令打开"表设计器"建立自由表。

新建立的表当时处于打开状态，此时可以直接进行录入及修改表结构等操作。如果以后再对表进行操作，则应先使用 USE 命令打开表，USE 命令的基本格式是：

    USE 表名

如果不指定表名则是关闭当前打开的表，如果当前没有打开的表，则什么都不做。

3. 字段的基本内容和概念

（1）字段名

字段名即关系的属性名或表的列名。在中文 Visual FoxPro 中字段名可以是汉字或合法的西文标识符。子字段名的命名规则如下：

① 自由表字段名最长为 10 个字符。

② 数据库表字段名最长为 128 个字符。

③ 字段名必须以字母或汉字开头。

④ 字段名可以由字母、汉字、数字和下划线组成。

⑤ 字段名中不能包含空格。

（2）字段类型和宽度

字段的数据类型决定存储在字段中的值的数据类型，数据类型通过宽度限制可以决定存储数据的数量或精度。

（3）空值

有的字段有"NULL"选项，它表示是否允许字段为空值。空值也是关系数据库中的一个重要概念，在数据库中可能会遇到尚未存储数据的字段，这时的空值与空字符串、数值 0 等具有不同的含义，空值就是缺值或还没有确定值，不能把它理解为任何意义的数据。

（4）字段有效性规则

比如对数值型字段，通过指定不同的宽度说明不同范围的数值数据类型，从而可以限定字段的取值类型和取值范围。字段有效性规则也称作域约束规则。

在表设计器中定义字段有效性规则的项目："规则"是指字段有效性规则、"信息"是指违背字段有效性规则时的提示信息、"默认值"是指字段的默认值。

4．修改表结构

① 在数据库设计器中，用鼠标右键单击要修改的表，选择"修改"命令。

② 在项目管理器中选中需要修改的表文件，再选择主菜单中"项目"→"修改"命令或单击项目管理器中的"修改"按钮。

③ 使用命令修改表：命令方式是

　　MODIFY STRUCTURE

将当前已打开的表文件的表设计器打开进行修改。

说明：要修改表结构必须首先要用 USE 命令打开要修改的表。无论是何种修改，由于表结构的变化要影响表记录数据，所以使用 MODIFY STRUCTURE 命令要注意以下几点：

① 在 MODIFY STRUCTURE 命令的执行期间，如果强行退出，有可能丢失数据。

② 不能同时修改字段名和它的类型，否则系统可能造成数据的丢失。

③ 如果在修改字段名的同时插入或删除了字段，会引起字段位置发生变化，有可能造成数据丢失。

5．将自由表添加到数据库

① 在项目管理器中，将要添加自由表的数据库展开至表，并确认当前选择了"表"，单击"添加"按钮，然后从弹出的"打开"对话框中选择要添加到当前数据库的自由表。

② 在数据库设计器中可以从"数据库"菜单中选择"添加表"，然后从"打开"对话框中选择要添加到当前数据库的自由表。

③ 命令方式。格式是：

　　ADD TABLE 表名 |?[NAME 长表名]

添加一个自由表到当前数据库中。

6．从数据库中移出表

在项目管理器或数据库设计器中都可以很方便地将数据库表移出数据库。

① 在项目管理器中，选择所要移出的具体表，单击"移去"按钮。

② 在数据库设计器中选择该表，从"数据库"菜单中选择"移去"。

③ 用 REMOVE TABLE 命令将一个表从数据库中移出。

典型题解

【例 4-4】在 Visual FoxPro 中字段的数据类型不可以指定为（　　）。

A）日期型　　　　　　B）时间型　　　　　　C）通用型　　　　　　D）备注型

【解析】在 Visual FoxPro 中，可以选择的数据类型有：

字符型、货币型、数值型、浮点型、日期型、日期时间型、双精度型、整型、逻辑型、备注型、通用型、字符型(二进制)和备注型(二进制)，其中，字段的数据类型不可以被指定为时间型，其他几个选项都是可以被指定的合法的数据类型。因此选项 B 为正确答案。

【例 4-5】在 Visual FoxPro 中，表结构中的逻辑型、通用型、日期型字段的宽度由系统自动给出，它们分别为（　　）。

A）1、4、8　　　　　B）4、4、10　　　　　C）1、10、8　　　　　D）2、8、8

【解析】本题考查 Visual FoxPro 系统对逻辑型、通用型、日期型字段宽度的规定。在 Visual FoxPro 系统的表结构设计中，系统自动给某些字段指定宽度，其中日期型字段宽度为 8，备注型和通用型字段宽度为 4，逻辑型字段宽度为 1。因此答案为选项 A。

强化训练

（1）在 Visual FoxPro 中，学生表 STUDENT 中包含有通用型字段，表中通用型字段中的数据均存储到另一个文件中，该文件名为（　　）。

    A）STUDENT.DOC   B）STUDENT.MEM

    C）STUDENT.DBT   D）STUDENT.FTP

（2）下列关于字段名的命名规则，不正确的是（　　）。

    A）字段名中可以包含空格

    B）字段名必须以字母或汉字开头

    C）字段名可以由字母、汉字、下划线、数据组成

    D）字段可以是汉字或合法的西方标识符

（3）同一个表的全部备注字段内容存储在（　　）文件中。

    A）不同的备注   B）同一个表   C）同一个备注   D）同一个数据库

（4）下面有关数据库表和自由表的叙述中，错误的是（　　）。

    A）数据库表和自由表都可以用表设计器来建立

    B）数据库表和自由表都支持表间联系和参照完整性

    C）自由表可以添加到数据库中成为数据库表

    D）数据库表可以从数据库中移出成为自由表

（5）在 Visual FoxPro 中，数据库表的字段或记录的有效性规则的设置可以在（　　）。

    A）项目管理器中进行   B）数据库设计器中进行

    C）表设计器中进行   D）表单设计器中进行

（6）在 Visual FoxPro 中，调用表设计器建立数据库表 STUDENT.DBF 的命令是（　　）。

    A）MODIFY STRUCTURE STUDENT   B）MODIFY COMMAND STUDENT

    C）CREATE STUDENT   D）CREATE TABLE STUDENT

（7）MODIFY STRUCTURE 命令的功能是（　　）。

    A）修改表文件的结构   B）修改表文件的类型

    C）删除表文件   D）增加新的文件

（8）在下面的数据类型中默认值为.F.的是（　　）。

    A）数值型   B）字符型   C）逻辑型   D）日期型

（9）在 Visual FoxPro 中，可以链接或嵌入 OLE 对象的字段类型是（　　）。

    A）备注型字段   B）通用型字段

    C）备注型和通用型字段   D）任何类型的字段

（10）在 Visual FoxPro 中，对于字段值为空值（NULL）叙述正确的是（　　）。

    A）空值等同于空字符串   B）空值表示字段还没有确定值

    C）不支持字段值为空值   D）空值等同于数值 0

（11）在 Visual FoxPro 中，与"打开"对话框中的"独占"复选框等效的命令是____。

（12）在 Visual FoxPro 中，指定当前数据库的命令是____。

（13）将数据库表变为自由表的命令是____TABLE。

（14）在 Visual FoxPro 中，所谓自由表就是那些不属于任何____的表。

（15）数据库表上字段有效性规则是一个____表达式。

（16）在 Visual FoxPro 中，数据库表 S 中的通用型字段的内容将存储在_____文件中。

【答案】

（1）D　（2）A　（3）C　（4）B　（5）C　（6）C　（7）A　（8）C　（9）B　（10）B

（11）EXCLUSIVE　（12）SET DATABASE TO <数据库文件名>　（13）REMOVE　（14）数据库

（15）逻辑 或 布尔 或 条件　（16）S.FPT

4.3　表的基本操作

对当前表进行所有操作，首先需要用 USE 命令打开要操作的表。

1. 使用浏览器操作表

打开浏览器的方法有多种，常用的方法有：

① 在项目管理器中将数据库展开至表，并且选择要操作的表，然后单击"浏览"命令。

② 在数据库设计器中选择要操作的表，然后从"数据库"菜单中选择"浏览"，或者右键单击要操作的表，然后从快捷菜单中选择"浏览"。

③ 在命令方式下，首先用 USE 命令打开要操作的表，然后键入 BROWSE 命令。

2. 增加记录的命令

① APPEND：在表的尾部增加记录，需要立刻交互输入新的记录值，一次可以连续输入多条新的记录。然后关闭窗口结束输入新记录。

② APPEND BLANK：是在表的尾部增加一条空白记录。

③ APPEND FROM <文件名 |?> [FIELDS <字段名表>][FOR <逻辑表达式>]：从指定的表文件中读入数据，并添加到当前表文件的末尾。

④ INSERT[BEFORE][BLANK]：在表的任意位置插入新的记录，如果不指定 BEFORE 则在当前记录之后插入一条新记录，否则在当前记录之前插入一条新记录。如果指定 BLANK 则在当前记录之后(或之前)插入一条空白记录。

3. 删除记录的命令

Visual FoxPro 的记录删除分为逻辑删除和物理删除：

① DELETE[FOR 表达式 1]：在当前记录上置删除标记，如果不用 FOR 短语指定逻辑条件，则只逻辑删除当前一条记录；如果用 FOR 短语指定了逻辑表达式条件，则逻辑删除使该逻辑表达式为真的所有记录。

② RECALL[FOR 表达式 1]：恢复被逻辑删除的记录，如果不用 FOR 短语指定逻辑条件，则只恢复当前一条记录，如果当前记录没有删除标记，则该命令什么都不做。如果用 FOR 短语指定了逻辑表达式，则恢复使该逻辑表达式为真的所有记录。

③ PACK：物理删除有删除标记的记录，执行该命令后所有有删除标记的记录将从表中被物理地删除，并且不可能再恢复。

④ ZAP：物理删除表中的全部记录，不管是否有删除标记。

说明：该命令只是删除全部记录，并没有删除表，执行完该命令后表结构依然存在。

4. 修改记录的命令

① EDIT 或 CHANGE：用于交互式地对当前表记录进行编辑、修改，默认编辑当前记录。

② REPLACE 字段名 1 WITH 表达式 1[,字段名 2 WITH 表达式 2]…[FOR 条件表达式 1]：直接用指定表达式或值修改记录，一次可以修改多个字段的值，如果不使用 FOR 短语，则默认修改

的是当前记录；如果使用了 FOR 短语，则修改条件表达式 1 为真的所有记录。可以在 REPLACE 后面使用 ALL 来修改所有的记录。

5. 显示记录的命令

　　DISPLAY[[FIELDS]字段名列表][FOR　条件表达式 1][OFF] [TO.PRINTER [PROMPT]| TO FILE 文件名]

　　LIST [[FIELDS]字段名列表][FOR　条件表达式 1][OFF] [TO.PRINTER [PROMPT]| TO FILE 文件名]

这两条命令都可以将当前表文件的记录按照指定的选项进行显示。它们的区别仅在于不使用条件时，LIST 默认显示全部记录，而 DISPLAY 则默认显示当前记录。

6. 查询定位命令

（1）直接定位

GO/GOTO　<数值表达式> TOP| BOTTOM：将记录指针绝对定位到<数值表达式>指定的记录上（GOTO 和 GO 命令是等价的）。TOP 是表头，当不使用索引时是记录号为 1 的记录，使用索引时是索引项排在最前面的索引对应的记录。BOTTOM 是表尾，当不使用索引时是记录号最大的那条记录，使用索引时是索引项排在最后面的索引项对应的记录。

（2）相对定位

SKIP [数值表达式]：记录指针从当前位置向前或向后移动若干个记录。其中[数值表达式]可以是正或负的整数，默认是 1。如果是正数则向后移动，如果是负数则向前移动。SKIP 是按逻辑顺序定位，即如果使用索引时，是按索引项的顺序定位的。

（3）按条件定位

LOCATE FOR <条件表达式 1>：在表指定范围中查找满足条件的记录。LOCATE 命令在表指定范围中查找满足条件的第一条记录。该命令可以在没有进行排序或索引的无序表中进行任意条件的查询，LOCATE 找到第一条满足条件的记录后，可以用 CONTINUE 继续查找下一个满足条件的记录。

典型题解

【例4-6】在Visual FoxPro中，使用LOCATE FOR <expL>命令按条件查找记录，当查找到满足条件的第一条记录后，如果还需要查找下一条满足条件的记录，应使用（　　）。

A）再次使用 LOCATE FOR<expL>命令　　　　B）SKIP 命令

C）CONTINUE 命令　　　　D）GO 命令

【解析】本题考查 LOCATE FOR 操作命令的使用。和 LOCATE FOR 配套使用的命令是 CONTINUE，因此选项 C 为正确答案。

【例4-7】　当前打开的图书表中有字符型字段"图书号"，要求将图书号以字母A开头的图书记录全部打上删除标记，通常可以使用命令（　　）。

A）DELETE FOR 图书号="A"　　　　B）DELETE WHILE 图书号="A"

C）DELETE FOR 图书号="A*"　　　　D）DELETE FOR 图书号 LIKE "A%"

【解析】本题是考查对 Visual FoxPro 中传统删除命令 DELETE 语句条件书写格式的掌握。DELETE 语句的命令格式为：DELETE [<范围>] [FOR<条件>|WHILE<条件>]，其中 FOR<条件>是对表文件指定范围内满足条件的记录进行操作；WHILE<条件>也是对表文件指定范围内满足条件的记录进行操作，当第一次遇到不满足条件记录时停止向后运行，故选项 B 排除；"*"和"%"是 Windows 的统配符，Visual FoxPro 不支持，所以选项 A 为正确答案。

强化训练

（1）Visual FoxPro 中 APPEND BLANK 命令的作用是（　　）。

　　A）在表的尾部添加记录　　　　　　　　B）在当前记录之前插入新记录

　　C）在表的任意位置添加记录　　　　　　D）在表的首行添加记录

（2）若当前表中共有 20 条记录，当前记录为第 7 条，执行 SKIP 5 命令后，则当前记录为第（　　）条。

　　A）2　　　　　　　　B.7　　　　　　　　C）12　　　　　　　　D）8

（3）假设存在一个 file 表，其中共有 15 条记录，依次执行下列命令：

　　　　USE file

　　　　GO 10

　　　　SKIP -5

　　　　?RECNO( )

　　主屏幕上显示结果为（　　）。

　　A）1　　　　　　　　B）15　　　　　　　C）10　　　　　　　　D）5

（4）在 Visual FoxPro 中删除记录有（　　）和（　　）两种。

　　A）逻辑删除和物理删除　　　　　　　　B）逻辑删除和彻底删除

　　C）物理删除和彻底删除　　　　　　　　D）物理删除和移去删除

（5）在 Visual FoxPro 中逻辑删除是指（　　）。

　　A）真正从磁盘上删除表及记录

　　B）逻辑删除是在记录旁作删除标记，不可以恢复记录

　　C）真正从表中删除记录

　　D）逻辑删除只是在记录旁作删除标记，必要时可以恢复记录

（6）定位记录时，可以用（　　）命令向前或向后移动若干条记录位置。

　　A）SKIP　　　　　　B）GOTO　　　　　　C）GO　　　　　　　　D）LOCATE

（7）打开数据库文件后，当前记录指针指向 50，要使指针指向记录号为 10 的记录，应使用命令（　　）。

　　A）LOCATE 10　　　B）SKIP –40　　　　C）GO 10　　　　　　D）SKIP 40

（8）以下命令中不是用于删除记录的是（　　）。

　　A）ERASE　　　　　B）DELETE　　　　　C）PACK　　　　　　D）ZAP

（9）对于逻辑删除和物理删除，下列说法中正确的是（　　）。

　　A）逻辑删除不可恢复，物理删除可恢复

　　B）逻辑删除可恢复，物理删除不可恢复

　　C）二者均可恢复

　　D）二者均不恢复

（10）打开学生数据表及（对成绩字段的）索引文件，假定当前记录号为 200，欲使记录指针指向记录号为 100 的记录，应使用命令（　　）。

　　A）LOCATE FOR 记录序号=100　　　　　B）SKIP l00

　　C）GO TO 100　　　　　　　　　　　　　D）SKIP -100

（11）数据库文件工资 .DBF 共有 10 条记录，当前记录号为 5。用 SUM 命令计算工资总和，如果不给出范围短句，那么命令作用是（　　）。

　　A）计算后 5 条记录工资值之和　　　　　B）计算后 6 条记录工资值之和

C）只计算当前记录工资值   D）计算全部记录工资值之和

（12）有关 ZAP 命令的描述，正确的是（   ）。

A）ZAP 命令只能删除当前表的当前记录

B）ZAP 命令只能删除当前表的带有删除标记的记录

C）ZAP 命令能删除当前表的全部记录

D）ZAP 命令能删除表的结构和全部记录

（13）设当前表有 10 条记录，若要在第 5 条记录的前面插入一条记录，在执行 GO 5 后再执行如下命令（   ）。

A）INSERT   B）INSERT BLANK

C）INSERT BEFORE   D）APPEND BEFORE

（14）如果当前记录指针指在表的第一条记录上，则 BOF() 的返回值为（   ）。

A）O   B）1   C）.F.   D）.T.

（15）能显示当前打开表文件中所有女生的姓名、性别和籍贯的命令是（   ）。

A）LIST FIELDS 姓名，性别，籍贯

B）LIST FIELDS 姓名，性别，籍贯 FOR 性别="女"

C）DISPLAY ALL FIELDS 姓名，性别，籍贯

D）LIST FOR 性别="女".AND.籍贯="四川"

（16）要使当前表的所有职工的工资增加 200 元，应使用的命令是（   ）。

A）EDIT 工资 WITH 工资 + 200   B）REPLACE 工资 WITH 工资 + 200

C）REPLACE 工资 WITH 200   D）REPLACE ALL 工资 WITH 工资 + 200

（17）如果在不使用索引的情况下，将记录指针定为学生表中成绩大于 60 分记录，应该使用的命令是＿＿＿＿。

（18）不带条件的 DELETE 命令（非 SQL 命令）将删除指定表的＿＿＿＿记录。

（19）把当前表当前记录的学号，姓名字段值复制到数组 A 的命令是：

SCATTER FIELD 学号，姓名＿＿＿＿。

（20）在 Visual FoxPro 中，使用 LOCATE ALL 命令按条件对表中的记录进行查找，若查不到记录，函数 EOF() 的返回值应是＿＿＿＿。

【答案】

（1）A　（2）C　（3）D　（4）A　（5）D　（6）A　（7）C　（8）A　（9）B　（10）C

（11）D　（12）C　（13）C　（14）C　（15）B　（16）D　（17）LOCATE FOR 成绩>60

（18）当前　（19）TO A　（20）.T. 或 真 或 逻辑真

4.4 索引

▶▶▶ 考点 1 索引的基本概念

索引文件可以看成索引关键字的值与记录号之间的对照表，关键字可以是一个字段，也可以是几个字段的组合。索引文件是由指针构成的，这些指针逻辑上按照索引关键字值进行排序。实际上，创建索引是创建一个由指向.dbf 文件记录的指针构成的文件。索引文件和表的.dbf 文件分别存储，并且不改变表中记录的物理顺序。

可以在表设计器中定义索引，Visual FoxPro 中的索引分为主索引、候选索引、惟一索引和普通索引 4 种。

1. 主索引

一个表只能创建一个主索引。建立主索引的字段或表达式中不允许出现重复值。可以为数据库中的每一个表建立一个主索引。

建立主索引的字段被称做主关键字，一个表只能有一个主关键字，如果某个表已经有了一个主索引，还可以为它添加候选索引。所以在 Visual FoxPro 中利用主关键字或候选关键字来保证表中的记录惟一，即保证实体惟一性。

2. 候选索引

如果一个字段的值或几个字段的值能够惟一标识表中的一条记录，则这样的字段称为候选关键字。Visual FoxPro 中将主关键字称作主索引，将候选关键字称作候选索引。

3. 惟一索引

惟一索引是以指定字段的首次出现值为基础，选定一组记录，并对记录进行排序。

4. 普通索引

普通允许关键字值的重复出现，它不仅允许字段中出现重复值，并且索引项中也允许出现重复值。普通索引也可以决定记录的处理顺序，数据库表和自由表都可以建立普通索引。在一个表中可以建立多个普通索引。

典型题解

【例 4-8】在 Visual FoxPro 中，相当于主关键字的索引是（　）。

A）主索引　　　　　　B）普通索引　　　　　　C）惟一索引　　　　　　D）排序索引

【解析】本题考查考生对主索引含义的理解和掌握。如果一个字段的值或几个字段的值能够惟一标识表中的一条记录，则这样的字段称为候选关键字，一个表中可能含有多个候选关键字，用户可以从中选择一个作为主关键字。Visual FoxPro 中将主关键字称为主索引。因此正确答案为选项 A。

【例4-9】下面有关索引的描述正确的是（　）。

A）建立索引以后，原来的数据库表文件中记录的物理顺序将被改变

B）索引与数据库表的数据存储在一个文件中

C）创建索引是创建一个指向数据库表文件记录的指针构成的文件

D）使用索引并不能加快对表的查询操作

【解析】本题考查考生对索引的理解。选项 A 是错误的，当建立索引表之后，原来数据库表文件中数据记录的物理顺序是不会因为建立索引而被改变的，即建立索引不会影响原有数据表中记录的排列次序。选项 B 也是错误的，索引文件和数据库表的数据分别存储在两个不同的文件之中，不能混为一谈。选项 D 错误的原因是，否定了索引文件的作用，要清楚建立索引的一个目的就是加快对表的查询。

强化训练

（1）不允许出现重复字段值的索引是（　）。

　　A）候选索引和主索引　　　　　　　　　B）普通索引和惟一索引

　　C）惟一索引和主索引　　　　　　　　　D）惟一索引

（2）允许出现重复字段值的索引是（　）。

　　A）候选索引和主索引　　　　　　　　　B）普通索引和惟一索引

　　C）候选索引和惟一索引　　　　　　　　D）普通索引和候选索引

（3）在 Visual FoxPro 中，建立索引的作用之一是（　）。

A）节省存储空间 　　　　　　　　　B）便于管理

C）提高查询速度 　　　　　　　　　D）提高查询和更新的速度

(4) 在创建数据库表结构时，为该表中一些字段建立普通索引，其目的是（　　）。

A）改变表中记录的物理顺序 　　　　B）为了对表进行实体完整性约束

C）加快数据库表的更新速度 　　　　D）加快数据库表的查询速度

(5) SORT 命令和 INDEX 命令的区别是（　　）。

A）前面按指定关键字排序并生存新的数据表，后者也可以

B）后者按指定关键字排序并生成新的数据表，前者也可以

C）前者按指定关键字排序并生成新的数据表，后者不可以

D）后者按指定关键字排序并生成新的数据表，前者不可以

(6) 在 Visual FoxPro 中，数据库表中不允许有重复记录是通过指定_____来实现的。

【答案】

(1) A 　(2) B 　(3) C 　(4) D 　(5) B

(6) 主索引和候选索引 或 主索引或候选索引 或 主索引 或 候选索引

考点 2　创建及使用索引

1. 在表设计器中建立索引

（1）单项索引

在表设计器的"字段"选项卡中定义字段时就可以直接指定某些字段是否是索引项，用鼠标单击定义索引的下拉列表框可以看到有 3 个选项：无、升序和降序(默认是无)。如果选定了升序或降序，则在对应的字段上建立了一个普通索引。如果要将索引定义为其他类型的索引，则需将界面切换到"索引"选项卡，可以根据需要选择主索引、候选索引、惟一索引或普通索引。

（2）复合字段索引

在多个字段上的索引称做复合字段索引，建立复合字段索引的方法和建立单项索引不同的是在表达式栏右侧的按钮打开表达式生成器，在表达式生成器中输入索引表达式。

注意：在一个表上可以建立多个普通索引、多个惟一索引、多个候选索引，但只能建立一个主索引。通常，主索引用于主关键字字段；候选索引用于那些不作为主关键字但字段值又必须惟一的字段；普通索引用于一般地提高查询速度；惟一索引用于一些特殊的程序设计。

2. 用命令建立索引

（1）创建索引命令

```
INDEX ON <索引关键字表达式>　TO <单索引文件> | TAG <标识名>
[OF <独立复合索引文件名>]
[FOR <逻辑表达式>] [COMPACT]
[ASCENDING | DESCENDING]
[UNIQUE | CANDIDATE]
[ADDITIVE]
```

使用该命令对当前打开的表文件按索引关键字表达式建立索引文件。

（2）索引的组织方式

从索引的组织方式索引文件类型分为单索引文件和复合索引文件。

单索引文件是根据一个索引关键字表达式（或关键字）建立的索引文件，文件扩展名为.IDX，是一种非结构单索引。

复合索引文件又有两种：一种是独立复合索引文件；另一种是结构复合索引文件。

复合索引文件是指索引文件中可以包含多个索引标识的扩展名为.CDX 的索引文件。在打开表时不会自动打开此索引。

结构复合索引文件与相应的表文件同名，扩展名为.CDX。当 Visual FoxPro 打开一个表时，便自动查找一个结构复合索引文件，如果找到便自动打开，该索引文件随表文件同时打开和同时关闭。结构复合索引在打开表时自动打开。

3．使用索引

（1）打开索引文件

> SET INDEX TO 索引文件名表

用来打开指定的表文件及相关的索引文件。

（2）设置当前索引

> SET ORDER TO[索引序号|[TAG]标识名] [ASCENDING | DESCENDING]

用来打开指定的索引标识为当前索引，其中的索引序号是指建立索引的先后顺序号，特别不容易记清，建议使用索引名。不管索引是按升序或降序建立的，在使用时都可以用 ASCENDING 或 DESCENDING 重新指定升序或降序。

（3）使用索引快速定位

> SEEK 表达式[ORDER 索引序号|[TAG]标识名] [ASCENDING | DESCENDING]

快速定位到表达式指定的记录的位置，其中表达式的值是索引项或索引关键字的值。SEEK 命令中的表达式的类型必须与索引表达式的类型相同。可以查找字符、数值、日期和逻辑型字段的值。表达式为字符串时，必须用定界符括起来。日期常量也必须用大括号括起来。由于索引文件中关键字表达式值相同的记录总是排在一起的，可用 SKIP、DISP 命令来逐个查询。

4．删除索引

（1）删除复合索引文件

> DELETE TAG <标识名 1> [OF <复合索引文件名 1>][, <标识名 2> [OF <复合索引文件名 2>]] ...

从指定的复合文件中删除标识，若默认 OF <复合索引文件名>则为结构复合索引文件。

（2）删除单索引文件

> DELETE FILE <单索引文件名>

删除指定的单索引文件。关闭的索引文件才能被删除，文件名必须带扩展名。

5．索引文件的关闭

关闭索引文件的方法有 3 种。

① USE：关闭当前工作区中打开的表文件及所有索引文件。

② SET INDEX TO：关闭当前工作区中打开的所有单索引文件和独立复合索引文件。

③ CLOSE INDEXS：关闭当前工作区中打开的所有单索引文件和独立复合索引文件。结构复合索引文件不能用以上命令关闭，它随表文件的打开而打开，随表文件的关闭而关闭。

典型题解

【例 4-10】设当前内存中有打开的表及索引，且表中有若干条记录，使用 GO TOP 命令后，当前记录指针所指的记录号是（　　）。

A）0　　　　　　　　B）1　　　　　　　　C）2　　　　　　　　D）不知道

【解析】在没有主索引的情况下，执行 GO TOP 后，当前记录指针所指的记录号是 1。但是，如果当前内存中有主控索引，记录的排列将按索引的逻辑顺序进行，这时首条记录的记录号是逻辑上第一条记录的记录号，不一定是 1，故选项 D 为正确答案。

【例 4-11】用命令"INDEX on 姓名 TAG index_name"建立索引，其索引类型是（　　）。

　　A）主索引　　　　　　B）候选索引　　　　　　C）普通索引　　　　　　D）惟一索引

【解析】本题考查主索引的概念及其建立方法。使用命令建立索引时，表达式中如果出现 UNIQUE 选项，表示建立惟一索引，出现 CANDIDATE 选项表示建立候选索引。没有这些关键字，则表示建立普通索引。故选项 C 为正确答案。

强化训练

（1）在表设计器的"字段"选项卡中可以创建的索引是（　　）。

　　A）惟一索引　　　　B）候选索引　　　　C）主索引　　　　D）普通索引

（2）用命令"INDEX ON 姓名 TAG index_name UNIQUE"建立索引，其索引类型是（　　）。

　　A）主索引　　　　　　B）候选索引　　　　　　C）普通索引　　　　　　D）惟一索引

（3）已知表中有字符型字段职称和性别，要建立一个索引，要求首先按职称排序、职称相同时再按性别排序，正确的命令是（　　）。

　　A）INDEX ON 职称+性别 TO ttt　　　　　　B）INDEX ON 性别+职称 TO ttt

　　C）INDEX ON 职称,性别 TO ttt　　　　　　D）INDEX ON 性别,职称 TO ttt

（4）打开表并设置当前有效索引（相关索引已建立）的正确命令是（　　）。

　　A）ORDER student IN 2 INDEX 学号　　　　B）USE student IN 2 ORDER 学号

　　C）INDEX 学号 ORDER student　　　　　　D）USE student IN 2

（5）在 Visual FoxPro 中主索引字段（　　）。

　　A）不能出现重复值或空值　　　　　　　　B）能出现重复值或空值

　　C）能出现重复值，不能出现空值　　　　　D）能出现空值，不能出现重复值

（6）Visual FoxPro 支持两类索引文件，分别为____和复合索引文件。其中复合索引又分为____和____。

（7）同一个表的多个索引可以创建在一个索引文件中，索引文件名与相关的表同名，索引文件的扩展名是_____，这种索引称为_____。

（8）打开库文件的同时打开了索引文件，命令"GO TO 3"的功能是_____，命令"SKIP 3"的功能是_____。

【答案】

　　（1）D　（2）D　（3）A　（4）B　（5）A　（6）单索引文件；结构索引；非结构索引

　　（7）CDX 或 .CDX；结构复合索引 或 结构索引　（8）设置库文件中3号记录为当前记录；从当前记录向下移动3个记录。

4.5　数据完整性

►►► 考点1　数据库的一致性和完整性

关系模型的完整性规则是对关系的某种约束条件。关系模型中可以有 3 类完整性约束：实体完整性、参照完整性和用户定义的完整性。其中，实体完整性和参照完整性是关系模型必须满足的完整性约束条件，被称为关系的两个不变性，由关系系统自动支持。

1. 实体完整性

实体完整性是保证表中记录惟一的特性，即在一个表中不允许有重复的记录。在 Visual FoxPro

中利用主关键字或候选关键字来保证表中的记录惟一，即保证实体惟一性。如果一个字段的值或几个字段的值能够惟一标识表中的一条记录，则这样的字段称为候选关键字。在一个表中可能会有几个具有这种特性的字段或字段的组合，这时从中选择一个作为主关键字。

在 Visual FoxPro 中将主关键字称作主索引，将候选关键字称作候选索引。在 Visual FoxPro 中主索引和候选索引有相同的作用。

2．参照完整性

参照完整性规则是指当插入、删除或修改一个表中的数据时，通过参照引用相互关联的另一个表中的数据，来检查对表的操作是否正确。在 Visual FoxPro 中，为了建立参照完整性，必须首先建立表之间的联系。在数据库设计器中设计表之间的联系时，要在父表中建立主索引，在子表中建立普通索引，然后通过父表的主索引和子表的普通索引建立两个表之间的关系。

参照完整性规则包括更新规则、删除规则和插入规则。

（1）更新规则

如果选择"级联"，则用新的连接字段值自动修改子表中的相关所有记录。

如果选择"限制"，若子表中有相关的记录，则禁止修改父表中的连接字段值。

如果选择"忽略"，则不作参照完整性检查，可以随意更新父记录的连接字段值。

（2）删除规则

如果选择"级联"，则自动删除子表中的相关所有记录。

如果选择"限制"，若子表中有相关的记录，则禁止删除父表中的记录。

如果选择"忽略"，则不作参照完整性检查，即删除父表的记录时与子表无关。

（3）插入规则

如果选择"限制"，若父表中没有相匹配的连接字段值则禁止插入子记录。

如果选择"忽略"，则不作参照完整性检查，即可以随意插入子记录。

3．域完整性

数据类型的定义属于域完整性的范畴。比如对数值型字段，通过指定不同的宽度说明不同范围的数值数据类型，从而可以限定字段的取值类型和取值范围。但这些对域完整性还远远不够，还可以用一些域约束规则来进一步保证域完整性。域约束规则也称作字段有效性规则，在插入或修改字段值时被激活，主要用于数据输入正确性的检验。

典型题解

【例4-12】数据库表可以设置字段有效性规则，字段有效性规则属于（　　）。

A）实体完整性范畴　　　　　　　　　　B）参照完整性范畴

C）数据一致性范畴　　　　　　　　　　D）域完整性范畴

【解析】本题考查域完整性的概念，属于常考题目。域完整性中的"规则"，即字段有效性规则，用来指定该字段的值必须满足的条件，为逻辑表达式。因此正确答案为选项 D。

【例4-13】在 Visual FoxPro 中通过建立主索引或候选索引来实现＿＿＿＿完整性约束。

【解析】本题考查在 Visual FoxPro 中完整性约束的实现方法。在 Visual FoxPro 中主索引和候选索引保证了记录在表中是惟一的，这属于数据完整性中的实体完整性。在 Visual FoxPro 中建立主索引或者候选索引的目的是实现实体的完整性约束。

强化训练

（1）Visual FoxPro 的"参照完整性"中"插入规则"包括的选择是（　　）。

　　A）级联和忽略　　　B）级联和删除　　　C）级联和限制　　　D）限制和忽略

（2）参照完整性的规则不包括（　　）。

　　A）更新规则　　　　B）删除规则　　　　C）插入规则　　　　D）检索规则

（3）通过指定字段的数据类型和宽度来限制该字段的取值范围，这属于数据完整性中的（　　）。

　　A）参照完整性　　　B）实体完整性　　　C）域完整性　　　D）字段完整性

（4）数据库表可以设置字段有效性规则，字段有效性规则属于域完整性范畴，其中的"规则"是一个（　　）。

　　A）逻辑表达式　　　B）字符表达式　　　C）数值表达式　　　D）日期表达式

（5）在 Visual FoxPro 中，如果在表之间的联系中设置了参照完整性规则，并在删除规则中选择了"限制"，则当删除父表中的记录时，系统的反应是（　　）。

　　A）不作参照完整性检查　　　　　　　　B）不准删除父表中的记录

　　C）自动删除子表中所有相关的记录　　　D）若子表中有相关记录，则禁止删除父表中记录

（6）在 Visual FoxPro 中，假定数据库表 S(学号，姓名，性别，年龄)和 SC(学号，课程号，成绩)之间使用"学号"建立了表之间的永久联系，在参照完整性的更新规则、删除规则和插入规则中选择设置了"限制"。如果表 S 所有的记录在表 SC 中都有相关联的记录，则（　　）。

　　A）允许修改表 S 中的学号字段值　　　　B）允许删除表 S 中的记录

　　C）不允许修改表 S 中的学号字段值　　　D）不允许在表 S 中增加新的记录

（7）关系数据库管理系统能实现的专门关系运算包括选择、联接和＿＿＿＿。

（8）在 Visual FoxPro 中，参照完整性规则包括更新规则、删除规则和＿＿＿＿规则。

（9）在 Visual FoxPro 中，主索引可以保证数据的＿＿＿＿完整性。

【答案】

（1）D　（2）D　（3）C　（4）A　（5）D　（6）C　（7）投影　（8）插入　（9）实体

►►► 考点 2　创建表关联

　　在数据库设计器中设计表之间的联系时，要在父表中建立主索引，在子表中建立普通索引，然后通过父表的主索引和子表的普通索引建立两个表之间的联系。

1. 建立表之间的永久联系

　　在数据库设计器中设计表之间的联系时，要在父表中建立主索引，在子表中建立普通索引，然后通过父表的主索引和子表的普通索引建立起两个表之间的联系。

2. 关联的概述

　　所谓表文件的关联是把当前工作区中打开的表与另一个工作区中打开的表进行逻辑连接，而不生成新的表。当前工作区的表和另一工作区中的打开表建立关联后，当前工作区是表的记录指针移动时，被关联工作区的表记录指针也将自动相应移动，以实现对多个表的同时操作。

　　在多个表中，必须有一个表为关联表，此表常称为父表，而其他的表则称为被关联表，常称为子表。在两个表之间建立关联，要在父表中建立主索引，在子表中建立普通索引，然后通过父表的主索引和子表的普通索引建立起两个表之间的联系。表文件的关联可分为一对一关联、一对多关联和多对多关联。

3. 建立关联

（1）建立一对一关联

SET RELATION TO <关键字段表达式> INTO 工作区号| 别名

SET RELATION TO 则表示取消当前工作区与其他工作区的关联。

（2）建立一对多关联

SET SKIP TO [<Alias1>][, <Alias2>] ...]

典型题解

【例 4-14】下面有关表间永久联系和关联的描述中，正确的是（ ）。

A）永久联系中的父表一定有索引，关联中的父表不需要有索引

B）无论是永久联系还是关联，子表一定有索引

C）永久联系中子表的记录指针会随父表的记录指针的移动而移动

D）关联中父表的记录指针会随子表的记录指针的移动而移动

【解析】本题考查对永久关系和关联概念的掌握。Visual FoxPro 中在永久联系中父表一定有索引，而子表不需要；建立关联时，关键字必须是两个表文件的共同字段，且子表按关键字建立主索引，父表不需要；无论建立永久联系还是关联，建立后，父表文件记录指针移动时，子表文件的记录指针也将自动相应移动。可得到正确选项 A。

【例4-15】在数据环境设计器中编辑关系，在"属性"对话框，可以选择属性并设置。关系的属性对应于_____和_____命令中的子句和关键字。

【解析】要编辑该关系的属性，请先选择该关系，然后单击鼠标右键弹出上下文相关菜单，选择"属性"，将弹出"属性"对话框，可以选择属性并设置。关系的属性对应于 SET RELATION 和 SET SKIP 命令中的子句和关键字。

强化训练

（1）两表之间"临时性"联系称为关联，在两个表之间的关联已经建立的情况下，有关"关联"的正确叙述是（ ）。

　　A）建立关联的两个表一定在同一个数据库中

　　B）两表之间"临时性"联系是建立在两表之间"永久性"联系基础之上的

　　C）当父表记录指针移动时，子表记录指针按一定的规则跟随移动

　　D）当关闭父表时，子表自动被关闭

（2）在 Visual FoxPro 的主工作窗口，使用 SET RELATION 命令可以建立两个表之间的关联，这种关联是（ ）。

　　A）永久性关联　　　　　　　　　　　　B）永久性关联或临时性关联

　　C）临时性关联　　　　　　　　　　　　D）永久性关联和临时性关联

（3）对两个数据表建立关系时，要求（ ）。

　　A）主表和被关联表分别在不同的工作区中打开

　　B）两个表在同一个工作区中打开

　　C）仅需打开主表

　　D）仅需打开被关联的表

（4）Visual FoxPro 建立和修改永久性关联要使用下列哪一种工具（ ）。

　　A）数据库设计器　　　B）表设计器　　　　　　C）表向导　　　　　　　　D）项目管理器

（5）在 Visual FoxPro，建立永久性关联前提必须对需要关联的各个表先建立____。创建临时关系的命令是____。

【答案】

（1）C　（2）C　（3）A　（4）A　（5）索引；SET RELATION TO

4.6　多个表的同时使用

1. 多工作区的概念

在同一时刻一次可以打开一个表，打开另外一个表时上次打开的表自动关闭。如果在同一时刻需要打开多个表，则只需要在不同的工作区中打开不同的表就可以了。系统默认总是在第 1 个工作区中工作，以前没有指定工作区，实际都是在第 1 个工作区打开表和操作表。

指定工作区的命令是：

SELECT　工作区名|别名

此命令打开一个工作区。其中，工作区名用于指定工作区号，最小的工作区号是 1，最大的工作区号是 32767，即同一时刻最多允许打开 32767 个表。如果在某个工作区中已经打开了表，若要回到该工作区操作该表，可以使用已经打开表的表名或表的别名。每个表打开后都有两个默认的别名，一个是表名自身，另一个是工作区所对应的别名。在前 10 个工作区中指定的默认别名是工作区字母 A 到 J，工作区 11 到 32767 中指定的别名是 W11 到 W32767。

2. 使用不同工作区的表

除了可以用 SELECT 命令切换工作区使用不同的表外，也允许在一个工作区中使用另外一个工作区中的表。实际上，前面介绍过的某些命令有相关的选项，即短语：

IN 工作区名 | 别名

和 USE 表名一起使用表示在指定的工作区中打开该表。在一个工作区中还可以直接利用表名或表的别名引用另一个表中的数据，具体方法是在别名后加上点号分隔符"."或"->"操作符，然后再接字段名。

典型题解

【例4-16】 执行下列一组命令之后，选择"职工"表所在工作区的错误命令是（　）。

```
CLOSE ALL
USE 仓库 IN 0
USE 职工 IN 0
```

A）SELECT　职工　　B）SELECT　0　　　　C）SELECT　2　　　　D）SELECT　B

【解析】 本题考查如何在不同工作区之间进行切换。在 Visual FoxPro 中，SELECT 0 是选择一个编号最小且没有使用的空闲工作区。执行题干中两条打开表的命令后，"职工"表所在工作区为 2 号工作区。若想在工作区之间切换，可以用 SELECT<工作区号>来指定工作区，同时又可以用 SELECT <工作区别名>来指定工作区，职工表的系统默认的工作区别名是表名和字母 B，因此选项 ACD 都可以实现选择"职工"表所在工作区，故答案为 B 选项。

强化训练

（1）命令 SELECT 0 的功能是（　）。

A）选择编号最小的未使用工作区　　　　　　B）选择 0 号工作区

C）关闭当前工作区中的表　　　　　　　　　D）选择当前工作区

（2）执行下列命令后，A1 的指针指向第（　　）条记录，A2 指向第（　　）条记录。

```
SELECT 2
USE A1
SELECT 3
USE A2
SELECT 2
SKIP 2
```

  A）1,2   B）1,1   C）3,1   D）2,1

（3）以下关于工作区的叙述中，（　　）是正确的。

  A）一个工作区只能打开一个表   C）一个工作区最多可以打开 225 个表

  B）一个工作区最多可以打开 10 个表   D）一个工作区最多可以打开 32767 个表

【答案】

（1）A （2）C （3）A

第5章 关系数据库标准语言SQL

● **考点概览**

本章内容在考试中所占比例很大。分析历次考试中所占的比例，每次考试平均8～11道题，合计16～22分。

● **重点考点**

① SQL 的数据查询功能。

② SQL 的操作功能。

③ SQL 的定义功能。

● **复习建议**

① 本章内容很重要，每次考试都有大量的相关题目出现，几乎每个部分、每个功能都需要认真理解、准备。

② 要认真阅读、掌握有关 SQL 语句的各个子句、选项、关键字，清楚理解每个子句的作用以及应用的范围。

③ 对于嵌套及联接查询，要作为重点中的重点，每次考试考生都容易在这些知识点上丢分，最好根据书中（或练习题中）给出的说明，在 Visual FoxPro 环境下创建相应的表及输入相应的内容，然后实际执行题目中所给出的选项，以此更熟练地掌握相关知识。

5.1　SQL 概述

SQL 是结构化查询语言 Structured Query Language 的缩写，它是关系数据库的标准数据语言，包含数据定义、数据操纵、数据控制和数据查询，数据查询是 SQL 的重要组成部分。

SQL 语言具有以下特点：

① 一体化语言。

② 语言简洁。其命令动词参见表5-1。

表 5-1　SQL 命令动词

SQL 功能	命令动词
数据查询	SELECT
数据定义	CREATE，DROP，ALTER
数据修改	INSERT，UPDATE，DELETE
数据控制	GRANT，REVOKE

③ 高度非过程化的语言。

④ 统一的语法结构。

典型题解

【例 5-1】SQL SELECT 语句的功能是_____。

【解析】SQL 可以实现数据查询、数据定义、数据操纵及数据控制功能，而 Visual FoxPro 由于自身安全性控制方面的缺陷，所以没有提供数据控制功能，SQL 命令动词及功能如表 5-1 所示，由此可以看出，SELECT 语句的功能为"数据查询"。

强化训练

SQL 是（　）英文单词的缩写。

A）Standard Query Language　　　　B）Structured Query Language

C）Select Query Language　　　　　　D）以上都不是

【答案】B

5.2　SQL 的数据查询功能

SQL 的查询命令的基本形式由 SELECT-FROM-WHERE 查询块组成，也称作 SELECT 命令。

▶▶▶　**考点 1　简单查询**

SQL 查询语句的格式为：

```
SELECT[ALL|DISTINCT][TOP 数值表达式[PERCENT]]
[表别名]检索项[AS 列名]
[,[Alias.]检索项[AS 列名] …]
FROM[数据库名！]表名[逻辑别名]
WHERE 条件  [AND 连接条件…
[AND|OR<条件表达式>[AND|OR<条件表达式>…]]]
[GROUP BY<列名>[,<列名>…]]
[HAVING<条件表达式>]
[UNION[ALL|SELECT<语句>
[ORDER BY  排序项[AS|DESC][,排序项[ASC|DESC]…]]
```

说明：

SELECT 后紧跟查询字段列表。

FROM 说明要查询的数据来源，可以是一个表也可以是多个表。

WHERE 说明查询条件。

GROUP BY 短语用于对查询结果进行分组，常用来进行分组汇总。

HAVING 短语用来限定分组必须满足的条件，HAVING 短语必须跟随 GROUP BY 使用。

ORDER BY 短语用来排序查询的结果。

针对单个表的查询是简单查询，由 SELECT 和 FROM 短语构成无条件查询或由 SELECT、FROM 和 WHERE 短语构成条件查询。

典型题解

【例 5-2】查询订购单号首字符是"P"的订单信息，应该使用命令（　　）。

A）SELECT * FROM 订单 WHERE HEAD(订购单号,1)="P"

B）SELECT * FROM 订单 WHERE LEFT(订购单号,1)="P"

C）SELECT * FROM 订单 WHERE "P"$订购单号

D）SELECT * FROM 订单 WHERE RIGHT(订购单号,1)="P"

【解析】4 个选项中，选项 B 中的函数 LEFT(订购单号, 1)的功能是取出订购单号的首字符，将该查询条件置于 SQL 的 WHERE 子句，能够实现题目所要求的条件查询，故选项 B 为正确答案。选项 C 的查询条件："P" $订购单号，表示"P"在订购单号中出现，选项 D 的查询条件：RIGHT(订购单号, 1)= "P"，表示订购单号尾字符为"P"。

【例 5-3】在 Visual FoxPro 中，以下有关 SQL 的 SELECT 语句的叙述中，错误的是（　　）。

A）SELECT 子句中可以包含表中的列和表达式

B）SELECT 子句中可以使用别名

C）SELECT 子句规定了结果集中的列顺序

D）SELECT 子句中列的顺序应该与表中列的顺序一致

【解析】SELECT 子句可以包含表中的列和表达式也可以使用别名表示，所以选项 A，B 正确；SELECT 子句的列顺序结果和书写 SELECT 子句的字段顺序一致，和表中字段顺序没有关系所以选项 C 描述正确，D 错误。故选项 D 为正确答案。

强化训练

（1）标准 SQL 基本查询模块的结构是（　　）。

A）SELECT…FROM…ORDER BY

B）SELECT…WHERE…GROUP BY

C）SELECT…WHERE…HAVING

D）SELECT…FROM…WHERE

（2）在 SQL 的 SELECT 查询结果中，消除重复记录的方法是（　　）。

A）通过指定主关系键　　　　　　　　B）通过指定惟一索引

C）使用 DISTINCT 子句　　　　　　　D）使用 HAVING 子句

（3）使用 SQL 语句从表 STUDENT 中查询所有姓王的同学的信息，正确的命令是（　　）。

A）SELECT * FROM STUDENT WHERE LEFT(姓名,2)= "王"

B）SELECT * FROM STUDENT WHERE RIGHT(姓名,2)= "王"

C）SELECT * FROM STUDENT WHERE TRIM(姓名,2)= "王"

D）SELECT * FROM STUDENT WHERE STR(姓名,2)= "王"

（4）查询订购单号（字符型，长度为 4）尾字符是"1"的错误命令是（　　）。

A）SELECT * FROM 订单 WHERE　SUBSTR(订购单号,4)= "1"

B）SELECT * FROM 订单 WHERE　SUBSTR(订购单号,4,1)= "1"

C）SELECT * FROM 订单 WHERE　"1"$订购单号

D）SELECT * FROM 订单 WHERE　RIGHT(订购单号,1)= "1"

（5）在 SQL SELECT 语句中用于实现关系的选择运算的短语是（ ）。

    A）FOR
                      B）WHILE

    C）WHERE
                    D）CONDITION

（6）在 SELECT 语句中，用来指定查询所用的表的子句是（ ）。

    A）WHERE   B）GROUP BY C）ORDER BY D）FROM

（7）使用 SQL 语句进行分组检索时，为了去掉不满足条件的分组，应当（ ）。

    A）使用 WHERE 子句

    B）在 GROUP BY 后面使用 HAVING 子句

    C）先使用 WHERE 子句，再使用 HAVING 子句

    D）先使用 HAVING 子句，再使用 WHERE 子句

（8）本题使用下列两个数据表：

    学生.DBF：学号（C,8），姓名（C,6），性别（C,2），出生日期（D）

    选课.DBF：学号（C,8），课程号（C,3），成绩（N,5,1）

    查询所有 1982 年 3 月 20 日以后（含）出生、性别为男的学生，正确的 SQL 语句是（ ）。

    A）SELECT * FROM 学生 WHERE 出生日期>={^1982-03-20} AND 性别="男"

    B）SELECT * FROM 学生 WHERE 出生日期<={^1982-03-20} AND 性别="男"

    C）SELECT * FROM 学生 WHERE 出生日期>={^1982-03-20} OR 性别="男"

    D）SELECT * FROM 学生 WHERE 出生日期<={^1982-03-20} OR 性别="男"

（9）若要从学生表中检索出 jg 并去掉重复记录，可使用如下 SQL 语句

    SELECT _____ jg FROM student

    请选出正确的选项完成该语句（ ）。

    A）ALL   B）*   C）?   D）DISTINCT

（10）下列关于 SQL 中 HAVING 子句的描述，错误的是（ ）。

    A）HAVING 子句必须与 GROUP BY 子句同时使用

    B）HAVING 子句与 GROUP BY 子句无关

    C）使用 WHERE 子句的同时可以使用 HAVING 子句

    D）使用 HAVING 子句的作用是限定分组的条件

（11）SQL 的 SELECT 语句中，"HAVING <条件表达式>"用来筛选满足条件的（ ）。

    A）列   B）行   C）关系   D）分组

（12）一条没有指明去向的 SQL SELECT 语句执行之后，会把查询结果显示在屏幕上，要退出这个查询窗口，应该按的键是（ ）。

    A）Alt   B）Delete   C）Esc   D）Return

（13）以下有关 SELECT 短语的叙述中错误的是（ ）。

    A）SELECT 短语中可以使用别名

    B）SELECT 短语中只能包含表中的列及其构成的表达式

    C）SELECT 短语规定了结果集中的列顺序

    D）如果 FROM 短语引用的两个表有同名的列，则 SELECT 短语引用它们时必须使用表名前缀加以限定

（14）在表 ticket 中查询所有票价小于 100 元的车次、始发站和终点信息的命令是（ ）。

    A）SELECT *FROM ticket WHERE 票价<100

    B）SELECT 车次、始发站、终点 FROM ticket WHERE 票价>100

C）SELECT 车次、始发站、终点 FROM ticket WHERE 票价<100

D）SELECT*FROM ticket WHERE 票价>100

【答案】

（1）D （2）C （3）A （4）C （5）C （6）D （7）B （8）A （9）D （10）B （11）D

（12）C （13）B （14）C

►►► 考点2　查询中的特殊运算符

特殊的运算符包括，BETWEEN…AND…，LIKE，"%"，"_"，"！="，NOT 等。

1. BETWEEN 表达式1 AND 表达式2

表示取值在表达式1和表达式2之间。

2. LIKE、通配符"*"和"?"

LIKE 是字符串匹配运算符，通配符"%"表示0个或多个字符，另外"_"表示一个字符。

3. "！="和 NOT

"！="表示"不等于"，也可以用 NOT；NOT 也可以和 IN、BETWEEN 连用，使用 NOT IN，NOT BETWEEN…AND…的形式。

4. NULL

使用 NULL 值作为空值查询，其中查询空值要使用 Is NULL，或 Is Not NULL，而"=NULL"是无效表达式。

典型题解

【例5-4】在 SQL 语句中，与表达式"仓库号 NOT IN("wh1","wh2")"功能相同的表达式是（　　）。

A）仓库号="wh1" AND 仓库号="wh2"　　　　B）仓库号!="wh1" OR 仓库号="wh2"

C）仓库号<>"wh1" OR 仓库号!="wh2"　　　　D）仓库号!="wh1" AND 仓库号!="wh2"

【解析】本题考查考生对 SQL 中 NOT IN 子句的理解。题干中给出的表达式："仓库号 NOT IN ("wh1", "wh2")"表示仓库号不是"wh1"并且不是"wh2"。符号"！="表示的是不等于，因此正确答案为选项 D。选项 A 表示仓库号等于"wh1"并且等于"wh2"，选项 B 表示仓库号不等于"wh1"或者等于"wh2"。选项 C 表示仓库号不等于"wh1"或者不等于"wh2"。因此选项 D 为正确答案。

【例5-5】在 SQL 语句中，与表达式"工资 BETWEEN 1210 AND 1240"功能相同的表达式是（　　）。

A）工资>=1210 AND 工资<=1240　　　　B）工资>1210 AND 工资<1240

C）工资<=1210 AND 工资>1240　　　　D）工资>=1210 OR 工资<=1240

【解析】本题考查 SQL 中如何使用 BETWEEN 设定条件查询。"工资 BETWEEN 1210 AND 1240"所设定的查询条件是工资在1210和1240之间的，即工资大于等于1210并且小于等于1240。故正确答案为选项 A。选项 B，C 不含等于条件，选项 D 两个范围之间是"或"的关系，所以都是错误的。

强化训练

（1）在 SQL 语句中，与表达式"供应商名 LIKE "%北京%""功能相同的表达式是（　　）。

A）LEFT(供应商名,4)="北京"　　　　B）"北京" $ 供应商名

C）供应商名 IN "%北京%"　　　　D）AT(供应商名,"北京")

（2）SQL SELECT 语句中的特殊运算符不包括（　　）。

A）BETWEEN　　　　B）AND　　　　C）OR　　　　D）LIKE

（3）在 SQL 语句中，与表达式"年龄 BETWEEN 12 AND 46"功能相同的表达式是（　　）。

　　A）年龄 >= 12 OR <= 46　　　　　　　　　B）年龄 >= 12 AND <= 46

　　C）年龄 >= 12 OR 年龄 <= 46　　　　　　　D）年龄 >= 12 AND 年龄 <= 46

（4）在 SQL 语句中空值用＿＿＿＿表示。

【答案】

　　（1）B　（2）C　（3）D　（4）NULL 或 .NULL

▶▶▶　考点 3　查询的排序及合并

1．查询结果的排序

使用 ORDER BY 进行排序，格式为：

　　　ORDER BY Order_Item[ASC|DESC][，Order_Item[ASC|DESC]…]

其中，ASC 表示升序，DESC 表示降序，排序可按多列排序。ORDER BY 是对最终的查询结果进行排序，不可以在子查询中使用该短语。

2．集合的并运算

SQL 命令支持集合的并运算，运算符为 UNION。UNION 子句语法如下。

UNION [ALL] SELECT 命令

功能：将两个 SELECT 语句的查询结果合并成一个查询结果。

在 SQL 中，要求进行合并运算的两个查询结果具有相同的字段个数，并且对应字段的值具有相同的数据类型和取值范围。

典型题解

【例 5-6】"歌手"表中有"歌手号"、"姓名"和"最后得分"3 个字段，"最后得分"越高名次越靠前，查询前 10 名歌手的 SQL 语句是 SELECT *＿＿＿＿FROM 歌手 ORDER BY 最后得分＿＿＿＿。

【解析】SQL 查询的语法为：

　　SELECT[ALL|DISTINCT][TOP 数值表达式[PERCENT]]

　　　　　[表别名]检索项[AS 列名]

　　　　　[,[Alias.]检索项[AS 列名] …]

　　　　FROM[数据库名！]表名[逻辑别名]

　　　　WHERE 连条件　[AND 连接条件…]

　　　　[AND|OR<条件表达式>[AND|OR<条件表达式>…]]

　　　　[GROUP BY<列名>[,<列名>…]]

　　　　[HAVING<条件表达式>]

　　　　[UNION[ALL|SELECT<语句>]

　　　　[ORDER BY 排序项[ASC|DESC][,排序项[ASC|DESC]…]]

其中，要查询前某一定条数的记录，需要使用 TOP 子句，在本题中，需要查询前 10 名的歌手，所以在第一个空中，需要填入"TOP 10"；而如果 Order By 子句后面不加指定子句，则默认为升序排列，那样一来，"最后得分"最高的 10 名选手的记录应当排列在查询结果的最后 10 位，所以要使用 DESC 子句指定结果降序排列（分数高的记录排列在前面，依次减少），所以在第二个空中应当填入"DESC"。

强化训练

（1）SQL 支持集合的并运算，在 Visual FoxPro 中 SQL 并运算的运算符是（　）。

　　A）PLUS　　　　　　　B）UNION　　　　　　　C）+　　　　　　　　D）∪

（2）下列关于 SQL 的并运算，说法不正确的一项是（　）。

　　A）集合的差运算，即 UNION，是指将两个 SELECT 语句的查询结果通过合并运算合并成一个查询结果。

　　B）集合的并运算，即 UNION，是指将两个以上 SELECT 语句的查询结果通过合并运算合并成一个查询结果。

　　C）进行并运算要求两个查询结果具有相同的字段的数据，并且对应的字段的值要出自同一个值域

　　D）两个查询结果要具有相同的数据类型和取值范围。

【答案】

（1）B　（2）B

►►► 考点 4　查询中进行计算

1. 计算查询

SQL 还有计算方式的检索，可以用函数在 SELECT 短语中对查询结果进行计算。用于计算检索的函数有：

① COUNT(*)：计算表中记录的总数。

COUNT(列)：对一列中的值计算个数。

② SUM(数值表达式)：计算数值表达式的和。

③ AVG(数值表达式)：计算数值表达式的平均值。

④ MAX(表达式)：求数值、日期、字符最大值。

⑤ MIN(表达式)：求数值、日期、字符最小值。

2. 分组与计算查询

利用 GROUP BY 子句进行分组计算查询。GROUP BY 短语的格式如下：

GROUP BY GroupColumn [, GroupColumn…] [HAVING FileCondition]

可以按一列或多列分组，GROUPBY 子句一般跟在 WHERE 子句之后，没有 WHERE 子句时，跟在 FROM 子句之后。还可以用 HAVING 进一步限定分组的条件。HAVING 子句总是跟在 GROUPBY 子句之后，不可以单独使用。HAVING 子句和 WHERE 子句不矛盾，在查询中是先用 WHERE 子句限定元组，然后进行分组，最后再用 HAVING 子句限定分组。

典型题解

【例 5-7】假设同一名称的产品有不同的型号和产地，则计算每种产品平均单价的 SQL 语句是（　）。

　　A）SELECT 产品名称, AVG(单价) FROM 产品 GROUP BY 单价

　　B）SELECT 产品名称, AVG(单价) FROM 产品 ORDER BY 单价

　　C）SELECT 产品名称, AVG(单价) FROM 产品 ORDER BY 产品名称

　　D）SELECT 产品名称, AVG(单价) FROM 产品 GROUP BY 产品名称

【解析】此题考查考生对 GROUP BY 与 ORDER BY 子句的理解及正确分析题目的能力。GRUPP BY 子句可以按一列或多列分组，还可以用 HAVING 进一步限定分组的条件，而 ORDER BY 子句可以按升序(ASC)或降序(DESC)排序，允许按一列或多列排序。根据题意，如果计算每种产品的平均单价，应当按照"产品名

称"字段进行分组，所以选项 A 及选项 B 被排除，而选项 C 使用了 ORDER BY 子句，与题意不符，所以也被排除，则正确答案为 D。

【例 5-8】假设"订单"表中有订单号、职员号、客户号和金额字段，正确的 SQL 语句只能是（ ）。

A）SELECT 职员号 FROM 订单 GROUP BY 职员号 HAVING COUNT(*)>3 AND AVG_金额>200

B）SELECT 职员号 FROM 订单 GROUP BY 职员号 HAVING COUNT(*)>3 AND AVG(金额)>200

C）SELECT 职员号 FROM 订单 GROUP BY 职员号 HAVING COUNT(*)>3 WHERE AVG(金额)>200

D）SELECT 职员号 FROM 订单 GROUP BY 职员号 WHERE COUNT(*)>3 AND AVG_金额>200

【解析】此题考查考生对 SQL 语句中 HAVING 子句的掌握。

在 SQL 语句中，HAVING 短语必须跟随 GROUP BY 使用，它用来限定分组必须满足的条件。根据题意及所列出的答案能够看出，此题原意为在"订单"表中查询出所有有 3 笔订单以上（职员号出现 3 次，COUNT(*)>3），并且订单的平均金额在 200 元以上（AVG(金额)>200）的所有职员号。根据此要求，分析题目所给出的选项。

选项 A：在 HAVING 子句后面，有一个"AVG_金额>200"的筛选条件，但"订单"表中并无此字段，所以此选项错误。

选项 B：正确判断了职员号记录大于 3 并且平均金额大于 200 元的记录，所以为正确答案。

选项 C：WHERE 条件判断语句后面，不能使用 AVG()函数，所以选项错误。

选项 D：同选项 C 的答案解析，此选项错误。

强化训练

第（1）、（2）题使用如下表的数据：

部 门 表

部 门 号	部 门 名 称
40	家用电器部
10	电视录摄像机部
20	电话手机部
30	计算机部

商 品 表

部门号	商品号	商品名称	单价	数量	产地
40	0101	A 牌电风扇	200.00	10	广东
40	0104	A 牌微波炉	350.00	10	广东
40	0105	B 牌微波炉	600.00	10	广东
20	1032	C 牌传真机	1000.00	20	上海
40	0107	D 牌微波炉_A	420.00	10	北京
20	0110	A 牌电话机	200.00	50	广东
20	0112	B 牌手机	2000.00	10	广东
40	0202	A 牌电冰箱	3000.00	2	广东
30	1041	B 牌计算机	6000.00	10	广东
30	0204	C 牌计算机	10000.00	10	上海

（1）SQL 语句：

SELECT 部门号,MAX(单价*数量) FROM 商品表 GROUP BY 部门号

查询结果有（　）条记录。

  A）1　　　　　　　B）4　　　　　　　C）3　　　　　　　D）10

（2）SQL 语句：

SELECT 产地,COUNT(*)提供的商品种类数;

FROM 商品表;

WHERE 单价 > 200;

GROUP BY 产地 HAVING COUNT(*)>=2;

ORDER BY 2 DESC

查询结果的第一条记录的产地和提供的商品种类数是（　）。

  A）北京，1　　　　B）上海，2　　　　C）广东，5　　　　D）广东，7

（3）求每个终点的平均票价的 SQL 语句是（　）。

  A）SELECT 终点,avg(票价) FROM ticket GROUP BY 票价

  B）SELECT 终点,avg(票价) FROM ticket ORDER BY 票价

  C）SELECT 终点,avg(票价) FROM ticket ORDER BY 终点

  D）SELECT 终点,avg(票价) FROM ticket GROUP BY 终点

（4）本题使用下列两个数据表：

学生.DBF：学号（C,8），姓名（C,6），性别（C,2），出生日期（D）

选课.DBF：学号（C,8），课程号（C,3），成绩（N,5,1）

计算刘明同学选修的所有课程的平均成绩，正确的 SQL 语句是（　）。

  A）SELECT AVG(成绩) FROM 选课 WHERE 姓名="刘明"

  B）SELECT AVG(成绩) FROM 学生,选课 WHERE 姓名="刘明"

  C）SELECT AVG(成绩) FROM 学生,选课 WHERE 学生.姓名="刘明"

  D）SELECT AVG(成绩) FROM 学生,选课 WHERE 学生.学号=选课.学号 AND 姓名="刘明"

（5）假定学号的第 3、4 位为专业代码。要计算各专业学生选修课程号为"101"课程的平均成绩，正确的 SQL 语句是（　）。

  A）SELECT 专业 AS SUBS(学号,3,2),平均分 AS AVG(成绩) FROM 选课

    WHERE 课程号="101" GROUP BY 专业

  B）SELECT SUBS(学号,3,2) AS 专业,AVG(成绩) AS 平均分 FROM 选课

    WHERE 课程号="101" GROUP BY 1

  C）SELECT SUBS(学号,3,2) AS 专业,AVG(成绩) AS 平均分 FROM 选课

    WHERE 课程号="101" ORDER BY 专业

  D）SELECT 专业 AS SUBS(学号,3,2),平均分 AS AVG(成绩) FROM 选课

    WHERE 课程号="101" ORDER BY 1

（6）从职工数据库表中计算工资合计的 SQL 语句是：

SELECT＿＿＿FROM 职工

（7）设有学生选课表 SC（学号，课程号，成绩），用 SQL 语言检索每门课程的课程号及平均分的语句是（关键字必须拼写完整）：SELECT 课程号，AVG（成绩）AS 平均分 FROM SC＿＿＿。

(8) Visual FoxPro 中用于计算机检索的函数中，____用于计数，____用来求和，____用于求平均值，____用于求最大值，____用于求最小值。

(9) 在 SQL 的 SELECT 语句中用于计算检索的函数有 COUNT、____、____、MAX 和 MIN。

(10) 统计学生总人数，请写出下面 SELECT 语句的完整形式：

SELECT ____ FROM student

【答案】

(1) C　(2) C　(3) D　(4) D　(5) B　(6) SUM(工资)

(7) GROUP BY 课程号（或 GROUP BY 1、或 GROUP BY SC.课程号）

(8) COUNT；SUM；AVG；MAX；MIN　(9) SUM；AVG　(10) COUNT（∗）

▶▶▶ 考点 5　联接和嵌套查询

1. 嵌套查询

在一个 SELECT 命令的 WHERE 子句中，如果还出现另一个 SELECT 命令，则这种查询称为嵌套查询或子查询。VFP 只支持单层嵌套查询。

2. 联接查询

联接是关系的基本操作之一。联接查询是一种基于多个关系的查询。

3. 超联接查询

超联接查询是指首先保证一个表中满足条件的元组都在结果表中，然后将满足联接条件的元组与另一个表的元组进行联接，不满足联接条件的则将应来自另一表的属性值置为空值。

Visual FoxPro 的 SOL SELECT 语句的完整语法格式中与联接运算有关的语法格式如下：

SELECT……

FROM 表名 INNER | LEFT | RIGHT | FULL JOIN 表名

ON 联接条件

WHERE……

INNER JOIN 等价于 JOIN，在 Visual FoxPro 中称为内部联接。

LEFT JOIN 为左联接。

RIGHT JOIN 为右联接。

FULL JOIN 为全联接，即两个表中的记录不管是否满足联接条件将都在目标表或查询结果中出现，不满足联接条件的记录对应部分为 NULL。

① 内部联接：只有满足联接条件的记录才出现在查询结果中。

② 左联接：除满足联接条件的记录出现在查询结果中外，第一个表中不满足联接条件的记录也出现在查询结果中。

③ 右联接：除满足联接条件的记录出现在查询结果中外，第二个表中不满足联接条件的记录也出现在查询结果中。

④ 全联接：除满足联接条件的记录出现在查询结果中外，两个表中不满足联接条件的记录也出现在查询结果中。

典型题解

例 5-9 及例 5-10 使用如下 3 个数据库表。

学生表：S(学号，姓名，性别，出生日期，院系)

课程表：C(课程号，课程名，学时)

选课成绩表：SC(学号，课程号，成绩)

在上述表中，出生日期数据类型为日期型，学时和成绩为数值型，其他均为字符型。

【例 5-9】用 SQL 命令查询选修的每门课程的成绩都高于或等于 85 分的学生的学号和姓名，正确的命令是（　）。

A）SELECT 学号,姓名 FROM S WHERE NOT EXISTS;

　　(SELECT * FROM SC WHERE SC.学号 = S.学号 AND 成绩 <85)

B）SELECT 学号,姓名 FROM S WHERE NOT EXISTS;

　　(SELECT * FROM SC WHERE SC.学号 = S.学号 AND 成绩 >=85)

C）SELECT 学号,姓名 FROM S,SC

　　WHERE S.学号 =SC.学号 AND 成绩 >=85

D）SELECT 学号,姓名 FROM S,SC

　　WHERE S.学号 =SC.学号 AND ALL 成绩 >=85

【解析】本题考查的是对 SQL 语句的查询条件书写格式的掌握。属于常考题型，本题是一种基于多个关系的查询。选项 C，D 使用联接查询，这个查询中，"S.学号=SC.学号" 是联接条件，使用联接查询正确的写法为：SELECT 学号,姓名 FROM S,SC WHERE (成绩 >=85) AND(S.学号 =SC.学号)，C，D 写法都对；选项 A，B 使用嵌套查询，NOT EXISTS 表示将括号内 SELECT 查询条件取反，选项 A 的意思是从选课成绩表：SC 找出每门课程的成绩都小于 85 分的学生，在学生表 S 除去这些记录的数据显示学号和姓名字段，和题意符合。故选项 A 为正确答案。选项 B 的意思是从选课成绩表 SC 中找出每门课程的成绩都高于或等于 85 分的学生，在学生表 S 除去这些记录的数据显示学号和姓名字段，和题意相反。

【例 5-10】用 SQL 语言检索选修课程在 5 门以上（含 5 门）的学生的学号、姓名和平均成绩，并按平均成绩降序排序，正确的命令是（　）。

A）SELECT S.学号,姓名,平均成绩 FROM S,SC;

　　WHERE S.学号 =SC.学号;

　　GROUP BY S.学号 HAVING GOUNT(*)>=5 ORDER BY 平均成绩 DESC

B）SELECT 学号,姓名,AVG(成绩) FROM S,SC;

　　WHERE S.学号=SC.学号 AND COUNT(*)>=5;

　　GROUP BY 学号 ORDER BY 3 DESC

C）SELECT S.学号,姓名,AVG(成绩) 平均成绩 FROM S,SC;

　　WHERE S.学号 =SC.学号 AND COUNT(*)>=5;

　　GROUP BY S.学号 ORDER BY 平均成绩 DESC

D）SELECT S.学号,姓名,AVG(成绩) 平均成绩 FROM S,SC;

　　WHERE S.学号 =SC.学号;

　　GROUP BY S.学号 HAVING COUNT(*)>=5 ORDER BY 3 DESC

【解析】本题考查使用 COUNT()函数来构造复杂查询，显示"平均成绩"不是表中字段，不能直接显示，用函数来实现表示方法为：AVG(成绩) 平均成绩。因选项 A，B 表示错误可排除；在查询中是先用 WHERE 子句限定元组，然后用 GROUP 进行分组，最后再用 HAVING 子句限定分组，也就是说先写 WHERE 子句，然后是 GROUP，最后用 HAVING 子句对 GROUP 分组限定条件。选项 C 错误在于 COUNT(*)>=5 分组限定条件写在 WHERE 之后。故选项 D 为正确答案。

典型题解

（1）关于 SQL 嵌套查询的说法正确的是（ ）。

    A）能对外层查询排序，又能对内层查询排序

    B）能对外层查询排序，不能对内层查询排序

    C）不能对外层查询排序，只能对内层查询排序

    D）既不能对外层查询排序，也不能对内层查询排序

（2）联接查询是基于（ ）的查询。

    A）一个表   B）两个表   C）多个关系   D）有一个关联的表

（3）在对 SELECT-SQL 命令中的设置为内部联接的是（ ）。

    A）INNER JOIN   B）LEFT JOIN   C）RIGHT JOIN   D）FULL JOIN

（4）若要在表"职工"和"工龄"中查找 008 号职工的工资，下列语句正确的是（ ）。

    A）SELECT 职工号，姓名，工资 FROM 职工 JOIN 工龄；

        WHERE 职工号=008；

    B）SELECT 职工号，姓名，工资 FROM 职工 JOIN 工龄；

        WHERE 职工号=008；

        ON 职工.职工号=工龄.职工号

    C）SELECT 职工号，姓名，工资 FROM 职工 JOIN 工龄；

        ON 职工.职工号=工龄.职工号

        WHERE 职工号=008；

    D）SELECT 职工号，姓名，工资 FROM 职工 JOIN 工龄；

        WHERE 职工.职工号=工龄.职工号

（5）设有学生选课表 SC(学号，课程号，成绩)，用 SQL 检索同时选修课程号为"C1"和"C5"的学生的学号的正确命令是（ ）。

    A）SELECT 学号 FROM SC

        WHERE 课程号='C1' AND 课程号='C5'

    B）SELECT 学号 FROM SC

        WHERE 课程号='C1' AND 课程号=(SELECT 课程号 FROM SC WHERE 课程号='C5')

    C）SELECT 学号 FROM SC

        WHERE 课程号='C1' AND 学号=(SELECT 学号 FROM SC WHERE 课程号='C5')

    D）SELECT 学号 FROM SC

        WHERE 课程号='C1' AND 学号 IN (SELECT 学号 FROM SC WHERE 课程号='C5')

（6）设有学生表 S(学号，姓名，性别，年龄)、课程表 C(课程号，课程名，学分)和学生选课表 SC(学号，课程号，成绩)，检索学号、姓名和学生所选课程的课程名和成绩，正确的 SQL 命令是（ ）。

    A）SELECT 学号，姓名，课程名，成绩 FROM S, SC, C

        WHERE S.学号=SC.学号 AND SC.学号=C.学号

    B）SELECT 学号，姓名，课程名，成绩

        FROM(S JOIN SC ON S.学号=SC.学号) JOIN C ON SC.课程号=C.课程号

    C）SELECT S.学号，姓名，课程名，成绩

        FROM S JOIN SC JOIN C ON S.学号=SC.学号 ON SC.课程号=C.课程号

D）SELECT S.学号, 姓名, 课程名, 成绩

    FROM S JOIN SC JOIN C ON SC.课程号=C.课程号　ON S.学号=SC.学号

下面题目使用如下的"学生"表和"选修课"表：

"学生"表：

学号	姓名	政治面貌	年龄	学分	科目号
20001	王海	团员	25	4	01
20002	李盐	预备党员	20	3	02
20003	刘小鹏	团员	22	4	01
20004	隋小新	团员	20	6	03
20005	李明月	预备党员	24	4	01
20006	孙民主	预备党员	21	3	02
20007	赵福来	预备党员	22	6	03

"选修课"表：

科目号	科目名
01	日语
02	法律
03	微积分

（7）使用 SQL 语句查询每个学生及其选修课程的情况：

    SELECT 学生.*,选修课.*　FROM 学生, 选修课　WHERE_____=_____

（8）使用 SQL 语句求选修了法律课程的所有学生的学分总和：

    SELECT_____（学业分）FROM 学生 WHERE 科目号 IN （SELECT 科目号 FROM_____;

    WHERE 科目号="法律"）

（9）SQL SELECT 语句中 INNER JOIN 等价于_____，为_____，在 Visual FoxPro 中称为_____.

（10）在一般 SQL 中，超联接运算符是_____和_____。

【答案】

（1）B　（2）C　（3）A　（4）A　（5）D　（6）D

（7）学生.科目号；选修课.科目号　（8）sum；选修课

（9）JOIN；普通索引；内部联接　（10）*=；=*

▶▶▶ 考点6　使用量词和谓词的查询

ANY、ALL 和 SOME 是量词，其中 ANY 和 SOME 是同义词，在进行比较运算时只要子查询中有一行能使结果为真，则结果就为真；而 ALL 则要求子查询中的所有行都使结果为真时，结果才为真。

EXISTS 是谓词，EXISTS 或 NOT EXISTS 是用来检查在子查询中是否有结果返回，即存在元组或不存在元组。

它们有以下两种形式：

    <表达式><比较运算符> [ANYIALLI SOME](子查询)

    [NOT]EXISTS(子查询)

例如，检索那些 student 中没有参加期末考试的学生的信息：

    SELECT * FROM student WHERE NOT EXISTS;

    (SELECT * FROM score WHERE student.学号=score.学号)

说明：这类查询也都是嵌套查询。这里的内层查询引用了外层查询的表，只有这样使用谓词 EXISTS 或 NOT EXISTS 才有意义。

以上的查询等价于：

SELECT * FROM student WHERE 学号 NOT IN;

(SELECT 学号 FROM score)

典型题解

【例 5-11】设有 S(学号，姓名，性别)和 SC(学号，课程号，成绩)两个表，如下 SQL 语句检索选修的每门课程的成绩都高于或等于 85 分的学生的学号、姓名和性别，正确的是（　　）。

A）SELECT 学号，姓名，性别 FROM s WHERE EXISTS

(SELECT * FROM sc WHERE SC.学号 = S.学号 AND 成绩 <= 85)

B）SELECT 学号，姓名，性别 FROM s WHERE NOT EXISTS

(SELECT * FROM sc WHERE SC.学号 = S.学号 AND 成绩 <= 85)

C）SELECT 学号，姓名，性别 FROM s WHERE EXISTS

(SELECT * FROM sc WHERE SC.学号 = S.学号 AND 成绩 > 85)

D）SELECT 学号，姓名，性别 FROM s WHERE NOT EXISTS

(SELECT * FROM sc WHERE SC.学号 = S.学号 AND 成绩 < 85)

【解析】题意应当这样理解，在表 S 中查找出在表 SC 中学号相同，并且没有成绩在 85 分以下的学生。根据此想法来判断各个选项的正误。

选项 A 与选项 B 都包括了 85 分（<=），故不符合题意，被排除。

选项 C 查找的是表 SC 中有一门或一门以上成绩大于 85 分以上的记录，不符合题意，被排除。

选项 D 查找的是在表 SC 中没有一门成绩小于 85 分（也就是说所有的成绩都高于或等于 85 分），符合题意，故为正确答案。

【例 5-12】查询选修课程号为 "101" 课程得分最高的同学，正确的 SQL 语句是（　　）。

A）SELECT 学生.学号,姓名 FROM 学生,选课 WHERE 学生.学号=选课.学号

　　AND 课程号="101" AND 成绩>=ALL(SELECT 成绩 FROM 选课)

B）SELECT 学生.学号,姓名 FROM 学生,选课 WHERE 学生.学号=选课.学号

　　AND 成绩>=ALL (SELECT 成绩 FROM 选课 WHERE 课程号="101")

C）SELECT 学生.学号,姓名 FROM 学生,选课 WHERE 学生.学号=选课.学号

　　AND 成绩>=ANY(SELECT 成绩 FROM 选课 WHERE 课程号="101")

D）SELECT 学生.学号,姓名 FROM 学生,选课 WHERE 学生.学号=选课.学号 AND

　　课程号="101" AND 成绩>=ALL(SELECT 成绩 FROM 选课 WHERE 课程号="101")

【解析】本题所给出的 4 个选项中：

选项 A 中的子查询并没有限定选择 "课程号" 为 "101"，则此命令选择出来的结果是 "101" 课程得分大于等于所有科目成绩的记录，如果其余课目的成绩有记录大于 "101" 科目的最高成绩，则此查询无结果，此选项错误。

选项 B 中的查询并没有限定选择 "课程号" 为 "101"，则此命令选择出来的结果是所有课程得分大于等于所有 "101" 科目成绩的记录，如果其余课目的成绩有记录大于 "101" 科目的最高成绩，则此查询将查询出错误结果，此选项错误。

选项 C 中的查询并没有限定选择"课程号"为"101"，则此命令选择出来的结果是所有课程得分大于等于任意"101"科目成绩的记录，此查询将查询出错误结果，此选项错误。

选项 D 符合题意，将查询出正确结果，故为正确答案。

强化训练

（1）有 SQL 语句：

SELECT DISTINCT 系号 FROM 教师 WHERE 工资>=;

ALL(SELECT 工资 FROM 教师 WHERE 系号="02")

与如上语句等价的 SQL 语句是（ ）。

A）SELECT DISTINCT 系号 FROM 教师 WHERE 工资>=;

(SELECT MAX(工资) FROM 教师 WHERE 系号="02")

B）SELECT DISTINCT 系号 FROM 教师 WHERE 工资>=;

(SELECT MIN(工资) FROM 教师 WHERE 系号="02")

C）SELECT DISTINCT 系号 FROM 教师 WHERE 工资>=;

ANY(SELECT 工资 FROM 教师 WHERE 系号="02")

D）SELECT DISTINCT 系号 FROM 教师 WHERE 工资>=;

SOME(SELECT 工资 FROM 教师 WHERE 系号="02")

（2）设有 s（学号，姓名，性别）和 sc（学号，课程号，成绩）两个表，下面 SQL 的 SELECT 语句检索选修的每门课程的成绩都高于或等于 85 分的学生的学号、姓名和性别。

SELECT 学号，姓名，性别 Forms

WHERE ____ (SELECT * FROM sc WHERE sc.学号=s.学号 AND 成绩<85)

（3）在学生表中查询至少选了一门课的同学，请使用谓词填空。

SELECT *FROM XS WHERE____;

（SELECT * FROM 选课 WHERE 学生号=____）

【答案】

（1）A （2）NOT EXISTS （3）EXITS；XS.学生号

▶▶▶ 考点 7　SQL 语句的查询结果

1．显示部分结果

命令短语：TOP nExpr [PERCENT]只显示满足条件的前几个记录，TOP 短语要和 ORDER BY 短语同时使用才有效。

2．将查询结果存放到数组中

命令短语：INTO ARRAY ArrayName 把查询结果存放到数组当中，ArrayName 是任意的数组变量名。

3．将查询结果存放在临时文件中．

命令短语：INTO CURSOR CursorName 把查询结果存放到名为 CursorName 的临时的数据表文件当中。产生的临时文件是一个只读的 DBF 文件，关闭文件时将会被自动删除。

4．将查询结果存放到永久表中

命令短语：INTO DBF | TABLE Table Name 将查询结果存放到永久表中(DBF 文件)。

5. 将查询结果存放到文本文件中

命令短语：TO FILE FileName[ADDITIVE]把查询结果存放到文本文件当中，ADDITIVE 表示把查询结果追加到原文件的尾部。

6. 将查询结果直接输出到打印机

命令短语：TO PRINTER[PROMPT]把查询结果输出到打印机。

典型题解

【例 5-13】在 Visual FoxPro 中，使用 SQL 的 SELECT 语句将查询结果存储在一个临时表中，应该使用_____子句。

【解析】本题考查 SQL 语句存放查询结果命令的使用。在 SQL 语句中，使用 INTO CURSOR CursorName 将查询结果存放到临时的数据库文件当中，则答案为 INTO CURSOR。

强化训练

（1）在 SQL SELECT 语句中将查询结果存放在一个表中应该使用_____子句（关键字必须拼写完整）。

（2）将查询结果存放到数组中的短语是_____。

【答案】

（1） INTO TABLE（或 INTO DBF）　（2）INTO ARRAY Array Name

5.3　SQL 操作功能

SQL 的操作功能是指对数据库中数据的操作功能，主要包括数据的插入、更新和删除三个方面的内容。

▶▶▶ 考点 1　数据插入

Visual FoxPro 支持以下两种 SQL 插入命令的格式，用来向表中插入一条记录。

　　语法 1：INSERT INTO 表名[(字段名 1[, 字段名 2，…])
　　　　　　VALUES (表达式 1[,表达式 2，…])
　　语法 2：INSEERT INTO<表名>FROM ARRAY<数组名> | FROM MEMVAR

INSERT INTO <表名> 说明向由表名指定的表中插入记录，当插入的不是完整的记录时，可以用字段名 1, 字段名 2 指定字段。

VALUES (表达式 1[,表达式 2，…])给出具体的记录值。

FROM ARRAY<数组名>说明从指定的数组中插入记录值。

FROM MEMVAR 说明根据同名的内存变量来插入记录值，如果同名的变量不存在，那么相应的字段为默认值或空值。

SQL 插入命令和 FoxPro 的插入命令的区别：

① SQL 插入命令和 FoxPro 的插入命令都是 INSERT 命令，除了书写格式上不同外，SQL 插入命令不需要打开表的操作；FoxPro 的插入命令首先要打开表。

② 当一个表定义了主索引或候选索引后，只能用 SQL 命令插入记录，不能用 FoxPro 的插入命令。

典型题解

【例 5-14】使用 SQL 语句向学生表 S(SNO,SN,AGE,SEX)中添加一条新记录，学号(SNO)、姓名(SN)、性别(SEX)、年龄(AGE)字段的值分别为 0401、王芳、女、18，正确命令是（　　）。

A）APPEND INTO S(SNO，SN，SEX，AGE) VALUES ('0401', '王芳', '女', 18)

B）APPEND S VALUES ('0401', '王芳', 18，'女')

C）INSERT INTO S (SNO，SN，SEX，AGE) VALUES ('0401', '王芳', '女', 18)

D）INSERT S VALUES('0401', '王芳', 18，'女')

【解析】本题考查对 SQL 语句的插入记录命令的掌握。选项 A 及选项 B 中列出的 APPEND 命令为传统的 FoxPro 的添加记录的命令，所以首先排除，而插入记录命令的语法格式为：

INSERT　INTO 表名（字段名 1，[字段名 2，…]）VALUES（表达式 1，[表达式 2，…]），选项 D 没有 INTO 和字段名，因此选项 C 为正确答案。

【例 5-15】设有表 SC(SNO, CNO, GRADE)，其中 SNO、CNO 分别表示学号和课程号（两者均为字符型），GRADE 表示成绩（数值型）。若要把学号为"S101"的同学，选修课程号为"C11"，成绩为 98 分的记录插入到表 SC 中，正确的语句是（　　）。

A）INSERT INTO SC(SNO, CNO, GRADE) VALUES('S101', 'C11', '98')

B）INSERT INTO SC(SNO, CNO, GRADE) VALUES(S101, C11, 98)

C）INSERT ('S101', 'C11', '98') INTO SC

D）INSERT INTO SC VALUES('S101', 'C11', 98)

【解析】选项 C 的语法错误，故不是正确答案。而在 INSERT 语句中插入记录的各个字段值（VALUES 后面的字段列表）要与所列出的字段顺序相同，并且数据类型也需要相同。所以选项 A 与选项 B 均错误（选项 A 中对 GRADE 字段所插入的数值为"98"，为字符型数据；而选项 B 中对 CNO 所插入的数值为 C11，不是字符型数据）。选项 D 为正确答案。

强化训练

（1）SQL 命令中用于插入数据的命令是（　　）。

　　A）INSERT　　　　　　B）APPEND　　　　　C）INSERT BEFORE　　　　　D）INSERT INTO

（2）本题使用如下数据表：

　　学生.DBF：学号（C,8），姓名（C,6），性别（C,2），出生日期（D）

　　选课.DBF：学号（C,8），课程号（C,3），成绩（N,5,1）

　　插入一条记录到"选课"表中，学号、课程号和成绩分别是"02080111"、"103"和"80"，正确的 SQL 语句是（　　）。

　　A）INSERT INTO 选课 VALUES("02080111","103",80)

　　B）INSERT VALUES("02080111","103",80) TO 选课(学号,课程号,成绩)

　　C）INSERT VALUES("02080111","103",80) INTO 选课(学号,课程号,成绩)

　　D）INSERT INTO 选课(学号,课程号,成绩) FROM VALUES("02080111","103",80)

（3）要在"成绩"表中插入一条记录，应该使用的 SQL 语句是：

　　_____ 成绩(学号, 英语, 数学, 语文) VALUES ("2001100111", 91, 78, 86)

【答案】

（1）D　（2）A　（3）INSERT INTO

考点 2　数据更新

SQL 中用来更新数据的命令是 UPDATE。

格式：UPDATE<表名>

SET<列名 1>=<表达式 1>

[,列名 2>=<表达式 2…]

[WHERE<条件表达式 1>[AND|OR<条件表达式 2>…]

以新值更新表中的记录。使用 WHERE 子句指定条件，更新满足条件的记录的字段值，一次可以更新多个字段，不使用 WHERE 子句，则更新全部记录。

典型题解

【例 5-16】在 Visual FoxPro 中，使用 SQL 命令将学生表 STUDENT 中的学生年龄 AGE 字段的值增加 1 岁，应该使用的命令是（　　）。

A）REPLACE AGE WITH AGE+1

B）UPDATE STUDENT AGE WITH AGE+1

C）UPDATE SET AGE WITH AGE+1

D）UPDATE STUDENT SET AGE=AGE+1

【解析】选项 A 的错误在于，它是普通的修改命令，在缺少短语 ALL 情况下，只能修改当前的记录；选项 B 的错误在于不应该使用 WITH 短语；选项 C 则没有指明对 STUDENT 表进行操作，并且不应该使用短语 WITH；选项 D 是实现题目要求的正确书写方法，故选项 D 为正确答案。

强化训练

(1) 要使"产品"表中所有产品的单价上浮 8%，正确的 SQL 命令是（　　）。

A）UPDATE 产品 SET 单价=单价 + 单价*8% FOR ALL

B）UPDATE 产品 SET 单价=单价*1.08 FOR ALL

C）UPDATE 产品 SET 单价=单价 + 单价*8%

D）UPDATE 产品 SET 单价=单价*1.08

(2) 本题使用如下两个数据表：

学生.DBF：学号（C,8），姓名（C,6），性别（C,2），出生日期（D）

选课.DBF：学号（C,8），课程号（C,3），成绩（N,5,1）

将学号为"02080110"、课程号为"102"的选课记录的成绩改为 92，正确的 SQL 语句是（　　）。

A）UPDATE 选课 SET 成绩 WITH 92 WHERE 学号="02080110" AND 课程号="102"

B）UPDATE 选课 SET 成绩=92 WHERE 学号="02080110" AND 课程号="102"

C）UPDATE FROM 选课 SET 成绩 WITH 92 WHERE 学号="02080110" AND 课程号="102"

D）UPDATE FROM 选课 SET 成绩=92 WHERE 学号="02080110" AND 课程号="102"

(3) 本题使用如下"教师"表：

"教师"表

职工号	姓名	职称	年龄	工资	系号
11020001	肖天海	副教授	35	2000.00	01
11020002	王岩盐	教授	40	3000.00	02

使用 SQL 语句完成如下操作（将所有教授的工资提高 5%）

update 教师 SET 工资=工资*1.05＿＿＿＿职称="教授"

【答案】

（1）D　（2）B　（3）where（或 wher）

▶▶▶ 考点3　删除数据

在 Visual FoxPro 中 DELETE-SQL 语句可以为指定的数据表中的记录添加删除标记。

语法：DELETE FROM<数据库名! >表名

[WHERE　条件表达式 1[AND|OR　条件表达式 2…]]

为指定的数据表中的记录添加删除标记。

WHERE 指定被删除的记录所满足的条件，不使用 WHERE 子句，则删除该表中的全部记录。DELETE-SQL 语句和传统的 Visual FoxPro 中 DELETE 命令功能是一样的，都是逻辑删除记录，如果要物理删除记录需要继续使用 PACK 命令。

典型题解

【例 5-17】使用 SQL 语句将学生表 S 中年龄（AGE）大于 30 岁的记录删除，正确的命令是（　　）。

A）DELETE FOR AGE>30　　　　　　　　B）DELETE FROM S WHERE AGE>30

C）DELETE S FOR AGE>30　　　　　　　D）DELETE S WHERE AGE>30

【解析】SQL 语句的 DELETE 命令的语法格式为：

DELETE FROM <数据库名!>表名 [WHERE　条件表达式]。

这里 WHERE 指定被删除的记录所满足的条件，不支持 FOR 条件表达式，所以选项 A，C 首先排除；选项 D 中缺少 FROM 关键字，故选项 B 为正确答案。

【例 5-18】在 Visual FoxPro 中，以下关于删除记录的描述，正确的是（　　）。

A）SQL 的 DELETE 命令在删除数据库表中的记录之前，不需要用 USE 命令打开表

B）SQL 的 DELETE 命令和传统 Visual FoxPro 的 DELETE 命令在删除数据库表中的记录之前，都需要用 USE 命令打开表

C）SQL 的 DELETE 命令可以物理地删除数据库表中的记录，而传统 Visual FoxPro 的 DELETE 命令只能逻辑删除数据库表中的记录

D）传统 Visual FoxPro 的 DELETE 命令在删除数据库表中的记录之前不需要用 USE 命令打开表

【解析】本题是对传统的 Visual FoxPro 的 DELETE 命令和 SQL 的 DELETE 命令的比较，传统的 Visual FoxPro 的 DELETE 命令和 SQL 的 DELETE 命令都是为指定的数据表中的记录添加删除标记，如果要物理删除记录需要继续使用 PACK 命令，所以选项 B，C 错误；执行传统的 Visual FoxPro 命令时必须打开所要操作的表，而 SQL 操作时不需要打开；因此选项 D 错误。因此正确答案为选项 A。

强化训练

（1）DELETE FROM 职工工龄　WHERE　工龄<8 语句的功能是（　　）。

A）物理删除工龄在 8 年以下的记录　B）彻底删除工龄在 8 年以下的记录

C）删除职工工龄表　　　　D）为表中工龄小于 8 年以下的记录添加删除标记

（2）从"订单"表中删除签订日期为 2004 年 1 月 10 日之前（含）的订单记录，正确的 SQL 语句是（　　）。

A）DROP FROM　订单　WHERE　签订日期<={^2004-1-10}

B）DROP FROM 订单 FOR 签订日期<={^2004-1-10}

C）DELETE FROM 订单 WHERE 签订日期<={^2004-1-10}

D）DELETE FROM 订单 FOR 签订日期<={^2004-1-10}

（3）"图书"表中有字符型字段"图书号"。要求用 SQL DELETE 命令将图书号以字母 A 开头的图书记录全部打上删除标记，正确的命令是（　）。

A）DELETE FROM 图书 FOR 图书号 LIKE "A%"

B）DELETE FROM 图书 WHILE 图书号 LIKE "A%"

C）DELETE FROM 图书 WHERE 图书号="A*"

D）DELETE FROM 图书 WHERE 图书号 LIKE "A%"

（4）SQL 插入记录的命令是 INSERT，删除记录的命令是____，修改记录的命令是____。

【答案】

（1）D　（2）C　（3）D　（4）DELETE（或 DELE、或 DELET）；UPDATE（或 UPDA、或 UPDAT）

5.4 定义功能

▶▶▶ 考点 1 表定义、删除及修改操作

1. 表的定义

在 Visual FoxPro 中也可以通过 SQL 的 CREATE TABLE 命令建立表，相应的命令格式是：

```
CREATE TABLE|DBF<表名>[NAME<长表名>][FREE]
  （<字段名 1><类型>[(<宽度>[，<小数位数>])]][NULL|NOT NULL]
[CHECK<逻辑表达式 1>[ERROR<提示信息 1>]
[DEFAULT<表达式 1>] [PRIMARY KEY|UNIQUE]
[REFERENCES<表名 2>[TAG<标识名 1>]] [NOCPTRANS]
 [,字段名 2……] [,PRIMARY KEY<表达式 2>TAG<标识名 2>
|,UNIQUE<表达式 3>TAG<标识名 3>] [,FOREIGN KEY<表达式 4>TAG<标识名 4>[NODUP]
REFERENCES<表名 3>[TAG<标识名 5>]] [,CHECK<逻辑表达式 2>[ERROR<提示信息 2>]]
|FROM ARRAY<数组名>
```

创建一个含有指定字段的表。如果建立自由表，则其中的 NAME、CHECK、DEFAULT、FOREIGN KEY、PRIMARY KEY 和 REFERENCES 等很多选项在命令中不能使用。

2. 表的删除

删除表的 SQL 命令是：

DROP TABLE <表名>

把一个表从数据库中移出，并从磁盘上删除它。要删除数据库中的表时，最好应使数据库是当前打开的数据库，在数据库中进行操作。

3. 表结构的修改

修改表结构的命令是 ALTER TABLE，该命令有 3 种格式。

语法 1：

```
ALTER TABLE 表名 1   ADD|ALTER[COLUMN]字段名 1 字段类型[（长度[,小数位数])]
         [NULL|NOT NULL]    [CHECK 逻辑表达式 [ERROR 字符型文本信息 ]]
         [DEFAULT 表达式 1 ]   [PRIMEARY KEY|UNIQUE]
         [REFERENCES 表名 2 [Tag 标识名 1 ]]
```

语法 2：

 ALTER TABLE 表名 1 ALTER[COLUMN]字段名 2

  [NULL|NOT NULL] [SET DEFAULT 表达式 2]

  [SET CHECK 逻辑表达式 2[ERROR 字符型文本信息 2]] [DROP DEFAULT]

  DROP CHECK]

语法 3：

 ALTER TABLE 表名 1 [DROP[COLUMN]字段名 3]

  [SET CHECK 逻辑表达式 3[ERROR 字符型文本信息 3]]

  [DROP CHECK] [ADD PRIMARY KEY 表达式 3TAG 标识名 2]

  [PRIMARY KEY] [ADD UNIQUE 表达式 4[TAG 标识名 3]

  [DROP UNIQUE TAG 标识名 4] [ADD FOREIGN KEY[表达式 5]TAG 标识名 4

  REFERENCES 表名 2[TAG 标识名 5]]

  [DROP FOREIGN KEY TAG 标识名 6[SAVE]

  [RENAME COLUMN 字段名 4TO 字段名 5]

  [NOVALIDATE]

典型题解

【例 5-19】在 SQL 的 CREATE TABLE 语句中，为属性说明取值范围（约束）的是____短语。

【解析】本题是对 SQL 的 CREATE TABLE 命令的考查，通过 SQL 的 CREATE TABLE 命令建立表时，定义域完整性的用 CHECK 约束，ERROR 显示出错提示信息、用 DEFAULT 定义默认值，所以，命令中定义域完整性的约束规则是 CHECK 短语。

【例 5-20】在 Visual FoxPro 中，删除数据库表 S 的 SQL 命令是（ ）。

A）DROP TABLE S   B）DELETE TABLE S

C）DELETE TABLE S.DBF   D）ERASE TABLE S

【解析】题目中考查的是 SQL 语句的删除表命令，删除数据库表的语法格式为：

DROP TABLE 表名。SQL 命令中表名不需要扩展名，故选项 A 为正确答案。

【例 5-21】在 Visual FoxPro 中，如果要将学生表 S(学号, 姓名, 性别, 年龄)中"年龄"属性删除，正确的 SQL 命令是（ ）。

 A）ALTER TABLE S DROP COLUMN 年龄

 B）DELETE 年龄 FROM S

 C）ALTER TABLE S DELETE COLUMN 年龄

 D）ALTER TABLE S DELETE 年龄

【解析】本题考察考生对于使用 SQL 语言的知识。如果要删除表中的某个字段值，使用 SQL 语言的语法为：ALTER TABLE 表名 [DROP[COLUMN]字段名]，则此题中，选项 A 为正确答案。

【例 5-22】为"教师"表的"职工号"字段添加有效性规则：职工号的最左边三位字符是 110，正确的 SQL 语句是（ ）。

 A）CHANGE TABLE 教师 ALTER 职工号 SET CHECK LEFT(职工号,3)="110"

 B）ALTER TABLE 教师 ALTER 职工号 SET CHECK LEFT(职工号,3)="110"

 C）ALTER TABLE 教师 ALTER 职工号 CHECK LEFT(职工号,3)="110"

 D）CHANGE TABLE 教师 ALTER 职工号 SET CHECK OCCURS(职工号,3)="110"

【解析】本题考查使用 SQL 对表文件的字段进行有效性设置。可以使用命令 ALTER TABLE 来实现对表的字段进行有效性设置，其格式为 ALTER TABLE ＜表名＞ ALTER ＜字段＞ SET CHECK ＜表达式＞

4 个选项中只有选项 B 是正确的书写方法,选项 A 错误在于命令关键字 CHANGE 的错误。选项 C 缺少子句关键字 SET;选项 D 的命令关键字 CHANGE 也是错误的。故正确答案为选项 B。

强化训练

(1) SQL 命令中建立表的命令是( )。

　　A) CREAT VIEW　　　　B) CREAT TABLE　　　C) CREAT LABEL　　　D) CREAT DABATE

(2) 在 SQL 的 CRATE TEABLE 命令中用于定义满足实体完整性的主索引的短语是( )。

　　A) PRIMARY KEY　　　B) DEFAULT　　　　　C) UNIQUE　　　　　D) CHECK

(3) 执行 SQL 中的 DROP 命令时,下列说法错误的是( )。

　　A) 应先打开数据库,再进行删除表的工作

　　B) 在当前数据库下,表既从硬盘上删除,也从数据库上删除

　　C) 不在当前数据库下,表从磁盘上删除,也从数据库上删除

　　D) 可直接从磁盘上删除指定的文件

(4) 如需将表 stock 中的"股票名称"字段的宽度由 8 改为 10,应使用 SQL 语句( )。

　　A) ALTER TABLE stock 股票名称 WITH c(10)

　　B) ALTER TABLE stock 股票名称 c(10)

　　C) ALTER TABLE stock ALTER 股票名称 c(10)

　　D) ALTER stock ALTER 股票名称 c(10)

(5) SQL 语句中修改表结构的命令是( )。

　　A) ALTER TABLE　　　　　　　　　　　B) MODIFY TABLE

　　C) ALTER STRUCTURE　　　　　　　　　D) MODIFY STRUCTURE

(6) 在 SQL 的 ALTER TABLE 语句中,为了增加一个新的字段应该使用短语( )。

　　A) CREATE　　　　　B) APPEND　　　　　C) COLUMN　　　　　D) ADD

(7) 为"学生"表增加一个"平均成绩"字段的正确命令是:

　　ALTER TABLE 学生 ADD____平均成绩 N(5,2)

(8) 在 Visual FoxPro 中,使用 SQL 语言的 ALTER TABLE 命令给学生表 STUDENT 增加一个 E-mail 字段,长度为 30,命令是(关键字必须拼写完整)。

　　ALTER TABLE STUDENT____Email C(30)

(9) 已有"歌手"表,将该表中的"歌手号"字段定义为候选索引、索引名是 temp,正确的 SQL 语句是____TABLE 歌手 ADD UNIQUE 歌手号 TAG temp。

(10) 在 Visual FoxPro 中,使用 SQL 的 CREATE TABLE 语句建立数据库表时,使用____子句说明主索引。

【答案】

(1) B　(2) A　(3) C　(4) C　(5) A　(6) D　(7) COLUMN　(8) ADD COLUMN

(9) ALTER　(10) PRIMARY KEY

▶▶▶ 考点 2　视图的定义

1. 视图的定义

视图始终不真正含有数据,它原来表的一个窗口。视图定义的命令格式如下:

CREATE VIEW 视图名[(字段名[,字段名]…)]

AS select 查询语句

Select 查询语句说明和限定了视图中的数据，可以是任意的 SELECT 查询语句；当没有为视图指定字段名(column_name)时，视图的字段名将与 select_statement 中指定的字段名或表中的字段名同名。

2. 从单个表派生出的视图

视图定义后就可以和基本表一样进行各种查询，也可以进行一些修改操作。

3. 从多个表派生出的视图

4. 视图中的虚字段

建立视图的 SELECT 子句除了可以显示表中已有字段的信息，也可以用包含算术表达式或函数计算得来新的字段。可以在 SELECT 短语中利用 AS 重新定义了视图的字段名。

5. 视图的删除

删除视图的命令格式是：

DROP VIEW<视图名>

典型题解

【例 5-23】对"教师"表建立一个视图 salary，该视图包括了系号和（该系的）平均工资两个字段，正确的 SQL 语句是（　）。

A）CREATE VIEW salary AS 系号, AVG(工资) AS 平均工资 FROM 教师;
　　GROUP BY 系号

B）CREATE VIEW salary AS SELECT 系号, AVG(工资) AS 平均工资 FROM 教师;
　　GROUP BY 系名

C）CREATE VIEW salary SELECT 系号, AVG(工资) AS 平均工资 FROM 教师;
　　GROUP BY 系号

D）CREATE VIEW salary AS SELECT 系号, AVG(工资) AS 平均工资 FROM 教师;
　　GROUP BY 系号

【解析】本题考查使用 SQL 语句创建视图。本题可以逐个排除错误答案，在 4 个选项中可以首先排除选项 C，因为其缺少 AS 关键字；选项 A 也错误，因为其缺少 SELECT 关键字，无法形成查询语句。选项 B 的错误在于 GROUP BY 后面的关键字是系名，而原数据表中没有该字段，应该是按系号分组，故选项 D 为正确答案。

强化训练

（1）SQL 语句中，建立视图的命令是（　）。

A）CREATE　　　　　　　　　　B）CREATE TABLE

C）CREATE VIEW　　　　　　　　D）CREATE INDEX

（2）删除视图 salary 的命令是（　）。

A）DROP salary VIEW　　　　　　B）DROP VIEW salary

C）DELETE salary VIEW　　　　　　D）DELETE salary

（3）有如下 SQL 语句：

CREATE VIEW view_ticket AS SELECT 始发点 AS 名称, 票价 FROM ticket

执行该语句后产生的视图含有的字段名是（　）。

A）始发点、票价　　　　　　　　B）名称、票价

C）名称、票价、终点   D）始发点、票价、终点

【答案】

（1）C （2）B （3）B

5.5 综合应用

本章比较全面地介绍了关系数据库标准语言 SQL，这一部分内容也是历年来考试的重点，几乎每次考试中都会有一些综合题目来考查考生对 SQL 语句的全面掌握。在此列出一些 SQL 的综合应用题目，以便考生能够更好地理解及使用 SQL 语句。

典型题解

【例 5-24】～【例 5-30】题使用的数据表及内容如下：

当前盘当前目录下在数据库学院.dbc 中有"教师"表和"学院"表。

"教 师"表：

职工号	系号	姓名	工资	主讲课程
11020001	01	肖海	3408	数据结构
11020002	02	王岩盐	4390	数据结构
11020003	01	刘星魂	2450	C 语言
11020004	03	张月新	3200	操作系统
11020005	01	李明玉	4520	数据结构
11020006	02	孙民山	2976	操作系统
11020007	03	钱无名	2987	数据库
11020008	04	呼廷军	3220	编译原理
11020009	03	王小龙	3980	数据结构
11020010	01	张国梁	2400	C 语言
11020011	04	林新月	1800	操作系统
11020012	01	乔小廷	5400	网络技术
11020013	02	周兴池	3670	数据库
11020014	04	欧阳秀	3345	编译原理

"学 院"表：

系号	系号
01	计算机
02	通信
03	信息管理
04	数学

【例 5-24】为"学院"表增加一个字段"教师人数"的 SQL 语句是（ ）。

A）CHANGE TABLE 学院 ADD 教师人数 I

B）ALTER STRU 学院 ADD 教师人数 I

C）ALTER TABLE 学院 ADD 教师人数 I

D）CHANGE TABLE 学院 INSERT 教师人数 I

【解析】本题使用 SQL 对表结构进行修改。修改表结构的命令格式是：

ALTER TABLE　<表名>

可以使用 ADD 子句用于说明所增加的字段和字段属性说明，选项 A 和选项 D 的命令关键字 CHANGE 是 FoxPro 中编辑记录的命令，可排除，选项 B 中缺少关键字 TABLE。因此正确答案为选项 C。

【例 5-25】将"欧阳秀"的工资增加 200 元的 SQL 语句是（　）。

A）REPLACE　教师　WITH 工资= 工资+200 WHERE　姓名="欧阳秀"

B）UPDATE　教师　SET　工资= 工资+200 WHEN　姓名="欧阳秀"

C）UPDATE　教师　工资　WITH　工资+200 WHERE　姓名="欧阳秀"

D）UPDATE　教师　SET　工资= 工资+200 WHERE　姓名="欧阳秀"

【解析】SQL 中更新表数据的命令格式是：

UPDATE <表名> SET 字段=<表达式> WHERE <条件>

REPLACE 是 FoxPro 中的替换命令，不是 SQL 语句，选项 A 可排除，只能在 B，C，D 中选择。根据 SQL 中更新表数据的命令格式，WITH 不是合法的关键字，选项 C 错；选项 B 中用于设定条件的关键字 WHEN 是错误的，应使用 WHERE 关键字。选项 D 为正确答案。

【例 5-26】有 SQL 语句：

SELECT * FROM 教师　WHERE NOT(工资>3000 OR 工资<2000)

与如上语句等价的 SQL 语句是（　）。

A）SELECT * FROM 教师　WHERE 工资 BETWEEN 2000 AND 3000

B）SELECT * FROM 教师　WHERE 工资>2000 AND 工资<3000

C）SELECT * FROM 教师　WHERE 工资>2000 OR 工资<3000

D）SELECT * FROM 教师　WHERE 工资<=2000 AND 工资>3000

【解析】BETWEEN…AND…是 SQL 中比较特殊的函数，经常与 SQL 联合使用用来设定查询条件，这个函数所设定的查询条件是值在某个范围内，并且包含边界取值，题目中 WHERE 所设定的条件是 NOT(工资>3000 AND 工资<2000)，其含义不是在小于 2000 或大于 3000 的范围内，这恰好是在 2000～3000 之间，选项 A 使用 BETWEEN…AND…设定查询条件，与此条件实现的功能一致。故选项 A 为正确答案。选项 B 表示工资大于 2000 并且小于 3000，选项 C 表示工资大于 2000 或者工资小于 3000，选项 D 表示工资小于等于 2000 并且大于等于 3000。

【例 5-27】有 SQL 语句：

SELECT DISTINCT 系号　FROM　教师　WHERE 工资>=;

ALL(SELECT 工资 FROM 教师　WHERE 系号="02")

该语句的执行结果是系号（　）。

A）"01"和"02"　　　　B）"01"和"03"　　　　C）"01"和"04"　　　　D）"02"和"03"

【解析】本题中的 SQL 语句的功能是在教师表中选择出所有满足查询条件记录的系号。其中查询条件工资 = ALL (SELECT 工资 FROM 教师　WHERE 系号="02")表示所要查询的记录的工资字段要比那些所有系号为 02 的记录的工资字段要高，其实际含义是查询那些工资比 02 系工资都高的教师所在的系号，从原始数据表中可以发现只有第 2、5、12 条记录是满足条件的，它们的系号字段分别为 01、02，故选项 A 为正确答案。

【例 5-28】有 SQL 语句：

SELECT 主讲课程,COUNT(*) FROM 教师　GROUP BY 主讲课程

该语句执行结果含有的记录个数是（　）。

A）3　　　　　　　　B）4　　　　　　　　C）5　　　　　　　　D）6

【解析】本题考查使用 COUNT()函数以及分组 GROUP BY 构造查询。该 SQL 语句的结果有多少条记录可以根据 GROUP BY 后面的字段进行判断，该语句以主讲课程字段为分组依据，可以查看原数据表，发现主讲课程字段有 6 个不同数据，因此该语句的查询结果应该有 6 条记录。故选项 D 为正确答案。

【例 5-29】有 SQL 语句：

SELECT COUNT(*) AS 人数, 主讲课程 FROM 教师 ；

GROUP BY 主讲课程 ORDER BY 人数 DESC

该语句执行结果的第一条记录的内容是（　　）。

A）4　数据结构　　　B）3　操作系统　　　C）2　数据库　　　　D）1　网络技术

【解析】题目中的 SQL 语句的功能是统计教授各个课程的教师总数，并且按能够教授每门课程教师人数进行降序排列。从原始数据表中可以看出数据结构课程的讲授人数最多，为 4 人，因此应该是查询结果的第一条记录。故选项 A 为正确答案。

【例 5-30】有 SQL 语句：

SELECT 学院.系名, COUNT(*) AS 教师人数 FROM 教师, 学院；

WHERE 教师.系号 = 学院.系号 GROUP BY 学院.系名

与如上语句等价 SQL 语句是（　　）。

A）SELECT 学院.系名, COUNT(*) AS 教师人数；

　　FROM 教师 INNER JOIN 学院；

　　教师.系号 = 学院.系号 GROUP BY 学院.系名

B）SELECT 学院.系名, COUNT(*) AS 教师人数；

　　FROM 　教师 INNER JOIN 学院；

　　ON 教师.系号 GROUP BY 学院.系名

C）SELECT 学院.系名, COUNT(*) AS 教师人数；

　　FROM 教师 INNER JOIN 学院；

　　ON 教师.系号 = 学院.系号 GROUP BY 学院.系名

D）SELECT 学院.系名, COUNT(*) AS 教师人数；

　　FROM 教师 INNER JOIN 学院；

　　ON 教师.系号 = 学院.系号

【解析】本题考查 SQL 实现连接操作的命令。SQL 中实现连接的命令格式为：

SELECT…FROM <表名> INNER JOIN <表名> ON <连接表达式> WHERE…

4 个选项中，选项 A 缺少 ON 关键字，选项 B 的连接条件是错误的，不能仅以一个字段作为连接条件，选项 D 中的 SQL 语句相比缺少分组语句，因此选项 C 为正确答案。

第【例 5-31】～【例 5-33】题使用如下表的数据：

部 门 表

部 门 号	部 门 名 称
40	家用电器部
10	电视录摄像机部
20	电话手机部
30	计算机部

商 品 表

部门号	商品号	商品名称	单价	数量	产地
40	0101	A 牌电风扇	200.00	10	广东
40	0104	A 牌微波炉	350.00	10	广东
40	0105	B 牌微波炉	600.00	10	广东
20	1032	C 牌传真机	1000.00	20	上海
40	0107	D 牌微波炉_A	420.00	10	北京
20	0110	A 牌电话机	200.00	50	广东
20	0112	B 牌手机	2000.00	10	广东
40	0202	A 牌电冰箱	3000.00	2	广东
30	1041	B 牌计算机	6000.00	10	广东
30	0204	C 牌计算机	10000.00	10	上海

【例 5-31】SQL 语句:

SELECT 部门表.部门号, 部门名称, SUM(单价*数量) ;

　　FROM 部门表, 商品表;

　　WHERE 部门表.部门号 = 商品表.部门号;

　　GROUP BY 部门表.部门号

查询结果是( )。

A)各部门商品数量合计 　　　　　　　　　　B)各部门商品金额合计

C)所有商品金额合计 　　　　　　　　　　　D)各部门商品金额平均值

【解析】本题考查如何在 SQL 语句中使用 SUM()函数。该语句利用 SUM()函数在商品表中查询各部门商品的金额合计,该题涉及多表查询,其执行过程是,从部门表中选取部门号和部门名称以及单价和数量字段,乘积后求和,查询出的记录同时要满足部门号字段和商品表中的部门号相等。GROUP BY 后的分组字段是部门号,因此它计算的是各个部门商品金额的合计。故选项 B 是正确答案。

【例 5-32】SQL 语句:

SELECT 部门表.部门号, 部门名称, 商品号, 商品名称, 单价;

　　FROM 部门表, 商品表;

　　WHERE 部门表.部门号 = 商品表.部门号;

　　ORDER BY 部门表.部门号 DESC, 单价

查询结果的第一条记录的商品号是( )。

A)0101 　　　　　B)0202 　　　　　C)0110 　　　　　D)0112

【解析】该 SELECT 语句的功能是在部门表和商品表两个表中查询,并将结果按照部门表中的部门号降序排列,单价字段作为排序的次关键字。因此第一条记录应该是:40 家用电器部 0101 A 牌电风扇 200.00,所选出记录的商品号应该是 0101。

由此可知,选项 A 是正确答案

【例 5-33】SQL 语句:

SELECT 部门名称 FROM 部门表 WHERE 部门号 IN (SELECT 部门号,

　FROM 商品表 WHERE 单价 BETWEEN 420 AND 1000)

查询结果是（　　）。

A）家用电器部、电话手机部　　　　　B）家用电器部、计算机部

C）电话手机部、电视录摄像机部　　　D）家用电器部、电视录摄像机部

【解析】该语句的执行过程是，首先在内层查询中查找哪个部门的商品单价在 420～1000 元之间，并检索出部门号，从" 商品表 "中的数据可以看出单价在 420～1000 元之间的部门号是 40 和 20。然后，在外层查询部门表中，查找出与部门号是 40 和 20 对应的部门名称，可知是：家用电器部和电话手机部，因此选项 A 正确。

强化训练

第（1）～（6）题使用如下 3 个条件：

部门.DBF:部门号 C(8)，部门名 C(12)，负责人 C(6)，电话 C(16)

职工.DBF:部门号 C(8)，职工号 C(10)，姓名 C(8)，性别 C(2)，出生日期 D

工资.DBF:职工号 C(10)，基本工资 N(8.2)，津贴(8.2)，奖金 N(8.2)，扣除 N(8.2)

（1）查询职工实发工资的正确命令是（　　）。

A）SELECT 姓名,(基本工资 + 津贴 + 奖金˜ 扣除)AS 实发工资 FROM 工资

B）SELECT 姓名,(基本工资 + 津贴 + 奖金˜ 扣除)AS 实发工资 FROM 工资;

　　WHERE 职工.职工号=工资.职工号

C）SELECT 姓名,(基本工资 + 津贴 + 奖金˜ 扣除)AS 实发工资;

　　FROM 工资,职工 WHERE 职工.职工号=工资.职工号

D）SELECT 姓名,(基本工资 + 津贴 + 奖金˜ 扣除)AS 实发工资;

　　FROM 工资 JOIN 职工 WHERE 职工.职工号=工资.职工号

（2）查询 1962 年 10 月 27 日出生的职工信息的正确命令是（　　）。

A）SELECT* FROM 职工 WHERE 出生日期 = {^1962- 10- 27}

B）SELECT* FROM 职工 WHERE 出生日期 = 1962- 10- 27

C）SELECT* FROM 职工 WHERE 出生日期 = "1962- 10- 27"

D）SELECT* FROM 职工 WHERE 出生日期 = ("1962- 10- 27")

（3）查询每个部门年龄最长者的信息，要求得到的信息包括部门名和最长者的出生日期。正确的命令是（　　）。

A）SELECT 部门名,MIN(出生日期) FROM 部门 JOIN 职工;

　　ON 部门.部门号=职工.部门号 GROUP BY 部门名

B）SELECT 部门名,MAX(出生日期) FROM 部门 JOIN 职工;

　　ON 部门.部门号=职工.部门号 GROUP BY 部门名

C）SELECT 部门名,MIN(出生日期) FROM 部门 JOIN 职工;

　　WHERE 部门.部门号=职工.部门号 GROUP BY 部门名

D）SELECT 部门名,MAX(出生日期) FROM 部门 JOIN 职工;

　　WHERE 部门.部门号=职工.部门号 GROUP BY 部门名

（4）查询有 10 名以上（含 10 名）职工的部门信息（部门名和职工人数），并按职工人数降序排序。正确的命令是（　　）。

A）SELECT 部门名,COUNT(职工号) AS 职工人数;

　　FROM 部门,职工 WHERE 部门.部门号=职工.部门号;

GROUP BY 部门名 HAVING COUNT(*)>=10;
　　　　ORDER BY COUNT(职工号) ASC

　　B）SEIECT 部门名,COUNT(职工号) AS 职工人数;
　　　　FROM 部门,职工 WHERE 部门.部门号=职工.部门号;
　　　　GROUP BY 部门名 HAVING COUNT(*)>=10;
　　　　ORDER BY COUNT(职工号) DESC

　　C）SELECT 部门名,COUNT(职工号) AS 职工人数;
　　　　FROM 部门,职工 WHERE 部门.部门号=职工.部门号;
　　　　GROUP BY 部门名 HAVING COUNT(*)>=10;
　　　　ORDER BY 职工人数 ASC

　　D）SELECT 部门名,COUNT(职工号) AS 职工人数;
　　　　FROM 部门,职工 WHERE 部门.部门号=职工.部门号;
　　　　GROUP BY 部门名 HAVING COUNT(*)>=10;
　　　　ORDER BY 职工人数 DESC

（5）查询所有目前年龄在 35 以上（不含 35 岁）的职工信息（姓名、性别和年龄）的正确的命令是（　　）。

　　A）SELECT 姓名,性别,YEAR(DATE())-YEAR(出生日期) 年龄 FROM 职工;
　　　　WHERE 年龄>35

　　B）SELECT 姓名,性别,YEAR(DATE())-YEAR(出生日期) 年龄 FROM 职工;
　　　　WHERE YEAR(出生日期)>35

　　C）SELECT 姓名,性别,YEAR(DATE())-YEAR(出生日期) 年龄 FROM 职工;
　　　　WHERE YEAR(DATE())-YEAR(出生日期)>35

　　D）SELECT 姓名,性别,年龄=YEAR(DATE())-YEAR(出生日期) FROM 职工;
　　　　WHERE YEAR(DATE())-YEAR(出生日期)>35

（6）为 "工资" 表增加一个 "实发工资" 字段的正确命令是（　　）。

　　A）MODIFY TABLE 工资 ADD COLUMN 实发工资 N(9,2)

　　B）MODIFY TABLE 工资 ADD FIELD 实发工资 N(9,2)

　　C）ALTER TABLE 工资 ADD COLUMN 实发工资 N(9,2)

　　D）ALTER TABLE 工资 ADD FIELD 实发工资 N(9,2)

第（7）～（8）题基于这样的 3 个表：学生表 S、课程表 C、学生选课表 SC。其中：

S（S#，SN，SEX，AGE, DEPT）

C(C#, CN)

SC(S#, C#, GRADE)

S#为学号，SN 为姓名，SEX 为性别，AGE 为年龄，DEPT 为系别，C#为课程号，CN 为课程名，GRADE
为成绩。

（7）检索出选修课程 "C4" 的学生中成绩最高的学生的学号。正确的语句为（　　）。

　　A）SELECT S# FROM SC
　　　　WHERE C#="C4" AND GRADE>=(SELECT GRADE FROM SC　WHERE C#="C4")

　　B）SELECT S# FROM SC
　　　　WHERE C#="C4" AND GRADE IN (SELECT GRADE FROM SC WHERE C#="C4")

C）SELECT S# FROM SC

WHERE C#="C4" AND GRADE NOT IN(SELECT GRADE FROM SC WHERE C#="C4")

D）SELECT S# FROM SC

WHERE C#="C4" AND GRADE>=ALL (SELECT GRADE FROM SC WHERE C#="C4")

（8）检索出选修 3 门以上课程的学生总成绩（不统计不及格的学生），并要求按总成绩的升序排列出来。正确的 SELECT 语句为（　）。

A）SELECT S#, SUM(GRADE) FROM SC　WHERE　GRADE>=60

GROUP BY S#　ORDER BY 2 HAVING COUNT(*) >=3

B）SELECT S#, SUM(GRADE) FROM SC　WHERE　GRADE>=60

GROUP BY S#　HAVING COUNT(*) >=3 ORDER BY 2

C）SELECT S#, SUM(GRADE) FROM SC　WHERE　GRADE>=60

HAVING COUNT(*) >=3　GROUP BY S#　ORDER BY 2

D）SELECT S#, SUM(GRADE) FROM SC　WHERE　GRADE>=60

ORDER BY 2　GROUP BY S#　HAVING COUNT(*) >=3

（9）在 SQL 的 SELECT 查询的结果中，消除重复记录的方法是（　）。

A）通过指定主索引实现　B）通过指定惟一索引实现

C）使用 DISTINCT 短语实现　D）使用 WHERE 短语实现

（10）～（12）题使用如下的"教师"表和"学院"表：

"教 师"表

职 工 号	姓 名	职 称	年 龄	工 资	系 号
11020001	肖天海	副教授	35	2000.00	01
11020002	王岩盐	教 授	40	3000.00	02
11020003	刘星魂	讲 师	25	1500.00	01
11020004	张月新	讲 师	30	1500.00	03
11020005	李明玉	教 授	34	2000.00	01
11020006	孙民山	教 授	47	2100.00	02
11020007	钱无名	教 授	49	2200.00	03

"学 院"表

系 号	系 名
01	英语
02	会计
03	工商管理

（10）使用 SQL 语句将一条新的记录插入学院表：

INSERT____学院(系号,系名)____ ("04","计算机")

（11）使用 SQL 语句求"工商管理"系的所有职工的工资总和。

SELECT____(工资) FROM 教师;WHERE 系号 IN(SELECT 系号 FROM____WHERE 系名="工商管理")

（12）使用 SQL 语句完成如下操作（将所有教授的工资提高5%）：

____教师 SET 工资=工资*1.05____职称="教授"

（13）～（14）题使用如下的"值班"表和"部门"表。

"值班"表：

值班号	姓名	职称	年龄	加班费	部门号
11020001	肖天海	员工	35	20.00	01
11020002	王岩盐	部长	40	30.00	02
11020003	刘星魂	临时工	25	15.00	01
11020004	张月新	临时工	30	15.00	03
11020005	李明玉	部长	34	20.00	01
11020006	孙民山	部长	47	21.00	02
11020007	钱无名	部长	40	22.00	03

"部门"表：

部门号	部门名
01	生产部
02	财会部
03	公关部

（13）使用 SQL 语句将一条新的记录插入部门表：

INSERT

_____部门（部门号，部门名）

_____（"04"，"营销部"）；

（14）使用 SQL 语句求"公关部"的所有职工的加班费总和：

SELECT_____（加班费）

FROM 值班

WHERE 部门号 IN

（SELECT 部门号

FROM_____

WHERE 部门名="公关部"；

（15）在 SQL 中，插入、删除、更新命令依次是 INSERT、DELETE 和_____。

【答案】

（1）C （2）A （3）A （4）D （5）C （6）C （7）D （8）B （9）C

（10）into；values（或 valu、或 value） （11） Sum；学院

（12）update（或 upta、或 updat）；where（或 wher） （13）INTO；VALUES

（14）sum；部门 （15）UPDATE

第 6 章 查询与视图

考点概览

　　本章内容在笔试考试中所占比例很小，分析历次考试中所占的比例，每次考试平均 2~4 道题，合计 4~8 分，但本章内容在上机考试中的"基本操作"和"简单应用"部分时常会出现，希望考生注意。

重点考点

① 查询与视图的基本概念。

② 查询与视图的特点。

复习建议

① 需要通过实际上机来熟悉查询与视图的创建方法。

② 了解、掌握查询与视图的区别（查询设计器与视图设计器、保存后生成的文件、运行方式等）。

6.1 查询

1. 查询的概念

　　查询是从指定的表或视图中提取满足条件的记录，然后按照想得到的输出类型定向输出查询结果。查询以扩展名为 QBR 的文本文件保存在磁盘上，实际上，查询就是预先定义好的一个 SQL SELECT 语句。查询的输出结果可以为浏览器、报表、表、标签等。

2. 查询设计器

　　① 选择"文件"→"新建"命令，在"新建"对话框中选择"查询"→"新建"按钮，打开"查询设计器"。

　　② 在项目管理器窗口中，选择"数据"→"查询"→"新建"→"新建查询"。

3. 查询设计器创建查询

　　"查询设计器"→选择查询需要的字段→设置查询条件→保存查询。

4. 查询的运行

运行查询的方法有以下几种：

① 在"查询设计器"窗口中，选择"查询"→"运行查询"。

② 在"查询设计器"窗口中右击，选择"运行查询"。

③ 选择"程序"→"运行"命令。

④ 在项目管理器窗口中选中查询，单击右边的"运行"按钮。

⑤ 在"命令"窗口中，键入 DO <查询文件名>。

5. 查询的修改

修改可以用以下 3 种方法：

① 在项目管理器窗口中，选中要修改的查询文件，单击"修改"按钮。

② 选择"文件"→"打开"命令，在"打开"对话框中，选择所要修改的查询文件。

③ 在命令窗口中，键入 MODIFY QUERY <查询文件名>。

6. 查询去向的设置

单击"查询设计器"工具栏中的"查询去向"按钮或在系统菜单中单击"查询"菜单下的"查询去向"命令，弹出"查询去向"对话框，可以选择的查询去向分别有：浏览、临时表、表、图形、屏幕、报表、标签。

典型题解

【例 6-1】有关查询设计器，正确的描述是(   )。

A)"联接"选项卡与 SQL 语句的 GROUP BY 短语对应

B)"筛选"选项卡与 SQL 语句的 HAVING 短语对应

C)"排序依据"选项卡与 SQL 语句的 ORDER BY 短语对应

D)"分组依据"选项卡与 SQL 语句的 JOIN ON 短语对应

【解析】查询设计器中，各选项卡的功能如下：

"字段"选项卡对应于 SELECT 短语，指定所要查询的数据，这时可以单击"全部添加"选择所有字段，也可以逐个选择字段"添加"；在"函数和表达式"编辑框中可以输入或编辑计算表达式。

"联接"选项卡对应于 JOIN ON 短语，用于编辑联接条件。

"筛选"选项卡对应于 WHERE 短语，用于指定查询条件。

"排序依据"选项卡对应于 ORDER BY 短语，用于指定排序的字段和排序方式。

"分组依据"选项卡对应于 GROUP BY 短语和 HAVING 短语，用于分组。

"杂项"选项卡可以指定是否要重复记录（对应于 DISTINCT）及列在前面的记录）对应于 TOP 短语）等。故选项 C 为正确答案。

【例 6-2】以下关于查询描述正确的是(   )。

A) 不能根据自由表建立查询

B) 只能根据自由表建立查询

C) 只能根据数据库表建立查询

D) 可以根据数据库表和自由表建立查询

【解析】本题考查对查询的理解。在 Visual FoxPro 中，查询是从指定的表或视图中提取满足条件的记录，然后按照想得到的输出类型定向输出查询结果，使用查询设计器建立查询，单击要选择的表或视图，然后单击"添加"按钮。如果单击"其他"按钮还可以选择自由表。所以查询不仅可以根据自由表建立，而且可以根据数据库表建立。故排除选项 A，B，C，正确答案为选项 D。

强化训练

（1）以下说法哪一个是不正确的（   ）。

A) 查询就是查询，它与 SQL SELECT 语句无关

B) 查询是从指定的表和视图中提取满足条件的记录，然后按照想得到的输出类型定向输出查询结果

C) 查询就是预先定义好的一个 SQL SELECT 语句

D) 查询是 Visual Foxpro 支持的一种数据库对象

（2）下面关于查询描述正确的是（ ）。

    A）可以使用 CREATE VIEW 打开查询设计器

    B）使用查询设计器可以生成所有的 SQL 查询语句

    C）使用查询设计器生成的 SQL 语句存盘后将存放在扩展名为 QPR 的文件中

    D）使用 DO 语句执行查询时，可以不带扩展名

（3）在 Visual FoxPro 中查询的数据源可以来自（ ）。

    A）临时表   B）视图   C）数据库表   D）以上均可

（4）在使用查询设计器创建查询时，为了指定在查询结果中是否包含重复记录（对应于 DISTINCT），应该使用的选项卡是（ ）。

    A）排序依据   B）联接   C）筛选   D）杂项

（5）在 Visual FoxPro 中，要运行查询文件 queryl.qpr，可以使用命令（ ）。

    A）DO queryl   B）DO queryl.qpr   C）DO QUERY queryl   D）RUN queryl

（6）查询设计器中"联接"选项卡对应的 SQL 短语是（ ）。

    A）WHERE   B）JOIN   C）SET   D）ORDER BY

（7）以纯文本形式保存设计结果的设计器是（ ）。

    A）查询设计器   B）表单设计器   C）菜单设计器   D）以上 3 种都不是

（8）下列利用项目管理器新建查询的操作，正确的是（ ）。

    A）打开项目管理器，选定"代码"选项卡，选定"查询"，单击"新建"按钮

    B）打开项目管理器，选定"文档"选项卡，选定"查询"，单击"新建"按钮

    C）打开项目管理器，选定"数据"选项卡，选定"查询"，单击"运行"按钮

    D）打开项目管理器，选定"数据"选项卡，选定"查询"，单击"新建"按钮

（9）打开查询设计器的命令是（ ）。

    A）OPEN QUERY   B）OPEN VIEW

    C）CREATE QUERY   D）CREATE VIEW

（10）在 Visual Foxpro 中，查询设计器的选项卡与哪条语句相对应（ ）。

    A）SQL SELECT   B）SQL ALSERT   C）SQL UPDATE   D）SQL DROP

（11）在"查询设计器"中，用来指定是否有重复记录属性的是哪种选项卡（ ）。

    A）杂项   B）字段   C）联接   D）挑选

（12）如果要在屏幕上直接看到查询结果，"查询去向"应选择（ ）。

    A）屏幕   B）浏览或屏幕   C）浏览   D）临时表

（13）"查询"设计器中的"筛选"选项卡的作用是（ ）。

    A）增加或删除查询的表   B）观察查询生成的 SQL 代码

    C）指定查询记录的条件   D）选择查询结果的字段组织数据

（14）创建查询的命令是（ ）。

    A）OPEN QUERY   B）CREATE QUERY

    C）USE QUERY   D）MODIFY QUERY

（15）"查询设计器"中的"排序依据"选项卡，用来设置（ ）。

    A）字段的排序依据   B）字段的排序结果

    C）字段的排序规则   D）用于排序字段属性

（16）查询设计器中的"杂项"选项卡用于（ ）。

A）编辑联接条件

B）指定是否要重复记录及列在前面的记录等

C）指定查询条件

D）指定要查询的数据

（17）在查询设计器中，"分组依据"选项卡对应（　　）语句

A）JOIN ON　　　　　　　　　B）WHERE

C）ORDER BY　　　　　　　　D）GROUP BY

（18）下面各项中，不是查询结果去向的是（　　）。

A）浏览　　　　　B）报表　　　　　C）表单　　　　　D）表

（19）实现多查询的数据可以是（　　）。

A）远程视图　　　　B）数据库　　　　C）数据表　　　　D）本地视图

（20）在 Visual FoxPro 的查询设计器中_____选项卡对应的 SQL 短语是 WHERE。

（21）查询设计器的"排序依据"选项卡对应于 SQL SELECT 语句的_____短语。

【答案】

（1）A　（2）C　（3）D　（4）D　（5）B　（6）B　（7）A　（8）D　（9）C　（10）A

（11）A　（12）B　（13）C　（14）B　（15）A　（16）B　（17）D　（18）C　（19）C

（20）筛选　（21）ORDER BY

6.2　视图

1．视图的概念

视图是一个定制的虚拟逻辑表，视图中只存放相应的数据逻辑关系，并不保存表的记录内容，但可以在视图中改变记录的值，然后将更新记录返回到源表。所以视图只是操作表的一种手段，通过视图可以查询表，也可以更新表。

视图是根据表定义的，视图是数据库中的一个特有功能，视图可以用来从一个或多个相关联的表中提取有用信息，可以用来更新其中的信息，并将更新结果永久保存在磁盘上；使用视图可以从表中提取一组记录，改变这些记录的值，并把更新结果送回到基本表中。

Visual FoxPro 的视图又分为本地视图和远程视图。

2．建立视图

可以用"视图设计器"建立视图。

① 命令方式：用 CREATE VIEW 命令打开视图设计器建立视图。

② 菜单方式：选择"文件"→"新建"命令，在"新建"对话框中选择"视图"。

③ 使用项目管理器：在项目管理器的"数据"选项卡中选择"本地视图"或"远程视图"，然后单击"新建"命令按钮。

④ 使用 SQL 语句。

3．使用视图的有关操作

① 更新数据。

② 修改视图。

③ 删除视图。

④ 浏览或运行视图。

⑤ 显示 SQL 语句。

4. 使用视图

首先打开数据库，然后使用命令：

OPEN DATABASE <数据库名>

USE <视图名>

BROWSE

5. 使用 SQL 语句

也要首先打开数据库，直接操作视图命令如下：

SELECT * FROM <视图名> WHERE 条件

典型题解

【例6-3】在 Visual FoxPro 中，关于查询和视图的正确描述是（ ）。

A）查询是一个预先定义好的 SQL SELECT 语句文件

B）视图是一个预先定义好的 SQL SELECT 语句文件

C）查询和视图是同一种文件，只是名称不同

D）查询和视图都是一个存储数据的表

【解析】本题考查的是对查询和视图的理解。视图与查询在功能上有许多相似之处，但又有各自特点，主要区别如下：

① 功能不同：视图可以更新字段内容并返回源表，而查询文件中的记录数据不能被修改。

② 从属不同：视图不是一个独立的文件而从属于某一个数据库。查询是一个独立的文件，它不从属于某一个数据库。

③ 访问范围不同：视图可以访问本地数据源和远程数据源，而查询只能访问本地数据源。

④ 输出去向不同：视图只能输出到表中，而查询可以选择多种去向，如表、图表、报表、标签、窗口等形式。

⑤ 使用方式不同：视图只有所属的数据库被打开时，才能使用。而查询文件可在命令窗口中执行。

视图不是一个独立的文件而从属于某个数据库，查询是一个独立的文件，她不从属于某一个数据库。故可排除 B，C，D；选项 A 为正确答案。

【例6-4】在 Visual FoxPro 中，以下关于视图描述中错误的是（ ）。

A）通过视图可以对表进行查询   B）通过视图可以对表进行更新

C）视图是一个虚表   D）视图就是一种查询

【解析】本题考查的是对视图的理解。视图是一个定制的虚拟逻辑表，所以选项 C 正确；只存放相应数据的逻辑关系，并不保存表的记录内容。视图和查询在功能上有许多相似之处，都可以对表进行查询，所以选项 A 正确；但是又有各自特点，视图可以更新字段内容并返回源表，所以选项 B 正确；而查询文件的数据不能被修改，所以视图不是查询。故选项 D 为正确答案。

强化训练

（1）在 Visual Foxpro 中，使用当前数据库中的数据库表建立的视图是（ ）；使用当前数据库之外的数据源中的表创建的视图是（ ）。

A）本地视图，远程视图   B）远程视图，远程视图

C）本地视图，本地视图   D）远程视图，本地视图

（2）在 Visual Foxpro 中，视图基于（　　）而建立。

　　A）表　　　　　　　B）查询　　　　　　C）临时表　　　　　　D）报表

（3）创建视图时，首先必须打开（　　）。

　　A）查询　　　　　　B）临时表　　　　　C）视图　　　　　　　D）数据库

（4）查询设计器和视图设计器的主要不同表现在（　　）。

　　A）视图设计器没有"更新条件"选项卡，没有"查询去向"

　　B）查询设计器有"更新条件"选项卡，没有"查询去向"

　　C）视图设计器有"更新条件"选项卡，有"查询去向"

　　D）查询设计器没有"更新条件"选项卡，有"查询去向"

（5）关于创建视图，下面说法中，正确的是（　　）。

　　A）只能创建本地视图　　　　　　　　　B）只能创建远程视图

　　C）只能创建单表视图　　　　　　　　　D）既能创建本地视图，也能创建远程视图

（6）关于视图的描述正确的是（　　）。

　　A）可以根据自由表建立视图　　　　　　B）可以根据查询建立视图

　　C）可以根据数据库表建立视图　　　　　D）可以根据数据表或自由表建立视图

（7）修改本地视图的命令是（　　）。

　　A）OPEN　VIEW　　　　　　　　　　B）CREATE　VIEW

　　C）USE　VIEW　　　　　　　　　　　D）MODIFY　VIEW

（8）视图设计器中包含的选项卡有（　　）。

　　A）更新条件、筛选、字段　　　　　　　B）显示、排序依据、分组依据

　　C）更新条件、排序依据、显示　　　　　D）联接、显示、排序依据

（9）以下关于视图的叙述中，正确的是（　　）。

　　A）只能根据自由表建立视图　　　　　　B）只能根据数据库表建立视图

　　C）可以根据查询建立视图　　　　　　　D）数据库表和自由表都可以建立视图

（10）在 Visual FoxPro 中以下叙述正确的是（　　）。

　　A）利用视图可以修改数据　　　　　　　B）利用查询可以修改数据

　　C）查询和视图具有相同的作用　　　　　D）视图可以定义输出去向

（11）创建视图时，相应的数据库必须是处于＿＿＿状态。

（12）在 Visual FoxPro 中，多表操作的实质是反映多个表之间的＿＿＿。

（13）建立远程视图必须首先建立与远程数据库的＿＿＿。

（14）在 Visual FoxPro 中视图可以分为本地视图和＿＿＿视图。

（15）在 Visual FoxPro 中为了通过视图修改基本表中的数据，需要在视图设计器的＿＿＿＿选项卡下设置有关属性。

【答案】

（1）A　（2）B　（3）D　（4）D　（5）D　（6）D　（7）D　（8）A　（9）D

（10）A　（11）打开　（12）关系　（13）连接　（14）远程　（15）更新

第7章 表单的设计与应用

● **考点概览**

　　本章内容在笔试考试中所占比例很大，分析历次考试中所占的比例，每次考试平均 4~10 题，合计 8~20 分，近年来该章内容有逐渐增多的趋势，希望考生注意。本章内容在上机考试中的"简单应用"及"综合应用"部分经常会出现，并且所占分数也很多，希望考生注意。

● **重点考点**

① 表单属性及方法。

② 表单常用控件。

● **复习建议**

① 本章内容较多、涉及面很广，需要考生记忆的内容也很多，尤其是有关表单、表单控件的各种属性、方法和事件，对于这些内容，需要牢牢掌握，可以在 Visual FoxPro 窗口中实际创建一个表单，从其表单设计器的"属性"窗口中查看这些属性、方法及事件的说明。

② 本章内容中，有两个部分经常在笔试试卷中出现，一个就是表单的 release 方法（在上机题目中出现次数也很多），还有就是表单在创建及释放时各个事件（Load、Init、Release 等）的载入或释放顺序，希望考生加以注意。

7.1　面向对象的概念

1．对象（Object）

客观世界里的任何实体都可以被看作是对象。

① 属性用来表示对象的状态。

② 方法用来描述对象的行为。

在面向对象的方法里，对象被定义为由属性和相关方法组成的包。

2．类（Class）

类是对一类相似对象的性质描述，这些对象具有相同的性质，相同种类的属性以及方法。类好比是一类对象的模板，有了类定义后，基于类就可以生成这类对象中任何一个对象。这些对象虽然采用相同的属性来表示状态，但它们在属性上的取值可以完全不同。这些对象一般有着不同的状态，且彼此间相对独立。

3．子类与继承

在面向对象的方法里，继承是指在基于现有的类创建新类时，新类继承了现有类里的方法和属性。之外，可以为新类添加新的方法和属性。这里，把新类称为现有类的子类，而把现有类称为新类的父类。

一个子类的成员一般包括：

① 从其父类继承的成员，包括属性、方法。

② 由子类自己定义的成员，包括属性、方法。

4．事件

事件是一种由系统预先定义而由用户或系统发出的动作。事件作用于对象，对象识别事件并作出相应反应。事件可以由系统引发，也可以由用户引发。

典型题解

【例 7-1】 在面向对象方法中，实现信息隐蔽是依靠（ ）。

A）对象的继承　　　B）对象的多态　　　C）对象的封装　　　D）对象的分类

【解析】 通常认为，面向对象方法具有封装性、继承性、多态性几大特点。就是这几大特点，为软件开发提供了一种新的方法学。

封装性：所谓封装就是将相关的信息、操作与处理融合在一个内含的部件中（对象中）。简单地说，封装就是隐藏信息。这是面向对象方法的中心，也是面向对象程序设计的基础。

继承性：子类具有派生它的类的全部属性（数据）和方法，而根据某一类建立的对象也都具有该类的全部，这就是继承性。继承性自动在类与子类间共享功能与数据，当某个类作了某项修改，其子类会自动改变，子类会继承其父类所有特性与行为模式。继承有利于提高软件开发效率，容易达到一致性。

多态性：多态性就是多种形式。不同的对象在接收到相同的消息时，采用不同的动作。例如，一个应用程序包括许多对象，这些对象也许具有同一类型的工作，但是却以不同的做法来实现。不必为每个对象的过程取一过程名，造成复杂化，可以使过程名复用。同一类型的工作有相同的过程名，这种技术称为多态性。

经过上述分析可知，在面向对象方法中，实现信息隐蔽是依靠对象的封装。正确答案是选项 C。

强化训练

（1）下列（ ）是面向对象程序设计语言不同于其他语言的主要特点。

A）继承性　　　B）消息传递　　　C）多态性　　　D）静态联编

（2）在 Visual FoxPro 中，（ ）是描述对象行为的过程；（ ）用来表示对象的状态。

A）属性；类　　　B）方法；属性　　　C）方法；类　　　D）属性；方法

（3）下列关于对象的说法，不正确的是（ ）。

A）对象是客观世界的任何实体

B）不同的对象具有相同的属性和方法

C）任何对象都有自己的属性和方法

D）属性是对象所固有的特征；方法是描述对象行为的过程

（4）下列有关类的说法不正确的是（ ）。

A）类是对象的实例，而对象是类的集合

B）类是对一类相似对象的性质描述，这些对象具有相同的属性和方法

C）可以将类看作是一类对象的模块

D）类可以派生出新类，这里派生出来的新类被称为子类，原有的类被称为父类

（5）在面向对象方法中，类的实例称为_____。

【答案】

（1）A　（2）B　（3）B　（4）A　（5）对象

7.2　Visual FoxPro 基类简介

1．Visual FoxPro 基类

Visual FoxPro 的基类是系统本身内含的，并不存放在某个类库中，可以基于基类生成需要的对象，也可以扩展基类创建自己的类，每个 Visual FoxPro 的基类都有自己的一组属性、方法和事件。

2．容器与控件

Visual FoxPro 中的类可以分成两种类型：容器类和控件类。其中控件是一个可以以图形化表现出来，并能与用户进行交互的对象；而容器是一种特殊的控件，能够包含其他的控件或容器。在 Visual FoxPro 中常用的容器类有：表单集、表单、表格、列、页框、页、命令按钮组、选项按钮组等。

在容器层次中的对象引用的属性或关键字有：

Parent：当前对象的直接容器对象。

This：当前对象。

ThisForm：当前对象所在的表单。

ThisFormSet：当前对象所在的表单集。

3．事件

事件是由系统预先定义，而由用户或系统发出的动作。Visual FoxPro 基类的最小事件集有：Init（对象生成）、Destory（怹从内存中释放）和 Error（出现错误时引发）。

典型题解

【例 7-2】关于容器，以下叙述中错误的是（　　）。

A）容器可以包含其他控件

B）不同的容器所能包含的对象类型都是相同的

C）容器可以包含其他容器

D）不同的容器所能包含的对象类型是不相同的

【分析】容器是包含其他控件或容器的特殊控件，如表单及表格等。不同的容器所能包含的对象类型是不同的，如命令按钮组中可以包含命令按钮控件，而表单容器可以包含的是任意控件及页框、Container 对象、命令按钮组、选项按钮组和表格。所以，选项 B 为正确答案。

【例 7-3】假定一个表单里有一个文本框 Text1 和一个命令按钮组 CommandGroup1，命令按钮组是一个容器对象，其中包含 Command1 和 Command2 两个命令按钮。如果要在 Command1 命令按钮的某个方法中访问文本框的 Value 属性值，下面哪组代码是正确的（　　）。

A）ThisForm.Text1.Value　　　　　　　B）This.Parent.Value

C）Parent.Text1.Value　　　　　　　　D）this.Parent.Text1.Value

【分析】本题考查如何用命令按钮的方法来访问文本框的 Value 属性值。Parent 代表当前控件存在的一个容器窗口，ThisForm 代表当前表单，可以在当前表单中的任何一个控件内利用 ThisForm.Text1 来调用文本框对象，由此可以得知选项 A 正确。

强化训练

（1）以下属于容器控件的是（ ）。

    A）Text   B）EditBox   C）Form   D）Command

（2）下列选项中是容器类控件是（ ）。

    A）表单   B）标签   C）文本框   D）组合框

（3）要引用当前对象的直接容器对象，应使用（ ）。

    A）Parent   B）This   C）ThisForm   D）ThisFormSet

（4）对象的相对引用中，要引用当前操作的对象，可以使用的关键字是（ ）。

    A）Paren   B）ThisForm   C）ThisFormSet   D）This

（5）Visual FoxPro 的类主要分为_____和_____类型。

（6）在 Visual FoxPro 中，对象的引用方式有_____和_____。

【答案】

    （1）C   （2）A   （3）A   （4）D   （5）容器类，控件类   （6）绝对引用，相对引用

7.3 创建与运行表单

    表单(Form)是 Visual FoxPro 提供的用于建立应用程序界面的最主要的工具之一。表单相当于 Windows 应用程序的窗口。

    表单可以属于某个项目，也可以游离于任何项目之外，它是一个特殊的磁盘文件，其扩展名为.SCX。在项目管理器中创建的表单自动隶属于该项目。创建表单一般有两种途径：

- 使用表单向导创建简易的数据表单。
- 使用表单设计器创建或修改任何形式的表单。

1. 创建表单

创建表单一般有两种途径：

（1）使用表单向导创建表单

Visual FoxPro 提供了两种表单向导来帮助用户创建表单："表单向导"适合于创建基于一个表的表单；"一对多表单向导"适合于创建基于两个具有一对多关系的表的表单。

（2）使用表单设计器创建表单

下面 3 种方法中的任何一种调用表单设计器：

① 在项目管理器环境下调用：在"项目管理器"窗口中选择"文档"选项卡，然后选择其中的"表单"图标。单击"新建"按钮，系统弹出"新建表单"对话框。

② 菜单方式调用：单击"文件"菜单中的"新建"命令，打开"新建"对话框。选择"表单"文件类型。

③ 命令方式调用：在命令窗口输入 CREATE FORM 命令。

不管采用上面哪种方法，系统都将打开"表单设计器"窗口。

打开一个已有的表单命令 MODIFY FORM<表单文件名>。

2. 运行表单

运行表单时，输入命令：DO FORM （表单文件名）。

在产生表单对象后，将调用表单对象的 Show 方法显示表单。

典型题解

【例 7-4】在 Visual FoxPro 中调用表单文件 mfl 的正确命令是（　　）。

A）DO mfl 　　　　B）DO FROM mfl 　　　　C）DO FORM mfl 　　　　D）RUN mfl

【解析】本题考察表单基本操作知识。

在 Visual FoxPro 中调用表单的正确命令为：

DO FORM <表单文件名> [NAME <变量>] [LINKED] [WITH <实参 1> <, 实参 2>,…] [TO <变量>] [NOSHOW]

在题目所列出的答案中：选项 A 表示运行名为 mfl.prg 的命令文件，所以错误。选项 B 有一定的迷惑性，FROM 与表单的 FORM 很类似，但其是错误的关键字，所以错误。选项 D 中的 RUN 命令是在 Visual FoxPro 中运行外部命令的关键字，所以错误。选项 C 是正确答案。

强化训练

（1）在 Visual FoxPro 中，表单是（　　）。

　　A）窗口界面 　　　　　　　　　　　　B）一个表中各个记录的清单

　　C）数据库中各个表的清单 　　　　　　D）数据库查询的列表

（2）在 Visual FoxPro 中，运行当前文件夹下的表单 T 1.SCX 的命令是＿＿＿。

（3）修改表单时，可以在命令窗口输入的命令是＿＿＿。

（4）为了使用表单设计器设计一个表单，在命令窗口中键入＿＿＿命令即可进入表单设计器。

【答案】

（1）A　（2）DO FORM T1（或 DO FORM T1.SCX）　（3）MODIFY　FORM　（4）CREATE FORM

7.4　表单设计器

1．表单设计器环境

表单设计器中包括：

① 设计器窗口。

② 属性窗口。

③ 表单控件工具栏。

④ 表单设计器工具栏。

2．数据环境

数据环境中能够包含与表单有联系的表和视图以及表之间的关系。数据环境中的表或视图会随着表单的打开或运行而打开，并随着表单的关闭或释放而关闭。数据环境的常用属性是 AutoOpenTables 和 AutoCloseTables。

3．向数据环境添加表或视图

按下列方法向数据环境添加表或视图：

① 选择"数据环境"→"添加"命令，打开"添加表或视图"对话框。

② 选择要添加的表或视图并单击"添加"按钮。

4．从数据环境移去表或视图

在"数据环境设计器"窗口中，单击选择要移去的表或视图。选择"数据环境"→"移去"

命令。

5．在数据环境中设置关系

如果添加到数据环境的表之间具有在数据库中设置的永久关系，这些关系也会自动添加到数据环境中。如果表之间没有永久关系，将主表的某个字段(作为关联表达式)拖动到子表的相匹配的索引标记上即可。

典型题解

【例 7-5】以下叙述与表单数据环境有关，其中正确的是（　）。

A）当表单运行时，数据环境中的表处于只读状态，只能显示不能修改

B）当表单关闭时，不能自动关闭数据环境中的表

C）当表单运行时，自动打开数据环境中的表

D）当表单运行时，与数据环境中的表无关

【解析】本题对考查表单数据环境的掌握。在 Visual FoxPro 中，打开或者修改一个表单或者报表时需要打开的全部表、视图和关系称为数据环境。当表单运行时，数据环境中的表将会被自动打开，并且可以被修改，由此可以得出正确答案为选项 C。

【例 7-6】以下关于表单数据环境的叙述，错误的是（　）。

A）可以向表单数据环境设计器中添加表或视图

B）可以从表单数据环境设计器中移出表或视图

C）可以在表单数据环境设计器中设置表之间的联系

D）不可以在表单数据环境设计器中设置表之间的联系

【解析】本题考查对 Visual FoxPro 中表单数据环境的掌握。在 Visual FoxPro 中，用户可以向表单数据环境设计器中添加或者移出表或视图，也可以在表单数据环境设计器中设置表之间的联系，4 个选项中只有选项 D 的描述是错误的。

强化训练

（1）下面是关于表单数据环境的叙述，其中错误的是（　）。

A）可以在数据环境中加入与表单操作有关的表

B）数据环境是表单的容器

C）可以在数据环境中建立表之间的联系

D）表单运行时自动打开其数据环境中的表

（2）数据环境泛指定义表单或表单集时使用的（　），包括表、视图和关系。

A）数据库　　　　　B）数据项　　　　　C）数据源　　　　　D）数据

（3）以下说法哪一个是不正确的（　）。

A）数据环境中不可以包含与表单有联系的表和视图以及表之间的关系

B）数据环境中可以包含与表单有联系的表和视图以及表之间的关系

C）数据环境中可以包含与表单有联系的视图及表之间的关系

D）数据环境中可以包含与视图有联系的视图及表之间的关系

（4）表单或表单集的数据环境也可以看作是一种 Visual FoxPro 中的（　）。

A）对象　　　　　　B）表　　　　　　　C）视图　　　　　　D）设计器

（5）以下各项中，不属于数据环境常用的操作是（　　）。

　　A）向数据环境添加表和视图　　　　　　B）向数据环境中添加控件

　　C）从数据环境移去表或视图　　　　　　D）在数据环境中编辑关系

（6）如果数据环境设计器中有多个关联的表，若要删除某个表，则与之关联的表与被删除的关系将（　　）。

　　A）可能存在　　　　B）不再存在　　　　　C）仍然存在　　　　　　D）A,B,C

（7）表单中的数据环境是一个容器，用于设置表单中使用的_____、_____、表间的关系。

（8）在表单设计器中可以通过_____工具栏中的工具快速对齐表单中的控件。

【答案】

　　（1）B　（2）C　（3）B　（4）A　（5）B　（6）B　（7）表；视图　（8）布局

7.5　表单属性和方法

1. 表单常用属性

表单属性中，经常用到的有如下属性（见表 7-1）：

表 7-1　表单常用属性

属性名	说　明
AlwaysOnTop	指定表单是否总位于其他打开窗口之上
AutoCenter	表单初始化时是否自动居中
BackColor	表单背景颜色
Caption	表单标题
Closable	表单是否可以通过单击关闭按钮来关闭
MaxButton	表单是否有最大化按钮
MinButton	表单是否有最小化按钮
Movable	表单是否能够移动
Scrollbars	表单的滚动条类型
WindowState	表单的状态

2. 表单常用事件与方法

见表 7-2 所示。

表 7-2　表单常用事件与方法

事件或方法	说　明
Init 事件	在对象建立时引发。在表单对象的 Init 事件引发之前，将先引发它所包含的控件对象的 Init 事件，所以在表单对象的 Init 事件代码中能够访问它所包含的所有控件对象
Click 事件	当用鼠标单击一个对象时执行该事件
Load	在表单对象建立之前引发，也就是在运行表单时，先引发表单的 Load 事件，再引发表单的 Init 事件
Unload	在表单释放时引发，是表单对象释放时最后一个需要引发的事件
Error	当对象方法或事件代码在运行过程中产生错误时引发。事件引发时，系统会把发生的错误类型和错误发生的位置等参数传递给事件代码，事件代码可据此对错误进行相应的处理
GotFocus	当对象获得焦点时引发。对象可能会由用户的操作或代码中调用 SetFocus 方法获得焦点

（续）

事件或方法	说　明
LostFocus	当对象失去焦点时引发，与 gotfocus 事件正好相反
Destroy	当释放一个对象时，在释放对象前该事件引发
DragDrop	在对象上按住鼠标并拖动后松开鼠标时该事件引发
DragOver	当拖动一个对象到目标对象之上时该事件发生
KeyPress	当用户按下并放开一个键时发生该事件
MouseDown	当在对象上按下鼠标时发生该事件
MouseMove	当在对象上移动鼠标时该事件发生
MouseUp	当用户松开按下的鼠标键时发生该事件
UpClick	单击一个控件的上滚箭头时发生该事件，用在微调器、列表框、组合框中
DblClick	使用鼠标双击对象时引发该事件
RightClick	使用鼠标右键单击对象时引发该事件
InteractiveChange	当通过鼠标或键盘改变一个控件的值时引发该事件
Refresh 方法	重新绘制表单或控件，并刷新其中所有对象的值，也就是说，如果当表单被刷新时，表单上的所有控件也都被刷新
Release 方法	将表单从内存中释放。一般使用该方法来关闭表单，例如将表单上的某个命令按钮的 Click 事件代码设置为 ThisForm.Release，则单击该按钮会关闭当前表单
Show 方法	显示表单。该方法将表单的 Visible 属性设置为.T.，并且使表单成为活动对象
Hide 方法	隐藏表单。该方法将表单的 Visible 属性设置为.F.

典型题解

【例 7-7】下面对表单若干常用事件的描述中，正确的是（　　）。

A）释放表单时，Unload 事件在 Destroy 事件之前引发

B）运行表单时，Init 事件在 Load 事件之前引发

C）单击表单的标题栏，引发表单的 Click 事件

D）上面的说法都不对

【解析】Destroy 事件在对象释放时引发，Unload 事件也在表单对象释放时引发，但它是表单对象释放时最后一个要引发的事件。比如在关闭表单时，先引发表单的 Destroy 事件，然后引发命令按钮的 Destroy 事件，最后引发表单的 Unload 事件，所以表单的 Destroy 事件先于 Unload 事件引发，选项 A 错误。Load 事件在表单对象建立之前引发，Init 事件在对象建立时引发，所以 Load 事件先于 Init 事件引发，选项 B 错误。Click 事件用鼠标单击对象时引发。包括单击复选框、命令按钮、组合框、列表框和选项按钮，单击表单的空白处，引发表单的 Click 事件。但单击表单的标题栏或窗口边界不会引发 Click 事件，选项 C 错误。故 D 为正确答案。

【例 7-8】有关控件对象的 Click 事件的正确叙述是（　　）。

A）用鼠标双击对象时引发　　　　　　　　B）用鼠标单击对象时引发

C）用鼠标右键单击对象时引发　　　　　　D）用鼠标右键双击对象时引发

【解析】本题考查对 Click 事件的掌握。Click 事件是控件的常用事件，它在鼠标单击对象时引发，因此正确答案为 B。单击鼠标的右键会引发控件对象的 RightClick 事件，双击鼠标会引发控件对象的 DblClick 事件。

【例 7-9】关闭当前表单的程序代码是 ThisForm.Release，其中的 Release 是表单对象的（　　）。

A）标题　　　　　B）属性　　　　　C）事件　　　　　D）方法

【解析】本题考查 Visual FoxPro 中表单的常用方法。Release 方法是表单对象的常用方法，用于将表单从内存中释放。正确答案为选项 D。

强化训练

（1）用鼠标双击对象时引发（ ）事件。

A）Click   B）DbClick   C）RightClik   D）GotFocus

（2）表单的 Init 是指（ ）时触发的基本事件。

A）当创建表单   B）当从内存中释放对象

C）当表单装入内存   D）当用户双击对象

（3）当用户按下并松开鼠标左键或在程序中包含了一个触发该事件的代码时，将产生（ ）事件。

A）Load   B）Active   C）Click   D）Error

（4）DbClick 事件是指什么时候触发的基本事件（ ）。

A）当创建对象时   B）当从内存中释放对象时

C）当表单或表单集装入内存时   D）当用户双击该对象时

（5）在表单运行中，当结果发生变化时，应刷新表单，刷新表单所用的命令是（ ）。

A）RELEASE   B）DELETE   C）REFRESH   D）PACK

（6）在表单设计中，经常会用到一些特定的关键字、属性和事件。下列各项中属于属性的是（ ）。

A）This   B）ThisForm   C）Caption   D）Click

（7）关闭表单的程序代码是 ThisForm.Release，Release 是（ ）。

A）表单对象的标题   B）表单对象的属性

C）表单对象的事件   D）表单对象的方法

（8）在 Visual FoxPro 中，释放表单时会引发的事件是（ ）。

A）UnLoad 事件   B）Init 事件   C）Load 事件   D）Release 事件

（9）假设表单 MyForm 隐藏着，让该表单在屏幕上显示的命令是（ ）。

A）MyForm.List   B）MyForm.Display

C）MyForm.Show   D）MyForm.ShowForm

（10）在 Visual FoxPro 中，UnLoad 事件的触发时机是（ ）。

A）释放表单   B）打开表单   C）创建表单   D）运行表单

（11）新创建的表单默认标题为 Form1，为了修改表单的标题，应设置表单的（ ）。

A）Name 属性   B）Caption 属性   C）Closable 属性   D）AlwaysOnTop 属性

（12）在 Visual FoxPro 中释放和关闭表单的方法是（ ）。

A）RELEASE   B）CLOSE   C）DELETE   D）DROP

（13）能够将表单的 Visible 属性设置为.T.，并使表单成为活动对象的方法是_____。

（14）运行表单时，Load 事件是在 Init 事件之_____被引发。

（15）在 Visual FoxPro 中，在运行表单时最先引发的表单事件是_____事件。

（16）为使表单运行时在主窗口中居中显示，应设置表单的 AutoCenter 属性值为_____。

（17）在 Visual FoxPro 中为表单指定标题的属性是_____。

【答案】

（1）B （2）A （3）C （4）D （5）C （6）C （7）D （8）A （9）C （10）A （11）B

（12）A （13）Show （14）前 （15）LOAD （16）T 或 .T. 或 真 或 逻辑真 （17）Caption

7.6 基本型控件

1．标签(Label)控件

标签是用以显示文本的图形控件，被显示的文本在 Caption 属性中指定，称为标题文本。

常用的标签属性：

① Caption 属性：指定标签的标题文本。

② Alignment 属性：指定标题文本在控件中显示的对齐方式。

2．命令按钮(CommandButton)控件

命令按钮主要用来启动某个事件代码，常用的属性有：

① Default：命令按钮的 Default 属性默认值为.F.，如果该属性设置为.T.，在该按钮所在的表单激活情况下，按<Enter>键，可以激活该按钮，并执行该按钮的 Click 事件代码。

② Cancel：命令按钮的 Cancel 属性默认值为.F.，如果设置为.T.，在该按钮所在的表单激活的情况下，按<Esc>键可以激活该按钮。

③ Enable：确定按钮是否有效，如果按钮的属性 Enable 为.F.，单击该按钮不会引发该按钮的单击事件。

3．文本框(TextBox)控件

文本框可以在内存变量、数组元素或非备注型字段中输入或编辑数据。常用的属性有：

① ControlSouree 属性：该属性为文本框指定一个字段或内存变量。

② Value 属性：返回文本框的当前内容。

③ PasswordChar 属性：指定文本框控件内是显示用户输入的字符还是显示占位符；当为该属性指定一个字符(即占位符，通常为*)后，文本框内将只显示占位符，而不会显示用户输入的实际内容。

④ InputMask 属性：指定在一个文本框中如何输入和显示数据。

4．编辑框（EditBox）控件

用于显示或编辑多行文本信息。编辑框实际上是一个完整的简单字处理器，在编辑框中能够选择、剪切、粘贴以及复制正文，可以实现自动换行，能够有自己的垂直滚动条。 常用的属性有：

① ControlSource 属性：设置编辑框的数据源，一般为数据表的备注字段。

② Value 属性：保存编辑框中的内容，可以通过该属性来访问编辑框中的内容。

③ SelText 属性：返回用户在编辑区内选定的文本，如果没有选定任何文本，则返回空串。

④ SelLength 属性：返回用户在文本输入区中所选定字符的数目。

⑤ Readonly 属性：确定用户是否能修改编辑框中的内容。

⑥ Scroolbars 属性：指定编辑框是否具有滚动条，当属性值为 0 时，编辑框没有滚动条，当属性值为 2（默认值）时，编辑框包含垂直滚动条。

5．复选框(CheckBox)控件

用于标记一个两值状态。当处于"真"状态时，复选框内显示一个对勾(√)；否则，复选框内为空白。常用的属性有：

① Value 属性：用来指明复选框的当前状态。

② ControlSource 属性：用于指定复选框的数据源。

③ ControlSource 属性。

6. 列表框(ListBox)控件

列表框提供一组条目，用户可以从中选择一个或多个条目。下面是一些常用的列表框属性。

① RowSourceType 属性与 RowSource 属性： RowSourceType 属性指明列表框中条目数据源的类型，RowSource 属性指定列表框的条目数据源。

② List 属性：用以存取列表框中数据条目的字符串数组。

③ ListCount 属性：指明列表框中数据条目的数目。

④ ColumnCount 属性：指定列表框的列数。

⑤ Value 属性：返回列表框中被选中的条目。

⑥ ControlSource 属性：该属性在列表框中的用法与在其他控件中的用法有所不同。

⑦ Selected 属性：指定列表框内的某个条目是否处于选定状态。

⑧ MultiSelect 属性：指定用户能否在列表框控件内进行多重选定。

7. 组合框(ComboBox)控件

组合框也是用于提供一组条目供用户从中选择，组合框和列表框的主要区别在于：

① 对于组合框来说，通常只有一个条目是可见的。用户可以单击组合框上的下拉箭头按钮打开条目列表，以便从中选择。

② 组合框不提供多重选择的功能，没有 MultiSelect 属性。

③ 组合框有两种形式：下拉组合框（Style 属性为 0）和下拉列表框（Style 属性为 2）。对下拉组合框，用户既可以从列表中选择，也可以在编辑区输入。对下拉列表框，用户只可从列表中选择。

典型题解

【例 7-10】如果文本框的 InputMask 属性值是#99999，允许在文本框中输入的是(　　)。

A）+12345 　　　　B）abc123 　　　　　　C）$12345 　　　　　　D）abcdef

【解析】InputMask 属性指定在一个文本框中如何输入和显示数据。InputMask 属性值是一个字符串。该字符串通常由一些所谓的模式符组成，每个模式符规定了相应位置上数据的输入和显示行为。各种模式符的功能如表 7-3 所示。

表 7-3　模式符及其功能

模 式 符	功　　能
X	允许输入任何字符
9	允许输入数字和正负号
#	允许输入数字、空格和正负号
$	在固定位置上显示当前货币符号(由 SET CURRENCY 命令指定)
$$	在数值前面相邻的位置上显示当前货币符号(浮动货币符)
*	在数值左边显示星号*
.	指定小数点的位置
,	分隔小数点左边的数字串

当文本框的 InputMask 属性值是#99999，允许输入正负号和数字，故选项 A 为正确答案。

【例 7-11】在 Visual FoxPro 表单中，用来确定复选框是否被选中的属性是_____。

【解析】复选框用于标识一个两值状态，如真(.t.)或假(.f.)。当处于"真"状态时，复选框内显示一个对勾，当处于"假"状态时复选框内为空白。复选框的属性 Value 用来指明复选框的当前状态，其状态如下：

0 或.F.：（默认值），未被选中

1 或.T.：被选中

>=2 或 null：不确定，只在代码中有效

所以本题中正确答案为 Value。

强化训练

（1）在表单控件工具栏中，创建（　）控件，用于显示一段固定的文本信息字符串。

　　A）文本框　　　　　　　B）命令组　　　　　　C）标签　　　　　　D）复选框

（2）在当前表单的 LABEL1 控件中显示系统时间的语句是（　）。

　　A）THISFORM.LABEL1.CAPTION=TIME()

　　B）THISFORM.LABEL1.VALUE=TIME()

　　C）THISFORM.LABEL1.TEXT=TIME()

　　D）THISFORM.LABEL1.CONTROL=TIME()

（3）为表单建立了快捷菜单 mymenu，调用快捷菜单的命令代码 Do mymenu.mpr with this 应该放在表单的（　）事件中。

　　A）Destory 事件　　　　B）Init 事件　　　　　C）Load 事件　　　　D）RightClick 事件

（4）要设置标签的显示文本，应使用的属性是（　）。

　　A）Alignment　　　　　B）Caption　　　　　　C）Comment　　　　D）Name

（5）如果运行一个表单，以下事件首先被触发的是（　）。

　　A）Load　　　　　　　B）Error　　　　　　　C）Init　　　　　　D）Click

（6）假设某个表单中有一个命令按钮 cmdClose，为了实现当用户单击此按钮时能够关闭该表单的功能，应在该按钮的 Click 事件中写入语句（　）。

　　A）ThisForm.Close　　　　　　　　　　　B）ThisForm.Erase

　　C）ThisForm.Release　　　　　　　　　　D）ThisForm.Return

（7）DbClick 事件是指什么时候触发的基本事件（　）。

　　A）当创建对象时　　　　　　　　　　　　B）当从内存中释放对象时

　　C）当表单或表单集装入内存时　　　　　　D）当用户双击该对象时

（8）在表单中为了浏览非常长的文本，需要添加的控件是（　）。

　　A）标签　　　　　　　B）文本框　　　　　　C）编辑框　　　　　D）命令按钮

（9）确定列表框内的某个条目是否被选定应使用的属性是（　）。

　　A）Value　　　　　　　B）ColumnCount　　　C）ListCount　　　　D）Selected

（10）在表单中确定控件是否可见的属性是＿＿＿＿＿。

（11）要将一个弹出式菜单作为某个控件的快捷菜单，通常是在该控件的＿＿＿＿＿事件代码中添加调用弹出式菜单程序的命令。

（12）用来确定复选框是否被选中的属性是＿＿＿＿＿，用来指定显示在复选框旁的文字的属性是＿＿＿＿＿。

（13）用当前窗体的 LABEL1 控件显示系统时间的语句是：

　　　THISFORM.LABEL1＿＿＿＿＿ = TIME( )

【答案】

（1）C　（2）A　（3）D　（4）B　（5）A　（6）C　（7）D　（8）C　（9）D　（10）Visible

（11）RightClick　（12）Value；Caaption　（13）Caption

7.7　容器型控件

1. 命令组(CommandGroup)控件

命令组是包含一组命令按钮的容器控件，常用的属性有：

① ButtonCount 属性：指定命令组中命令按钮的数目。

② Buttons 属性：用于存取命令组中各按钮的数组。

③ Value 属性：指定命令组当前的状态。

2. 选项组(OptionGroup)控件

选项组是包含选项按钮的一种容器。常用的属性有：

① ButtonCount 属性：指定选项组中选项按钮的数目。

② Value 属性：用于指定选项组中哪个选项按钮被选中。

③ ControlSource 属性：指明与选项组建立联系的数据源。作为选项组数据源的字段变量或内存变量，其类型可以是数值型或字符型。

④ Buttons 属性：用于存取选项组中每个按钮的数组。

3. 表格(Grid)控件

表格是一种容器对象，由若干列对象(column)组成，每个列对象包含一个标头对象(Header)和若干控件。表格、列、标头和控件都有自己的属性、事件和方法。

（1）常用的表格属性

① RecordSourceType 属性与 RecordSource 属性： RecordSourceType 属性指明表格数据源的类型，RecordSource 属性指定表格数据源。RecordSource 属性指定数据的来源，它们取值及含义如表 7-4 所示。

表 7-4　RecordSourceType 和 RecordSource 属性

RecordSourceType 属性值	RecordSource 属性
0- 表：数据来源由 RecordSource 属性指定的表，该表能被自动打开	表名
1- 别名　数据来源于已打开的表	表的别名
2- 提示　运行时，由用户根据提示选择表格数据源	
3- 查询　数据来源于查询	查询文件名
4-SQL 语句　数据来源于 SQL 语句	SQL 语句

② ColumnCount 属性：指定表格的列数。

③ LinkMaster 属性：用于指定表格控件中所显示的子表的父表名称。

④ ChildOrader 属性：指定子表的索引。

⑤ RelationalExpr 属性：确定基于主表字段的关联表达式。

⑥ AllowAddNew 属性：为真，运行时允许添加新记录，否则不能添加新记录。

⑦ AllowRowSizing 属性：为真，运行时用户可改变行高。

⑧ AllowHeaderSizing 属性：为真，运行时用户可改变列宽。

（2）常用的列属性

① ControlSource 属性：指定要在列中显示的数据源，常见的是表中的一个字段。

② currentcontrol 属性：指定列对象中的一个控件，该控件用以显示和接收列中活动单元格的数据。

③ Sparse 属性：用于确定 CurrentControl 属性是影响列中的所有单元格还是只影响活动单元格。

（3）常用的标头(Header)属性

① Caption 属性：指定标头对象的标题文本，显示于列顶部。

② Alignment 属性：指定标题文本在对象中显示的对齐方式。

4．页框(PageFrame)控件

页框是包含页面(Page)的容器对象，而页面本身也是一种容器，其中可以包含所需的控件。常用的页框属性有以下几种。

① PageCount 属性：用于指明一个页框对象所包含的页(Page)对象的数量。

② Pages 属性： Pages 属性是一个数组，用于存取页框中的某个页对象。

③ Tabs 属性：指定页框中是否显示页面标签栏。

④ TabStretch 属性：如果页面标题(标签)文本太长，标签栏无法在指定宽度的页框内显示出来，可以通过 TabStretch 属性指明其行为方式是多重行还是单行。

⑤ ActivePage 属性：返回页框中活动页的页号，或使页框中的指定页成为活动的。

典型题解

【例 7-12】假设表单上有一选项组：⊙男 ○女，如果选择第二个按钮"女"，则该选项组 Value 属性的值为（　）。

A）.F.　　　　　　　　B）女　　　　　　　　C）2　　　　　　　　D）女 或 2

【解析】此题考查对表单控件属性的了解。在表单中的选项组(OptionGroup)控件，是包含选项按钮的一种容器。一个选项组中往往包含若干个选项按钮，但用户只能从中选择一个按钮。而其 Value 属性用于指定选项组中哪个选项按钮被选中，其值可以是选项组中该按钮的序号，也可以是该选项组的显示值，所以答案 D 正确。

强化训练

（1）在表单中为表格控件指定数据源的属性是（　）。

A）DataSource　　　　B）RecordSource　　　　C）DataFrom　　　　D）RecordFrom

（2）在表单控件工具栏中可以创建一个（　）控件来保存单行文本。

A）命令组　　　　　　B）文本框　　　　　　C）标签　　　　　　D）编辑框

（3）在表单控件中，可包括多个选项卡的控件是（　）。

A）文本框　　　　　　B）编辑框　　　　　　C）组合框　　　　　　D）页框

（4）完成下面语句，对选项组的第 3 个按钮设置标题（Caption）属性：

ThisForm. MyOption.＿＿＿ = "一年级"

【答案】

（1）B　（2）B　（3）D　（4）Button (3) .Caption

第 8 章　菜单的设计与应用

考点概览

　　本章内容在笔试考试中所占比例很小，分析历次考试中所占的比例，每次考试平均 0～2 道题，合计 0～4 分，但本章内容在上机考试中的"基本操作"和"简单应用"部分时常会出现，希望考生注意。

重点考点

系统菜单的创建、修改及运行。

复习建议

要通过实际上机来熟悉菜单的创建方法。

8.1　Visual FoxPro 系统菜单

1．菜单结构

Visual FoxPro 支持条形和弹出式两种菜单，每个条形菜单都有一个内部名称和一组菜单选项，每个菜单选项都有一个名称和内部名称。每个弹出式菜单也有一个内部名字和一组菜单选项，每个菜单选项则有一个名称和内部序号。

每个菜单选项都可以设置一个热键和一个快捷键。

条形菜单一般是一个下拉式菜单，而快捷菜单一般有一个弹出式菜单组成。

2．系统菜单

Visual FoxPro 系统菜单是一个典型的菜单系统，通过 SET SYSMENU 命令可以允许或者禁止在程序执行时访问系统菜单，也可以重新配置系统菜单：

```
SET SYSMENU ON | OFF | AUTOMATIC
|TO[<弹出式菜单名表>]
| TO[<条形菜单项名表>1
| TO[DEFAULT]| SAVE| NOSAVE
```

设置允许或者禁止在程序执行时访问系统菜单。其中，ON 允许程序执行时访问系统文件。OFF 禁止程序执行时访问系统菜单。AUTOMATIC 表示可使系统菜单显示出来，可以访问系统菜单。TO<弹出式菜单名表>以内部名字列出可用的弹出式菜单用来重新配置系统菜单，TO<条形菜单项名表>以条形菜单项内部名表列出可用的子菜单用来重新配置系统菜单。TO[DEFAULT]是将系统菜单恢复为默认配置。使用 SAVE 将当前的系统菜单配置指定为默认配置。使用 NOSAVE 将默认配置恢复成 Visual FoxPro 系统菜单的标准配置。

不带参数的 SET SYSMENU TO 命令将屏蔽系统菜单，使系统菜单不可用。

典型题解

【例 8-1】为了从用户菜单返回到系统菜单应该使用命令（   ）。

A）SET DEFAULT SYSTEM

B）SET MENU TO DEFAULT

C）SET SYSTEM TO DEFAULT

D）SET SYSMENU TO DEFAULF

【解析】本题考查对 Visual FoxPro 中菜单设计的掌握。SET SYSMENU 命令可以允许或者禁止在程序执行时访问系统菜单，也可以重新配置系统菜单。在 Visual FoxPro 中，从用户菜单返回到系统菜单使用命令：SET SYSMENU TO DEFAULT。

故选项 D 为正确答案。

强化训练

（1）以下是与设置系统菜单有关的命令，其中错误的是（   ）。

A）SET SYSMENU DEFAULT

B）SET SYSMENU TO DEFAULT

C）SET SYSMENU NOSAVE

D）SET SYSMENU SAVE

（2）为了从用户菜单返回到默认的系统菜单，应该使用命令 SET____TO DEFAULT。

【答案】

（1）A　（2）SYSMENU

8.2　菜单设计

1．下拉式菜单设计

下拉式菜单是一种最常见的菜单，用 visual FoxPro 提供的菜单设计器可以方便地进行下拉式菜单的设计。

（1）调用菜单设计器

选择"文件"→"新建"→"新建文件"，选择"新建菜单"对话框中的"菜单"按钮。这样会出现"菜单设计器"窗口。

要用菜单设计器修改一个已有的菜单，可以从"文件"菜单中选择"打开"命令，也可以用命令调用菜单设计器，格式如下：

MODIFY MENU<文件名>

（2）定义菜单

菜单设计器窗口左边是一个列表框，包括"菜单名称"、"结果"、"选项" 3 列，每一行定义一个菜单项。

① "菜单名称"列：在指定菜单名称时，可以设置菜单项的访问键，方法是在要作为访问键的字符前加上 "\<" 两个字符。

系统提供的分组手段是在两组之间插入一条水平的分组线，方法是在相应行的"菜单名称"

列上输入"\-"两个字符。

② "结果"列：该列用于指定当用户选择该菜单项时的动作。单击该列将出现一个下拉列表框，有命令、过程、子菜单和填充名称或菜单项等 4 种选择。

命令：执行一条命令。

过程：执行一个过程。

子菜单：定义一个子菜单。

填充名称：如果是条形菜单，显示填充名称，填充菜单项的内部名字。如果是弹出式菜单，显示"菜单项＃"，指定菜单项的序号。

③"选项"列：有一个无符号按钮，单击该按钮就会出现"提示选项"对话框，供用户定义菜单项的其他属性。

（3）运行菜单程序

可使用命令"DO<文件名>"运行菜单程序，但文件名的扩展名.MPR 不能省略。

（4）为顶层表单添加菜单

为顶层表单添加下拉式菜单的方法和过程如下：

① 用上述同样的方法，在"菜单设计器"窗口中设计下拉式菜单。

② 菜单设计时，在"常规选项"对话框中选择"顶层表单"复选框。

③ 将表单的 ShowWindow 属性值设置为 2，使其成为项层表单。

④ 在表单的 Init 事件代码中添加调用菜单程序的命令，格式如下：

DO<文件名>WITH This[,"<菜单名>"]

<文件名>指定被调用的菜单程序文件，其中的扩展名.MPR 不能省略。This 表示当前表单对象的引用。

⑤ 在表单的 Destroy 事件代码中添加清除菜单的命令，使得在关闭表单时能同时清除菜单，释放其所占用的内存空间。命令格式如下：

RELEASE MENU<菜单名>[EXTENDED]

其中的 EXTENDED 表示在清除条形菜单时一起清除其下属的所有子菜单。

2．快捷菜单设计

设计快捷菜单的方法如下：

① 首先利用快捷菜单设计器建立一个快捷菜单，生成菜单程序文件。

② 在快捷菜单的"清理"代码中添加清除菜单的命令，格式如下：

RELEASE POPUPS <快捷菜单名>[EXTENDED]

③ 在表单设计器中选定要添加快捷菜单的对象，在对象的 RightClick 事件代码中添加调用快捷菜单程序的命令：

DO <快捷菜单程序文件名>

文件名的扩展名.MPR 不能省略。

典型题解

【例 8-2】如果菜单项的名称为"统计"，热键是<T>，在菜单名称一栏中应输入（ ）。

A）统计\<T>　　　B）统计<Ctrl+T>　　　C）统计<Alt+T>　　　D）统计<T>

【解析】为菜单项设置热键的方法是在菜单标题后面键入下列符号:(\<字母)，其中字母代表可以访问菜单的访问键，即热键，故选项 A 正确。

【例8-3】假设已经生成了名为 mymenu 的菜单文件，执行该菜单文件的命令是（　　）。

A）DO mymenu　　　　　　　　　　　　B）DO mymenu.mpr

C）DO mymenu.pjx　　　　　　　　　　　D）DO mymenu.mnx

【解析】菜单文件的执行有两种方法：一种是通过 Visual FoxPro 系统的菜单操作环境来实现，另外一种是通过命令的方式来执行菜单文件，而以命令方式执行时，菜单文件名必须带有扩展名.MPR，菜单定义文件的默认扩展名.MNX，.PJX 是项目文件的扩展名。因此本题给出的 4 个选项中只有答案 B 是正确的。

强化训练

（1）在 Visual FoxPro 中，使用"菜单设计器"定义菜单，最后生成的菜单程序的扩展名是（　　）。

    A）MNX　　　　　　B）PRG　　　　　　C）MPR　　　　　　D）SPR

（2）菜单初始化设置代码是在（　　）执行的语句序列。

    A）显示菜单之前　　　B）主程序之前　　　C）创建菜单之前　　　D）安装时

（3）.菜单清理代码是在（　　）执行的语句系列。

    A）显示菜单之前　　　　B）主程序之前　　　C）创建菜单之前　　　D）安装时

（4）要使文件菜单项用<F>作为访问快捷键，定义该菜单标题可用（　　）。

    A）文件(F)　　　　　　B）文件(<\F)　　　　C）文件(\<F)　　　　D）文件(∧F)

（5）弹出式菜单可以分组，插入分组线的方法是在"菜单名称"项中输入____两个字符。

【答案】

（1）C　（2）A　（3）A　（4）C　（5）\-（或"\-"、或'\-'）

第9章 报表的设计与应用

考点概览

本章内容在笔试考试中所占比例很小，分析历次考试中所占的比例，每次考试平均 0~2 道题，合计 0~4 分，但本章内容在上机考试中的"基本操作"和"简单应用"部分时常会出现，希望考生注意。

重点考点

① 报表的创建方法。

② 报表控件的作用及使用方法。

复习建议

需要通过实际上机来熟悉报表的具体创建方法。

9.1 创建报表

报表主要包括两部分内容：数据源和布局。数据源是报表的数据来源，报表的数据源通常是数据库中的表或自由表，也可以是视图、查询或临时表。Visual FoxPro 提供了 3 种创建报表的方法。

1. 使用报表向导创建报表

启动报表向导有以下 4 种途径：

① 打开"项目管理器"，选择"文档"选项卡，从中选择"报表"。然后单击"新建"按钮。

② 从"文件"菜单中选择"新建"，或者单击工具栏上的"新建"按钮，打开"新建"对话框，在文件类型栏中选择报表。然后单击"向导"按钮。

③ 在"工具"菜单中选择"向导"子菜单，选择"报表"。

④ 直接单击工具栏上的"报表向导"图标按钮。

2. 使用报表设计器创建报表

Visual FoxPro 提供的报表设计器允许用户通过直观的操作来直接设计报表，或者修改报表。直接调用报表设计器所创建的报表是一个空白报表。可以使用下面 3 种方法之一调用报表设计器。

① 在项目管理器环境下调用：在"项目管理器"窗口中选择"文档"选项卡，选中"报表"，然后单击"新建"按钮，从"新建报表"对话框中单击"新建报表"按钮。

② 菜单方式调用：从"文件"菜单中选择"新建"，或者单击工具栏上的"新建"按钮，打开"新建"对话框。选择报表文件类型，然后单击"新建文件"按钮。系统将打开报表设计器。

③ 使用命令：CREATE REPORT[<报表文件名>]。

3. 创建快速报表

使用系统提供的"快速报表"功能也可以创建一个格式简单的报表。

典型题解

【例 9-1】报表中的数据源包括（　　）。

A）数据库表、自由表和查询 　　　　　B）数据库表、自由表

C）数据库表、自由表、视图 　　　　　D）数据库表、自由表、视图、查询

【解析】本题考查报表的概念。数据源是报表的数据来源，报表的数据源通常是数据库中的表或自由表，也可以是视图、查询或临时表。因此答案为 D 选项。

强化训练

（1）若想要通过命令创建报表，应输入（　　）命令。

　　A）CREATE REPORT<报表文件名> 　　　　B）CREATE<报表文件名>

　　C）USE REPORT<报表文件名> 　　　　　D）MODIFY REPORT<报表文件名>

（2）下列创建报表的方法，正确的一项是（　　）。

　　A）使用报表设计器创建自定义报表 　　　B）使用报表向导创建报表

　　C）使用快速报表创建简单规范的报表 　　D）以上都对

（3）报表的数据源可以是（　　）。

　　A）数据库表、表单、查询和临时表 　　　B）数据库表、临时表、表单和视图

　　C）数据库表、视图、查询和临时表 　　　D）数据库表、表单、视图和查询

（4）报表以视图或查询为数据源是为了对输出记录进行（　　）。

　　A）分组 　　　　　B）排序 　　　　　C）筛选 　　　　　D）以上都对

（5）关于报表，以下说法中正确的是（　　）。

　　A）报表必须有别名 　　　　　　　　　B）报表的数据源不可以是临时表

　　C）报表的数据源不能是视图 　　　　　D）不必设置报表数据源

（6）建立报表，打开报表设计器的命令是（　　）。

　　A）CREATE REPORT 　　　　　　　　B）NEW REPORT

　　C）REPORT FROM 　　　　　　　　　D）START REPORT

【答案】

（1）A　（2）D　（3）C　（4）D　（5）D　（6）A

9.2　设计报表

生成报表文件之后，需要进一步设计报表。打开文件时，报表类型文件.FRX 将在报表设计器中打开。也可使用 MODIFY REPORT<报表文件名>命令打开报表。在报表设计器中可以设置报表数据源、更改报表的布局、添加报表的控件和设计数据分组等。

1. 设置报表数据环境

① "数据环境设计器"窗口中的数据源将在每次运行报表时打开，而不必以手工方式打开所使用的数据源。

② 数据环境通过下列方式管理报表的数据源：打开或运行报表时打开表或视图；基于相关表

或视图收集报表所需数据集合；关闭或释放报表时关闭表或视图。

③ 建立表之间的关系。

2．创建报表变量

选择系统菜单中的"报表"→"变量"命令，在"变量"文本框中输入变量名。在"要存储的值"文本框中输入一个变量或其他表达式。也可以为所定义的报表变量设定一个初始值。

3．报表设计器

报表设计器中默认包括 3 个带区：页标头（Page Header）、细节（Detail）和页脚（Page Footer），每个带区的底部显示分隔栏。

① "标题"(Title)：标题区的信息在报表的开始处打印一次。

② "页标头"（Page Header）：页标题的内容在报表的每一页开头打印一次。

③ "细节"（Detail）：内容区是报表的主体，用于输出数据库的记录，一般在该区放置数据库字段。打印报表时，细节区会包括数据库的所有记录。

④ "页注脚"（Page Footer）：页脚区的内容在每页的最底部打印，一般包含页码、每页的总结和说明信息等。

⑤ "总结"（Summary）：总结只在报表的末尾打印一次，一般利用本区打印总计或平均值等信息。

⑥ "组标头"和"组注脚"带区：用于分组报表，组标头在每个分组开始时打印一次，组注脚带区的内容在每个分组结束时打印一次。

⑦ "列标头"和"列注脚"带区：列标头和列注脚带区主要用于分栏报表，单击"文件"→"页面设置"命令，将打开"页面设置"对话框，将"列数"设置成>1 的值，"间隔"稍作调整，单击"确定"，则列标头和列注脚会在报表设计器中出现。

4．报表控件

在"报表设计器"中，为报表新设置的带区是空白的，通过在报表中添加控件，可以安排所要打印的内容。

（1）标签控件

说明性文字或标题文本就是使用标签控件来完成的。

（2）线条、矩形和圆角矩形

使用提供的线条、矩形或圆角矩形按钮，在报表适当的位置上添加相应的图形线条控件增加美观效果。

（3）域控件

域控件用于打印表或视图中的字段、变量和表达式的计算结果。

① 添加域控件：要在报表中添加表或视图中的字段，最方便的做法是右击报表，从快捷菜单中选择"数据环境"，打开报表的"数据环境设计器"窗口，选择要使用的表或视图，然后把相应的字段拖曳到报表指定的带区中即可。

另一个方法是使用"报表控件"工具栏中的"域控件"按钮。单击该按钮，然后在报表带区的指定位置上单击鼠标，系统将显示一个"报表表达式"对话框，可以在"表达式"文本框中输入字段名。

② 定义域控件的格式：插入"域控件"后，可以更改该控件的数据类型和打印格式。

双击域控件，可随时打开该域控件的"报表表达式"对话框。在"报表表达式"对话框中，可以定义域控件的格式。

③ 设置打印条件。

"报表表达式"对话框中有"打印条件"按钮，该按钮的主要功能是精确设置要打印的文本。

（4）OLE 对象

在开发应用程序时，常用到对象链接与嵌入(OLE)技术。一个 OLE 对象可以是图片、声音、文档等。

在"报表控件"工具栏中单击"图片/ActiveX 绑定控件"按钮，在报表的一个带区内单击并拖动鼠标拉出图文框，弹出"报表图片"对话框，在"报表图片"对话框中，图片来源有文件和字段两种形式。

插入图片：可以插入图片作为报表的一部分。

添加通用字段：可以在报表中插入包含 OLE 对象的通用型字段。

5．报表输出

设计报表的最终目的是要按照一定的格式输出符合要求的数据。报表文件的扩展名为.FRX。在命令窗口或程序中使用 REPORT FORM<报表文件名>[PREVIEW]命令也可以打印或预览指定的报表。

典型题解

【例 9-2】Visual FoxPro 的报表文件.FRX 中保存的是（　　）。

A）打印报表的预览格式　　　　　　　B）已经生成的完整报表

C）报表的格式和数据　　　　　　　　D）报表设计格式的定义

【解析】本题考查 Visual FoxPro 中报表文件的理解。报表文件的扩展名为.FRX，该文件存储报表设计的详细说明。每个报表文件还带有文件扩展名为.FRT 的相关文件。报表文件不存储每个数据字段的值，只存储数据源的位置和格式信息。报表文件就是根据报表的数据源和应用需要来设计的报表的布局。所以 FRX 中保存的是报表设计格式的定义。正确答案为 D。

【例 9-3】为了在报表中打印当前时间，这时应该插入一个（　　）。

A）表达式控件　　　　　　　　　　　B）域控件

C）标签控件　　　　　　　　　　　　D）文本控件

【解析】本题考查 Visual FoxPro 中的域控件。说明性文字或标题文本就是使用标签控件来完成的，所以排除选项 C。没有表达式控件和文本控件，所以排除选项 A 和 D。域控件用于打印表或视图中的字段，变量和表达式的计算结果。在报表中打印当前时间，时间是一个变量；故选项 B 为正确答案。

强化训练

（1）调用报表格式文件 PP1 预览报表的命令是（　　）。

A）REPORT FROM PP1 PREVIEW　　　　B）DO FROM PP1 PREVIEW

C）REPORT FORM PP1 PREVIEW　　　　D）DO FORM PP1 PREVIEW

（2）在报表设计器中，可以使用的控件是（　　）。

A）标签、文本框和列表框　　　　　　B）标签、域控件和列表框

C）标签、域控件和线条　　　　　　　D）布局和数据源

（3）报表设计器中，域控件用来表示（　　）。

A）数据源的字段　　　B）变量　　　C）计算结果　　　D）以上 3 项都正确

（4）在项目管理器的（　　）选项卡下管理报表。

A）报表选项卡　　　B）程序选项卡　　　C）文档选项卡　　　D）其他选项卡

(5) 为了在报表中加入一个文字说明，应该插入一个（　　）。

　　A）表达式控件　　　　　B）域控件　　　　　C）标签控件　　　　　D）文本控件

(6) 打印报表的命令是（　　）。

　　A）REPORT FORM　　　　　　　　　B）PRINT REPORT

　　C）DO REPORT　　　　　　　　　　D）RUN REPORT

(7) 默认情况下，报表设计器不包含的基本带区为（　　）。

　　A）页标头　　　　　B）页注脚　　　　　C）标题　　　　　D）细节

(8) 下列选项中，不属于报表控件的是（　　）。

　　A）标签　　　　　B）线条　　　　　C）域控件　　　　　D）文本框

(9) 若想要通过命令创建报表，应输入（　　）命令。

　　A）CREATE REPORT<报表文件名>　　　　　B）CREATE<报表文件名>

　　C）USE REPORT<报表文件名>　　　　　　D）MODIFY REPORT<报表文件名>

(10) 对报表进行数据分组后，报表会自动包含的带区是（　　）。

　　A）"细节"

　　B）"细节"、"组标头"和"组注脚"

　　C）"组标头"和"组注脚"

　　D）"标题"、"细节"、"组表头"和"组注脚"

(11) 下列创建报表的方法，正确的一项是（　　）。

　　A）使用报表设计器创建自定义报表

　　B）使用报表向导创建报表

　　C）使用快速报表创建简单规范的报表

　　D）以上 3 种方法

(12) 报表以视图或查询为数据源是为了对输出记录进行（　　）。

　　A）分组　　　　　B）排序　　　　　C）筛选　　　　　D）以上 3 种均对

(13) 报表的标题打印方式为（　　）。

　　A）每个报表打印一次　　　　　　　　B）每组打印一次

　　C）每页打印一次　　　　　　　　　　D）每列打印一次

(14) 系统变量_PAGENO 的值表示（　　）。

　　A）还没打印的报表页数　　　　　　　B）已经打印的报表页数

　　C）当前打印的报表日期　　　　　　　D）当前打印的报表页数

(15) 数据分组的依据是（　　）。

　　A）分组表达式　　　　B）排序　　　　C）查询　　　　D）以上都不是

(16) 数组分组时，Visual FoxPro 最多允许（　　）级分组嵌套。

　　A）5　　　　　B）10　　　　　C）20　　　　　D）25

(17) 报表的列注脚是为了表示（　　）。

　　A）总结或统计　　　　B）每页设计　　　　C）总结　　　　D）分组数据的计算结果

(18) 在报表中建立的用来显示字段、内存变量或其他表达式内容的控件是____。

【答案】

　　(1) C　(2) C　(3) D　(4) C　(5) C　(6) A　(7) C　(8) D　(9) A　(10) C

　　(11) D　(12) D　(13) A　(14) D　(15) A　(16) C　(17) A　(18) 域控件

第 10 章 应用程序的开发和生成

10.1　应用程序项目综合实践

1. 系统开发基本步骤

一般来说，系统开发应当经历如下几个步骤：

① 创建应用程序目录结构。

② 用项目管理器组织应用程序。

③ 加入项目信息。

利用 Visual FoxPro 开发的系统包括以下内容：

① 一个或多个数据库。

② 用户界面。

③ 事务处理。

④ 输出形式与界面。

⑤ 主程序。

2. 连编应用程序

如果要对应用程序进行连编，则需要进行如下设置。

（1）设置文件的"排除"与"包含"

包含了项目管理器中的所有文件。标记为"包含"的文件在项目连编后，变为只读文件；标记为"排除"的文件，在项目连编后，用户能够进行修改。

（2）设置主程序

主程序是整个应用程序的入口点，任务是设置应用程序的起始点、初始化环境、显示初始的用户界面、控制事件循环。

（3）连编项目

在项目管理器中连编项目的步骤如下：

① 选中被设置为主程序的文件，单击"连编"按钮。

② 在"连编选项"对话框中，选择"重新连编项目"。如果选择了"显示错误"复选框，可以立刻查看错误文件。

③ 如果没有在"连编选项"对话框中选择"重新编译全部文件"复选框，则只会重新编译上次连编后修改过的文件。

④ 选择了所需的选项后，单击"确定"按钮。

（4）连编应用程序

连编应用程序的步骤如下：

① 在"项目管理器"中，单击"连编"按钮。

② 如果在"连编选项"对话框中，选择"连编应用程序"复选框，则生成一个.APP 文件；如果选择"连编可执行文件"，就会生成一个.EXE 文件。

③ 选择所需的其他选项，单击"确定"按钮。

连编应用程序的命令为：BUILD APP 或 BUILD EXE。

（5）运行应用程序

当为项目建立了一个最终的应用程序文件之后，就能够运行它了。

① 运行.APP 应用程序。运行.APP 文件需要首先启动 Visual FoxPro，然后从"程序"菜单中单击"运行"，选择需要执行的应用程序。

② 运行可执行.EXE 文件。直接运行即可。

典型题解

【例 10-1】如果添加到项目中的文件标识为"包含"，表示（　　）。

A）此类文件不是应用程序的一部分

B）生成应用程序时不包括此类文件

C）生成应用程序时包括此类文件，用户可以修改

D）生成应用程序时包括此类文件，用户不能修改

【解析】本题考查考生对项目文件的理解和掌握。项目管理器"文件"选项卡中包含了项目管理器的所有文件。标记为"包含"的文件在项目连编后变为只读；标记为"排除"的文件在项目连编后，用户能够进行修改，从而得出正确答案为 D。

作为通用的准则，可执行程序，例如表单、报表、查询、菜单和程序文件应该在应用程序文件中为"包含"，而数据文件则为"排除"。但是，可以根据应用程序的需要包含或排除文件。例如，一个文件如果包含敏感的系统信息或者包含只用来查询的信息，那么该文件可以在应用程序文件中设为"包含"，以免不留心进行更改。反过来，如果应用程序允许用户动态更改一个报表，则可将该报表设为"排除"。通常将所有不需要用户更新的文件设为包含。应用程序文件(.APP)不能设为包含，对于类库文件(.OCX、.FLL 和.DLL)可以有选择地设为排除。

【例 10-2】连编应用程序不能生成的文件是（　　）。

A）.APP 文件　　　　B）.EXE 文件　　　　C）.DLL 文件　　　　D）.PRG 文件

【解析】.PRG 文件是 Visual FoxPro 中的程序文件，不是连编后生成的文件。故选项 D 为正确答案。

强化训练

（1）一个 Visual FoxPro 过程化程序，从功能上可将其分为（   ）。

  A）程序说明部分、数据处理部分、控制返回部分

  B）环境保存与设置部分、功能实现部分、环境恢复部分

  C）程序说明部分、数据处理部分、环境恢复部分

  D）数据处理部分、控制返回部分、功能实现部分

（2）根据"职工"项目文件生成 emp_sys.exe 应用程序的命令是（   ）。

  A）BUILD EXE emp_sys FROM 职工

  B）BUILD APP emp_sys.exe FROM 职工

  C）LINK EXE emp_sys FROM 职工

  D）LINK APP emp_sys.exe FROM 职工

（3）连编后可以脱离开 Visual FoxPro 独立运行的程序是（   ）。

  A）APP 程序   B）EXE 程序   C）FXP 程序   D）PRG 程序

（4）在使用项目管理器时，如果要移去一个文件，在提示的框中选择"Remove（移去）"按钮，系统将会把所选择的文件移走。选择"Delete（删除）"按钮，系统将会把该文件（   ）。

  A）仅仅从项目中移走

  B）仅仅从项目中移走，磁盘上的文件未被删除

  C）不仅从项目中移走，磁盘上的文件也被删除

  D）只是不保留在原来的目录中

（5）在 Visual FoxPro 中，菜单程序文件的默认扩展名是（   ）。

  A）MNX   B）MNT   C）MPR   D）PRG

（6）连编应用程序不能生成的文件是（   ）。

  A）PP 文件   B）EXE 文件   C）OMDLL 文件   D）PRG 文件

（7）连编应用程序不能生成的文件是（   ）。

  A）.APP 文件   B）.EXE 文件   C）.DLL 文件   D）.PRG 文件

（8）扩展名为 MNX 的文件是（   ）。

  A）备注文件   B）项目文件   C）表单文件   D）菜单文杵

（9）扩展名为 SCX 的文件是（   ）。

  A）备注文件   B）项目文件   C）表单文件   D）菜单文件

（10）扩展名为 PJX 的文件是（   ）。

  A）数据库表文件   B）表单文件   C）数据库文件   D）项目文件

（11）扩展名为 DBF 的文件是（   ）。

  A）表文件   B）表单文件   C）数据库文件   D）项目文件

（12）在 Visual FoxPro 中，使用"菜单设计器"定义菜单，最后生成的菜单程序的扩展名是（   ）。

  A）MNX   B）PRG   C）MPR   D）SPR

（13）在 Visual FoxPro 中，项目文件的扩展名为_____，表文件的扩展名是_____。

（14）在 Visual FoxPro 中数据库文件的扩展名是_____，数据库表文件的扩展名是_____。

（15）根据项目文件 mysub 连编生成 APP 应用程序的命令是

BUILD APP mycom_____mysub

（16）在 Visual FoxPro 中，BUILD_____命令连编生成的程序可以脱离开 Visual FoxPro 在 Windows 环境下运行。

【答案】

（1）A （2）A （3）B （4）C （5）C （6）D （7）D （8）D （9）C （10）D （11）A

（12）C （13）PJX 或 .PJX；DBF 或 .DBF （14）DBC 或 .DBC；DBF 或 .DBF （15）FROM

（16）EXE

10.2 使用应用程序生成器

1．使用应用程序生成器简介

"应用程序向导"和"应用程序生成器"可以用来简化系统开发人员的工作，不需要编写代码就能够创建完整的应用程序。开发者利用应用程序向导生成一个项目和一个 Visual FoxPro 应用程序框架，然后打开应用程序生成器添加已经生成的数据库、表、表单和报表等组件。

从系统的"文件"菜单中单击"新建"命令，或单击"常用"工具栏上的"新建"按钮，选中"项目"单选按钮，然后单击"向导"按钮打开"应用程序向导"对话框。

在对话框中的"项目名称"中直接输入新项目的名称，在"项目文件"选择存放的目录，也可以查找一个已经存在的项目文件，准备在应用程序中使用。

单击"确定"按钮后，"应用程序向导"自动调用所需要的各种应用程序生成器，为应用程序生成一个目录和项目结构。

使用"应用程序生成器"向框架中添加已经创建的数据库、表、表单和报表等各类组件，或者直接建立新组件。

应用程序框架和生成器结合在一起提供以下功能：

① 添加、删除或编辑与应用程序相关的组件，如表、表单和报表。

② 设定表单和报表的外观样式。

③ 加入常用的应用程序元素，包括启动画面、"关于"对话框、"收藏家"菜单、"用户登录"对话框和"标准"工具栏。

④ 提供应用程序的作者和版本信息。

2．应用程序生成器

应用程序生成器包括"常规"、"信息"、"数据"、"表单"、"报表"和"高级"6个选项卡。

（1）"常规"选项卡

"名称"：指定应用程序的名称，显示在"标题栏"和"关于对话框"中，在整个应用程序中使用。

"图像"：指定显示在启动画面和"关于"对话框中的图像文件的文件名。

"应用程序类型"：指定应用程序的类型。

"图标"：指定要显示的图标。

（2）"信息"选项卡

"作者"：指定应用程序的作者。

"公司"：指定公司名称。

"版本"：指定版本信息。

"版权"：指定版权信息。

"商标"：指定商标信息。

（3）"数据"选项卡

用于指定应用程序的数据源、表单和报表的样式。数据源中显示了在应用程序中使用的表、表单和报表。

"数据库向导"：创建应用程序需要的数据库。向导关闭后，表格中列出新数据库中的表。

"表向导"：创建应用程序需要的表。向导关闭后，表格中列出新创建的表。

"选择"按钮：向应用程序添加已经建立好的数据库或数据表。

"清除"按钮：删除表格中的表。

"生成"按钮：把所选的表按照指定的样式生成表单或报表。

"表单样式"：为表格中列出的表选择表单样式。

"报表样式"：为表格中列出的表选择报表样式。

（4）"表单"选项卡

用于指定菜单类型、启动表单的菜单、工具栏以及表单是否可有多个实例。

"名称"：被选定的表单的名称。

"单个实例"：指定在应用程序中是否只允许打开表单的一个实例。

"使用定位工具栏"：指定生成器是否为选中的表单附加定位工具栏。

"使用定位菜单"：指定生成器是否为选中的表单附加定位菜单。

"在文件新建对话框中显示"：指定表单名称是否出现在所生成应用程序的"新建"对话框中。

"在文件打开对话框中显示"：指定表单名称是否出现在所生成应用程序的"打开"对话框中。

"添加"：把已有的表单添加到应用程序中。

"编辑"：修改已有的表单。

"删除"：删除表单。

（5）"报表"选项卡

用于指定所使用的报表。

"名称"：所选定报表的名称。

在打印报表对话框中显示：指定报表名称是否出现在应用程序的"打印报表"对话框中。

"添加"：向应用程序中添加已有的报表。

"编辑"：修改选定的报表。

"删除"：在应用程序中删除所选定的报表。

（6）"高级"选项卡

用于指定帮助文件名、应用程序的默认目录、应用程序是否含有工具栏和"收藏夹"菜单。

"帮助文件"：指定应用程序帮助文件的名称和路径。

"默认的数据目录"：指定应用程序数据文件的默认目录。右侧的"…"按钮用来指定文件夹。

"菜单"区域："常用"工具栏指定应用程序是否含有常用工具栏；"'收藏夹'菜单"指定应用程序是否具有"收藏夹"菜单。

"清理"：使"应用程序生成器"中所做的修改与当前活动项目保持一致。

"应用程序生成器"中的各个选项卡填充内容后，单击"确定"按钮，关闭生成器。

打开项目管理器后，在项目管理器上单击鼠标右键，出现快捷菜单，单击快捷菜单的"生成器"命令，就会重新打开应用程序生成器。

第 **11** 章　笔试模拟试卷及解析

第 1 套笔试模拟试卷

（考试时间 90 分钟，满分 100 分）

一、选择题（每小题 2 分，共 70 分）

下列各题 A）、B）、C）、D）4 个选项中，只有一个选项是正确的，请将正确选项涂写在答题卡相应的位置上，答在试卷上不得分。

（1）下列选项中不属于结构化程序设计方法的是（　　）。

　　A）自顶向下　　　　B）逐步求精　　　　C）模块化　　　　D）可复用

（2）在结构化程序设计中，模块划分的原则是（　　）。

　　A）各模块应包括尽量多的功能　　　　　　B）各模块的规模应尽量大

　　C）各模块之间的联系应尽量紧密　　　　　D）模块内具有高内聚度、模块间具有低耦合度

（3）一棵二叉树中共有 70 个叶子结点与 80 个度为 1 的结点，则该二叉树中的总结点数为（　　）。

　　A）221　　　　　　B）219　　　　　　　C）231　　　　　　D）229

（4）下面选项中不属于面向对象程序设计特征的是（　　）。

　　A）继承性　　　　　B）多态性　　　　　C）类比性　　　　　D）封装性

（5）下列叙述中正确的是（　　）。

　　A）在面向对象的程序设计中，各个对象之间具有密切的联系

　　B）在面向对象的程序设计中，各个对象都是公用的

　　C）在面向对象的程序设计中，各个对象之间相对独立，相互依赖性小

　　D）上述 3 种说法都不对

（6）设有如下 3 个关系表：

R
A
m
n

S	
B	C
1	3

T		
A	B	C
m	1	3
n	1	3

下列操作中正确的是（　　）。

　　A）T=R∩S　　　　B）T=R∪S　　　　　C）T=R×S　　　　D）T=R/S

（7）某二叉树中有 n 个度为 2 的结点，则该二叉树中的叶子结点数为（　　）。

　　A）n+1　　　　　　B）n-1　　　　　　　C）2n　　　　　　D）n/2

（8）在关系数据库中，用来表示实体之间联系的是（　　）。

    A）树结构　　　　　B）网结构　　　　　C）线性表　　　　　D）二维表

（9）数据库技术的根本目标是要解决数据的（　　）。

    A）存储问题　　　　B）共享问题　　　　C）安全问题　　　　D）保护问题

（10）下列叙述中错误的是（　　）。

    A）在数据库系统中，数据的物理结构必须与逻辑结构一致

    B）数据库技术的根本目标是要解决数据的共享问题

    C）数据库设计是指在已有数据库管理系统的基础上建立数据库

    D）数据库系统需要操作系统的支持

（11）当内存变量与字段名变量重名时，系统优先处理（　　）。

    A）内存变量　　　　B）字段名变量　　　C）全局变量　　　　D）局部变量

（12）设 X=10，语句?VARTYPE("X")的输出结果是（　　）。

    A）N　　　　　　　B）C　　　　　　　C）10　　　　　　　D）X

（13）表格控件的数据源可以是（　　）。

    A）视图　　　　　　B）表　　　　　　　C）SQL SELECT 语句　D）以上 3 种都可以

（14）设有两个数据库表，父表和子表之间是一对多的联系，为控制子表和父表的关联，可以设置"参照完整性规则"，为此要求这两个表（　　）。

    A）在父表联接字段上建立普通索引，在子表联接字段上建立主索引

    B）在父表联接字段上建立主索引，在子表联接字段上建立普通索引

    C）在父表联接字段上不需要建立任何索引，在子表联接字段上建立普通索引

    D）在父表和子表的连接字段上都要建立主索引

（15）设当前表有 10 条记录，若要在第 5 条记录的前面插入一条记录，在执行 GO 5 后再执行如下命令（　　）。

    A）INSERT　　　　B）INSERT BLANK　　C）INSERT BEFORE　D）APPEND BEFORE

（16）数据库表的字段可以定义规则，规则是（　　）。

    A）逻辑表达式　　　B）字符表达式　　　C）数值表达式　　　D）前 3 种说法都不对

（17）在 SQL 语句中，与表达式"供应商名 LIKE "%北京%""功能相同的表达式是（　　）。

    A）LEFT(供应商名,4)="北京"　　　　　B）"北京" $ 供应商名

    C）供应商名 IN "%北京%"　　　　　　D）AT(供应商名,"北京")

（18）以下关于"查询"的描述正确的是（　　）。

    A）查询保存在项目文件中　　　　　　B）查询保存在数据库文件中

    C）查询保存在表文件中　　　　　　　D）查询保存在查询文件中

（19）运行程序：

```
AA=0
FOR I=2 TO 100 STEP 2
  AA=AA+I
ENDFOR
?AA
RETURN
```

该程序得到的结果为（　　）。

    A）1～100 中奇数的和　　　　　　　B）1～100 中偶数的和

    C）1～100 中所有数的和　　　　　　D）没有意义

（20）在 Visual FoxPro 中，下列关于表的叙述正确的是（　）。

    A）在数据库表和自由表中，都能给字段定义有效性规则和默认值

    B）在自由表中，能给表中的字段定义有效性规则和默认值

    C）在数据库表中，能给表中的字段定义有效性规则和默认值

    D）在数据库表和自由表中，都不能给字段定义有效性规则和默认值

（21）对于创建新类，Visual FoxPro 提供的工具有（　）。

    A）类设计器和报表设计器　　　　　　　　B）类设计器和表单设计器

    C）类设计器和查询设计器　　　　　　　　D）类设计器

（22）如果指定参照完整性的删除规则为"级联"，则当删除父表中的记录时，（　）。

    A）系统自动备份父表中被删除记录到一个新表中

    B）若子表中有相关记录，则禁止删除父表中记录

    C）会自动删除子表中所有相关记录

    D）不作参照完整性检查，删除父表记录与子表无关

（23）有关连编应用程序，下面的描述正确的是（　）。

    A）项目连编以后应将主文件视作只读文件

    B）一个项目中可以有多个主文件

    C）数据库文件可以被指定为主文件

    D）在项目管理器中，文件名左侧带有符号"∅"的文件在项目连编后是只读文件

（24）在 Visual FoxPro 中，下面关于索引的正确描述是（　）。

    A）当数据库表建立索引以后，表中的记录的物理顺序将被改变

    B）索引的数据将与表的数据存储在一个物理文件中

    C）建立索引是创建一个索引文件，该文件包含指向表记录的指针

    D）使用索引可以加快对表的更新操作

设有如下说明，请回答（25）～（33）小题：

（25）～（33）小题使用的数据表如下：

当前盘当前目录下有数据库：大奖赛.dbc，其中有数据库表"歌手.dbf"、"评分.dbf"。

"歌手"表：

歌　手　号	姓　　名
1001	王　蓉
2001	许　巍
3001	周杰伦
4001	林俊杰
…	…

"评分"表：

歌　手　号	分　　数	评　委　号
1001	9.8	101
1001	9.6	102
1001	9.7	103
1001	9.8	104
…	…	…

（25）为"歌手"表增加一个字段"最后得分"的 SQL 语句是（　　）。

    A）ALTER TABLE 歌手 ADD 最后得分 F(6,2)

    B）ALTER DBF 歌手 ADD 最后得分 F 6,2

    C）CHANGE TABLE 歌手 ADD 最后得分 F(6,2)

    D）CHANGE TABLE 学院 INSERT 最后得分 F 6,2

（26）插入一条记录到"评分"表中，歌手号、分数和评委号分别是"1001"、9.9 和"105"，正确的 SQL 语句是（　　）。

    A）INSERT VALUES("1001",9.9,"105") INTO 评分(歌手号,分数,评委号)

    B）INSERT TO 评分(歌手号,分数,评委号) VALUES("1001",9.9,"105")

    C）INSERT INTO 评分(歌手号,分数,评委号) VALUES("1001",9.9,"105")

    D）INSERT VALUES("1001",9.9,"105") TO 评分(歌手号,分数,评委号)

（27）假设每个歌手的"最后得分"的计算方法是：去掉一个最高分和一个最低分，取剩下分数的平均分。根据"评分"表求每个歌手的"最后得分"并存储于表 TEMP 中，表 TEMP 中有两个字段："歌手号"和"最后得分"，并且按最后得分降序排列，生成表 TEMP 的 SQL 语句是（　　）。

    A）

SELECT 歌手号, (COUNT(分数)-MAX(分数)-MIN(分数))/(SUM(*)-2) 最后得分;

FROM 评分 INTO DBF TEMP GROUP BY 歌手号 ORDER BY 最后得分 DESC

    B）

SELECT 歌手号, (COUNT(分数)-MAX(分数)-MIN(分数))/(SUM(*)-2) 最后得分;

FROM 评分 INTO DBF TEMP GROUP BY 评委号 ORDER BY 最后得分 DESC

    C）

SELECT 歌手号, (SUM (分数)-MAX(分数)-MIN(分数))/(COUNT (*)-2) 最后得分;

FROM 评分 INTO DBF TEMP GROUP BY 评委号 ORDER BY 最后得分 DESC

    D）

SELECT 歌手号, (SUM(分数)-MAX(分数)-MIN(分数))/(COUNT(*)-2) 最后得分;

FROM 评分 INTO DBF TEMP GROUP BY 歌手号 ORDER BY 最后得分 DESC

（28）与"SELECT * FROM 歌手 WHERE NOT(最后得分>9.00 OR 最后得分<8.00) "等价的语句是（　　）。

    A）SELECT * FROM 歌手 WHERE 最后得分 BETWEEN 9.00 AND 8.00

    B）SELECT * FROM 歌手 WHERE 最后得分>=8.00 AND 最后得分<=9.00

    C）SELECT * FROM 歌手 WHERE 最后得分>9.00 OR 最后得分<8.00

    D）SELECT * FROM 歌手 WHERE 最后得分<=8.00 AND 最后得分>=9.00

（29）为"评分"表的"分数"字段添加有效性规则："分数必须大于等于 0 并且小于等于 10"，正确的 SQL 语句是（　　）。

    A）CHANGE TABLE 评分 ALTER 分数 SET CHECK 分数>=0 AND 分数<=10

    B）ALTER TABLE 评分 ALTER 分数 SET CHECK 分数>=0 AND 分数<=10

    C）ALTER TABLE 评分 ALTER 分数 CHECK 分数>=0 AND 分数<=10

    D）CHANGE TABLE 评分 ALTER 分数 SET CHECK 分数>=0 OR 分数<=10

（30）根据"歌手"表建立视图 myview，视图中含有包括了"歌手号"左边第一位是"1"的所有记录，正确的 SQL 语句是（　　）。

    A）CREATE VIEW myview AS SELECT * FROM 歌手 WHERE LEFT(歌手号,1)="1"

B）CREATE VIEW myview AS SELECT * FROM 歌手 WHERE LIKE("1",歌手号)

C）CREATE VIEW myview SELECT * FROM 歌手 WHERE LEFT(歌手号,1)="1"

D）CREATE VIEW myview SELECT * FROM 歌手 WHERE LIKE("1",歌手号)

（31）删除视图 myview 的命令是（　　）。

　　A）DELETE myview VIEW　　　　　　　　B）DELETE myview

　　C）DROP myview VIEW　　　　　　　　　D）DROP VIEW myview

（32）假设 temp.dbf 数据表中有两个字段"歌手号"和"最后得分"。下面程序段的功能是：将 temp.dbf 中歌手的"最后得分"填入"歌手"表对应歌手的"最后得分"字段中（假设已增加了该字段）。在下划线处应该填写的 SQL 语句是（　　）。

　　USE 歌手

　　DO WHILE .NOT. EOF()

　　＿＿＿＿＿＿＿＿＿＿＿＿

　　REPLACE　歌手.最后得分 WITH a[2]

　　SKIP

　ENDDO

　　A）SELECT * FROM temp WHERE temp.歌手号=歌手.歌手号 TO ARRAY a

　　B）SELECT * FROM temp WHERE temp.歌手号=歌手.歌手号 INTO ARRAY a

　　C）SELECT * FROM temp WHERE temp.歌手号=歌手.歌手号 TO FILE a

　　D）SELECT * FROM temp WHERE temp.歌手号=歌手.歌手号 INTO FILE a

（33）与"SELECT DISTINCT 歌手号 FROM 歌手 WHERE 最后得分>=ALL;

　（SELECT 最后得分 FROM 歌手 WHERE SUBSTR(歌手号,1,1)="2")"等价的 SQL 语句是（　　）。

　　A）

SELECT DISTINCT 歌手号 FROM 歌手 WHERE 最后得分>=;

(SELECT MAX(最后得分) FROM 歌手 WHERE SUBSTR(歌手号,1,1)="2")

　　B）

SELECT DISTINCT 歌手号 FROM 歌手 WHERE 最后得分>= ;

(SELECT MIN(最后得分) FROM 歌手 WHERE SUBSTR(歌手号,1,1)="2")

　　C）

SELECT DISTINCT 歌手号 FROM 歌手 WHERE 最后得分>= ANY;

(SELECT 最后得分 FROM 歌手 WHERE SUBSTR(歌手号,1,1)="2")

　　D）

SELECT DISTINCT 歌手号 FROM 歌手 WHERE 最后得分>= SOME ;

(SELECT 最后得分 FROM 歌手 WHERE SUBSTR(歌手号,1,1)="2")

（34）以下关于"视图"的描述正确的是（　　）。

　　A）视图保存在项目文件中　　　　　　　B）视图保存在数据库中

　　C）视图保存在表文件中　　　　　　　　D）视图保存在视图文件中

（35）单击项目上的"连编"，则可以生成（　　）文件。

　　A）BAT　　　　　B）APP　　　　　C）DAT　　　　　D）DAC

二、填空题（每空 2 分，共 30 分）

请将每一个空的正确答案写在答题卡【1】～【15】序号的横线上，答在试卷上不得分。注意：以命令关键字填空的必须拼写完整。

（1）设一棵完全二叉树共有 700 个结点，则在该二叉树中有【1】个叶子结点。

（2）在面向对象方法中，【2】描述的是具有相似属性与操作的一组对象。

（3）诊断和改正程序中错误的工作通常称为【3】。

（4）对下列二叉树进行中序遍历的结果为【4】。

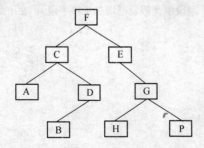

（5）在结构化分析使用的数据流图（DFD）中，利用【5】对其中的图形元素进行确切解释。

（6）想要定义标签控件的 Caption 显示效果的大小，要定义标签属性的【6】。

在第（7）～（10）小题中使用如下三个表：

零件.DBF：零件号 C(2)，零件名称 C(10)，单价 N(10)，规格 C(8)

使用零件.DBF：项目号 C(2)，零件号 C(2)，数量 I

项目.DBF：项目号 C(2)，项目名称 C(20)，项目负责人 C(10)，电话 C(20)

（7）为"数量"字段增加有效性规则：数量>0，应该使用的 SQL 语句是（   ）。

　　【7】 TABLE 使用零件【8】数量 SET【9】数量>0

（8）查询与项目"s1"（项目号）所使用的任意一个零件相同的项目号、项目名称、零件号和零件名称，使用的 SQL 语句是：

　　SELECT 项目.项目号,项目名称,使用零件.零件号,零件名称;

　　FROM 项目,使用零件,零件 ;

　　WHERE 项目.项目号=使用零件.项目号【10】;

　　使用零件.零件号=零件.零件号 AND 使用零件.零件号【11】

　　(SELECT 零件号 FROM 使用零件 WHERE 使用零件.项目号='s1')

（9）建立一个由零件名称、数量、项目号、项目名称字段构成的视图，视图中只包含项目号为"s2"的数据，应该使用的 SQL 语句是：

　　CREATE VIEW item_view【12】

　　SELECT 零件.零件名称, 使用零件.数量, 使用零件.项目号, 项目.项目名称

　　FROM 零件 INNER JOIN 使用零件

　　INNER JOIN【13】

　　ON 使用零件.项目号 = 项目.项目号

　　ON 零件.零件号 = 使用零件.零件号

　　WHERE 项目.项目号 = 's2'

（10）从上一题建立的视图中查询使用数量最多的两个零件的信息，应该使用的 SQL 语句是（   ）。

　　SELECT*【14】 2 FROM item_view【15】数量 DESC

第 1 套笔试模拟试卷答案及解析

一、选择题

(1)【答案】D【解析】结构化程序设计方法的主要原则有 4 点：自顶向下（选项 A）、逐步求精（选项 B）、模块化（选项 C）、限制使用 GOTO 语句。没有可复用原则。

(2)【答案】D【解析】模块划分的原则有：模块的功能应该可预测，如果包含的功能太多，则不能体现模块化设计的特点，选项 A 错误。模块规模应适中，一个模块的规模不应过大，选项 B 错误。改进软件结构，提高模块独立性。通过模块的分解或合并，力求降低耦合提高内聚，所以选项 C 错误，选项 D 正确。

(3)【答案】B【解析】在任意二叉树中，度为 0 的结点（也就是叶子结点）总比度为 2 的结点多一个。由于本题中的二叉树有 70 个叶子结点，所以有 69 个度为 2 的结点。该二叉树中总结点数为：度为 2 的结点数+度为 1 的结点数+度为 0 的结点数=69+80+70=219。

(4)【答案】C【解析】面向对象方法具有封装性、继承性、多态性几大特点。

(5)【答案】C【解析】在面向对象的程序设计中，对象是面向对象的软件的基本模块。从模块的独立性考虑，对象内部各种元素彼此结合得很紧密，内聚性强。由于完成对象功能所需要的元素（数据和方法）基本上都被封装在对象内部，它与外界的联系自然就比较少，所以，对象之间的耦合通常比较松。所以，选项 A 与选项 B 错误，选项 C 正确。

(6)【答案】C【解析】R 表中只有一个域名 A，有两个记录，分别是 m 和 n；S 表中有两个域名，分别是 B 和 C，其所对应的记录分别为 1 和 3。表 T 是由 R 的第一个记录依次与 S 的所有记录组合，然后再由 R 的第二个记录与 S 的所有记录组合，形成的一个新表。上述运算符合关系代数的笛卡尔积运算规则。关系代数中，笛卡尔积运算用"×"来表示。因此，上述运算可以表示为 T=R×S。

(7)【答案】A【解析】对任意一棵二叉树，若终端结点（即叶子结点）数为 n0，而其度数为 2 的结点数为 n2，则 n0= n2+1。由此可知，若二叉树中有 n 个度为 2 的结点，则该二叉树中的叶子结点数为 n+1。

(8)【答案】D【解析】在关系模型中，把数据看成一个二维表，每一个二维表称为一个关系。即关系模型是用二维表格数据来表示实体本身及其相互之间的联系。

(9)【答案】B【解析】数据库产生的背景就是计算机的应用范围越来越广泛，数据量急剧增加，对数据共享的要求越来越高。数据库技术的根本目标就是解决数据的共享问题。

(10)【答案】A【解析】数据的逻辑结构是数据间关系的描述，它只抽象地反映数据元素之间的逻辑关系，而不管其在计算机中的存储方式。数据的存储结构又叫物理结构，是逻辑结构在计算机存储器里的实现。这两者之间没有必然的联系。选项 A 的说法是错误的。

(11)【答案】B【解析】变量有内存变量和字段名变量两种，当这两种类型的变量重名时，在 Visual FoxPro 系统默认字段名变量优先。

(12)【答案】B【解析】函数 VARTYPE(<表达式>)用来测试函数内表达式的类型。字母 C 表示字符型或者备注型。本题测试的是"X"，这是一个字符型表达式，因此其返回值为字符型。

(13)【答案】D【解析】表格控件的数据源可以为表、别名、提示、查询、SQL 语句等，而视图可以说是在数据库表的基础上创建的一种虚拟表，也可以认为是一种特殊的 SQL 语句，所以视图、表及 SQL SELECT 语句均可以作为表格控件的数据源。

(14)【答案】B【解析】在 Visual FoxPro 中为了建立参照完整性，必须首先建立表之间的联系。在数据库设计器中设计表之间的联系时，要在父表建立主索引，在子表建立普通索引，然后通过父表的主索引和子表的普通索引建立两个表之间的关系。

(15)【答案】C【解析】在 Visual FoxPro 中，只有 INSERT 命令可在表的中间插入记录。INSERT 命令中的 BEFORE 选项如果被省略，将在当前指针的后面插入一条记录，反之在当前记录的前面插入一条空记录。

(16)【答案】A【解析】用户可以为数据库表字段定义规则，规则是逻辑表达式。

(17)【答案】B【解析】函数 LEFT(<字符表达式>，<长度>)的功能是从指定表达式的左端取一个指定长度的子串作为函数值。选项 A 的含义是供应商名前两个汉字为"北京"。函数 AT(<字符表达式 1>，<字符表达式 2>，<数值表达式>)的功能是：如果<字符表达式 1>是<字符表达式 2>的子串，则返回<字符表达式 1>值的首字符在<字符表达式 2>值中的位置；若不是子串，则返回 0，因此选项 D 的含义是：返回供应商名在"北京"字符串中的位置。选项 C 为一个错误表达式。选项 B 中的运算符$是子串包含测试，"北京"$"供应商名"表示"北京"是否是"供应商名"字段的子串，能够与题干中的 LIKE 实现同样的功能，为正确答案。

(18)【答案】D【解析】查询就是预先定义好的一个 SQL SELECT 语句，在不同的需要场合可以直接或反复使用，查询以扩展名为.QBR 的文件单独保存在磁盘上，在 Visual FoxPro 中认为此类文件为查询文件。

(19)【答案】B【解析】在 FOR 循环中的循环变量 I 被初始化为 2，在 FOR 语句中又规定了步长 STEP 的值为 2，意思为每执行一次循环体，I 的值便加 2，因此程序中所有的 I 值都为偶数，AA 的值为一个累加的数字，所以此题中所求为 1~100 中偶数的和。

(20)【答案】C【解析】在 Visual FoxPro 中，只有数据库表中的字段才能定义字段的有效性规则，自由表不可以。

(21)【答案】D【解析】在 Visual FoxPro 中创建新类，只能通过类设计器来创建。

(22)【答案】C【解析】在 Visual FoxPro 中对参照完整性的删除规则所作的规定是：如果指定参照完整性的删除规则为"级联"，则当删除父表中的记录时，会自动删除子表中所有相关记录。

(23)【答案】A【解析】对 Visual FoxPro 中的应用程序进行连编后，一个项目中只能有一个主文件，且主文件只能被视为只读文件。

(24)【答案】C【解析】索引是以独立的索引文件的形式存在，并根据指定的索引关键字表达式建立。索引文件可以看成索引关键字的值与记录号之间的对照表，也就是说，在该文件中，包含有指向表记录的指针。

(25)【答案】A【解析】修改字段属性的命令的语法格式是：ALTER TABLE TableName1 ALTER FieldName2 FieldType[nFieldWidth]，从 4 个候选项中可以看出，只有选项 A 是正确的。选项 C 和 D 关键字 CHANGE 有误，而选项 B 用来指定表的短语 DBF 错误。

(26)【答案】C【解析】使用 SQL 语言向表中插入数据的命令是 INSERT INTO，命令格式为：INSERT INTO <表名> [(字段名 1[, 字段名 2，…]) VALUES (表达式 1[,表达式 2，…])或 INSEERT INTO <表名> FROM ARRAY<数组名> | FROM MEMVAR，作用是在表尾插入一条记录。而在本题的 4 个选项中：选项 A 的顺序不正确，选项 B 则使用了错误的关键字 TO，选项 D 除了顺序不正确之外，还使用了错误的关键字 TO。

(27)【答案】D【解析】根据题意，在此 SQL 语句中，首先要根据"歌手号"分组计算出每个歌手的总成绩，然后去掉该歌手的最高分及最低分，并且根据评委人数（减去两个去掉分数的评委数量）来计算平均分，将结果保存在表 TEMP 中，并按照"最后得分"的降序排列。在此题选项中，选项 A 及选项 B 在计算歌手总分时使用了错误的函数 COUNT，并在计算评委人数时使用了错误的函数 SUM，所以不正确。而选项 C 虽然使用了正确的函数，但用来指定分组的 GROUP BY 子句后面错误地使用了"评委号"字段（应当使用"歌手号"字段），所以也不正确。选项 D 正确表达了题意，所以为正确答案。

(28)【答案】B【解析】题干中 SELECT 语句的意义为：选择出"歌手"表中所有"最后得分"字段中值不
大于 9.00（包括 9.00）及不小于 8.00（包括 8.00）记录的所有字段，因此选项 C 中 SQL 语句的意义为
选出"歌手"表中所有"最后得分"字段值大于 9.00 或小于 8.00 的记录，与题意不符。选项 D 中 SQL
语句的意义为选出"歌手"表中所有"最后得分"字段值小于等于 9.00 或大于等于 8.00 的记录，与题
意不符。选项 A 中有使用了 BETWEEN … AND …表达式，但当 BETWEEN 作取值范围限定时，包括
限定条件的两个端点值，并且使用 BETWEEN … AND …的两个限定值应当遵循从小到大的原则，而此
题正好相反，所以不可能查询出结果，故也为错误答案。

(29)【答案】B【解析】本题考查使用 SQL 对表文件的字段进行有效性设置。可以使用命令 ALTER TABLE
来实现对表的字段进行有效性设置，选项 A 和选项 D 错误在于使用了错误的关键字 CHANGE，选项 C
缺少子句关键字 SET。

(30)【答案】A【解析】SQL 中创建视图的命令格式是：CREATE VIEW view_name [ ) clounm_name[,
column_name]...)] AS select_statment，在本题中，因为其缺少 AS 关键字，故选项 C 及选项 D 错误，选
项 B 错误，因为使用了错误的函数 LIKE。

(31)【答案】D【解析】删除视图的命令格式为 DROP VIEW <视图名>，用来删除指定名称视图。

(32)【答案】B【解析】根据题干可以看出，该程序首先将"歌手"表中当前记录的歌手号与 temp 表中的记
录值存放在数组 a 中，然后再将其"最后得分"字段的值替换为数组中的值，所以该处应当填写如何将
temp 表中相应记录值输出的数组 a 中的 SQL 语句。在 SQL 语句中，指定在数组中保存查询结果的子句
为 INTO ARRAY <数组名>，所以选择选项 B。

(33)【答案】A【解析】题干中的 SQL 语句的功能是：查询"最后得分"比"歌手号"字段中第一个字符为
"2"（SUBSTR(歌手号,1,1)="2"）的歌手的"最后得分"高的歌手号。在本题中 4 个选项中只有选项 A
中的查询条件与此等价，用(SELECT MAX(最后得分) FROM…WHERE…)实现选择出最高的最后得分。
选项 B 的查询条件表示最后得分大于"歌手号"字段中第一个字符为"2"的歌手的最低的"最后得分"。
选项 C 和 D 中的 ANY 和 SOME 是同义词，表示查询出只要"歌手号"字段中第一个字符为"2"的歌
手任何一个最后得分高的记录即可。

(34)【答案】B【解析】视图是一个定制的、在数据库表的基础上创建的一种虚拟逻辑表，视图创建后，保
存在数据库中。

(35)【答案】B【解析】要生成应用程序，可以单击项目上的"连编"，并选择"连编应用程序"按钮，则可
以生成应用程序 APP 文件。

二、填空题

(1)【1】【答案】350【解析】在任意一棵二叉树中，度为 0 的结点（即叶子结点）总是比度为 2 的结点多
一个。在根据完全二叉树的定义，在一棵完全二叉树中，最多有 1 个度为 1 的结点。因此，设一棵完全
二叉树具有 n 个结点，若 n 为偶数，则在该二叉树中有 n/2 个叶子结点以及 n/2-1 个度为 2 的结点，还有
1 个是度为 1 的结点；若 n 为奇数，则在该二叉树中有[n/2]+1 个叶子结点以及[n/2]个度为 2 的结点，没
有度为 1 的结点。本题中，完全二叉树共有 700 个结点，700 是偶数，所以，在该二叉树中有 350 个叶
子结点以及 349 个度为 2 的结点，还有 1 个是度为 1 的结点。所以，本题的正确答案为 350。

(2)【2】【答案】类【解析】在面向对象方法中，类描述的是具有相似属性与操作的一组对象。

(3)【3】【答案】调试【解析】调试也称排错，调试的目的是发现错误的位置，并改正错误。

(4)【4】【答案】ACBDFEHGP【解析】中序遍历方法的递归定义：当二叉树的根不为空时，依次执行如下

3 个操作：① 按中序遍历左子树。② 访问根结点。③ 按中序遍历右子树。根据遍历规则来遍历本题中的二叉树。首先遍历 F 的左子树，同样按中序遍历。先遍历 C 的左子树，即结点 A，然后访问 C，接着访问 C 的右子树，同样按中序遍历 C 的右子树，先访问结点 B，然后访问结点 D，因为结点 D 没有右子树，因此遍历完 C 的右子树，以上就遍历完根结点 F 的左子树。然后访问根结点 F，接下来遍历 F 的右子树，同样按中序遍历。首先访问 E 的左子树，E 的左子树为空，则访问结点 E，然后访问结点 E 的右子树，同样按中序遍历。首先访问 G 的左子树，即 H，然后访问结点 G，最后访问 G 的右子树 P。以上就把整个二叉树遍历一遍，中序遍历的结果为 ACBDFEHGP。因此，划线处应填入"ACBDFEHGP"。

（5）【5】【答案】数据字典或 DD【解析】数据流图用来对系统的功能需求进行建模，它可以用少数几种符号综合地反映出信息在系统中的流动、处理和存储情况。数据词典(Data Dictionary，DD)用于对数据流图中出现的所有成分给出定义，它使数据流图上的数据流名字、加工名字和数据存储名字具有确切的解释。

（6）【6】【答案】FrontSize【解析】在表单控件中，几乎所有的控件标题显示效果的大小，都是通过 FrontSize 属性控制的。

（7）【7】【答案】ALTER【8】【答案】ALTER【9】【答案】CHECK【解析】为表的字段设置有效性规则，可以使用 SQL 语句实现，其命令格式为：ALTER TABLE ＜表名＞ ALTER ＜字段名＞ SET CHECK ＜表达式＞。

（8）【10】【答案】AND【11】【答案】IN【解析】题干中(SELECT 零件号 FROM 使用零件 WHERE 使用零件.项目号='s1')表示项目号"s1"所使用的零件号。因此"IN (SELECT 零件号 FROM 使用零件 WHERE 使用零件.项目号='s1') "限定了查询出的零件号必须与"s1"项目所用零件号相同。"项目.项目号=使用零件.项目号 AND 使用零件.零件号=零件.零件号 AND 使用零件.零件号"表示查询记录要满足的几个条件，多个条件同时满足时，必须用 AND 来连接。

（9）【12】【答案】AS

【13】【答案】项目【解析】创建视图命令的语法格式是：CREATE VIEW ＜视图名＞ AS 查询语句，题目中创建的视图由多表连接而成。从题干中的连接字段"项目.项目号"可以得出答案，即参与连接的表名是项目。

（10）【14】【答案】TOP

【15】【答案】ORDER BY【解析】TOP 2 表示查询前 2 条记录，ORDER BY 数量 DESC 表示按照数量字段降序排列。

第 2 套笔试模拟试卷

（考试时间 90 分钟，满分 100 分）

一、选择题（每小题 2 分，共 70 分）

下列各题 A)、B)、C)、D) 4 个选项中，只有一个选项是正确的，请将正确选项涂写在答题卡相应的位置上，答在试卷上不得分。

（1）下列叙述中正确的是（　　）。

A）数据的逻辑结构与存储结构必定一一对应

B）由于计算机存储空间是向量式的存储结构，因此，数据的存储结构一定是线性结构

C）程序设计语言中的数组一般是顺序存储结构，因此，利用数组只能处理线性结构

D）以上 3 种说法都不对

（2）下列数据结构中，能用二分法进行查找的是（　　）。

A）顺序存储的有序线性表 　　　　　　 B）线性链表

C）二叉链表 　　　　　　　　　　　　 D）有序线性链表

（3）对于长度为 n 的线性表，在最坏情况下，下列各排序法所对应的比较次数中正确的是（　　）。

A）冒泡排序为 n/2 　　 B）冒泡排序为 n 　　 C）快速排序为 n 　　 D）快速排序为 n(n-1)/2

（4）程序设计方法要求在程序设计过程中，（　　）。

A）先编制出程序，经调试使程序运行结果正确后再画出程序的流程图

B）先编制出程序，经调试使程序运行结果正确后再在程序中的适当位置处加注释

C）先画出流程图，再根据流程图编制出程序，最后经调试使程序运行结果正确后再在程序中的适当位置处加注释

D）以上 3 种说法都不对

（5）下列描述中正确的是（　　）。

A）软件工程只是解决软件项目的管理问题

B）软件工程主要解决软件产品的生产率问题

C）软件工程的主要思想是强调在软件开发过程中需要应用工程化原则

D）软件工程只是解决软件开发中的技术问题

（6）在面向对象方法中，实现信息隐蔽是依靠（　　）。

A）对象的继承 　　 B）对象的多态 　　 C）对象的封装 　　 D）对象的分类

（7）冒泡排序在最坏情况下的比较次数是（　　）。

A）$n(n+1)/2$ 　　 B）$n\log_2 n$ 　　 C）$n(n-1)/2$ 　　 D）$n/2$

（8）下列实体的联系中，属于多对多联系的是（　　）。

A）学生与课程 　　 B）学校与校长 　　 C）住院的病人与病床 　　 D）职工与工资

（9）在面向对象的程序设计中，下列叙述中错误的是（　　）。

A）对象是面向对象软件的基本模块

B）对象不是独立存在的实体，各个对象之间有关联，彼此依赖

C）下一层次的对象可以继承上一层次对象的某些属性

D）同样的消息被不同对象接受时，可导致完全不同的行动

（10）下列关于 E-R 图的描述中正确的是（　　）。

A）E-R 图只能表示实体之间的联系 　　　　　　 B）E-R 图只能表示实体和实体之间的联系

C）E-R 图只能表示实体和属性 　　　　　　　　 D）E-R 图能表示实体、属性和实体之间的联系

设有如下说明，请回答（11）～（13）小题：

（11）～（13）题使用下图，表单名为 Form1，表单中有两个命令按钮（Command1 和 Command2）、两个标签、两个文本框（Text1 和 Text2）。

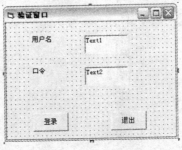

（11）如果在运行表单时，要使表单的标题栏显示"登录窗口"，则可以在 Form1 的 Load 事件中加入语句（　　）。

  A）THISFORM.CAPTION="登录窗口"   B）FORM1.CAPTION="登录窗口"

  C）THISFORM.NAME="登录窗口"   D）FORM1.NAME="登录窗口"

（12）如果想在运行表单时，向 Text2 中输入字符，回显字符显示的是"*"号，则可以在 Form1 的 Init 事件中加入语句（　　）。

  A）FORM1.TEXT2.PASSWORDCHAR="*" B）FORM1.TEXT2.PASSWORD="*"

  C）THISFORM.TEXT2.PASSWORD="*"   D）THISFORM.TEXT2.PASSWORDCHAR="*"

（13）假设用户名和口令存储在自由表"口令表"中，当用户输入用户名和口令并单击"登录"按钮时，若用户名输入错误，则提示"用户名错误"；若用户名输入正确，而口令输入错误，则提示"口令错误"。

  若命令按钮"登录"的 Click 事件中的代码如下：

```
USE  口令表
GO TOP
flag=0
DO WHILE.not.EOF()
  IF Alltrim(用户名)==Alltrim(Thisform.Text1.Value)
     IF Alltrim(口令)==Alltrim(Thisform.Text2.Value)
        WAIT"欢迎使用" WINDOW TIMEOUT2
     ELSE
        WAIT"口令错误" WINDOW TIMEOUT2
     ENDIF
     flag=1
     EXIT
  ENDIF
  SKIP
ENDDO
IF _____
    WAIT"用户名错误" WINDOW TIMEOUT2
ENDIF
```

  则在横线处应填写的代码是（　　）。

  A）flag=–1   B）flag=0   C）flag=1   D）flag=2

（14）在"项目管理器"下为项目建立一个新报表，应该使用的选项卡是（　　）。

  A）数据   B）文档   C）类   D）代码

设有如下说明，请回答（15）～（27）小题：

（15）～（27）题使用的数据如下：

  当前盘当前目录下有数据库 db_stock，其中有数据库表 stock.dbf，该数据库表的内容是：

股票代码	股票名称	单价	交易所
600600	青岛啤酒	7.48	上海
600601	方正科技	15.20	上海
600602	广电电子	10.40	上海
600603	兴业房产	12.76	上海
600604	二纺机	9.96	上海
600605	轻工机械	14.59	上海
000001	深发展	7.48	深圳

000002　　深万科　　12.50　　　　　深圳

（15）执行如下 SQL 语句后（　　）。

SELECT *FROM stock INTO DBF stock ORDER BY 单价

A）系统会提示出错信息

B）会生成一个按"单价"升序排序的表文件，将原来的 stock.dbf 文件覆盖

C）会生成一个按"单价"降序排序的表文件，将原来的 stock.dbf 文件覆盖

D）不会生成排序文件，只在屏幕上显示一个按"单价"升序排序的结果

（16）执行下列程序段以后，内存变量 a 的内容是（　　）。

```
CLOSE DATABASE
a=0
USE stock
GO TOP
DO WHILE .NOT.EOF()
   IF 单价>10
      a=a+1
   ENDIF
   SKIP
ENDDO
```

A）1　　　　　　　B）3　　　　　　　C）5　　　　　　　D）7

（17）有如下 SQL SELECT 语句：

SELECT *FROM stock WHERE 单价 BETWEEN 12.76 AND 15.20

与该语句等价的是（　　）。

A）SELECT *FROM stock WHERE 单价<=15.20 .AND. 单价>=12.76

B）SELECT *FROM stock WHERE 单价<15.20 .AND. 单价>12.76

C）SELECT *FROM stock WHERE 单价>=15.20 .AND. 单价<=12.76

D）SELECT *FROM stock WHERE 单价>15.20 .AND. 单价<12.76

（18）如果在建立数据库表 stock.dbf 时，将单价字段的有效性规则设为"单价>0"，通过该设置，能保证数据的（　　）。

A）实体完整性　　B）域完整性　　　　C）参照完整性　　　　D）表完整性

（19）在当前盘当前目录下删除表 stock 的命令是（　　）。

A）DROP stock　　　　　　　　　　B）DELETE TABLE stock

C）DROP TABLE stock　　　　　　　D）DELETE stock

（20）有如下 SQL 语句：

SELECT max(单价) INTO ARRAY a FROM stock

执行该语句后（　　）。

A）a[1]的内容为 15.20　　　　　　　B）a[1]的内容为 6

C）a[0]的内容为 15.20　　　　　　　D）a[0]的内容为 6

（21）有如下 SQL 语句：

SELECT 股票代码, avg(单价) as 均价 FROM stock;

GROUP BY 交易所 INTO DBF temp

执行该语句后，temp 表中第二条记录的"均价"字段的内容是（　　）。

A）7.48　　　　　　B）9.99　　　　　　C）11.73　　　　　　D）15.20

（22）将 stock 表的股票名称字段的宽度由 8 改为 10，应使用 SQL 语句（　）。

　　A）ALTER TABLE stock 股票名称 WITH c(10)

　　B）ALTER TABLE stock 股票名称 c(10)

　　C）ALTER TABLE stock ALTER 股票名称 c(10)

　　D）ALTER stock ALTER 股票名称 c(10)

（23）有如下 SQL 语句：

　　　　CREATE VIEW stock_view AS SELECT *FROM stock WHERE 交易所="深圳"

　　执行该语句后产生的视图包含的记录个数是（　）。

　　A）1　　　　　　　B）2　　　　　　　C）3　　　　　　　D）4

（24）有如下 SQL 语句：

　　　　CREATE VIEW view_stock AS SELECT 股票名称 AS 名称, 单价 FROM stock

　　执行该语句后产生的视图含有的字段名是（　）。

　　A）股票名称、单价　　　　　　　　B）名称、单价

　　C）名称、单价、交易所　　　　　　D）股票名称、单价、交易所

（25）下面有关对视图的描述正确的是（　）。

　　A）可以使用 MODIFY STRUCTURE 命令修改视图的结构

　　B）视图不能删除，否则影响原来的数据文件

　　C）视图是对表的复制产生的

　　D）使用 SQL 对视图进行查询时，必须事先打开该视图所在的数据库

（26）执行如下 SQL 语句后：

　　　　SELECT DISTINCT 单价 FROM stock;

　　　　WHERE 单价=(SELECT min(单价) FROM stock) INTO DBF stock_x

　　表 stock_x 中的记录个数是（　）。

　　A）1　　　　　　　B）2　　　　　　　C）3　　　　　　　D）4

（27）求每个交易所的平均单价的 SQL 语句是（　）。

　　A）SELECT 交易所, avg(单价) FROM stock GROUP BY 单价

　　B）SELECT 交易所, avg(单价) FROM stock ORDER BY 单价

　　C）SELECT 交易所, avg(单价) FROM stock ORDER BY 交易所

　　D）SELECT 交易所, avg(单价) FROM stock GROUP BY 交易所

（28）如果学生表 STUDENT 是使用下面的 SQL 语句创建的：

　　　　CREATE TABLE STUDENT(SNO C(4) PRIMARY KEY NOT NULL,;

　　　　SN C(8), ;

　　　　SEX C(2), ;

　　　　AGE N(2) CHECK(AGE>15 AND AGE<30))

　　下面的 SQL 语句中可以正确执行的是（　）。

　　A）INSERT INTO STUDENT(SNO,SEX,AGE) VALUES　("S9","男",17)

　　B）INSERT INTO STUDENT(SN,SEX,AGE) VALUES　("李安琦","男",20)

　　C）INSERT INTO STUDENT(SEX,AGE) VALUES　("男",20)

　　D）INSERT INTO STUDENT(SNO,SN) VALUES　("S9","安琦",16)

（29）在表单运行中，当结果发生变化时，应刷新表单，刷新表单所用的命令是（　）。

　　A）RELEASE　　　B）DELETE　　　　C）REFRESH　　　　D）PACK

（30）设有学生表 S(学号, 姓名, 性别, 年龄)，查询所有年龄小于等于 18 岁的女同学、并按年龄进行降序排序生成新的表 WS，正确的 SQL 命令是（　　）。

　　A）SELECT * FROM S

　　　　　WHERE 性别='女' AND 年龄<=18 ORDER BY 4 DESC INTO TABLE WS

　　B）SELECT * FROM S

　　　　　WHERE 性别='女' AND 年龄<=18 ORDER BY 年龄 INTO TABLE WS

　　C）SELECT * FROM S

　　　　　WHERE 性别='女' AND 年龄<=18 ORDER BY '年龄' DESC INTO TABLE WS

　　D）SELECT * FROM S

　　　　　WHERE 性别='女' OR 年龄<=18 ORDER BY '年龄' ASC INTO TABLE WS

（31）以下程序求 1!+2!+3!+ … +10! 的累加和，请为下面的程序选择正确的答案（　　）。

```
s=0
FOR i=1 TO 10
t=1
FOR j=l TO_____
t=t*j
NEXT
s=s+t
NEXT
? S
```

　　A）10　　　　　　　　B）j　　　　　　　　C）9　　　　　　　　D）i

（32）让控件获得焦点，使其成为活动对象的方法是（　　）。

　　A）Show　　　　　B）Release　　　　　C）SetFocus　　　　　D）GotFocus

（33）下面对控件的描述正确的是（　　）。

　　A）用户可以在组合框中进行多重选择

　　B）用户可以在列表框中进行多重选择

　　C）用户可以在一个选项组中选中多个选项按钮

　　D）用户对一个表单内的一组复选框只能选中其中一个

（34）将 Student.dbf 表中 jg 字段的名称改为籍贯，如下选项中正确的 SQL 语句是（　　）。

　　A）ALTER TABLE student ALTER COLUMN　jg　TO 籍贯

　　B）ALTER TABLE student ADD 籍贯 C(10)

　　C）ALTER TABLE student RENAME jg TO 籍贯

　　D）ALTER TABLE student RENAME jg 籍贯

（35）设有关系 R1 和 R2，经过关系运算得到结果 S，则 S 是（　　）。

　　A）一个关系　　　　B）一个表单　　　　C）一个数据库　　　　D）一个数组

二、填空题

（1）数据管理技术发展过程经过人工管理、文件系统和数据库系统这 3 个阶段，其中数据独立性最高的阶段是【1】。

（2）在面向对象方法中，允许作用于某个对象上的操作称为【2】。

（3）软件生命周期包括 8 个阶段。为了使各时期的任务更明确，又可分为 3 个时期：软件定义期、软件开发期、软件维护期。编码和测试属于【3】期。

(4) 在关系运算中，【4】运算是对两个具有公共属性的关系所进行的运算。

(5) 实体之间的联系可以归结为一对一的联系，一对多的联系与多对多的联系。如果一个学校有许多学生，而一个学生只归属于一个学校，则实体集学校与实体集学生之间的联系属于【5】的联系。

(6) 打开数据库设计器的命令是【6】 DATABASE。

(7) ?AT("EN",RIGHT("STUDENT",4))的执行结果是【7】。

(8) SQL 插入记录的命令是 INSERT，删除记录的命令是【8】，修改记录的命令是【9】。

(9) Visual FoxPro 中数据库文件的扩展名（后缀）是【10】。

(10) 如果想为表单换一个标题，可以在属性窗口中选取【11】属性。

(11) 在将设计好的表单存盘时，系统将生成扩展名分别是 SCX 和【12】的两个文件。

(12) 在 Visual FoxPro 中，使用 SQL 的 CREATE TABLE 语句建立数据库表时，使用【13】子句说明有效性规则（域完整性规则或字段取值范围）。

(13) 说明公共变量的命令关键字是【14】（关键字必须拼写完整）。

(14) 在使用 SELECT 语句中，使用【15】子句指定查询所用的表。

第 2 套笔试模拟试卷答案及解析

一、选择题

(1) 【答案】D【解析】一种数据的逻辑结构根据需要可以表示成多种存储结构，数据的逻辑结构与存储结构不一定一一对应，选项 A 错误。计算机的存储空间是向量式的存储结构，但一种数据的逻辑结构根据需要可以表示成多种存储结构，如线性链表是线性表的链式存储结构，数据的存储结构不一定是线性结构，因此选项 B 错误。数组一般是顺序存储结构，但利用数组也能处理非线性结构。选项 C 错误。由此可知，只有选项 D 的说法正确。

(2) 【答案】A【解析】二分查找只适用于顺序存储的有序表。

(3) 【答案】D【解析】假设线性表的长度为 n，在最坏情况下，冒泡排序和快速排序需要的比较次数为 n(n-1)/2。

(4) 【答案】D【解析】程序设计的过程应是先画出流程图，然后根据流程图编制出程序，所以选项 A 错误。程序中的注释是为了提高程序的可读性，注释必须在编制程序的同时加入，所以，选项 B 和选项 C 错误。综上所述，本题的正确答案为选项 D。

(5) 【答案】C【解析】软件工程学是研究软件开发和维护的普遍原理与技术的一门工程学科，选项 A 说法错误。软件工程是指采用工程的概念、原理、技术和方法指导软件的开发与维护，软件工程学的主要研究对象包括软件开发与维护的技术、方法、工具和管理等方面，选项 B 和选项 D 的说法均过于片面，选项 C 正确。

(6) 【答案】C【解析】通常认为，面向对象方法具有封装性、继承性、多态性几大特点。所谓封装就将相关的信息、操作与处理融合在一个内含的部件中（对象中）。简单地说，封装就是隐藏信息。

(7) 【答案】C【解析】冒泡排序的基本思想是：将相邻的两个元素进行比较，如果反序，则交换；对于一个待排序的序列，经一趟排序后，最大值的元素移动到最后的位置，其它值较大的元素也向最终位置移动，此过程称为一趟冒泡。对于有 n 个数据的序列，共需 n-1 趟排序，第 i 趟对从 1 到 n-i 个数据进行比较、交换。冒泡排序的最坏情况是待排序序列逆序，第 1 趟比较 n-1 次，第 2 趟比较 n-2 次，依此类推，最后一趟比较 1 次，一共进行 n-1 趟排序。因此，冒泡排序在最坏情况下的比较次数是(n-1)+(n-2)+…+1，结果为 n(n-l)/2。

(8)【答案】A【解析】只有选项 A 符合多对多联系的条件，因为一个学生可以选修多门课程，而一门课程又可以由多个学生来选修，所以学生与课程之间的联系是多对多联系。

(9)【答案】B【解析】在面向对象的程序设计中，一个对象是一个可以独立存在的实体。各个对象之间相对独立，相互依赖性小。所以，选项 B 应为本题的正确答案。

(10)【答案】D【解析】E-R 图中，用图框表示实体、属性和实体之间的联系。用 E-R 图不仅可以简单明了地描述实体及其相互之间的联系，还可以方便地描述多个实体集之间的联系和一个实体集内部实体之间的联系。选项 A、选项 B 和选项 C 的说法都错误，正确答案是选项 D。

(11)【答案】A【解析】表单的 CAPTION 属性用来设置表单的标题，因此正确答案为选项 A。

(12)【答案】D【解析】文本框控件的 PasswordChar 属性用来指定文本框控件内是显示用户输入的字符、占位符，还是用来指定用作占位符的字符。本题所要指定口令文本框的占位符为"*"，因此可以写成 THISFORM.TEXT2. PASSWORDCHAR="*"。

(13)【答案】B【解析】从题干中的程序段中可以看出，flag 变量起到了标志用户名是否输入的作用，用于标识用户是否正确地输入了用户名。当用户名被正确输入的时候，会将变量 flag 的值置为 1，否则为 0。程序使用用 flag 的值来判断是否用户名被正确输入。对 flag 的值进行判断，如果 flag 的值为 0，就是用户名没有被正确输入的情况。

(14)【答案】B【解析】在 Visual FoxPro 的项目管理器中，共有"数据"、"文档"、"类"、"代码"、"其他"和"全部"几个选项卡，其中新建报表的操作应当在"文档"选项卡或是"全部"选项卡中完成，具体到此题目中，则只有选项 B（"文档"选项卡）为正确答案。

(15)【答案】A【解析】使用 SELECT 语句的 INTO DBF | TABLE TableName 短语，系统会将查询结果存放到永久表中，但此题目中，选择的源表与生成的目标表名称相同，执行后会出现"不能创建文件"的错误提示对话框。

(16)【答案】C【解析】该程序的功能是统计数据表 db_stock 中"单价"字段大于 10 的记录个数，并且将这个数值存放在变量 a 中。该程序的一个难点在于程序的第 7 行：a＝a+1，这条语句相当于将变量 a 自增，实现计数器的功能，可以看出，该程序是从数据表 db_stock 的第一条记录开始逐条对记录进行判断，如果当前记录的"单价"大于 10，就使计数器加 1。然后将记录指针移向下一条记录。通过查看数据表中的记录发现有 5 条记录（第 2、3、4、6、8）满足条件，因此变量 a 的值为 5。

(17)【答案】A【解析】语句"SELECT * FROM stock WHERE 单价 BETWEEN 12.76 AND 15.20"的含义是：选择"单价"在 12.76 和 12.50 之间的那些记录。请注意，用 BETWEEN 作取值范围限定时，是包括限定条件的两个端点值的，因此本题所设定的限定条件相当于"单价"大于等于 12.76 并且小于等于 12.50 的记录。选项 A 是另外一种实现条件查询的书写方法，其含义与题干中给出的 SQL 语句完全一样。

(18)【答案】B【解析】域完整性是指数据库数据取值的正确性。它包括数据类型、精度、取值范围以及是否允许空值等。题目中是在建立数据表的时候，就将单价字段的有效性规则设为"单价>0"，这就是对数据取值的取值范围进行规定，因此是域完整性的设定。

(19)【答案】C【解析】在 Visual FoxPro 中删除表的命令的语法格式是：DROP TABLE 表名。

(20)【答案】A【解析】本题中 SQL 语句的功能是：在 stock 表中查询"单价"最高的记录，然后将该记录的单价字段存放至数组 a 中，请注意，数组 a 中仅仅存放该记录的单价，而数据表中，单价最高为 15.20。

(21)【答案】B【解析】本题中 SQL 语句的功能是：在 stock 表中按"交易所"字段分组计算各个交易所的均价，然后将结果保存在永久表 temp 中。其计算过程是：首先将所有的数据记录按交易所进行分组，题中的交易所只有上海和深圳，因此计算后将会得到两条记录：第 1 条记录是计算所有在上海交易所交易的股票的均价，第 2 条记录则是计算深圳交易所的交易的股票均价。这两条记录会存放在永久表 temp 中，按题目要求知道，第二条记录是深圳交易所的均价，通过 stock 表计算可以得出其均价是 9.99。

(22)【答案】C【解析】修改字段属性的 SQL 命令语法格式为：ALTER TABLE TableName1 ALTER FieldName2 FieldType[nFieldWidth]，从 4 个候选项中可以看出，选项 A 和 B 都缺少关键字 ALTER，选项 D 缺少关键字 TABLE。

(23)【答案】B【解析】题干中 SQL 语句的功能是从 stock 表中创建一个名为 stock_view 的视图，该视图由"交易所"字段为"深圳"的记录组成。通过查看数据表文件可以看出，满足条件的记录只有两条（原数据表中 7、8 两条记录），因此组成该视图的记录个数为 2。

(24)【答案】B【解析】在使用 SQL 语句创建视图时，AS 子句后面包含哪些字段名，这些字段名就是组成所创建视图中的字段。由题干可以发现，名称、单价为创建的视图的字段。

(25)【答案】D【解析】C 选项可以排除，视图并不是对表的复制。选项 A 也是错误的，对视图的修改可以使用命令 MODIFY VIEW 而不是 MODIFY STRUCTURE 来进行。选项 B 也错，因为视图是可以被删除的。

(26)【答案】A【解析】该 SQL 语句具体的执行过程是：首先从数据表 db_stock 中找出所有记录中单价字段值最低的记录，并且记住该记录的单价字段值。然后再查找数据表 db_stock，从中查出单价字段等于该最低单价的记录，同时用 DISTINCT 进行限定，即选出的记录是不允许重复的，最后将结果存放到表 stock_x 中，因此可以看出，stock_x 表中的记录个数为 1。

(27)【答案】D【解析】本题需要求出每个交易所的平均单价，需要对每个交易所的数据记录进行平均操作，则要使用 GROUP BY 子句对记录进行分组，并且分组的字段应为"交易所"，则只有答案 D 满足条件。

(28)【答案】A【解析】题干中创建表的 SQL 语句使用了短语 PRIMARY KEY，将 SNO 字段规定为主索引字段，同时使用短语 NOT NULL 来规定在该字段中不允许出现空值，因此选项 B、C 都是错误的；而选项 D 的错误在于，语句中的 VALUES 后面所描述的插入记录值，与题干中所创建的字段不符。

(29)【答案】C【解析】刷新表单用到的命令是 REFRESH。

(30)【答案】A【解析】选项 B 中没有指定 DESC 关键字，则所生成的新表是默认的升序排列，所以错误。选项 B 与选项 C 的 Order By 子句后面，"年龄"以字符串形式给出，没有正确的表达题意。

(31)【答案】D【解析】本题难点在于循环语句的嵌套使用。请注意程序中外层的循环是求 10 个数的累加和，内层循环是求当外层循环循环到第 i 次时求 i!，因而内层循环语句应写成 FOR j=1 TO i。

(32)【答案】C【解析】SetFocus 方法使控件获得焦点，使其成为活动对象。

(33)【答案】B【解析】列表框可以在其中进行多重选定，而组合框不能进行此项操作，对于一个选项组来说只能选择一个选项，而复选框可以选择多个选项。

(34)【答案】C【解析】ALTER TABLE 语句中，ALTER 子句不能修改字段名。ADD 子句用于增加字段。修改字段名称只能使用 RENAME 子句。

(35)【答案】A【解析】关系运算得到的结果还是一个关系。

二、填空题

(1)【1】【答案】数据库系统【解析】在数据库系统管理阶段，通过系统提供的映像功能，数据具有两方面的独立性：一是物理独立性，二是逻辑独立性。数据独立性最高的阶段是数据库系统阶段。

(2)【2】【答案】方法【解析】在面向对象方法中，方法是指允许作用于某个对象上的各种操作。

(3)【3】【答案】软件开发【解析】软件生命周期包括 8 个阶段：问题定义、可行性研究、需求分析、系统设计、详细设计、编码、测试、运行维护。为了使各时期的任务更明确，又可以分为 3 个时期：软件定义期，包括问题定义、可行性研究和需求分析 3 个阶段；软件开发期，包括系统设计、详细设计、编码和测试 4 个阶段；软件维护期，即运行维护阶段。可知，编码和测试属于软件开发阶段。

（4）【4】【答案】自然连接【解析】在关系运算中，自然连接运算是对两个具有公共属性的关系所进行的运算。

（5）【5】【答案】一对多【解析】实体之间的联系可以归结为一对一、一对多与多对多。如果一个学校有许多学生，而一个教师只归属于一个学生，则实体集学校与实体集学生之间的联系属于一对多的联系。

（6）【6】【答案】MODIFY 或 MODI 或 MODIF【解析】本题考查 Visual FoxPro 中使用命令打开表设计器的操作。打开数据库的命令格式为：MODIFY DATABASE，可以简写为 MODI DATABASE。

（7）【7】【答案】2【解析】RIGHT("STUDENT",4)是表示从字符串 "STUDENT" 的右侧取长度为 4 的子串，结果为 "DENT"，而该字符串包含了 "EN" 字符串，其首字符位置在第 2 位，所以此 AT 函数的返回值为 2。

（8）【8】【答案】DELETE 或 DELE 或 DELET　【9】【答案】 UPDATE 或 UPDA 或 UPDAT【解析】SQL 中插入记录的命令是 INSERT，删除记录的命令是 DELETE，修改记录的命令是 UPDATE。

（9）【10】【答案】DBC【解析】Visual FoxPro 中，数据库文件的扩展名为 DBC。

（10）【11】【答案】Caption【解析】Caption 属性用于显示表单栏标题，它的默认值是 Form1。

（11）【12】【答案】SCT 或.SCT【解析】将设计好的表单存盘时，设计的表单将被保存在一个表单文件和一个表单备注文件里。表单文件的扩展名为.SCX，表单备注文件的扩展名为.SCT。

（12）【13】【答案】CHECK【解析】命令中定义域完整性的约束规则是 CHECK 短语，后面跟逻辑表达式表示约束条件。

（13）【14】【答案】PUBLIC【解析】题目要求定义公共变量，则可以用 PUBLIC 来声明。

（14）【15】【答案】FROM【解析】在 SELECT 语句中，FROM 语句用于指定查询所涉及到的表。

第3套笔试模拟试卷

（考试时间 90 分钟，满分 100 分）

一、选择题（每小题 2 分，共 70 分）

下列各题 A）、B）、C）、D）4 个选项中，只有一个选项是正确的，请将正确选项涂写在答题卡相应的位置上，答在试卷上不得分。

（1）下列叙述中错误的是（　　）。

　　A）一种数据的逻辑结构可以有多种存储结构

　　B）数据的存储结构与数据处理的效率无关

　　C）数据的存储结构与数据处理的效率密切相关

　　D）数据的存储结构在计算机中所占的空间不一定是连续的

（2）从工程管理角度，软件设计一般分为两步完成，它们是（　　）。

　　A）概要设计与详细设计　　　　　　　　　B）数据设计与接口设计

　　C）软件结构设计与数据设计　　　　　　　D）过程设计与数据设计

（3）设树 T 的度为 4，其中度为 1，2，3，4 的结点个数分别为 4，2，1，1，则 T 中的叶子结点数为（　　）。

　　A）5　　　　　　　　B）6　　　　　　　　C）7　　　　　　　　D）8

（4）对长度为 n 的线性表进行顺序查找，在最坏情况下所需要的比较次数为（　　）。

　　A）$\log_2 n$　　　　　　B）n/2　　　　　　　C）n　　　　　　　　D）n+1

（5）数据库设计的 4 个阶段是：需求分析、概念设计、逻辑设计和（　　）。

　　A）编码设计　　　　　　B）测试阶段　　　　　C）运行阶段　　　　　D）物理设计

(6) 在软件生存周期中，能准确地确定软件系统必须做什么和必须具备哪些功能的阶段是（   ）。

    A）概要设计   B）详细设计   C）可行性分析   D）需求分析

(7) 下面不属于软件设计原则的是（   ）。

    A）抽象   B）模块化   C）自底向上   D）信息隐蔽

(8) 在长度为 64 的有序线性表中进行顺序查找，最坏情况下需要比较的次数为（   ）。

    A）63   B）64   C）6   D）7

(9) 下列叙述中正确的是（   ）。

    A）数据库系统是一个独立的系统，不需要操作系统的支持

    B）数据库技术的根本目标是要解决数据的共享问题

    C）数据库管理系统就是数据库系统

    D）以上 3 种说法都不对

(10) 将 E-R 图转换到关系模式时，实体与联系都可以表示成（   ）。

    A）属性   B）关系   C）键   D）域

(11) 在学生表中共有 100 条记录，执行如下命令，执行结果将是（   ）。

        INDEX ON-总分 TO ZF
        SET INDEX TO ZF
        GO TOP
        DISPLAY

    A）显示的记录号是 1   B）显示分数最高的记录号

    C）显示的记录号是 100   D）显示分数最低的记录号

(12) 下列函数中函数值为字符型的是（   ）。

    A）DATE()   B）TIME()   C）YEAR()   D）DATETIME()

(13) 下面可使程序单步执行的命令是（   ）。

    A）SET STEP ON B）SET ESCAPE ON   C）SET DEBUG ON   D）SET STEP OFF

(14) 下面有关 HAVING 子句描述错误的是（   ）。

    A）HAVING 子句必须与 GROUP BY 子句同时使用，不能单独使用

    B）使用 HAVING 子句的同时不能使用 WHERE 子句

    C）使用 HAVING 子句的同时可以使用 WHERE 子句

    D）使用 HAVING 子句的作用是限定分组的条件

(15) 关系运算中的选择运算是（   ）。

    A）从关系中找出满足给定条件的元组的操作

    B）从关系中选择若干个属性组成新的关系的操作

    C）从关系中选择满足给定条件的属性的操作

    D）A 和 B 都对

(16) 设当前工作区的数据库文件有 8 个字段，共有 10 条记录，执行命令：

        COPY TO NEW STRUCTURE EXTENDED

    后，将产生一个名为 NEW.DBF 的数据库文件，则其字段数为（   ）。

    A）16   B）8   C）10   D）4

(17) 在 Visual FoxPro 中，为了将表单从内存中释放（清除），可将表单中退出命令按钮的 Click 事件代码设置为（   ）。

    A）ThisForm.Refresh   B）ThisForm.Delete

C）ThisForm.Hide   D）ThisForm.Release

（18）使数据库表变为自由表的命令是（   ）。

A）DROP TABLE B）REMOVE TABLE   C）FREE TABLE   D）RELEASE TABLE

（19）在 SELECT 语句中，以下有关 HAVING 短语的正确叙述是（   ）。

A）HAVING 短语必须与 GROUP BY 短语同时使用

B）使用 HAVING 短语的同时不能使用 WHERE 短语

C）HAVING 短语可以在任意的一个位置出现

D）HAVING 短语与 WHERE 短语功能相同

（20）在 Visual FoxPro 中，存储图像的字段类型应该是（   ）。

A）备注型   B）通用型   C）字符型   D）双精度型

（21）要修改当前内存中打开的表结构，应使用的命令是（   ）。

A）MODI COMM B）MODI STRU   C）EDIT STRU   D）TYPE EDIT

（22）在 Visual FoxPro 中，关于过程调用的叙述正确的是（   ）。

A）当实参的数量少于形参的数量时，多余的形参初值取逻辑假

B）当实参的数量多于形参的数量时，多余的实参被忽略

C）实参与形参的数量必须相等

D）上面 A 和 B 都正确

（23）在 Visual FoxPro 中，过程的返回语句是（   ）。

A）GOBACK   B）COMEBACK   C）RETURN   D）BACK

（24）在数据库表上的字段有效性规则是（   ）。

A）逻辑表达式   B）字符表达式   C）数字表达式   D）以上 3 种都有可能

（25）在 Visual FoxPro 中，在数据库中创建表的 CREATE TABLE 命令中定义主索引、实现实体完整性规则的短语是（   ）。

A）FOREIGN KEY   B）DEFAULT

C）PRIMARY KEY   D）CHECK

（26）在 Visual FoxPro 中，要运行菜单文件 menu1.mpr，可以使用命令

A）DO menu1   B）DO menu1.mpr   C）DO MENU menu1   D）RUN menu1

（27）要引用当前对象的直接容器对象，应使用

A）Parent   B）This   C）ThisForm   D）ThisFormSet

（28）视图设计器中含有的、但查询设计器中却没有的选项卡是（   ）。

A）筛选   B）排序依据   C）分组依据   D）更新条件

（29）有关参照完整性的删除规则，正确的描述是（   ）。

A）如果删除规则选择的是"限制"，则当用户删除父表中的记录时，系统将自动删除子表中的所有相关记录

B）如果删除规则选择的是"级联"，则当用户删除父表中的记录时，系统将禁止删除与子表相关的父表中的记录

C）如果删除规则选择的是"忽略"，则当用户删除父表中的记录时，系统不负责做什么工作

D）上面 3 种说法都不对

（30）使用报表向导定义报表时，定义报表布局的选项是（   ）。

A）列数、方向、字段布局   B）列数、行数、字段布局

C）行数、方向、字段布局　　　　　　　D）列数、行数、方向

（31）能够将表单的 Visible 属性设置为.T.，并使表单成为活动对象的方法是（　　）。

　　　A）Hide　　　　　　B）Show　　　　　　C）Release　　　　　　D）SetFocus

设有如下说明，请回答（32）～（35）小题：

第（32）～（35）题使用如下 3 个表：

　　　学生.DBF：学号 C(8)，姓名 C(12)，性别 C(2)，出生日期 D，院系 C(8)

　　　课程.DBF：课程编号 C(4)，课程名称 C(10)，开课院系 C(8)

　　　学生成绩.DBF：学号 C(8)，课程编号 C(4)，成绩 I

（32）查询每门课程的最高分，要求得到的信息包括课程名称和分数。正确的命令是（　　）。

　　　A）SELECT 课程名称, SUM(成绩) AS 分数 FROM 课程,学生成绩;

　　　　　WHERE 课程.课程编号=学生成绩.课程编号;

　　　　　GROUP　BY 课程名称

　　　B）SELECT 课程名称, MAX(成绩) 分数 FROM 课程, 学生成绩;

　　　　　WHERE 课程.课程编号=学生成绩.课程编号;

　　　　　GROUP　BY 课程名称

　　　C）SELECT 课程名称, SUM(成绩) 分数 FROM 课程, 学生成绩;

　　　　　WHERE 课程.课程编号=学生成绩.课程编号;

　　　　　GROUP　BY 课程.课程编号

　　　D）SELECT 课程名称, MAX(成绩)　AS 分数 FROM 课程, 学生成绩;

　　　　　WHERE 课程.课程编号=学生成绩.课程编号;

　　　　　GROUP　BY 课程编号

（33）统计只有 2 名以下（含 2 名）学生选修的课程情况，统计结果中的信息包括课程名称、开课院系和选
　　　修人数，并按选课人数排序。正确的命令是（　　）。

　　　A）SELECT 课程名称,开课院系,COUNT(课程编号) AS 选修人数;

　　　　　FROM 学生成绩,课程 WHERE 课程.课程编号=学生成绩.课程编号;

　　　　　GROUP BY 学生成绩.课程编号 HAVING COUNT(*)<=2;

　　　　　ORDER BY COUNT(课程编号)

　　　B）SELECT 课程名称,开课院系,COUNT(学号) 选修人数;

　　　　　FROM 学生成绩,课程 WHERE 课程.课程编号=学生成绩.课程编号;

　　　　　GROUP BY 学生成绩.学号 HAVING COUNT(*)<=2;

　　　　　ORDER BY COUNT(学号)

　　　C）SELECT 课程名称,开课院系,COUNT(学号) AS 选修人数;

　　　　　FROM 学生成绩,课程 WHERE 课程.课程编号=学生成绩.课程编号;

　　　　　GROUP BY 课程名称 HAVING COUNT(学号)<=2;

　　　　　ORDER BY 选修人数

　　　D）SELECT 课程名称,开课院系,COUNT(学号) AS 选修人数;

　　　　　FROM 学生成绩,课程 HAVING COUNT(课程编号)<=2;

　　　　　GROUP BY 课程名称

　　　　　ORDER BY 选修人数

（34）查询所有目前年龄是 22 岁的学生信息：学号，姓名和年龄，正确的命令组是（ ）。

A）CREATE VIEW AGE_LIST AS；

　　SELECT 学号,姓名,YEAR(DATE())-YEAR(出生日期) 年龄 FROM 学生；

　　SELECT 学号,姓名,年龄 FROM AGE_LIST WHERE 年龄=22

B）CREATE VIEW AGE_LIST AS；

　　SELECT 学号,姓名,YEAR (出生日期) FROM 学生；

　　SELECT 学号,姓名,年龄 FROM AGE_L IST WHERE YEAR (出生日期) =22

C）CREATE VIEW AGE_LIST AS；

　　SELECT 学号,姓名,YEAR(DATE())-YEAR(出生日期) 年龄 FROM 学生；

　　SELECT 学号,姓名,年龄 FROM 学生 WHERE YEAR(出生日期)=22

D）CREATE VIEW AGE_LIST AS STUDENT；

　　SELECT 学号,姓名,YEAR(DATE())-YEAR(出生日期) 年龄 FROM 学生；

　　SELECT 学号,姓名,年龄 FROM STUDENT WHERE 年龄=22

（35）向学生表插入一条记录的正确命令是（ ）。

A）APPEND INTO 学生 VALUES("10359999",'张三','男','会计',{^1983-10-28})

B）INSERT INTO 学生 VALUES("10359999",'张三','男',{^1983-10-28},'会计')

C）APPEND INTO 学生 VALUES("10359999",'张三','男',{^1983-10-28},'会计')

D）INSERT INTO 学生 VALUES("10359999",'张三','男',{^1983-10-28})

二、填空题

（1）在深度为 7 的满二叉树中，度为 2 的结点个数为【1】。

（2）算法的复杂度主要包括【2】复杂度和空间复杂度。

（3）在结构化分析方法中，用于描述系统中所用到的全部数据和文件的文档称为【3】。

（4）线性表的存储结构主要分为顺序存储结构和链式存储结构。队列是一种特殊的线性表，循环队列是队列的【4】存储结构。

（5）数据独立性分为逻辑独立性与物理独立性。当数据的存储结构改变时，其逻辑结构可以不变，因此，基于逻辑结构的应用程序不必修改，称为【5】。

（6）表达式{^2005-10-3 10:0:0}-{^2005-10-3 9:0:0}的数据类型是【6】。

（7）能够将表单的 Visible 属性设置为.T.，并使表单成为活动对象的方法是【7】。

（8）在 Visual FoxPro 中，可以使用【8】语句跳出 SCAN…ENDSCAN 循环体外执行 ENDSCAN 后面的语句。

（9）在 Visual FoxPro 中修改表结构的非 SQL 命令是【9】。

（10）在 SQL 的嵌套查询中，量词 ANY 和【10】是同义词。在 SQL 查询时，使用【11】子句指出的是查询条件。

（11）在 Visual FoxPro 表单中，当用户使用鼠标单击命令按钮时，会触发命令按钮的【12】事件。

（12）"职工"表有工资字段，计算工资合计的 SQL 语句是：

　　SELECT 【13】 FROM 职工

（13）在 Visual FoxPro 中表单的 Load 事件发生在 Init 事件之【14】。

（14）如下命令将"产品"表的"名称"字段名修改为"产品名称"：

　　ALTER TABLE 产品 RENAME 【15】 名称 TO 产品名称

第 3 套笔试模拟试卷答案及解析

一、选择题

(1)【答案】B【解析】一种数据的逻辑结构根据需要可以表示成多种存储结构，常用的存储结构有顺序、链接、索引等，选项 A 和选项 D 正确。采用不同的存储结构，其数据处理的效率不同，因此，在进行数据处理时，选择合适的存储结构是很重要的，选项 C 正确，选项 B 错误，应为本题正确答案。

(2)【答案】A【解析】从工程管理的角度，软件设计可分为概要设计和详细设计两大步骤。

(3)【答案】D【解析】根据给定的条件，在树中，各结点的分支总数为：4×1+2×2+1×3+4×1=15；树中的总结点数为：15(各结点的分支总数)+1(根结点)=16；非叶子结点总数为：4+2+1+1=8。因此，叶子结点数为 16(总结点数)-8(非叶子结点总数)=8。

(4)【答案】C【解析】在长度为 n 的线性表中进行顺序查找，最坏情况下需要比较 n 次。

(5)【答案】D【解析】数据库的生命周期可以分为两个阶段：一是数据库设计阶段；二是数据库实现阶段。数据库的设计阶段又分为如下 4 个子阶段：需求分析、概念设计、逻辑设计和物理设计。

(6)【答案】D【解析】在需求分析阶段中，根据可行性研究阶段所提交的文档，特别是从数据流图出发，对目标系统提出清晰、准确和具体的要求，即要明确系统必须做什么的问题。

(7)【答案】C【解析】软件设计遵循软件工程的基本目标和原则，建立了适用于在软件设计中应该遵循的基本原理和与软件设计有关的概念。它们是：抽象、模块化、信息隐蔽、模块独立性。没有自底向上。

(8)【答案】B【解析】在长度为 64 的有序线性表中，其中的 64 个数据元素是按照从大到小或从小到大的顺序有序排列的。在这样的线性表中进行顺序查找，最坏的情况就是查找的数据元素不在线性表中或位于线性表的最后。按照线性表的顺序查找算法，首先用被查找的数据和线性表的第一个数据元素进行比较，若相等，则查找成功，否则，继续进行比较，即和线性表的第二个数据元素进行比较。同样，若相等，则查找成功，否则，继续进行比较。依次类推，直到在线性表中查找到该数据或查找到线性表的最后一个元素，算法才结束。因此，在长度为 64 的有序线性表中进行顺序查找，最坏的情况下需要比较 64 次。因此，本题的正确答案为 B。

(9)【答案】B【解析】数据库系统除了数据库管理软件之外，还必须有其他相关软件的支持。这些软件包括操作系统、编译系统、应用软件开发工具等，选项 A 的说法是错误的。数据库具有为各种用户所共享的特点，选项 B 的说法是正确的。通常将引入数据库技术的计算机系统称为数据库系统。一个数据库系统通常由 5 个部分组成，包括相关计算机的硬件、数据库集合、数据库管理系统、相关软件和人员。因此，选项 C 的说法是错误的。

(10)【答案】B【解析】把概念模型转换成关系数据模型就是把 E-R 图转换成一组关系模式，每一个实体型转换为一个关系模式，每个联系分别转换为关系模式。

(11)【答案】B【解析】利用命令 INDEX 建立总分降序的索引后，表的记录已经按照总分降序排列，执行命令 GO TOP 将指针移至排序后的第一条记录，该记录就是总分最高的记录。

(12)【答案】B【解析】 DATE()函数用于获取系统日期的函数，它的返回值是一个日期型数据。选项 B 中的 TIME()函数返回值是系统的时间，为字符型。选项 C 中的 YEAR()函数用于获取年份，它的返回值是数值型。DATATIME()函数的返回值同样也是日期型的。所以正确答案为 B。

(13)【答案】C【解析】命令 SET STEP ON|OFF 可用于设置是否单步执行程序中的命令行。设置为 OFF，不能进行单步执行方式，如果设置成 ON，则表示单步执行程序命令方式。

（14）【答案】B【解析】SELECT 语句的标准语法格式中，HAVING 子句和 WHERE 是可以同时使用的，而且在实际应用中大多数情况都是两个子句同时使用，所以答案为 B 选项。其他几项都是对 HAVING 子句的正确描述。

（15）【答案】A【解析】选择是指从关系中找出满足给定条件的元组的操作。

（16）【答案】A【解析】使用命令 COPY TO<文件名>STRUCTURE EXTENDED 可以将打开的数据表文件的结构作为数据表文件记录复制到新生成的数据表文件中，无论原数据表有多少个字段，新生成的数据表描述文件的字段数都为 16。

（17）【答案】D【解析】使用表单的 RELEASE 方法，可以将表单从内存中释放（清除）表单，因此可以将"退出"命令按钮的 Click 事件设置为 ThisForm.Release。

（18）【答案】B【解析】将数据库表移出为自由表的命令格式为：REMOVE TABLE <表名>。

（19）【答案】A【解析】在 SQL 语句中，利用 HAVING 子句，可以设置当分组满足某个条件时才进行检索。HAVING 子句总是跟在 GROUP BY 子句之后，不可以单独使用。在查询中，首先利用 WHERE 子句限定元组，然后进行分组，最后再用 HAVING 子句限定分组。而 GROUP BY 子句一般在 WHERE 语句之后，没有 WHERE 语句时，跟在 FROM 子句之后。另外，也可以根据多个属性进行分组。

（20）【答案】B【解析】在 Visual FoxPro 中，用于存储电子表格、文档、图片等 OLE 对象应该使用的字段类型是通用型。

（21）【答案】B【解析】建立表的命令是 CREATE ，修改表结构的命令是 MODIFY STRUCTURE（必须先打开表文件），打开与关闭表的命令是 USE。

（22）【答案】A【解析】在 Visual FoxPro 中规定，过程调用时，形参的数目不能少于实参的数目，否则系统会在运行时产生错误，如果形参的数目多余实参的数目，那么，多余的形参取初值逻辑假 ".F. "。

（23）【答案】C【解析】在 Visual FoxPro 中，过程的返回语句为 RETURN，并返回表达式的值。如果没有 RETURN 命令，则在过程结束处自动执行一条隐含的 RETURN 命令。如果 RETURN 命令不带<表达式>，则返回逻辑值 ".T."。

（24）【答案】A【解析】字段有效性规则是用来指定该字段的值必须满足的条件，限制该字段的数据的有效范围。本题应为逻辑表达式。

（25）【答案】C【解析】数据实体完整性是为了保证表中记录惟一的特性，即在一个表中不允许有重复的记录。Visual Foxpro 利用主关键字或候选关键字来保证表中记录的惟一，即保证实体惟一性。而在题中的四个选项中，只有选项 C 的"PRIMARY KEY"短语是用来在 SQL 创建表命令中创建主索引。

（26）【答案】B【解析】使用命令"DO<文件名>"来运行菜单程序，但文件名的扩展名.MPR 不能省略。

（27）【答案】A【解析】Parent 用于引用当前对象的直接容器，This 用于引用当前对象，ThisForm 引用当前对象所在的表单，ThisFormSet 引用当前对象所在的表单集。

（28）【答案】D【解析】视图设计器中含有的、但查询设计器中却没有的选项卡是"更新条件"选项卡。

（29）【答案】C【解析】如果删除规则选择的是"限制"，则当用户删除父表中的记录时，如果子表中有相关的记录，则禁止删除父表中的记录。如果删除规则选择的是"级联"，则当用户删除父表中的记录时，则自动删除子表中的相关所有记录。

（30）【答案】A【解析】在 Visual FoxPro 中，使用报表向导共有 6 个步骤，其中第 4 个步骤中需要用户来定义报表的布局，具体的选项为列数、方向、字段布局。

（31）【答案】B【解析】在表单方法中，Hide 方法用于隐藏表单。Show 方法显示表单，将表单的 Visible 属性设置为 ".T."，并使表单成为活动对象。Release 方法是将表单从内存中释放。SetFocus 方法是让表单获得焦点，使其成为活动对象。

(32)【答案】B【解析】使用 SQL 语句查询课程的最高分，可以用 MAX()函数来实现。由于查询的是每门课程的最高分，所以需要按照课程名称进行分组，故选项 B 正确。选项 A 的错误在于，查询结果由 SUM(成绩)构成，是对分组后的成绩进行了求和，选项 C 也是同样的错误。选项 D 错误在于，AS 子句后只有一个字段名，而查询结果字段有两个，无法匹配，也是错误的。

(33)【答案】C【解析】统计人数可以使用 COUNT()函数。在本题中由于学号是惟一的，因而统计人数就可以通过统计学生学号的个数来实现，所以选项 C 为正确答案。4 个选项中可以排除 A、B 两个选项，这两个语句都缺少按选修人数进行排序的子句，选项 D 的错误在于没有设定查询条件。

(34)【答案】A【解析】选项 B 和选项 C 是从建立的 AGE_LIST 视图中查询数据，但 AGE_LIST 视图中没有出生日期字段。选项 D 是从 STUDENT 表或视图中查询数据，但是 STUDENT 表或视图不存在。选项 A 是正确答案。

(35)【答案】B【解析】向数据表中插入记录的 SQL 命令是 INSERT，插入记录的各个字段值要与学生表中的字段顺序相同，因此只有选项 B 正确。也可以用排除法进行求解，选项 A 和 C 中的命令关键字 APPEND 都是错误的，选项 D 中用来描述待插入记录各个字段值中缺少了一个字段值，不能与数据表匹配。

二、填空题

(1)【1】【答案】63 或 2^6-1【解析】在满二叉树中，每层结点都是满的，即每层结点都具有有最大结点数。深度为 k 的满二叉树，一共有 2 的 k 次方-1 个结点，其中包括度为 2 的结点和叶子结点。因此，深度为 7 的满二叉树，一共有 2^7-1 个结点，即 127 个结点。根据二叉树的另一条性质，对任意一棵二叉树，若终端结点（即叶子结点）数为 n0，而其度数为 2 的结点数为 n2，则 n0= n2+1。设深度为 7 的满二叉树中，度为 2 的结点个数为 x，则改树中叶子结点的个数为 x+1。应满足 x+(x+1)=127，解该方程得到 x 的值为 63。结果上述分析可知，在深度为 7 的满二叉树中，度为 2 的结点个数为 63。

(2)【2】【答案】时间【解析】算法的复杂度主要指时间复杂度和空间复杂度。

(3)【3】【答案】数据字典【解析】在结构化分析方法中，用于描述系统中所用到的全部数据和文件的文档称为数据字典。

(3)【4】【答案】顺序【解析】线性表的存储结构主要分为顺序存储结构和链式存储结构。当队列用链式存储结构实现时，就称为链队列；当队列用顺序存储结构实现时，就称为循环表。因此，本题划线处应填入"顺序"。

(5)【5】【答案】物理独立性【解析】数据独立性分为逻辑独立性与物理独立性。当数据的存储结构改变时，其逻辑结构可以不变，因此，基于逻辑结构的应用程序不必修改，称为物理独立性。

(6)【6】【答案】数字或数值或数【解析】表达式{^2005-10-3 10:0:0}和{^2005-10-3 9:0:0}均为日期时间型变量，而两个日期时间型变量相减所得结果为两个日期时间之间所相差的秒数，为数值型。

(7)【7】【答案】Show【解析】Visible 属性指定对象是可见还是隐藏。Show 方法在使表单成为可见的同时，也使其成为活动的。

(8)【8】【答案】EXIT【解析】EXIT 命令跳出循环执行循环体后面的语句；LOOP 返回到循环体开始执行。

(9)【9】【答案】MODIFY STRUCTURE【解析】在命令窗口中使用 MODIFY STRUCTURE 命令可以将当前已打开的表文件的表设计器打开，在表设计器中可以对表结构进行修改。

(10)【10】【答案】SOME【11】【答案】WHERE 或 WHER【解析】在 SQL 的嵌套查询中，量词 ANY 和 SOME 是同义词，在进行比较运算时，只要子查询中有一行能使结果为真，则结果为真。SQL SELECT 语句中 WHERE 子句用来指出查询的条件。

(11)【12】【答案】Click 或单击或鼠标单击【解析】当用鼠标单击一个对象时，执行该对象的 Click 事件。

(12)【13】【答案】SUM(工资)【解析】计算合计数时，应当使用 SQL 的 SUM()（求和）函数，则计算工资合计时，需要使用 SUM(工资)。

（13）【14】【答案】前【解析】在 Visual FoxPro 中，表单的 Load 事件先于 Init 事件引发。

（14）【15】【答案】COLUMN【解析】在 SQL 语句中修改表字段名称的格式为：RENAME COLUMN 字段名 1 TO 字段名 2，故正确答案为 COLUMN。

第 4 套笔试模拟试卷

（考试时间 90 分钟，满分 100 分）

一、选择题（每小题 2 分，共 70 分）

下列各题 A)、B)、C)、D) 4 个选项中，只有一个选项是正确的，请将正确选项涂写在答题卡相应的位置上，答在试卷上不得分。

（1）下列选项中不符合良好程序设计风格的是（　　）。

A）源程序要文档化　　　　　　　　　　B）数据说明的次序要规范化

C）避免滥用 goto 语句　　　　　　　　D）模块设计要保证高耦合、高内聚

（2）下列关于队列的叙述中正确的是（　　）。

A）在队列中只能插入数据　　　　　　　B）在队列中只能删除数据

C）队列是先进先出的线性表　　　　　　D）队列是先进后出的线性表

（3）下列选项中不属于软件生命周期开发阶段任务的是（　　）。

A）软件测试　　　　B）概要设计　　　　C）软件维护　　　　D）详细设计

（4）下列叙述中正确的是（　　）。

A）线性链表中的各元素在存储空间中的位置必须是连续的

B）线性链表中的表头元素一定存储在其他元素的前面

C）线性链表中的各元素在存储空间中的位置不一定是连续的，但表头元素一定存储在其他元素的前面

D）线性链表中的各元素在存储空间中的位置不一定是连续的，且各元素的存储顺序也是任意的

（5）下列叙述中正确的是（　　）。

A）线性链表是线性表的链式存储结构　　B）栈与队列是非线性结构

C）双向链表是非线性结构　　　　　　　D）只有根结点的二叉树是线性结构

（6）下列叙述中正确的是（　　）。

A）黑箱（盒）测试方法完全不考虑程序的内部结构和内部特征

B）黑箱（盒）测试方法主要考虑程序的内部结构和内部特征

C）白箱（盒）测试不考虑程序内部的逻辑结构

D）上述 3 种说法都不对

（7）下列叙述中正确的是（　　）。

A）接口复杂的模块，其耦合程度一定低　　B）耦合程度弱的模块，其内聚程度一定低

C）耦合程度弱的模块，其内聚程度一定高　D）上述 3 种说法都不对

（8）下列描述中正确的是（　　）。

A）程序就是软件　　　　　　　　　　　B）软件开发不受计算机系统的限制

C）软件既是逻辑实体，又是物理实体　　D）软件是程序、数据与相关文档的集合

（9）用树形结构来表示实体之间联系的模型称为（　　）。

A）关系模型　　　　B）层次模型　　　　C）网状模型　　　　D）数据模型

（10）数据库 DB、数据库系统 DBS、数据库管理系统 DBMS 之间的关系是（　　）。

　　A）DB 包含 DBS 和 DBMS　　　　　　B）DBMS 包含 DB 和 DBS

　　C）DBS 包含 DB 和 DBMS　　　　　　D）没有任何关系

（11）以下不属于 SQL 数据操作命令的是（　　）。

　　A）MODIFY　　　B）INSERT　　　　C）UPDATE　　　　D）DELETE

（12）执行命令"INDEX　on 姓名 TAG　index_name"建立索引后，下列叙述错误的是（　　）。

　　A）此命令建立的索引是当前有效索引

　　B）此命令所建立的索引将保存在 IDX 文件中

　　C）表中记录按索引表达式升序排序

　　D）此命令的索引表达式是"姓名"，索引名是"index_name"

（13）报表的数据源可以是（　　）。

　　A）表或视图　　　B）表或查询　　　　C）表、查询或视图　　　D）表或其他报表

（14）在 Visual FoxPro 中，打开数据库的命令是（　　）。

　　A）OPFN DATABASE <数据库名>　　　B）USE <数据库名>

　　C）USE DATABASE <数据库名>　　　　D）OPEN< 数据库名 >

（15）"项目管理器"的"运行"按钮用于执行选定的文件，这些文件可以是（　　）。

　　A）查询、视图或表单　　　　　　　　B）表单、报表和标签

　　C）查询、表单或程序　　　　　　　　D）以上文件都可以

（16）在指定字段或表达式中不允许出现重复值的索引是（　　）。

　　A）惟一索引　　　B）惟一索引和候选索引　C）惟一索引和主索引　　D）主索引和候选索引

（17）下列程序段执行以后，内存变量 y 的值是（　　）。

```
x=34567
y=0
DO WHILE x>0
    y=x%10+y*10
    x=int(x/10)
ENDDO
```

　　A）3456　　　　　B）34567　　　　　C）7654　　　　　　D）76543

（18）不允许记录中出现重复索引值的索引是（　　）。

　　A）主索引　　　　　　　　　　　　　B）主索引、候选索引和普通索引

　　C）主索引和候选索引　　　　　　　　D）主索引、候选索引和惟一索引

（19）在 Visual FoxPro 的查询设计器中"筛选"选项卡对应的 SQL 短语是（　　）。

　　A）WHERE　　　B）JOIN　　　　　C）SET　　　　　　D）ORDER BY

（20）下面关于类、对象、属性和方法的叙述中，错误的是（　　）。

　　A）类是对一类相似对象的描述，这些对象具有相同种类的属性和方法

　　B）属性用于描述对象的状态，方法用于表示对象的行为

　　C）基于同一个类产生的两个对象可以分别设置自己的属性值

　　D）通过执行不同对象的同名方法，其结果必然是相同的

（21）在下面的 Visual FoxPro 表达式中，运算结果不为逻辑真的是（　　）。

　　A）EMPTY(SPACE(0))　　　　　　　　B）LIKE('xy*', 'xyz')

　　C）AT('xy', 'abcxyz')　　　　　　　　D）ISNULL(.NULL.)

（22）SQL 的数据操作语句不包括（　　）

    A）INSERT   B）UPDATE   C）DELETE   D）CHANGE

（23）假设职员表已在当前工作区打开，其当前记录的"姓名"字段值为"张三"（字符型，宽度为 6）。在命令窗口输入并执行如下命令：

    姓名=姓名-"您好"
      ? 姓名

那么主窗口中将显示（　　）。

    A）张三   B）张三　您好   C）张三您好   D）出错

（24）有一学生表文件，且通过表设计器已经为该表建立了若干普通索引。其中一个索引的索引表达式为姓名字段，索引名为 XM。现假设学生表已经打开，且处于当前工作区中，那么可以将上述索引设置为当前索引的命令是（　　）。

    A）SET INDEX TO 姓名   B）SET INDEX TO XM

    C）SET ORDER TO 姓名   D）SET ORDER TO XM

（25）假设在表单设计器环境下，表单中有一个文本框且已经被选定为当前对象。现在从属性窗口中选择 Value 属性，然后在设置框中输入：={^2001-9-10}-{^2001-8-20}。请问以上操作后，文本框 Value 属性值的数据类型为（　　）。

    A）日期型   B）数值型   C）字符型   D）以上操作出错

（26）在 Visual FoxPro 中，关于视图的正确叙述是（　　）。

    A）视图与数据库表相同，用来存储数据   B）视图不能同数据库表进行连接操作

    C）在视图上不能进行更新操作   D）视图是从一个或多个数据库表导出的虚拟表

（27）以下所列各项属于命令按钮事件的是（　　）。

    A）Parent   B）This   C）ThisForm   D）Click

（28）如果在命令窗口执行命令：LIST 名称，主窗口中显示：

    记录号　名称
      1　电视机
      2　计算机
      3　电话线
      4　电冰箱
      5　电线

假定名称字段为字符型、宽度为 6，那么下面程序段的输出结果是（　　）。

```
GO 2
SCAN  NEXT 4 FOR LEFT(名称,2)="电"
    IF RIGHT(名称,2)="线"
        EXIT
    ENDIF
ENDSCAN
? 名称
```

    A）电话线   B）电线   C）电冰箱   D）电视机

设有如下说明，请回答（29）～（35）小题：

有如下 3 个表：

职员.DBF：职员号 C（3），姓名 C（6），性别 C（2），组号 N（1），职务 C（10）

客户.DBF：客户号 C（4），客户名 C（36），地址 C（36），所在城市 C（36）

订单.DBF：订单号 C（4），客户号 C（4），职员号 C（3），签订日期 D，金额 N（6.2）

（29）查询金额最大的 10% 的订单信息。正确的 SQL 语句是（　　）。

A）SELECT * TOP 10 PERCENT FROM 订单

B）SELECT TOP 10% * FROM 订单 ORDER BY 金额

C）SELECT * TOP 10 PERCENT FROM 订单 ORDER BY 金额

D）SELECT TOP 10 PERCENT * FROM 订单 ORDER BY 金额 DESC

（30）查询订单数在 3 个以上、订单的平均金额 200 元以上的职员号。正确的 SQL 语句是（　　）。

A）SELECT 职员号 FROM 订单 GROUP BY 职员号 HAVING COUNT(*)>3 AND AVG_金额>200

B）SELECT 职员号 FROM 订单 GROUP BY 职员号 HAVING COUNT(*)>3 AND AVG(金额)>200

C）SELECT 职员号 FROM 订单 GROUP BY 职员号 HAVING COUNT(*)>3 WHERE AVG(金额)>200

D）SELECT 职员号 FROM 订单 GROUP BY 职员号 WHERE COUNT(*)>3 AND AVG_金额>200

（31）显示 2005 年 1 月 1 日后签订的订单，显示订单的订单号、客户名以及签订日期。正确的 SQL 语句是（　　）。

A）SELECT 订单号,客户名,签订日期 FROM 订单 JOIN 客户

　　ON 订单.客户号=客户.客户号 WHERE 签订日期>{^2005-1-1}

B）SELECT 订单号,客户名,签订日期 FROM 订单 JOIN 客户

　　WHERE 订单.客户号=客户.客户号 AND 签订日期>{^2005-1-1}

C）SELECT 订单号,客户名,签订日期 FROM 订单,客户

　　WHERE 订单.客户号=客户.客户号 AND 签订日期<{^2005-1-1}

D）SELECT 订单号,客户名,签订日期 FROM 订单,客户

　　ON 订单.客户号=客户.客户号 AND 签订日期<{^2005-1-1}

（32）显示没有签订任何订单的职员信息（职员号和姓名），正确的 SQL 语句是（　　）。

A）SELECT 职员.职员号,姓名 FROM 职员 JOIN 订单

　　ON 订单.职员号=职员.职员号 GROUP BY 职员.职员号 HAVING COUNT(*)=0

B）SELECT 职员.职员号,姓名 FROM 职员 LEFT JOIN 订单

　　ON 订单.职员号=职员.职员号 GROUP BY 职员.职员号 HAVING COUNT(*)=0

C）SELECT 职员号,姓名 FROM 职员

　　WHERE 职员号 NOT IN(SELECT 职员号 FROM 订单)

D）SELECT 职员.职员号,姓名 FROM 职员

　　WHERE 职员.职员号 <> (SELECT 订单.职员号 FROM 订单)

（33）有以下 SQL 语句：

　　　　SELECT 订单号,签订日期,金额 FROM 订单,职员

　　　　　WHERE 订单.职员号=职员.职员号 AND 姓名="李二"

　与如上语句功能相同的 SQL 语句是（　　）。

A）SELECT 订单号,签订日期,金额 FROM 订单

　　WHERE EXISTS（SELECT * FROM 职员 WHERE 姓名="李二"）

B）SELECT 订单号, 签订日期, 金额 FROM 订单 WHERE

　　EXISTS（SELECT * FROM 职员 WHERE 职员号=订单.职员号 AND 姓名="李二"）

C）SELECT 订单号,签订日期,金额 FROM 订单

　　WHERE IN（SELECT 职员号 FROM 职员 WHERE 姓名="李二"）

D）SELECT 订单号,签订日期,金额 FROM 订单 WHERE

        IN（SELECT 职员号 FROM 职员 WHERE 职员号=订单.职员号 AND 姓名="李二"）

（34）从订单表中删除客户号为"1001"的订单记录，正确的 SQL 语句是（   ）。

    A）DROP FROM 订单 WHERE 客户号="1001"

    B）DROP FROM 订单 FOR 客户号="1001"

    C）DELETE FROM 订单 WHERE 客户号="1001"

    D）DELETE FROM 订单 FOR 客户号="1001"

（35）将订单号为"0060"的订单金额改为 169 元，正确的 SQL 语句是（   ）。

    A）UPDATE 订单 SET 金额=l69 WHERE 订单号="0060"

    B）UPDATE 订单 SET 金额 WITH 169 WHERE 订单号="0060"

    C）UPDATE FROM 订单 SET 金额=169 WHERE 订单号="0060"

    D）UPDATE FROM 订单 SET 金额 WITH l69 WHERE 订单号="0060"

二、填空题

（1）在一个容量为 25 的循环队列中，若头指针 front=16，尾指针 rear=9，则该循环队列中共有【1】个元素。

（2）在面向对象方法中，类之间共享属性和操作的机制称为【2】。

（3）在数据库系统中，实现各种数据管理功能的核心软件称为【3】。

（4）在数据库的概念结构设计中，常用的描述工具是【4】。

（5）在 E-R 图中，矩形表示【5】。

（6）当删除父表中的记录时，若子表中的所有相关记录也能自动删除，则相应的参照完整性的删除规则为【6】。

（7）在 SQL 的 SELECT 查询中，HAVING 子句不可以单独使用，总是跟在【7】子句之后一起使用。

（8）在 Visual FoxPro 中，选择一个没有使用的、编号最小的工作区的命令是【8】(关键字必须拼写完整)。

（9）在 SQL 的 SELECT 查询中，使用【9】子句消除查询结果中的重复记录。

（10）在 Visual FoxPro 文件中，CREATE DATABASE 命令创建一个扩展名为【10】的数据库。

设有如下说明，请回答（11）～（13）小题：

    有 3 个数据库表：

    金牌榜.DBF   国家代码 C(3)，金牌数 I，银牌数 I，铜牌数 I

    获奖牌情况.DBF   国家代码 C(3)，运动员名称 C(20)，项目名称 C(30)，名次 I

    国家.DBF   国家代码 C(3)，国家名称 C(20)

    "金牌榜"表中一个国家一条记录；"获奖牌情况"表中每个项目中的各个名次都有一条记录，名次只取前 3 名，例如：

国家 代码	运动员名称	项目 名称	名 次
001	刘翔	男子 110 米栏	1
001	李小鹏	男子双杠	3
002	菲尔普斯	游泳男子 200 米自由泳	3
002	菲尔普斯	游泳男子 400 米个人混合泳	1
001	郭晶晶	女子三米板跳板	1
001	李婷/孙甜甜	网球女子双打	1

（11）为表"金牌榜"增加一个字段"奖牌总数"，同时为该字段设置有效性规则：奖牌总数>=0，应使用 SQL

语句：

ALTER TABLE 金牌榜 【11】 奖牌总数 I 【12】 奖牌总数>=0

(12) 使用"获奖牌情况"和"国家"两个表查询"中国"所获金牌（名次为1）的数量，应使用 SQL 语句

SELECT COUNT(*) FROM 国家 INNER JOIN 获奖牌情况;

【13】 国家.国家代码 = 获奖牌情况.国家代码;

WHERE 国家.国家名称 = "中国" AND 名次=1

(13) 将金牌榜.DBF 中的新增加的字段奖牌总数设置为金牌数、银牌数、铜牌数 3 项的和，应使用 SQL 语句

【14】 金牌榜 【15】 奖牌总数=金牌数+银牌数+铜牌数。

第 4 套笔试模拟试卷答案及解析

一、选择题

(1)【答案】D【解析】良好的设计风格包括：程序文档化，选项 A 的说法正确；数据说明次序规范化，选项 B 的说法正确；功能模块化，即把程序代码按照功能划分为低耦合、高内聚的模块，选项 D 的说法错误；注意 goto 语句的使用，选项 C 的说法正确。

(2)【答案】C【解析】队列是指允许在一端进行插入、而在另一端进行删除的线性表，允许插入的一端称为队尾，允许删除的一端称为队头，选项 A 和选项 B 错误。在队列中，最先插入的元素将最先能够被删除，反之，最后插入的元素将最后才能被删除，所以，队列又称为"先进先出"或"后进后出"的线性表，它体现了"先来先服务"的原则，选项 C 正确，选项 D 错误。

(3)【答案】C【解析】软件开发周期开发阶段通常由下面 5 个阶段组成：概要设计、详细设计、编写代码、组装测试和确认测试。软件维护时期的主要任务是使软件持久地满足用户的需要。选项 C 中的软件维护不是软件生命周期开发阶段的任务。

(4)【答案】D【解析】在线性表的链式存储结构中，各数据结点的存储位置不连续，选项 A 错误。各结点在存储空间中的位置关系与逻辑关系也不一致，选项 B 和选项 C 错误。选项 D 正确。

(5)【答案】A【解析】线性链表是线性表的链式存储结构，选项 A 的说法是正确的。栈与队列是特殊的线性表，它们也是线性结构，选项 B 的说法是错误的；双向链表是线性表的链式存储结构，其对应的逻辑结构也是线性结构，而不是非线性结构，选项 C 的说法是错误的；二叉树是非线性结构，而不是线性结构，选项 D 的说法是错误的。

(6)【答案】A【解析】黑箱测试方法完全不考虑程序的内部结构和内部特征，而只是根据程序功能导出测试用例，选项 A 是正确的，选项 B 错误。白箱测试是根据对程序内部逻辑结构的分析来选取测试用例，选项 C 错误。

(7)【答案】C【解析】影响模块之间耦合的主要因素有两个：模块之间的连接形式，模块接口的复杂性。一般来说，接口复杂的模块，其耦合程度要比接口简单的的模块强，所以选项 A 的说法错误；耦合程度弱的模块，其内聚程度一定高，选项 B 错误；选项 C 正确。

(8)【答案】D【解析】计算机软件是计算机系统中与硬件相互依存的另一部分，包括程序、数据及相关文档的完整集合。

(9)【答案】B【解析】目前常用的数据模型有 3 种：层次模型、网状模型和关系模型。在层次模型中，实体之间的联系是用树结构来表示的。

(10)【答案】C【解析】数据库管理系统 DBMS 是数据库系统中实现各种数据管理功能的核心软件。它负责数据库中所有数据的存储、检索、修改以及安全保护等，数据库内的所有活动都是在其控制下进行的。

所以，DBMS 包含数据库 DB。操作系统、数据库管理系统与应用程序在一定的硬件支持下就构成了数据库系统 DBS。所以，DBS 包含 DBMS，也就包含 DB。

(11)【答案】A【解析】SQL 是结构化查询语言的简称，在 Visual FoxPro 中所对应的操作有数据查询、数据定义和数据操作，而对应数据操作的命令有 INSERT、UPDATE 和 DELETE3 种。

(12)【答案】B【解析】执行命令建立索引以后，此命令建立的索引即为当前有效索引，系统默认按升序排列，但此命令并没有创建索引文件，因而其建立的索引不会保存在 IDX 文件中。

(13)【答案】A【解析】报表的数据源可以是自由表、数据库表或视图。

(14)【答案】A【解析】打开数据库的命令为 OPEN DATABASE。

(15)【答案】C【解析】在项目管理器中不能运行的文件是视图或报表。

(16)【答案】D【解析】主索引是对主关键字建立的索引，字段中不允许有重复值。候选索引也是不允许在指定字段和表达式中出现重复值的索引。惟一索引和普通索引允许关键字值的重复出现。

(17)【答案】D【解析】在此程序中，首先为将变量 X 和 Y 分别赋值为 34567 和 0，然后进入循环。而%表示取余数，则 34567%10 的结果为 7，并将其赋值给 Y，接下来将 X 值除 10 取整后的值（3456）赋值给 X，此时 X 值>0，再次进行循环。此时 Y 值为 7，执行 Y=X%10+Y*10 语句后，Y 值为 76，而 X 值经除 10 取整后，为 345 再次进行循环，以此类推，直至 X 值等于 0 时退出循环，此时 Y 值为 76543。

(18)【答案】C【解析】在 Visual FoxPro 中，不允许记录中出现重复索引值的索引是主索引和候选索引。

(19)【答案】A【解析】在查询设计器中，与"筛选"选项卡对应的 SQL 短语是 WHERE。

(20)【答案】D【解析】类是具有相同属性和相同操作的对象的集合。对每个基类，系统都规定了应具有的属性，指定了可使用方法和驱动事件。同一类产生不同对象的属性可以分别设置，属性也称特性，用于描述类的性质、状态；而方法是用于表示对象的行为。

(21)【答案】C【解析】选项 A 中，EMPRY()函数为"空"值测试函数，根据指定表达式的运算结果是否为"空"值，返回逻辑真".T."或逻辑假".F."。而 SPACE()函数为空格字符串生成函数，由于其所带参数为"0"，也就是说生成一个长度为 0 的空格，则此值为"空"，所以 EMPTY()函数返回值为"真"。选项 B 中，LIKE()函数为字符串匹配函数，比较两个字符串对应位置上的字符，若所有对应字符都相匹配，函数返回逻辑真".T."，否则返回逻辑假".F."，在此题中，两字符串匹配，则返回值为".T."。选项 C 中，AT()函数为求子串位置函数，AT()的函数返回值为数值型，是第一个字符串在第二个字符串中所在的位置，故返回值不为逻辑真，符合题意。选项 D 中，ISNULL()函数为空值测试函数，用来判断一个表达式的运算结果是否为 NULL 值，若是 NULL 值返回逻辑真".T."，否则返回逻辑假".F."，此答案中".null"值为空，所以返回值为逻辑真".T."。

(22)【答案】D【解析】SQL 的操作功能主要包括数据的插入（INSERT）、更新（UPDATE）和删除（DELETE）3 个方面的内容。

(23)【答案】A【解析】题干中"姓名"为字段变量，对内存变量赋值方式对字段变量是无效的，因此显示"姓名"字段变量的值时显示的是当前指针指向的记录的值。

(24)【答案】D【解析】本题使用排除法，选项 A 和选项 C 中出现的"姓名"是字段名而不是索引名，可排除；选项 B 是打开索引文件命令；选项 D 为把 XM 设置为当前索引，所以为正确答案。

(25)【答案】B【解析】两个日期型常量相减，所得出的结果为两个日期之间所相差的天数，为一个数值性结果，所以选项 B 为正确答案。

(26)【答案】D【解析】视图始终不真正含有数据，它总是原始数据表的一个窗口，是一个虚拟表，故选项 A 错误；可以使用视图从表中提取一组记录，并改变这些记录的值，把更新结果送回到基本表中，故选项 C 错误；选项 B 之所以错误，是因为视图可以与数据库表进行连接操作。

（27）【答案】D【解析】Parent 属性，属性值为对象引用，用来指向当前对象的直接容器对象，一般用于页框等控件中；而 This 和 ThisForm 关键字用来表示当前对象和当前表单，只能用在方法代码或事件代码中。而 Click 事件是由鼠标单击对象时引发，属于命令按钮事件。

（28）【答案】A【解析】分析此程序如下：

① GO 2 ：将指针指向数据表中第二条记录，即"名称"为"计算机"的记录。

② SCAN NEXT 4 FOR LEFT(名称,2) = "电"：SCAN 循环语句一般用于处理表中记录。语句可指明需处理的记录范围及应满足的条件。语句格式为：

SCAN[<范围>][FOR<条件 1>][WHILE<条件 2>]

<循环体>

执行该语句时，记录指针自动、依次地在当前表的指定范围内满足条件的记录上移动，对每一条记录执行循环体内的命令。

而该循环语句的条件是"LEFT(名称,2)="电""，则表示要查找"名称"字段左侧前两个字符（一个汉字）为"电"的记录。所以，指针将指向记录 3。

③ IF RIGHT(名称,2)="线"

EXIT

ENDIF

此段程序判断当前记录"名称"字段中右侧前两个字符（一个汉字）是否为"线"，如果是，则使用 EXIT 语句退出循环。记录 3 符合条件，则循环终止。

④ ？名称：在屏幕上显示当前记录中的"名称"字段，该字段内容为"电话线"。

（29）【答案】D【解析】本题查询金额最大的 10% 的订单，应该是按金额从高向低降序排列，显示前面 10%，只有选项 D 中的 SQL 语句满足题意。

（30）【答案】B【解析】查询订单的平均金额 200 元以上，用平均函数表示为 AVG（金额）>200，故可排除选项 A 和选项 D；订单数在 3 个以上和订单的平均金额 200 元以上两个条件要同时满足是逻辑"与"关系，故选项 B 正确。

（31）【答案】A【解析】显示 2005 年 1 月 1 日后签定订单，表示方法为：签定日期>{^2005-1-1}，故排除选项 C 和选项 D。两个表使用 JOIN 连接，连接条件使用 ON，故选项 A 为正确答案。

（32）【答案】C【解析】显示没有签订任何订单的职员信息等价于显示订单表中不存在的职员信息。只有选项 C 符合查询条件。

（33）【答案】B【解析】题干中的 SQL 语句的功能是：查询那些姓名为"李二"的职员的订单号，签订日期和金额的信息。4 个选项中只有选项 B 中的查询条件与此等价。

（34）【答案】C【解析】使用 SQL 命令删除表的格式为：DELETE FROM <表名> [WHERE 条件表达式]。

（35）【答案】A【解析】使用 SQL 语句更新表的格式为：UPDATE <表名> SET <列名 1>=<表达式 1>[<列名 2>=<表达式 2>...] [WHERE 条件表达式]。

二、填空题

（1）【1】【答案】18【解析】设循环队列的容量为 n。若 rear>front，则循环队列中的元素个数为 rear-front；若 rear<front，则循环队列中的元素个数为 n+(rear-front)。题中，front=16，rear=9，即 rear<front，所以，循环队列中的元素个数为 m+(rear-front)=25+(9-16)=18。

（2）【2】【答案】分类性【解析】在面向对象方法中，类是具有共同属性、共同方法的对象的集合。所以，类是对象的抽象，它描述了属于该对象类型的所有对象的性质。而一个具体的对象则是其对应类的一个实例。由此可知，类是关于对象性质的描述，它包括一组数据属性和在数据上的一组合法操作。类之间这种共享属性和操作的机制称为分类性。

（3）【3】【答案】数据库管理系统或 DBMS【解析】数据库管理系统(Database Management System，DBMS)是一种操纵和管理数据库的大型软件，是用于建立、使用和维护数据库，简称 DBMS。它对数据库进行统一的管理和控制，以保证数据库的安全性和完整性。用户通过 DBMS 访问数据库中的数据，数据库管理员也通过 DBMS 进行数据库的维护工作。它提供多种功能，可使多个应用程序和用户用不同的方法在同时或不同时刻去建立，修改和询问数据库。因此，数据库系统中，数据库管理系统是实现各种数据管理功能的核心软件。本题的答案是数据库管理系统或 DBMS。

（4）【4】【答案】E-R 图【解析】E-R 图是设计概念模型的有力工具。

（5）【5】【答案】实体【解析】E-R 模型中，有 3 个基本的抽象概念：实体、联系和属性。在 E-R 图中，用矩形框表示实体，菱形框表示联系，椭圆形框表示属性。

（6）【6】【答案】级联【解析】如果删除规则选择的是"级联"，则当用户删除父表中的记录时，则自动删除子表中的相关所有记录。

（7）【7】【答案】GROUP BY 或 GROUP【解析】在 SQL 语句中，利用 HAVING 子句，可以设置当分组满足某个条件时才检索。HAVING 子句总是跟在 GROUP BY 子句之后，不可以单独使用。

（8）【8】【答案】SELECT 0【解析】在 Visual FoxPro 中，用于选择工作区的命令是 SELECT <工作区号>，而 SELECT 0 命令表示指定最小编号的空闲活动区。

（9）【9】【答案】DISTINCT【解析】SQL 的数据查询语句中，DISTINCT 短语的作用是去掉查询结果中的重复值。

（10）【10】【答案】.DBC 或 DBC【解析】Visual FoxPro 中数据库文件的扩展名是 DBC。

（11）【11】【答案】ADD 或 ADD COLUMN【12】【答案】CHECK【解析】使用 SQL 语句为表的字段设置有效性规则的命令格式为：ALTER TABLE <表名> ALTER <字段名> SET CHECK <表达式>，而要增加字段可以用 ADD 或 ADD COLUMN 短语。

（12）【13】【答案】ON【解析】SQL 中实现联接的命令格式为：SELECT...FROM <表名> INNER JOIN <表名> ON <联接表达式>。"WHERE...国家.国家代码 = 获奖牌情况.国家代码"是联接表达式，所以前面应写 ON。

（13）【14】【答案】UPDATE【15】【答案】SET【解析】SQL 中的 UPDATE 命令可以实现对数据表的字段的更新操作。语句中 SET 子句后面的表达式指明具体的修改方法。

第 5 套笔试模拟试卷

（考试时间 90 分钟，满分 100 分）

一、选择题（每小题 2 分，共 70 分）

下列各题 A）、B）、C）、D）四个选项中，只有一个选项是正确的。请将正确选项填涂在答题卡相应位置上，答在试卷上不得分。

（1）一个栈的初始状态为空。现将元素 1、2、3、4、5、A、B、C、D、E 依次入栈，然后再依次出栈，则元素出栈的顺序是（　　）。

A）12345ABCDE　　B）EDCBA54321　　　　C）ABCDE12345　　　　D）54321EDCBA

（2）下列叙述中正确的是（　　）。

A）循环队列有队头和队尾两个指针，因此，循环队列是非线性结构

B）在循环队列中，只需要队头指针就能反映队列中元素的动态变化情况

C）在循环队列中，只需要队尾指针就能反映队列中元素的动态变化情况

D）循环队列中元素的个数是由队头指针和队尾指针共同决定

（3）在长度为 n 的有序线性表中进行二分查找，最坏情况下需要比较的次数是（　　）。

A）$O(n)$　　　　B）$O(n^2)$　　　　C）$O(\log_2 n)$　　　　D）$O(n \log_2 n)$

（4）下列叙述中正确的是（　　）。

A）顺序存储结构的存储空间一定是连续的，链式存储结构的存储空间不一定是连续的

B）顺序存储结构只针对线性结构，链式存储结构只针对非线性结构

C）顺序存储结构能存储有序表，链式存储结构不能存储有序表

D）链式存储结构比顺序存储结构节省存储空间

（5）数据流图中带有箭头的线段表示的是（　　）。

A）控制流　　　　B）事件驱动　　　　C）模块调用　　　　D）数据流

（6）在软件开发中，需求分析阶段可以使用的工具是（　　）。

A）N-S 图　　　　B）DFD 图　　　　C）PAD 图　　　　D）程序流程图

（7）在面向对象方法中，不属于"对象"基本特点的是（　　）。

A）一致性　　　　B）分类性　　　　C）多态性　　　　D）标识唯一性

（8）一间宿舍可住多个学生，则实体宿舍和学生之间的联系是（　　）。

A）一对一　　　　B）一对多　　　　C）多对一　　　　D）多对多

（9）在数据管理技术发展的 3 个阶段中，数据共享最好的是（　　）。

A）人工管理阶段　　　B）文件系统阶段　　　C）数据库系统阶段　　　D）3 个阶段相同

（10）有 3 个关系 R、S 和 T 如下：

R			S			T		
A	B		B	C		A	B	C
m	1		1	3		m	1	3
n	2		3	5				

由关系 R 和 S 通过运算得到关系 T，则所使用的运算为（　　）。

A）笛卡儿积　　　B）交　　　　C）并　　　　D）自然连接

（11）设置表单标题的属性是（　　）。

A）Title　　　　B）Text　　　　C）Biaoti　　　　D）Caption

（12）释放和关闭表单的方法是（　　）。

A）Release　　　　B）Delete　　　　C）LostFocus　　　　D）Destory

（13）从表中选择字段形成新关系的操作是（　　）。

A）选择　　　　B）连接　　　　C）投影　　　　D）并

（14）Modify Command 命令建立的文件的默认扩展名是（　　）。

A）prg　　　　B）app　　　　C）cmd　　　　D）exe

（15）说明数组后，数组元素的初值是（　　）。

A）整数 0　　　　B）不定值　　　　C）逻辑真　　　　D）逻辑假

（16）扩展名为 mpr 的文件是（　　）。

A）菜单文件　　　B）菜单源程序文件　　　C）菜单备注文件　　　D）菜单参数文件

（17）下列程序段执行后，内存变量 y 的值是（　　）。

x = 76543

```
      y = 0
      DO WHILE x>0
           y = x%10+y*10
           x = int(x/10)
      ENDDO
```

  A）3456   B）34567   C）7654   D）76543

（18）在 SQL SELECT 查询中，为了使查询结果排序应使用短语（   ）。

  A）ASC   B）DESC   C）GROUP BY   D）ORDER BY

（19）设 a="计算机等级考试"，结果为"考试"的表达式是（   ）。

  A）Left(a,4)   B）Right(a,4)   C）Left(a,2)   D）Right(a,2)

（20）关于视图和查询，以下叙述正确的是（   ）。

  A）视图和查询都只能在数据库中建立   B）视图和查询都不能在数据库中建立

  C）视图只能在数据库中建立   D）查询只能在数据库中建立

（21）在 SQL SELECT 语句中，与 INTO TABLE 等价的短语是（   ）。

  A）INTO DBF   B）TO TABLE   C）INTO FORM   D）INTO FILE

（22）CREATE DATABASE 命令用来建立（   ）。

  A）数据库   B）关系   C）表   D）数据文件

（23）要执行程序 temp.prg，应该执行的命令是（   ）。

  A）DO PRG temp.prg   B）Do temp.prg   C）DO CMD temp.prg   D）DO FORM temp.prg

（24）下列表单的哪个属性设置为真时，表单运行时将自动居中（   ）？

  A）AutoCenter   B）AlwaysOnTop   C）ShowCenter   D）FormCenter

（25）假设有 Student 表，可以正确添加字段"平均分数"的命令是（   ）。

  A）ALTER TABLE student ADD 平均分数 F(6,2)

  B）ALTER DBF student ADD 平均分数 F 6,2

  C）CHANGE TABLE student ADD 平均分数 F(6,2)

  D）CHANGE TABLE student INSERT 平均分数 6,2

（26）页框控件也称作选项卡控件，在一个页框中可以有多个页面，页面个数的属性是（   ）。

  A）Count   B）Page   C）Num   D）PageCount

（27）打开已经存在的表单文件的命令是（   ）。

  A）MODIFY FORM   B）EDIT FORM   C）OPEN FORM   D）READ FORM

（28）在菜单设计中，可以在定义菜单名称时为菜单指定一个访问键。规定了菜单项的访问键为"x"的菜单名称定义是（   ）。

  A）综合查询\<(x)   B）综合查询/<(x)   C）综合查询(\<x)   D）综合查询(/<x)

（29）要为当前表所有性别为"女"的职工增加 100 元工资，应使用命令（   ）。

  A）REPLACE ALL 工资 WITH 工资+100

  B）REPLACE 工资 WITH 工资+100 FOR 性别="女"

  C）CHANGE ALL 工资 WITH 工资+100

  D）CHANGE ALL 工资 WITH 工资+100 FOR 性别="女"

（30）MODIFY STRUCTURE 命令的功能是（   ）。

  A）修改记录值   B）修改表结构   C）修改数据库结构   D）修改数据库或表结构

（31）～（35）使用如下关系：

客户（客户号，名称，联系人，邮政编码，电话号码）

产品（产品号，名称，规格说明，单价）

订购单（订单号，客户号，订购日期）

订购单名细（订单号，序号，产品号，数量）

(31) 查询单价在 600 元以上主板和硬盘的正确命令是（　　）

 A）SELECT * FROM 产品 WHERE 单价>600 AND (名称='主板' AND 名称='硬盘')

 B）SELECT * FROM 产品 WHERE 单价>600 AND (名称='主板' OR 名称='硬盘')

 C）SELECT * FROM 产品 FOR 单价>600 AND (名称='主板' AND 名称='硬盘')

 D）SELECT * FROM 产品 FOR 单价>600 AND (名称='主板'OR 名称='硬盘')

(32) 查询客户名称中有"网络"二字的客户信息的正确命令是（　　）。

 A）SELECT * FROM 客户 FOR 名称 LIKE "%网络%"

 B）SELECT * FROM 客户 FOR 名称 = "%网络%"

 C）SELECT * FROM 客户 WHERE 名称 = "%网络%"

 D）SELECT * FROM 客户 WHERE 名称 LIKE "%网络%"

(33) 查询尚未最后确定订购单的有关信息的正确命令是（　　）。

 A）SELECT 名称, 联系人, 电话号码, 订单号 FROM 客户, 订购单 WHERE 客户.订单号= 订购单.订单号 and 订购日期 IS NULL

 B）SELECT 名称, 联系人, 电话号码, 订单号 FROM 客户, 订购单 WHERE 客户.订单号= 订购单.订单号 and 订购日期 = NULL

 C）SELECT 名称, 联系人, 电话号码, 订单号 FROM 客户, 订购单 FOR 客户.订单号=订 购单.订单号 and 订购日期 IS NULL

 D）SELECT 名称, 联系人, 电话号码, 订单号 FROM 客户, 订购单 FOR 客户.订单号=订 购单.订单号 and 订购日期 = NULL

(34) 查询订购单的数量和所有订购单平均金额的正确命令是（　　）。

 A）SELECT COUNT(DISTINCT 订单号), AVG(数量*单价) FROM 产品 JOIN 订购单名细 ON 产品. 产品号=订购单名细.产品号

 B）SELECT COUNT(订单号), AVG(数量*单价) FROM 产品 JOIN 订购单名细 ON 产品.产品号=订购 单名细.产品号

 C）SELECT COUNT(DISTINCT 订单号), AVG(数量*单价) FROM 产品, 订购单名细 ON 产品.产品号 =订购单名细.产品号

 D）SELECT COUNT(订单号), AVG(数量*单价) FROM 产品, 订购单名细 ON 产品.产品号=订购单名细.产品号

(35) 假设客户表中有客户号（关键字）C1~C10 共 10 条客户记录，订购单表有订单号（关键字）OR1~OR8 共 8 条订购单记录，并且订购单表参照客户表。以下命令可以正确执行的是（　　）。

 A）INSERT INTO 订购单 VALUES('OR5','C5',{^2008/10/10})

 B）INSERT INTO 订购单 VALUES('OR5','C11',{^2008/10/10})

 C）INSERT INTO 订购单 VALUES('OR9','C11',{^2008/10/10})

 D）INSERT INTO 订购单 VALUES('OR9','C5',{^2008/10/10})

二、填空题（每空 2 分，共 30 分）

请将每一空的正确答案写在答题卡【1】～【15】序号的横线上，答在试卷上不得分。

(1) 对下列二叉树进行中序遍历的结果是【1】。

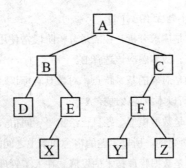

（2）按照软件测试的一般步骤，集成测试应在【2】测试之后进行。

（3）软件工程三要素包括方法、工具和过程，其中，【3】支持软件开发的各个环节的控制和管理。

（4）数据库设计包括概念设计、【4】和物理设计。

（5）在二维表中，元组的【5】不能再分成更小的数据项。

（6）SELECT * FROM student【6】FILE student 命令将查询结果存储在 Student.txt 文本文件中。

（7）LEFT("12345.6789",LEN("字串"))的计算结果是【7】。

（8）不带条件的 SQL DELETE 命令将删除指定表的【8】记录。

（9）在 SQL SELECT 语句中为了将查询结果存储到临时表中应该使用【9】短语。

（10）每个数据库表可以建立多个索引，但是【10】索引只能建立 1 个。

（11）在数据库中可以设计视图和查询，其中【11】不能独立存储为文件（存储在数据库中）。

（12）SQL 的 SELECT 语句中，使用【12】子句可以消除结果中的重复记录。

（13）在 Visual FoxPro 中，使用 LOCATE ALL 命令按条件对表中的记录进行查找，若查不到记录，函数 EOF() 的返回值应是【13】。

（14）为了在文本框输入时隐藏信息（如显示"*"），需要设置该控件的【14】属性。

（15）在 Visual FoxPro 中，在当前打开的表中物理删除带有删除标记记录的命令是【15】。

第 5 套笔试模拟试卷答案及解析

一、选择题

（1）【答案】B【解析】本题考查的是栈的概念。栈是一种先进后出的队列，所以将元素 1、2、3、4、5、A、B、C、D、E 依次入栈，出栈的顺序则正好相反为 E、D、C、B、A、5、4、3、2、1。故本题应该选择 B。

（2）【答案】D【解析】本题考查的是循环队列的概念。循环队列是一种线形结构，所以选项 A 不正确；在循环队列中，插入元素需要移动队尾指针，取出元素需要移动队头指针，因此选项 B 和 C 均不正确；循环队列中元素的个数是由队头和队尾指针共同决定的是正确的，故应该选择 D。

（3）【答案】C【解析】本题考查的是二分查找法。对于长度为 n 的有序线性表，在最坏情况下，二分查找只需要比较 $\log_2 n$ 次。所以本题应该选择 C。

（4）【答案】A【解析】本题考查的是顺序存储结构和链式存储结构。链式存储结构既可用于表示线性结构，也可用于表示非线性结构，所以选项 B 和 C 不正确；链式存储结构比顺序存储结构每个元素多了一个或多个指针域，比顺序存储结构要多耗费一些存储空间，所以选项 D 也不正确。所以，本题中只有选项 A 是正确的。

（5）【答案】D【解析】本题考查的是数据流图的基本概念。数据流图（DFD）是结构化分析中常用的一种工具，它的图形元素主要有 4 种：以圆圈表示加工；以带有箭头的线段表示数据流；以上下两条横线表示存储文件；以矩形表示源。故本题应该选择 D。

(6)【答案】B【解析】本题考查的是需求分析。在需求分析阶段常使用的工具有：数据流图（DFD）、数据字典（DD）、判定树和判定表。故本题应该选择 B。

(7)【答案】A【解析】本题考查的是对象的基本特点。对象具有标识唯一性、分类性、多态性、封装性和模块独立性好这 5 个基本特点，所以本题应该选择 A。

(8)【答案】B【解析】本题考查的是数据模型。题目已给出"一间宿舍可住多个学生"，那么一个学生能不能住多间宿舍呢？答案肯定是否定的。所以本题的宿舍和学生之间的联系是一对多。故本题应该选择 B。

(9)【答案】C【解析】本题考查的是数据管理技术的发展。在人工管理阶段，数据无共享，数据冗余度大；文件系统阶段，数据共享性差，数据冗余度还是很大；到数据库系统阶段，数据共享性大了，数据冗余度变小。所以本题应该选择 C。

(10)【答案】D【解析】本题考查的是数据库的关系代数运算。R 表中有两个域 A、B，有两条记录（也叫元组），分别是（m，1）和（n，2）；S 表中有两个域 B、C，有两条记录（1，3）和（3，5）。注意观察表 T，它包含了 R 和 S 两个表的所有域 A、B、C，但只包含 1 条记录（m，1，3），这条记录是由 R 表的第 1 条记录和 S 表的第 1 条记录组合而成的，两者的 B 域值正好相等。上述运算恰恰符合关系代数的自然连接运算规则。因此，本题的正确答案为选项 D。

(11)【答案】D【解析】本题考查表单标题栏的设置。表单的 Caption 属性用来设置表单的标题，因此正确答案为选项 D。其余选项均错误。

(12)【答案】A【解析】本题考查关闭表单并从内存中释放（清除）的方法，此方法几乎是每次考试的必考部分。使用表单的 Release 方法，可以将表单从内存中释放（清除）并关闭表单。在其余的几个选项中，选项 D 为 SQL 操作命令，选项 C 的 LostFocus 事件在对象失去焦点时引发，而选项 D 中的 Destory 事件是在表单释放时被引发。

(13)【答案】C【解析】本题考查专门关系运算。专门的关系运算有 3 种：选择、投影和连接。投影运算是从关系模式中指定若干个属性组成新的关系。选择是从关系中找出满足给定条件的元组。连接是将两个关系模式拼接成一个更宽的模式，生成的新关系包含满足联接条件的元组。因此正确答案为选项 C。

(14)【答案】A【解析】在 VFP 的命令窗口中，输入 Modify Command <文件名>可以创建或编辑 VFP 的程序文件，所创建的文件默认扩展名为.prg，所以，正确选项为 A。

(15)【答案】D【解析】数组是内存中连续的一片存储区域，由一系列元素组成，可以通过数据名及相应的下标来放，每个数组元素相当于一个内存变量。数组在使用之前一般要用 Dimension 或 Declare 命令显式创建，数组创建后，系统自动给每个数组元素赋以逻辑假.F.。所以，正确答案为 D。

(16)【答案】B【解析】与菜单相关的文件扩展名有 mnx、mnt 及 mpr，分别是菜单文件（mnx）、菜单备注文件（mnt）和生成的菜单源程序文件（mpr），答案 C 为正确答案。

(17)【答案】B【解析】此题考查考生对赋值语句、函数运算及循环语句的理解。在程序中的 y = x%10+y*10 语句表示将 y 值乘 10 后加上 x 值与 10 相除的余数后，再赋值给 y，在第一次循环 x=76543 时，y 值等于 0+3，为 3，下一语句中，将 x 除以 10 后取整，此时 x 值为 7654；则第二次循环，y 值等于 30+4，为 34，而在循环结束时，x=765；以此类推，则最终的 y 值为 34567，所以，选项 B 为正确答案。

(18)【答案】D【解析】此题考查对 SQL SELECT 语句的理解。在 SQL SELECT 语句中，使用 ORDER BY 子句对查询结果进行排序，格式为：ORDER BY Order_Item [ASC|DESC][, order_Item [ASC|DESC]…]，所以选项 D 为正确答案。

(19)【答案】B【解析】此题考查考生对 VFP 中函数理解与掌握。Left()和 Right()函数均为取子串函数，其格式与功能分别为：LEFT(<字符表达式>, <长度>)（返回从字符表达式值中第一个字符开始，截取指定长度的子串）及 RIGHT(<字符表达式>,<长度>)（返回从字符表达式值的右端取一个指定长度的子串），选项 A 及选项 C 被排除，选项 D 中，指定要截取的字符串长度为 2，而一个汉字占两个字节长度，则此选项错误。正确答案为 B。

(20)【答案】 C【解析】查询是从指定的表或视图中提取满足条件的记录，然后按照想得到的输出类型定向输出查询结果，以扩展名为 qbr 的文本文件保存在磁盘上，查询所用的表可以是数据库表，也可以是自由表；视图是一个定制的虚拟逻辑表，视图中只存放相应的数据逻辑关系，并不保存表的记录内容，但可以在视图中改变记录的值，然后将更新记录返回到源表，视图是根据表定义的，视图是数据库中的一个特有功能，所以，视图只能在数据库中创建。答案 C 正确。

(21)【答案】 A【解析】在 SQL SELECT 语句中，对于查询结果的输出有如下几个选项：

INTO ARRAY（把查询结果存放到数组当中）；INTO CURSOR（把查询结果存放到临时的数据表文件当中）；INTO DBF | TABLE（将查询结果存放到永久表中(dbf 文件)）；TO FILE（把查询结果存放到文本文件当中）；TO PRINTER（把查询结果输出到打印机）。INTO DBF 与 INTO TABLE 短语是等价的，选项 A 正确。

(22)【答案】A【解析】在 VFP 中创建数据库文件的命令格式为：CREATE DATABASE [<数据库文件名>|?]，此命令建立一个新的扩展名为.DBC 的数据库文件并打开此数据库。选项 A 正确。

(23)【答案】 B【解析】在 VFP 命令窗口执行程序文件时，只需用 DO <文件名>命令即可执行，所以，选项 B 为正确答案。

(24)【答案】 A【解析】本题考查考生对表单属性的掌握。在给出的选项中，AlwaysOnTop 属性为真时，表单运行时窗口总在最前面，AutoCenter 属性为真时，运行表单时窗口自动居中，其余均为不存在的属性，所以，正确答案为 A。

(25)【答案】 A【解析】本题使用 SQL 对表结构进行修改。修改表结构的命令格式是： ALTER TABLE ＜表名＞，使用 ADD 子句用于说明所增加的字段和字段属性说明，选项 C 和选项 D 的命令关键字 CHANGE 是 FoxPro 中编辑记录的命令，可排除，选项 B 中用来说明字段属性的方法错误（没有加上括号）。因此正确答案为选项 A。

(26)【答案】D【解析】在选项卡控件属性中，PageCount 属性用来控制选项页面的数量，所以正确答案为 D。

(27)【答案】 A【解析】在 VFP 中，可以使用在项目管理器调用、菜单调用或命令方式调用的方法来打开一个已有的表单文件，通过命令方式打开已存在表单的命令为：MODIFY FORM<表单文件名>，选项 A 正确。

(28)【答案】C【解析】在指定菜单名称时，可以设置菜单项的访问键，方法是在要作为访问键的字符前加上 "\<" 两个字符。在题目的各个选项中，选项 C 为正确答案，要注意的是，选项 A 将左括号 "（" 设置成为了该菜单的访问键。

(29)【答案】B【解析】在 VFP 中，修改当前表中记录的命令为：REPLACE 字段名 1 WITH 表达式 1[,字段名 2WITH 表达式 2]…[FOR 条件表达式 1]，此命令直接用指定表达式或值修改记录，一次可以修改多个字段的值，如果不使用 FOR 短语，则默认修改的是当前记录；如果使用了 FOR 短语，则修改条件表达式 1 为真的所有记录。可以在 REPLACE 后面使用 ALL 来修改所有的记录。根据题意，选项 C 及选项 D 使用了错误的命令，可排除；而选项 A 没有指定条件，默认修改全部记录，也为错误答案。正确答案 B。

(30)【答案】B【解析】使用命令方式修改表结构时，使用 MODIFY STRUCTURE 命令，将当前已打开的表文件的表设计器打开进行修改。选项 B 正确。

(31)【答案】B【解析】SQL 查询命令的基本形式由 SELECT-FROM-WHERE 查询块组成，在本题所给出的

4 个选项中，选项 C 及选项 D 使用了错误的条件关键字"FOR"所以排除。而选项 A 中"(名称='主板' AND 名称='硬盘')"条件错误，所以正确答案为选项 B。

(32)【答案】D【解析】本题考查在 VFP 中对查询条件中匹配符的掌握，在 SQL 中，LIKE 是字符串匹配运算符，通配符"%"表示 0 个或多个字符，另外"_"表示一个字符，使用通配符，要用 LIKE 运算符，而不能简单地使用"="，在本题中，选项 A 和选项 B 使用了错误的条件短语"FOR"，排除；而选项 C 则使用了错误的运算符，所以正确答案为 D。

(33)【答案】A【解析】本题考查在 SQL 查询语句中对 NULL（空）值的掌握。使用 Null 值作为空值查询，其中查询空值要使用 Is NULL，或 Is Not NULL，而"=NULL"是无效表达式，选项 C 及选项 D 使用了错误的条件关键字"FOR"所以排除，选项 B 使用了无效表达式"=NULL"，故正确答案为 A。

(34)【答案】A【解析】本题要求查询订购单的数量及所有订购单的平均金额，考查的是 SQL 中实现两个表连接时的命令。在 SQL 中两表连接命令的格式为：SELECT...FROM <表名> INNER JOIN <表名> ON <连接表达式>，由此可以看出，选项 C 与选项 D 为错误选项。需要注意的是，由于在"订购单明细"表中可能有很多重复的产品号，还可能有很多重复的订购单号，如果不加入 DISTINCT 短语限制重复订单号的话（选项 B），该 SQL 语句执行完成后，计算的订购单数量会是在"订购单明细"表中所有记录的总和，所以该选项错误。正确选项为 A。

(35)【答案】D【解析】本题考查考生对表关键字及表间关系的理解。因为 Visual FoxPro 利用主关键字或候选关键字来保证表中记录的唯一，即保证实体唯一性。题目所给出的 4 个选项在拼写上均无错误，但是在选项 A 及选项 B 中要在"订购单"表中插入订单号为"OR5"的订单，而"订购单"表以"订单号"为主关键字，并已有订单号为"OR5"的记录，所以这两个命令无法执行。而又由于订购单表参照客户表，为了保证这两个表的参照完整性，所以选项 C 中客户号为"C11"的记录在客户表中不存在，所以该命令也是错误的，正确答案为 D。

二、填空题

(1)【1】【答案】DBXEAYFZC【解析】本题考查的是二叉树的遍历。二叉树的中序遍历递归算法为：如果根不空，则先按中序次序访问左子树，然后访问根结点，最后按中序次序访问右子树。本题中，根据中序遍历算法，应首先按照中序次序访问以 B 为根结点的左子树，然后再访问根结点 A，最后才访问以 C 为根结点的右子树。遍历以 B 为根结点的左子树同样要遵循中序遍历算法，因此中序遍历结果为 DBXE；然后遍历根结点 A；遍历以 C 为根结点的右子树，同样要遵循中序遍历算法，因此中序遍历结果为 YFZC。最后把这三部分的遍历结果按顺序连接起来，中序遍历结果为 DBXEAYFZC。

(2)【2】【答案】单元【解析】本题考查的是软件测试。软件测试过程一般按 4 个步骤进行，即单元测试、集成测试、验收测试（确认测试）和系统测试。所以，本题的正确答案应该是单元测试。

(3)【3】【答案】过程【解析】本题考查的是软件工程的三要素。软件工程三要素包括方法、工具和过程。方法是完成软件工程项目的技术手段；工具支持软件的开发、管理、文档生成；过程支持软件开发的各个环节的控制、管理。所以，本题的正确答案为过程。

(4)【4】【答案】逻辑设计【解析】本题考查的是数据库设计。数据库的生命周期可以分为两个阶段：一是数据库设计阶段；二是数据库实现阶段。数据库的设计阶段又分为如下 4 个子阶段：即需求分析、概念设计、逻辑设计和物理设计。因此，本题的正确答案应该是逻辑设计。

(5)【5】【答案】分量【解析】本题考查的是二维表的性质。二维表一般满足下面 7 个性质：

① 二维表中元组个数是有限的——元组个数有限性。

② 二维表中元组均不相同——元组的唯一性。

③ 二维表中元组的次序可以任意交换——元组的次序无关性。

④ 二维表中元组的分量是不可分割的基本数据项——元组分量的原子性。

⑤ 二维表中属性名各不相同——属性名唯一性。

⑥ 二维表中属性与次序无关，可任意交换——属性的次序无关性。

⑦ 二维表属性的分量具有与该属性相同的值域——分量值域的同一性。

所以，根据第 4 条性质，本题的正确答案应该是分量。

(6)【答案】 TO【解析】在 SQL SELECT 语句中，对于查询结果的输出有如下几个选项：INTO ARRAY（把查询结果存放到数组当中）；INTO CURSOR（把查询结果存放到临时的数据表文件当中）；INTO DBF | TABLE（将查询结果存放到永久表中(dbf 文件)）；TO FILE（把查询结果存放到文本文件当中）；TO PRINTER（把查询结果输出到打印机）。由于本题要求将查询结果存储在文本文件中，所以要使用 TO 关键字。

(7)【答案】 1234【答案】Left()函数为取子串函数，格式与功能为：LEFT(<字符表达式>, <长度>)（返回从字符表达式值中第一个字符开始，截取指定长度的子串），而 LEN()函数为计算字符串长度函数，格式及功能为：LEN(<字符表达式>)，返回字符表达式串的字符数（长度），函数值为数值型。在本题中，Len("字串")的返回值为 4，而字符串 "12345.6789" 从左侧取 4 位的字串为 "1234"。

(8)【答案】 全部【解析】在 Visual FoxPro 中 DELETE-SQL 语句可以为指定的数据表中的记录添加删除标记。语法为：DELETE FROM<数据库名！>表名 [WHERE 条件表达式 1[AND|OR 条件表达式 2…]]，功能是为指定的数据表中的记录添加删除标记。其中 WHERE 指定被删除的记录所满足的条件，不使用 WHERE 子句，则删除该表中的全部记录。

(9)【答案】 INTO CURSOR【解析】在 SQL SELECT 语句中，对于查询结果的输出有如下几个选项：INTO ARRAY（把查询结果存放到数组当中）；INTO CURSOR（把查询结果存放到临时的数据表文件当中）；INTO DBF | TABLE（将查询结果存放到永久表中(dbf 文件)）；TO FILE（把查询结果存放到文本文件当中）；TO PRINTER（把查询结果输出到打印机）。由于本题要求将查询结果存储在临时表中，所以要使用关键字 INTO CURSOR。

(10)【答案】 主【解析】在 Visual FoxPro 中的索引分为主索引、候选索引、唯一索引和普通索引 4 种。其中一个表只能创建一个主索引。建立主索引的字段或表达式中不允许出现重复值。可以为数据库中的每一个表建立一个主索引。

(11)【答案】 视图【解析】视图是一个定制的虚拟逻辑表，视图中只存放相应的数据逻辑关系，并不保存表的记录内容，但可以在视图中改变记录的值，然后将更新记录返回到源表，视图不是一个独立的文件而从属于某一个数据库。查询是一个独立的文件，单独存储在磁盘上。

(12)【答案】DISTINCT【解析】在 SQL 查询语句中，要消除结果中的重复记录，则使用 DISTINCT 子句。

(13)【答案】.T. 或 真 或 逻辑真【解析】使用 LOCATE ALL 命令查找记录时，如果找不到匹配记录，则记录指针会指向表中尾记录。而 EOF()函数是表文件尾测试函数，该函数测试记录指针是否移到表结束处。如果记录指针指向表中尾记录之后，函数返回真（.T.），否则为假（.F.）。

(14)【答案】PasswordChar【解析】文本框的 PasswordChar 属性用来指定文本框控件内是显示用户输入的字符还是显示占位符；当为该属性指定一个字符（即占位符，通常为*）后，文本框内将只显示占位符，而不会显示用户输入的实际内容。

(15)【答案】PACK【解析】PACK 命令用来物理删除有删除标记记录，执行该命令后所有有删除标记的记录将从表中被物理地删除，并且不可再恢复。

第 12 章 上机模拟试卷及解析

第1套上机模拟试卷

一、基本操作题

（1）新建一个名为"外汇"的数据库。

（2）将自由表"外汇汇率"、"外汇账户"、"外汇代码"加入到新建的"外汇"数据库中。

（3）用 SQL 语句新建一个表"RATE"，其中包含 4 个字段"币种 1 代码" C(2)、"币种 2 代码" C(2)、"买入价" N(8,4)、"卖出价" N(8,4)，请将 SQL 语句存储于 rate.txt 中。

（4）表单文件 test_form 中有一个名为 form1 的表单（如图），请将文本框控件 Text1 设置为只读。

 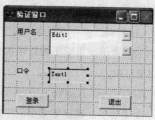

二、简单应用题

（1）使用"一对多表单向导"生成一个名为 sell_EDIT 的表单。要求从父表 DEPT 中选择所有字段，从子表 S_T 表中选择所有字段，使用"部门号"建立两表之间的关系，样式为"阴影式"；按钮类型为"图片按钮"；排序字段为"部门号"（升序）；表单标题为"数据输入维护"。

（2）在考生文件夹下有一个命令文件 TWO.PRG，该命令文件用来查询各部门的分年度的"部门号"、"部门名"、"年度"、"全年销售额"、"全年利润"和"利润率"（全年利润/全年销售额），查询结果先按"年度"升序、再按"利润率"降序排序，并存储到 S_SUM 表中。

注意，程序在第 5 行、第 6 行、第 8 行和第 9 行有错误，请直接在错误处修改。修改时，不可改变 SQL 语句的结构和短语的顺序，不允许增加或合并行。

三、综合应用题

在考生文件夹下，打开学生数据库 SDB，完成如下综合应用。

设计一个表单名为 sform 的表单，表单文件名为 SDISPLAY，表单的标题为"学生课程教师基本信息浏览"。表单上有一个包含 3 个选项卡的"页框"（Pageframe1）控件和一个"退出"按钮（Command1）。其他功能要求如下：

（1）为表单建立数据环境，向数据环境依次添加 STUDENT 表、CLASS 表和 TEACHER 表。

（2）要求表单的高度为 280，宽度为 450；表单显示时自动在主窗口内居中。

（3）3 个选项卡的标签的名称分别为"学生表"（Page1）、"班级表"（Page2）和"教师表"（Page3），每个选项卡分别以表格形式浏览"学生"表、"班级"表和"教师"表的信息。选项卡位于表单的左边距为 18，顶边距为 10，选项卡的高度为 230，宽度为 420。

（4）单击"退出"按钮时关闭表单。

第 1 套上机模拟试题答案

【答案】

一、基本操作题

（1）在命令窗口中输入：Create Database 外汇，同时打开数据库设计器。

（2）在数据库设计器中使用右键单击，选择"添加表"命令，双击考生文件夹下的自由表"外汇汇率"、"外汇账户"、"外汇代码"。

（3）使用到的 SQL 语句为：

Create Table rate (币种 1 代码 C（2），币种 2 代码 C（2），买入价 N(8,4), 卖出价; N(8,4))

（4）在命令窗口中输入：Modify Form test_form，打开表单设计器。选择"text1"控件，在属性面板里将其"ReadOnly"属性改为"真"，如图所示。

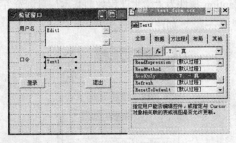

二、简单应用题

第一小题按如下步骤进行操作：

（1）选择"开始"→"新建"命令，选择"表单"选项后，单击"向导"按钮，选择"一对多表单向导"。

（2）单击"数据库和表"右下边的按钮，选择考生目录下的 dept 表和 s_t 表。分别从父表和子表中选择全部字段。

（3）单击"下一步"，默认两表以"部门号"建立联系，如图所示。

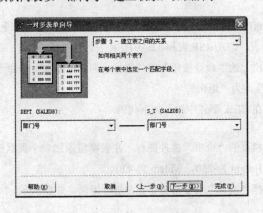

（4）单击"下一步"，将表单样式设置为"阴影式"，按钮类型为"图片按钮"。

（5）单击"下一步"，排序字段选择"部门号"；设置表单标题为"数据输入维护"。

第二小题按如下步骤进行操作：

（1）在 FoxPro 命令窗口中输入 Modify Command two.prg 命令，打开 two.prg。

（2）将代码修改为：

```
OPEN DATABASE saleDB
SELECT S_T.部门号,部门名,年度;
  一季度销售额 + 二季度销售额 + 三季度销售额 + 四季度销售额 AS 全年销售额;
  一季度利润 + 二季度利润 + 三季度利润 + 四季度利润 AS 全年利润;
  (一季度利润+二季度利润+三季度利润+四季度利润)/(一季度销售额+二季度销售额+;
  三季;度销售额+四季度销售额）AS 利润率;
  FROM S_T, DEPT;
  WHERE S_T.部门号 = DEPT.部门号;
  ORDE BY 年度, 利润率 DESC;
  INTO TABLE S_SUM
```

（3）键入<Ctrl+W>键保存并关闭文档窗口。

三、综合应用题

（1）在 Visual FoxPro 的命令窗口内输入命令：Create Form SDISPLAY，打开表单设计器，在属性面板中设置其 Name 属性为 sform，Caption 属性为"学生课程教师基本信息浏览"；Height 属性为 280，Wideth 属性值为 450，AutoCenter 属性为".T.—真"，如图所示。

（2）依次选择 Visual FoxPro 主窗口中的"显示"→"数据环境"菜单命令，右击，选择"添加"，在打开的对话框内选择 STUDENT 表、COURSE 表和 TEACHER 表。

（3）单击表单控件工具栏上的"命令按钮"控件图标，向表单添加一个命令按钮，选中该命令按钮，在属性对话框中将其 Caption 属性改为"退出"。

（4）双击该命令按钮，在 Click 事件中输入如下代码：

```
Thisform.Release
```

（5）单击表单控件工具栏上的"页框"控件图标，在表单里添加一个页框控件，设置其属性 PageCount 为 3，Left 为 18，Top 为 10，Height 为 230，Wideth 为 420。

（6）右键单击页框，选择"编辑"命令对 3 个页面进行编辑，如图所示。

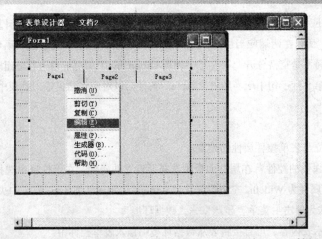

（7）将 3 个页面的 Caption 属性分别设置为"学生表"、"班级表"和"教师表"。将数据环境中的 3 个表分别拖入对应的页面中。

（8）单击工具栏上的"保存"图标保存表单。

表单运行结果如图所示。

第 1 套上机模拟试题解析

一、基本操作题

使用 Create Database dbname 或使用菜单的"新建"选项可新建数据库，同时打开数据库设计器，在其中完成自由表的添加。

使用 SQL 新建表的语法结构为：

Create Table tablename (columns)

表单控件属性的修改在属性面板里完成，控制文本框是否为只读的属性为 ReadOnly。

二、简单应用题

（1）使用一对多表单向导建立表单时，可按照表单向导的提示对题目中的要求一步步设置，向导默认自动选择两个表中具有相同名称及类型的字段做为联接字段，在本题中就是两个表共有的"部门号"字段。

（2）本题考查 SQL 语句的多表查询，以及表中没有的新字段的使用，基本语法格式为：

Select columns, 表达式 as 新字段名 from table1 Where; table1.column=table2.column Order by columns [desc] into table tablename

在本题中，第 5 行应该是全年利润/全年销售额，应该将全年利润及全年销售额计算使用括号括起先进行计算，尔后计算利润率，所以在两端应当加入"( )"；而在第 6 行中，使用 SQL 查询语句查询多表时，应当注意表名之间应使用"，"而不是空格分开；第 7 行中使用 Group by 子句对记录进行分组时，多个字段名称之间也需要使用"，"分开；第 8 行子句中应当加入"Table"条件，以对应将结果输出到表中的题意。

三、综合应用题

本题考查表单的建立与表单控件属性的设置。

选中表单上要设置属性的控件，在属性面板中选择要设置的属性，在属性框中选择输入属性值。控件高度的属性为 Height，宽度属性为 Wideth，左边距属性为 Left，顶边距属性为 Top，位于中央的属性为 AutoCenter。打开表单数据环境的方法为单击主菜单"显示"→"数据环境"。

要在表单控件上显示表内容，可直接将表从数据环境中拖入表单控件中。

第 2 套上机模拟试题

一、基本操作题

（1）新建一个名为"图书馆管理"的项目。

（2）在项目中建一个名为"图书"的数据库。

（3）将考生文件夹下的自由表 book、borr 和 loan 添加到图书数据库中。

（4）在项目中建立查询 qlx，查询 book 表中"价格"大于等于 75 的图书的所有信息，查询结果按"价格"降序排序。

二、简单应用题

设计一个表单完成以下功能：

（1）表单上有一标签，表单运行时表单的 Caption 属性显示为系统时间，且表单运行期间标签标题动态显示当前系统时间。标签标题字体大小为 20，布局为"中央"，字体颜色为"红色"，标签"透明"。

（2）表单上另有 3 个命令按钮，标题分别为"红色"，"黄色"和"退出"。当单击"红色"命令按钮时，表单背景颜色变为红色；当单击"黄色"命令按钮时，表单背景颜色变为黄色；单击"退出"命令按钮表单退出。表单的 Name 属性和表单文件名均设置为 myForm，标题为"可控变色时钟"。

三、综合应用题

对考生文件夹下的 book 表新建一个表单，完成以下要求。表单标题为"图书信息浏览"，文件名保存为 myform，Name 属性为 form1。表单内有一个组合框，一个命令按钮和四对标签和文本框的组合。

表单运行时组合框内是 book 表中所有书名（表内书名不重复）供选择。当选择书名后，4 对标签和文本框将分别显示表中除书名字段外的其他 4 个字段的字段名和字段值。

单击"退出"按钮退出表单。

第 2 套上机模拟试题答案

一、基本操作题

（1）在命令窗口中输入：Create Project 图书馆管理。

（2）在项目管理器中，单击"数据"选项卡，选择列表框中的"数据库"，单击"新建"命令按钮并选择"新建数据库"按钮，输入数据库名"图书"，选择路径单击"保存"按钮。

（3）打开"图书"数据库设计器，在其中使用右键单击，选择"添加表"命令，双击考生文件夹下的自由表 book、borr 和 loan。

（4）在项目管理器中，单击"数据"选项卡，选择列表框中的"查询"，单击"新建"命令按钮并选择"新建查询"按钮。在对话框中选择数据库"图书"及表 book。

（5）在"字段"选项卡中将可用字段列表框中的字段全部添加到选择字段列表框中。单击"筛选"选项卡，设置筛选条件为"价格>=75"，如下图所示。

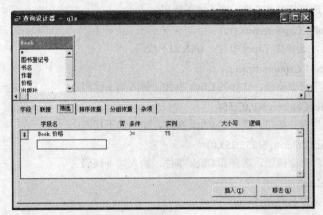

（6）在"排序依据"选项卡中，将选择字段列表框中的"价格"添加到排序条件列表框中（降序）。

（7）保存查询，文件名为 qlx。

二、简单应用题

此题按如下步骤进行操作：

（1）在命令窗口中输入 Create Form myfom 新建表单，并进入表单设计器。

（2）在表单中添加如下控件：

① 三个命令按钮，Caption 属性分别设置为"红色"，"黄色"和"退出"。

② 一个 Timer 控件，设置其 Interval 属性为 1000，如下图所示。

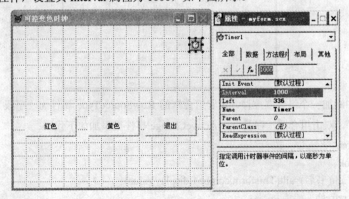

③ 一个标签控件，设置其 Alignment 属性为"2-中央"，BackStyle 属性为"0-透明"，ForeColor 属性为 255，255，0；FontSize 属性为 20，表单最终界面如图所示。

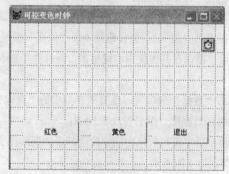

（3）双击表单，选择其 Init 事件，输入如下代码：

　　ThisForm.label1.Caption=time()

（4）双击 Timer1，选择其 Timer 事件，输入如下代码：

　　ThisForm.label1.Caption=time()

（5）双击"红色"命令按钮，选择其 Click 事件，输入如下代码：

　　ThisForm.BackColor=rgb(0,0,255)

（6）双击"黄色"命令按钮，选择其 Click 事件，输入如下代码：

　　ThisForm.BackColor=rgb(255,255,0)

（7）双击"退出"命令按钮，选择其 Click 事件，输入如下代码

　　ThisForm.Release

（8）保存表单，文件名为 myForm。

三、综合应用题

（1）在命令窗口内输入：Create Form myform 建立新的表单。单击"显示"→"数据环境"命令，右击数据环境窗口，选择"添加"命令，在打开的对话框内选择 book 表。

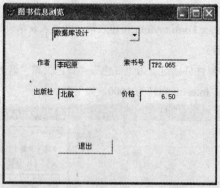

（2）在表单中添加一个组合框控件，设置组合框的 RowSourceType 属性为"字段"，设置其 SourceType 属性为"book.书名"，双击组合框，在其 InterActiveChange 事件里添加如下代码：

```
Set exac on
Select book
locate for allt(书名)=allt(Thisform.combo1.displayValue)
Thisform.refresh
```

（3）将数据环境中的表 book 的字段"作者"、"索书号"、"出版社"、和"价格"拖入表单，可看到表单中自动添加了 4 对标签和文本框，如图所示。

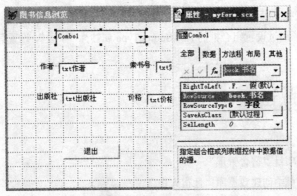

（4）在表单里添加一个命令按钮，设置其 Caption 为"退出"。双击"退出"按钮，在其 Click 事件里输入下列代码：

    Thisform.Release

（5）保存表单，文件名为 myform。

表单运行结果如图所示。

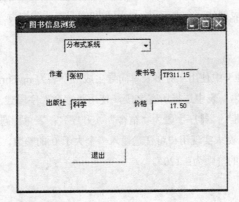

第 2 套上机模拟试题解析

一、基本操作题

本题考查项目的建立及项目元素的管理。使用命令 Create Project projectname 新建项目并打开项目管理器。按照项目管理器上的各个选项卡的提示完成题目中的各项目元素的添加和建立。

二、简单应用题

本题考查了表单的建立、控件布局设置、时间控件的使用方法等。要注意的是系统时间是按秒来变化显示的，而且 Timer 控件的 Interval 属性设置单位为毫秒，因而设置该属性时应当设置为 1000。

在表单的 Init 属性中 ThisForm.Laber1.Caption=time() 的意义在于表单初始启动时就开始显示时间。而 Timer 控件的 Timer 事件则是在每经过一个循环之后所运行的内容。

表单背景色用的 rgb 函数来设置。

三、综合应用题

本题考查了表单的建立、表内容查询及数据环境的使用。

先将 book 表放入数据环境中，题目中要求的 4 对标签和文本框无须从表单控件工具栏中拖入表单，只需从数据环境中将相应字段拖入表单中即可。

组合框中的书名选项通过设置组合框的 RowSourceType 属性为"字段"，设置其 SourceType 属性为"book. 书名"实现。

第3套上机模拟试题

一、基本操作题

（1）创建一个新的项目"宿舍管理"。

（2）在新建立的项目中创建数据库"住宿人员"。

（3）在"住宿人员"数据库中建立数据表 student，表结构如下：

学号	字符型（7）
姓名	字符型（10）
住宿日期	日期型

（4）为新建立的 student 表创建一个主索引，索引名和索引表达式均为"学号"。

二、简单应用题

（1）在数据库"住宿管理"中使用一对多表单向导生成一个名为 myForm 的表单。要求从父表"宿舍"中选择所有字段，从子表"学生"表中选择所有字段，使用"宿舍"字段建立两表之间的关系，样式为"边框式"；按钮类型为"图片按钮"；排序字段为"宿舍"（升序）；表单标题为"住宿浏览"。

（2）编写 myprog 程序，要求实现用户可任意输入一个大于 0 的整数，程序输出该整数的阶乘。如用户输入的是 5，则程序输出为"5 的阶乘为：120"。

三、综合应用题

成绩管理数据库中有 3 个数据库表"学生"、"成绩"和"课程"。建立文件名为 myform，标题为"成绩查询"的表单，表单包含 3 个命令按钮，标题分别为"查询最高分"、"查询最低分"和"退出"。

单击"查询最高分"按钮时，调用 SQL 语句查询出每门课的最高分，查询结果中包含"姓名"，"课程名"和"最高分" 3 个字段，结果在表格中显示，如图所示。

单击"查询最低分"按钮时，调用 SQL 语句查询出每门课的最低分，查询结果中包含"姓名"，"课程名"和"最低分" 3 个字段，结果在表格中显示。

单击"退出"按钮时关闭表单。

第3套上机模拟试题答案

一、基本操作题

（1）在命令窗口中输入：Create Project 宿舍管理。

（2）在项目管理器宿舍管理中，单击"数据"选项卡，选择列表框中的"数据库"，单击"新建"命令按钮。在对话框中单击"新建数据库"图标按钮，在数据库名文本框中输入新的数据库名称"住宿人员"，单击保存按钮。操作结果如图所示。

（3）在数据库设计器中，使用右键单击，选择"新建表"菜单命令，以 student 为文件名保存。根据题意，在表设计器中的"字段"选项卡中依次输入每个字段的字段名、类型和宽度。

（4）在数据库设计器中，使用右键单击数据库表 stuednt，选择"修改"菜单命令。单击"索引"选项卡，将字段索引名修改为"学号"，在"索引"下拉框中选择索引类型为"主索引"，将"字段表达式"修改为"学号"。

二、简单应用题

解答第一小题按如下步骤进行操作：

（1）单击"开始"→"新建"→"表单"→"向导"→"一对多表单向导"。

（2）在表单向导中，"宿舍"及"学生"表分别作为父表和子表，并选择两表中所有可用字段到选定字段列表框中；表之间的关联设置为"宿舍"，表单样式设置为"边框"，按钮类型为"图片按钮"，排序字段选择"宿舍"（升序）；设置表单标题为"住宿浏览"。

（3）单击"完成"按钮，将表单以 myForm 文件名保存。表单运行界面如图所示。

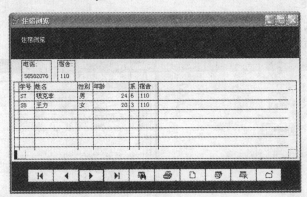

解答第二小题按如下步骤进行操作：

（1）在窗口中输入 Modify Command MyForm，新建 Myform 程序。

（2）在程序编辑窗口中输入如下代码：

```
Set talk off
Set safety off
input "请输入一个整数："to zhengshu
jicheng=1
for i=1 to zhengshu
    jicheng=jicheng*i
endfor
?zhengshu
??"的阶乘为："
??jicheng
Set talk on
Set safety on
```

（3）保存该程序。

三、综合应用题

（1）在 Visual FoxPro 的命令窗口内输入命令：Create Form myform，打开表单设计器，设置其 Caption 属性值为"成绩查询"。

（2）单击"显示"→"数据环境"命令，右击数据环境窗口，选择"添加"命令，在打开的对话框内选择"学生"表、"课程"表和"成绩"表。

（3）单击表单控件工具栏上的"命令按钮"控件图标，向表单添加三个命令按钮。

（4）选中第一个命令按钮，在属性对话框中将其 Caption 属性改为"查询最高分"。双击该命令按钮，在 Click 事件中输入如下代码：

```
Select 学生.姓名,课程.课程名称,max(成绩.成绩) as 最高分 From 成绩 inner join 学生 on 成绩.学
号=学生.学号 inner join 课程 on 成绩.课程号=课程.课程号  Group by 课程.课程名称
```

（5）选中第二个命令按钮，在属性对话框中将其 Caption 属性改为"查询最低分"。双击该命令按钮，在 Click 事件中输入如下代码：

```
Select 学生.姓名,课程.课程名称,min(成绩.成绩) as 最低分 From 成绩 inner join 学生 on 成绩.学
号=学生.学号 inner join 课程 on 成绩.课程号=课程.课程号  Group by 课程.课程名称
```

（6）选中第三个命令按钮，在属性对话框中将其 Caption 属性改为"退出"。双击该命令按钮，在 Click 事件中输入如下代码：

```
Thisfrom.release
```

（7）单击工具栏上的"保存"图标，以 myform 为文件名保存表单。

表单运行结果如图所示。

第 3 套上机模拟试题解析

一、基本操作题

项目的建立可以通过菜单命令、工具栏按钮或直接在命令框里输入命令来建立，数据库的建立在项目管理器中完成，表的建立在数据库管理器中完成，而索引的建立在表设计器中完成。

二、简单应用题

（1）本题考查的是一对多表单的建立。表单设计器中的表单向导中的一对多表单向导可以帮助完成此类表单的建立。按照向导的指引一步步地按照题目中的设置完成即可。

（2）本题考查的是命令程序的编写及数学计算公式的正确使用。在本题中要正确设置初始变量的值为 1。

三、综合应用题

本题考查的主要是 SQL 语句多表。本题所提供的数据库中的三个表，成绩表通过学号和课程号分别可以和"学生"表和"课程"表关联。因此，在书写 SQL 语句时，可以使用"成绩 inner join 课程 on 成绩.课程号=课程.课程号 inner join 学生 on 成绩.学号=学生.学号"。

其次，本题还考查了在 SQL 语句中 Max() 和 Min() 函数的用法。

第 4 套上机模拟试题

一、基本操作题

（1）请在考生文件夹下建立一个项目 WY。

（2）将考生文件夹下的数据库 KS4 加入到新建的项目 WY 中。

（3）利用视图设计器在数据库中建立视图 my_VIEW，视图包括 hjqk 表的全部字段（顺序同表 hjqk 中的字段）和全部记录。

（4）从表 HJQK 中查询"奖级"为一等的学生的全部信息(GJHY 表的全部字段)，并按"分数"的降序存入新表 NEW 中。

二、简单应用题

（1）编写程序"汇率.prg"，完成下列操作：根据"外汇汇率"表中的数据产生 rate 表中的数据。要求将所有"外汇汇率"表中的数据插入 rate 表中并且顺序不变，由于"外汇汇率"中的"币种 1"和"币种 2"存放的是"外币名称"，而 rate 表中的"币种 1 代码"和"币种 2 代码"应该存放"外币代码"，所以插入时要做相应的改动，"外币名称"与"外币代码"的对应关系存储在"外汇代码"表中。

注意：程序必须执行一次，保证 rate 表中有正确的结果。

（2）使用查询设计器建立一个查询文件 JGM.qpr。查询要求：外汇账户中有多少"日元"和"欧元"。查询结果包括了"外币名称"、"钞汇标志"、"金额"，结果按"外币名称"升序排序，在"外币名称"相同的情况下按"金额"降序排序，并将查询结果存储于表 JG.dbf 中。

三、综合应用题

设计一个文件名和表单名均为 myaccount 的表单。表单的标题为"外汇持有情况"。

表单中有一个选项按钮组控件（myOption）、一个表格控件（Grid1）以及两个命令按钮"查询"（Command1）和"退出"（Command2）。其中，选项按钮组控件有两个按钮"现汇"（Option1）、"现钞"（Option2）。运行表单时，在选项组控件中选择"现钞"或"现汇"，单击"查询"命令按钮后，根据选项组控件的选择将"外汇账户"表的"现钞"或"现汇"（根据"钞汇标志"字段确定）的情况显示在表格控件中。

　　单击"退出"按钮，关闭并释放表单。

　　注：在表单设计器中将表格控件 Grid1 的数据源类型设置为"SQL 说明"。

第 4 套上机模拟试题答案

一、基本操作题

（1）在命令窗口中输入：Create Project WY。

（2）在项目管理器中，单击"数据"选项卡，选择列表框中的"数据库"，单击"添加"命令按钮，在系统弹出"打开"对话框中，双击考生文件夹下的 KS4 数据库。

（3）打开数据库设计器，单击工具栏上的"新建"图标，选择"新建视图"。将"hjqk"表添加到视图设计器中；在视图设计器中的"字段"选项卡中，将"可用字段"列表框中的字段全部添加到"选择字段"列表框中，如图所示。

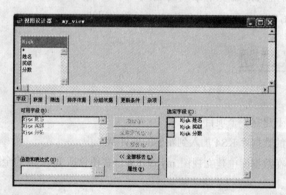

保存视图，文件名为 my_view。

（4）使用到的 SQL 语句为 Select * From hjqk Where 奖级="一等" Into Table new。

二、简单应用题

第一小题按如下步骤进行操作：

（1）在 FoxPro 的命令窗口中输入 Modify Command 汇率.prg 命令。

（2）输入如下的代码：

```
SELECT  外汇代码.外币代码 AS 币种 1 代码;
外汇代码_a.外币代码 AS 币种 2 代码, 外汇汇率.买入价, 外汇汇率.卖出价;
    FROM  外汇!外汇代码  INNER JOIN  外汇!外汇汇率;
    INNER JOIN 外汇!外汇代码 外汇代码_a ;
    ON  外汇汇率.币种 2 = 外汇代码_a.外币名称 ;
    ON  外汇代码.外币名称 = 外汇汇率.币种 1;
    INTO TABLE rate.dbf
```

（3）关闭并保存程序文件。

第二小题按如下步骤进行操作：

（1）选择"文件"→"新建"命令，选择"查询"选项后，单击"新建文件"按钮打开查询设计器。

（2）将"外币代码"、"外币账户"和"外币汇率" 3 个表添加到查询设计器中。在"联接条件"对话框中单击"确定"按钮使用默认的联接方式。

（3）在查询设计器中的"字段"选项卡中，在"可用字段"列表框中，按照题目要求，将相应的字段添加到"选定字段"列表框中。

（4）在"排序依据"选项卡中将"选定字段"列表框中的"外币名称"和"金额"依次添加到"排序条件"中。

（5）在"排序选项"中分别选择"升序"和"降序"，如图所示。

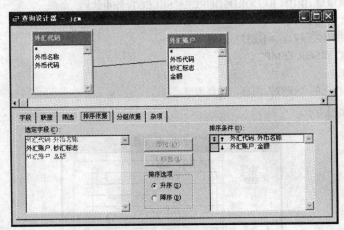

（6）完成查询设计，将查询以"jgm"为文件名保存。

三、综合应用题

（1）在 Visual FoxPro 的命令窗口内输入命令：Create Form myaccount，打开表单设计器，设置其 Caption 属性值为"外汇持有情况"。

（2）单击主菜单"显示"→"数据环境"命令，右击数据环境窗口，选择"添加"命令，在打开的对话框内选择"外汇账户"表，如图所示。

（3）单击表单控件工具栏上的"选项按钮"控件图标，在表单里添加一个选项按钮组控件，设置 ButtonCount 属性为 2，右键单击选项按钮组，选择"编辑"，分别设置按钮的 Caption 属性为"现汇"和"现钞"。

（4）单击表单控件工具栏上的"表格"控件图标，向表单添加一个"表格"控件，在属性面板中将其 RecordSource 属性改为"4-SQL 说明"。

（5）单击表单控件工具栏上的"命令按钮"控件图标，向表单添加两个命令按钮，在属性面板中将其 Caption 属性分别改为"查询"和"退出"。

（6）双击"退出"命令按钮在 Click 事件中输入如下程序段：

Thisform.Release。

（7）双击"查询"命令按钮，在其 Click 事件中输入如下程序段：

```
SELECT 外汇账户
DO CASE
    CASE THISFORM.myOption.VALUE=1
    THISFORM.GRID1.RECORDSOURCE="SELECT 外币代码, 金额;
    FROM 外汇账户;
    WHERE 钞汇标志 = [现汇];
    INTO CURSOR TEMP"
    CASE THISFORM.myOption.VALUE=2
    THISFORM.GRID1.RECORDSOURCE="SELECT 外币代码, 金额;
    FROM 外汇账户;
    WHERE 钞汇标志 = [现钞];
    INTO CURSOR TEMP"
ENDCASE
```

（8）单击工具栏上的"保存"图标，保存表单。

表单运行结果如图所示。

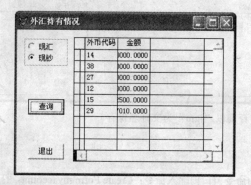

第4套上机模拟试题解析

一、基本操作题

使用视图设计器建立视图时，按照设计器上的各个选项上的提示对题目中的要求进行一一设置即可。SQL 语句进行条件查询属于简单查询，查询表的全部字段时，可用*号代替表的这些字段。

二、简单应用题

第一小题考查多表查询，查询的数据源语法格式可以使用：

Select field1, field2... from table1 inner join table2 on table1.colunm=tale2.column 命令完成。Inner join 子句只有在其他表中包含对应记录（一个或多个）的记录才出现在查询结果中。而如果使用 join 子句，则需要在使用 ON Join Condition 指定连接条件。

例如本题，要查询在"外汇汇率"表中的所有数据，并且要将该表中的"外币名称"改变为"外币代码"，则需要加入对"外汇代码"表的联接，更由于需要在结果中一条记录中显示两个外汇代码，则还需要再次对外汇代码表进行联接，所以使用两个 Inner Join 子句。

为了使用同一个表进行两次联接，则第二次联接"外汇代码"表时，为其指定别名"外汇代码_a"。将查询结果输入到表可以使用 into table tablename 子句。

（2）本题考查使用查询向导建立查询，可以在查询设计向导中按照设计向导的步骤按照题目中的要求一步步设置，注意两表（或多表）之间的联接字段的设置。

三、综合应用题

选项按钮组属于容器型控件，对其中的子控件进行属性设置时，应右击按钮组，选择"编辑"命令，再选择要设置属性的子控件，在属性面板里设置属性。

在表格控件中显示查询结果需要设置其两个属性值，一个是 RecordSourceType，一个是 RecordSource，根据题目的要求，在前者设置为 SQL 说明的情况下，后者应该设置为 SQL 查询语句。

查询命令按钮的事件中使用 do case 分支查询结构辨别用户单击了哪个选项按钮。

第5套上机模拟试题

一、基本操作题

（1）将"销售表"中的在 2000 年 12 月 31 日前（含 2000 年 12 月 31 日）的记录复制到一个新表"销售表 2001.dbf"中。

（2）将"销售表"中的日期（日期型字段段）在 2000 年 12 月 31 日前（含 2000 年 12 月 31 日）的记录物理删除。

（3）打开"商品表"使用 Browse 命令浏览时，使用"文件"菜单中的选项将"商品表"中的记录生成文件名为"商品表.htm"的 html 格式的文件。

（4）为"商品表"创建一个主索引，索引名和索引表达式均是"商品号"，为"销售表"创建一个普通索引（升序），索引名和索引表达式均是"商品号"。

二、简单应用题

（1）在考生文件夹下有一个学生数据库 sj16，其中有数据库表"学生资料"存放学生信息，使用菜单设计器制作一个名为 student 的菜单，菜单项包括"操作"和"文件"。每个菜单栏都包含有子菜单，"操作"菜单中包含"输出学生信息"子菜单、"文件"菜单中包括"打开"及"关闭"子菜单。其中选择"输出学生信息"子菜单应完成下列操作：打开数据库 sj6，使用 SQL 的 select 语句查询数据库表"学生资料"中的所有信息，关闭数据库。"关闭"菜单项对应的命令为 Set Sysmenu To Default，使之可以返回到系统菜单。"打开"菜单项不做要求。

（2）在考生文件夹下有一个数据库 x_date，其中有数据库表 x_stu、x_sc 和 x_co。用 SQL 语句查询"数据库"课程的考试成绩在 95 分以下（含 95 分）的学生的全部信息，并将结果按"学号"升序存入 xxb.dbf 文件中。

三、综合应用题

在考生文件夹下，对"商品销售"数据库完成如下综合应用。

（1）编写名为 BETTER 的命令程序并执行，该程序实现如下功能：

将"商品表"进行备份，备份名称为"商品表备份.dbf"。

将"商品表"中的"商品号"前两位编号为"10"的商品的单价修改为出厂价的 10%。

（2）设计一个名为"form"，标题为"调整"的表单，表单中有两个标题分别为"调整"和"退出"的命令按钮。

单击"调整"命令按钮时，调用程序 BETTER，对商品"单价"进行调整。

单击"退出"命令按钮时，关闭表单。

表单文件名保存为 myform。

第5套上机模拟试题答案

一、基本操作题

（1）使用到的 SQL 语句为：

Select * From 销售表 Where 日期<={^2000-12-31} Into Table 销售表2001

（2）在命令窗口中输入：

Delete From 销售表 Where 日期<={^2000-12-31}

pack

（3）在命令窗口中输入：

use 商品表

brow

选择 FoxPro 主菜单"文件"→"另存为 html"命令，单击"确定"按钮。

（4）在数据库设计器中使用右键单击数据库表"商品表"，选择"修改"命令；单击"索引"选项卡，将字段索引名修改为"商品号"，在"索引"下拉框中选择索引类型为"主索引"；将"字段表达式"修改为"商品号"，单击"确定"按钮。使用相同的方法为"销售表"建立普通索引，如图所示。

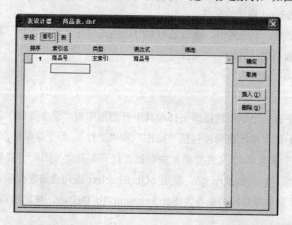

二、简单应用题

第一小题按如下步骤进行操作：

（1）在命令窗口中输入命令：Create Menu student，单击"菜单"图标按钮。

（2）按题目要求输入主菜单名称"操作"和"文件"。在"操作"菜单项的"结果"下拉列表中选择"子菜单"。

（3）单击"操作"旁的"创建"按钮，输入子菜单名称"输出学生信息"，菜单项的"结果"下拉列表中选择为"过程"，单击"编辑"按钮后，在编辑窗口中输入：

```
Open Database sj6
Select * from sj6!学生资料
close Database
```

（4）在"菜单级"下拉列表中选择"菜单栏"返回上一级菜单。

（5）在"文件"菜单的"结果"列中选择子菜单，单击"创建"按钮后，分别输入"打开"和"关闭"菜单项。

（6）在"关闭"菜单项的"结果"列中选择"命令"，并在编辑框中输入：Set Sysmenu To Default。

（7）单击 Visual FoxPro 窗口中的"菜单"→"生成"命令生成可执行文件（.MPR）。

第二小题按如下步骤进行操作：

所使用到的 SQL 语句为：

　　　Select x_stu.* from x_sc inner join x_stu on x_sc.学号=x_stu.学号　inner join; x_co on x_sc.课程号=x_co.课程号　Where x_co.课程名="数据库" and x_sc.成绩<=95; Order by x_stu.学号　into table xxb

三、综合应用题

（1）在命令窗口中输入 Modify Command Better，新建一个命令程序文件；在命令程序文件中输入以下代码：

```
Set talk off
Set exac on
Set safety on
open database　商品销售
use 商品表
copy to　商品表备份
replace all　单价　with　出厂单价*0.1 for allt(subs(商品号,1,2))="10"
Set exac off
Set talk on
```

保存该命令程序。

（2）在 Visual FoxPro 的命令窗口内输入命令：Create Form myform，打开表单设计器。

（3）单击表单控件工具栏上的"命令按钮"控件图标，向表单添加两个命令按钮。

（4）选中第一个命令按钮，在属性对话框中将 Caption 属性改为"调整"。以同样的方法，将第二个命令按钮的 Caption 属性改为"退出"。

（5）双击命令按钮"调整"，在 Click 事件中输入如下程序段：

Do better.prg

（6）双击命令按钮退出，在 Click 事件中输入如下程序段：

Thisform.Release

（7）保存表单，在命令窗口中输入命令：do Form myform，在运行表单界面中单击"调整"命令按钮，系统将计算结果自动保存在新表商品表备份.dbf 中。

表单运行结果如图所示。

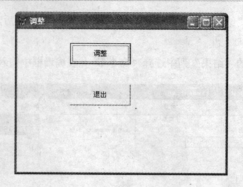

第5套上机模拟试题解析

一、基本操作题

复制表的一个简单方法是在 select 语句的最后使用 Into Table tablename 子句，则查询的结果直接存入表中。要注意的是 delete 命令只是逻辑删除记录，而逻辑删除之后还要使用 pack 命令才能彻底物理删除记录。

二、简单应用题

（1）菜单的建立一般在菜单设计器中进行，在命令窗口中输入 Create Menu menuname 命令创建新菜单，并打开菜单设计器。设计过程中注意菜单项结果的选择，如选择"过程"，则需要单击相应的"编辑"按钮打开编辑框，并在其中输入 FoxPro 命令组，如选择"子菜单"，则可以单击"创建"按钮来建立下级菜单。

打开和关闭数据库分别要使用的命令为 Open Database dbname 和 Close Database。

（2）本题考查三表的关联查询，注意确定同时与其余两表联接的关键表及表中的关键字段（在本题中为 X_sc 表中的"学号"和"课程号"）。

三、综合应用题

（1）本题考查了考生对 Visual FoxPro 命令程序的建立及对表操作的命令的掌握能力。新建一个命令文件可以在命令窗口里输入 Modify Command，也可以使用菜单栏里的菜单。

（2）本题考查了考生对建立一个简单表单及对调用命令程序的掌握能力。调用命令程序可使用 do programename.prg 来实现。

第13章 应试策略

13.1 笔试应考策略

笔试部分的考题分为两种类型。第1种是选择题，占70分；第2种是填空题，15个空，每空两分，共30分。对于二级考试，选择题的前10题和填空题的前5题，都是公共基础知识，共占30分。

1. 笔试考试注意事项

笔试选择题使用标准答题卡进行机器评阅。要特别注意：

① 考生在正式开考前，要在答题卡规定的栏目内准确清楚地填写准考证号、姓名等。

② 答题卡要用钢笔或圆珠笔写明准考证号，并用 2B 铅笔将对应数字涂黑。切勿使用钢笔或圆珠笔涂写数字，否则无效。填空题答案要做在答题卡的下半部分，只能使用钢笔或圆珠笔，不得使用铅笔，考生在考前应事先准备好所需的 2B 铅笔、塑料橡皮、小刀等，以免影响考试。

③ 拿到答题卡后，首先确认无破损，卡面整洁。如果答题卡不符合要求，或者在答题过程中无意弄坏了答题卡，一定要请监考老师重新更换新的。

④ 先在试卷上写好答案，检查确认无误后，再在答题卡上涂写。答案不能折叠和撕裂，以免影响阅卷。

⑤ 避免漏涂、错涂、多涂、浅涂。如果颜色太浅，机器阅卷会视为未涂，即使答案正确也不给分。涂黑颜色要适当深而清晰，但也要防止用力过猛而捅破答卷，否则也会影响评卷的准确性。

⑥ 交卷前，一定要再仔细检查准考证号、姓名和答题卡上的所有答案要多核对答案。答案写在试卷上不给分，只有在答题卡上才给分。

2. 选择题答题技巧

选择题要求考生从 4 个给出的 A、B、C、D 选项中选出一个正确的选项作为答案。这类题目中每题只有一个选项是正确的，多选或者不选都不给分，选错也不给分，但选错不倒扣分。答题技巧如下。

① 如果对题中给出的 4 个选项，一看就能肯定其中的一个是正确的，那么可以直接得出正确选择。注意，必须有百分之百的把握才行。

② 对 4 个给出的选项，一看就知其中的一个或两个或三个选项错误的。在这种情况下，可以使用排除法，即排除给出的选项中错误的，最后一个没有被排除的就是正确答案。

③ 在排除法中，如果最后还剩两个或三个选项，或对某个题一无所知时，也别放弃选择，在剩下的选项中随机选一个。如果剩下的选项值有两个，还有 50%答对的可能性。如果是在三个选项中进行选择，仍有 33%答对的可能性。就是在 4 个给出的答案中随机选一个，还会有 25%答对的可能性。因为不选就不会得分，而选错了也不扣分。所以应该不漏选，每题都选一个答案，这样可以提高考试成绩。

3. 填空题答题技巧

对于填空题，许多题目的答案可能不止一个，只要填对其中的一种就认为是正确的。另外注意，有的题目对细节问题弄错也不给分。所以，即使有把握答对或有可能答对的情况下，一定要认真填写，字迹要工整、清楚。

答题时，会的题目要保证一次答对，不要想再次印证，因为时间有限。不会的内容，可以根据经验先初步确定一个答案，但应该在答案上做个标志，表明这个答案不一定对，在时间允许的情况下，可以回过头来重读这些作了标志的题。

不要在个别题上花费太多的时间，因为每个题的得分在笔试部分仅占 2 分。如果在个别题目花费了太多时间，会导致最后其他题没有时间去做。

13.2　上机应考策略

二级 Visual FoxPro 的上机考试有三个类型的题目，基本操作题、简单应用题和综合应用题。考试时间为 90 分钟。

1. 备考指南

① 利用本书配套光盘，多做上机模拟题，熟悉上机考试的题型和环境。应较熟练地掌握 30～50 个左右的程序例子，并且还要掌握一定的解题技巧。

② 对于要求编程的题目，要掌握程序调试的一些技能，在有疑问的地方设置一些临时检查变量，在检查变量的下面让程序暂停，这样才不至于犯一些"想当然"的错误，完成后再删除检查变量。一定要在运行中调试和编写程序，这样可很快找到错误。平时多积累调试经验，熟悉常见的出错信息，大体知道可能是什么原因引起的，相应采用什么方法去解决。

③ 有些考场要求考生输入准考证号并进行验证以后，按要求单击相应的按钮进入开始考试的界面。有些考场给每个考生固定了考试机器，考生无需输入准考证号，直接便可以按提示单击按钮，开始考试并计时。正是因为有这些区别，所以各个考场在考试之前都会为考生安排一次模拟考试，模拟考试所使用的考试环境与该考场正式考试所使用的一样，因此，建议考生参加各个考场正式考试之前的模拟考试。

2. 考试注意事项

① 几乎每次考试都有难题、简单题，遇到难题不要心慌，不要轻易放弃；遇到简单题目不要得意忘形，要保持正常心态。

② 理解题意很重要。应对题目认真分析研究，不要匆忙开始，一般一些题目都有一点小弯。稍不注意，就会理解错误。

③ 对于涉及到编程的题目，要运行程序；每类题目，都要注意保存文件。

④ 不得擅自登录与己无关的考号，不得擅自复制或删除与己无关的目录和文件，否则会影响考试成绩。

⑤ 按要求存盘。一定要按考试要求的各种文件名调用和处置文件，千万不可搞错。要按要求保存文件名，要保存在指定的考生文件夹下，否则即便是做对了，也不会得分。

⑥ 在上机考试期间，若遇到死机等意外情况（即无法正常进行考试），应及时报告监考老师协助解决，可进行二次登录，当系统接受考生的准考证号，并显示出姓名和身份证号，考生确认是否相符，一旦考生确认，则系统给出提示。此时，要由考场的老师来输入密码，然后才能重新进入考试系统，进行答题。如果考试过程中出现故障，如死机等，则可以对考试进行延时，让考场老师

输入延时密码即可延时 5 分钟。

⑦ 考生文件夹的重要性。当考生登录成功后，上机考试系统将会自动产生一个考生考试文件夹，该文件夹将存放该考生所有上机考试的考试内容以及答题过程，因此考生不能随意删除该文件夹以及该文件夹下与考试内容无关的文件及文件夹，避免在考试和评分时产生错误，从而导致影响考生的考试成绩。考生在考试过程中的所有操作都不能脱离上机系统生成的考生文件夹，否则将会直接影响考生的考试成绩。在考试界面的菜单栏下，左边的区域可显示出考生文件夹路径。考生一定要按照要求将文件存入指定的文件夹，并按照指定的文件名保存文件，一定不要存入别的文件夹和自己为文件另起新的名称。

⑧ 上机考试结束后，考生将被安排到考场外的某个休息场所等待评分结果，考生切忌提早离开，因为考点将马上检查考试结果，如果有数据丢失等原因引起的评分结果为 0 的情况，考点将酌情处理。如果需要重考一次，这时找不到考生，考点只能将其机试成绩记为 0 分。

3．上机考试过程

全国计算机等级考试上机考试使用教育部考试中心研制开发的专用考试系统，该系统提供了开放式的考试环境，具有自动计时、断点保护、自动阅卷和回收等功能。这里以本书配套光盘的上机模拟环境为例说明上机考试的过程。实际考试过程与此类似。

（1）登录

① 启动考试系统，出现的第 1 个界面是欢迎界面，如图 13-1 所示。

图 13-1 初始屏幕界面

② 单击"开始登录"或回车后，如图 13-2 所示，需要在窗口中的"准考证号"处输入正确的准考证号。

图 13-2 输入准考证号

③ 如果准考证号不正确，软件将自动提示正确的准考证号码。如果准考证号码输入正确，则进入验证身份证号和姓名的界面，如图 13-3 所示。

图 13-3 "确认信息"对话框

④ 验证无误后，单击"是"，进入如图 13-4 所示的界面。在此输入 123 重新抽题，输入 abc 会重复进行上一题的考试。

图 13-4 输入密码

⑤ 单击"密码验证"按钮后，将直接进入选题界面，考生可以抽取指定的题目也可以随机抽题（真实环境没有此步骤），如图 13-5 所示。

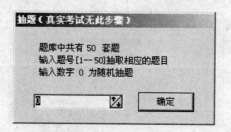

图 13-5 选题界面

⑥ 密码验证通过后（输入正确的密码后回车），显示如图 13-6 所示的考生须知界面。

图 13-6 考生须知界面

⑦ 单击"开始考试并计时"按钮开始计时考试。

2. 考试

① 软件成功启动后将进入试题显示窗口，如图 13-7 所示。

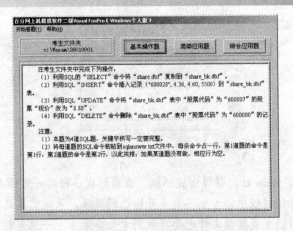

图 13-7　试题显示窗口

② 准备答题时，选择"开始答题"→"启动 Visual FoxPro"，系统将启动 Visual FoxPro 程序。考生根据题意作题，如图 13-8 所示。

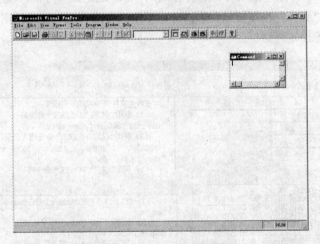

图 13-8　启动 Visual FoxPro

3．交卷

① 全部试题回答结束后，单击控制菜单的"交卷"按钮，如图 13-9 所示。

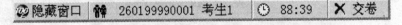

图 13-9　"交卷"按钮

② 系统询问是否要交卷，如图 13-10 所示。

图 13-10　询问是否交卷

③ 选择"是"，出现如图 13-11 所示的对话框。

图 13-11   提示是否显示分数

注意：当倒计时只有 5min 时，将弹出提示框，在看到提示框后一定保存程序。为了更好地进行考试，需注意在上机考试过程中，考生不能离开自己的目录。系统需要读取存放在考生目录下的数据文件，而程序运行后的生成数据文件也要存放到考生目录下。一旦当前目录不正确，就会影响这些文件操作。为此，考生在考试中尽量不要使用切换磁盘或当前目录等命令（如 d: 和 cd 等），否则很可能影响自己的成绩。

④ 单击"是"按钮，即进入题目分析和评分细则界面。这是真实考试环境所没有的，如图 13-12 所示。在这里，单击"评分"按钮可以查看得分；单击"生成答案"按钮，则查看该题的答案；单击"退出"按钮，则退出本对话框。

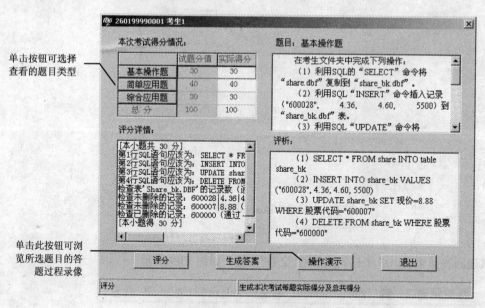

图 13-12   题目分析和评分细则界面